幼女戰記

Abyssus abyssum invocat

〔5〕

カルロ・ゼン
Carlo Zen

Kadokawa Fantastic Novels

contents

[chapter]

0

第零章

信

Letter to the home

親愛的母親和外婆。

那邊過得還好嗎?母親和外婆有好好保重身體嗎?

夏天結束了，我想差不多是秋風沁涼的時候，請注意不要感冒喔。

我在這邊過得很健康。

不過具體的內容……不論是日期還是地點，統統都不准寫在信上。

之前也有提過……是因為規定。

請不要驚訝喔，就在前幾天，不能寫在信上的內容名單又更新了！

說什麼，吃的麵包種類不准寫！

說什麼，吃的肉類（牛肉、豬肉、雞肉、羊肉）不准寫！

說什麼，收信的正確時間不准寫！

諸如此類的規定太過繁瑣，已經搞不懂什麼能寫什麼不能寫了。

儘管能寫自己很懷念外婆的蘋果派，但是明確寫出自己在這裡有沒有吃到蘋果派，就會是「洩漏軍機」。

雖然我在寫的時候很小心，但說不定會有一部分的內容，在審查時遭到塗黑也說不定。
不過，我這邊沒出什麼大問題，請放心。只是說實話，沒辦法把想說的事統統明確寫出來，讓我很不舒服。
我所屬的部隊，如今正在接受訓練，重新編制當中。這件事長官有說可以寫（不過他有說不能寫他的名字），所以請不要擔心。
目前還沒有決定要派遣到哪裡去的樣子。
所以我能說的事情也不怎麼多。

在不能寫明地點的基地，寫給我愛的人。
瑪麗·蘇上

[chapter]

I

第壹章

快速推進

Rapid advance

「東部的一般情勢，大致良好。」

——帝國軍參謀本部　月報

統一曆一九二六年八月二十八日　東方戰線　一等客車

從南方大陸緊急前往聯邦領的長距離偵察任務，最後是以直擊莫斯科作結，還以為能調去後方，結果卻是要轉戰比萊茵戰線還要偏西的西方空戰。而就在覺得這下總算能告一段落，安心下來的瞬間，參謀本部就下達了戰鬥群的編成命令。

服從軍令在南、東、西方遭到狠狠使喚，到最後則是要前往東部參戰。

雖是負責掩護主軍的配角，也依然是在聯邦領內緩緩東進，不過就在途中，戰鬥群再次接獲參謀本部發布的新的軍令。

「……是說，重新部署命令嗎？」

「沒錯，提古雷查夫中校。儘管很遺憾要失去貴官與沙羅曼達戰鬥群，但總不能因為我方的方便，就把直屬參謀本部的貴隊留下來吧。」

「沒辦法呢。」語帶苦笑的東部方面軍高官，突然告知要重新部署。不對，就某種意思上，重新部署命令對現場來說，一直都是很突然的通知。

不過，譚雅感到些許可疑的突兀感。

「要接連移動是很辛苦，不過就好好地幹吧。」

東部方面軍的參謀們隨口說出一句話，即是決定性的證據。

這句話是發自內心的在慰勞要轉戰他處的譚雅等人。老實說……這不是「最前線戰力『突然』被調走」的參謀將校會說出的話。

將參謀本部所屬的戰鬥群調走，在帝國的軍事機構中，是制度上的正當結果。不論是誰，都沒辦法提出異議。參謀本部將自己的部下，從前線A重新部署到前線B，不過是參謀本部的專屬特權。

不過，只要換個立場來看就知道了。

假設我們是優秀的麻醉醫師，參謀本部是派遣麻醉醫師的教學醫院，東部方面軍是接受派遣的私立醫院，事情就很簡單了吧。因為麻醉醫師不足而疲弊不堪的地方現場，如果收到教學醫院通知，要把派遣的麻醉醫師調走的話……這不吵起來才奇怪吧。

儘管如此，他們卻毫不在意地向我方傳達命令？換句話說，東部方面軍他們肯定「早在很久以前就知道這件事」了。

不知道的人就只有我。認為是等到最後一刻才通知我的推測，恐怕並沒有錯吧。

急忙結束業務交接後（沒錯，「既然還有空交接」，這肯定是打從之前就安排好的事！）等回過神時，已經匡噹匡噹進行著搖晃的火車之旅。

看在譚雅眼中，安排這整件事情的手段與程序，優秀到讓人厭惡。調整到不論是遲滯還是意外，就連個聯絡失誤都沒出現的重新部署命令。

該稱讚他們居然能安排到這種地步吧。只不過，要在最前線移動的現實，可就沒辦法掩蓋過去了。比方說，譚雅打量起自己分配到的「頭等車廂」，嘆了口氣。

儘管車票上的級別確實是頭等廂，卻是在最前線附近運送物資與兵員，跑在軍用鐵軌上載客的裝甲列車。雖說是頭等廂，但光是能有個地方坐下就謝天謝地了。

不過考慮到補給線的實情，能勉強把這種車輛拿來作為頭等車廂使用，本身就很讓人驚訝了也說不定。當然，車廂內準備的旅客設備也很寒酸。與國內舒適的頭等車廂是天壤之別。現在是夏末秋初的八月底。考慮到聯邦領的氣溫，車廂設備不包含空調，還算是可以忍受。

不過，明明號稱是臥鋪列車，包廂內卻只擺著能讓人橫躺的木製長椅，以及一張堅固的桌子。而要說到那張長椅，倘若不是個子矮小的自己，恐怕躺起來也會相當擠吧。

「這要是在萊希國內，我應該會罵是家畜搬運車吧。」

不過意外地無法否認，這可能真的是徵用的家畜搬運車。還真是高級的頭等車廂呢。只不過，就算加上這一切的缺點，也不該忽視一個事實。

這是行經最前線附近的自軍鐵路。也就是說，我們有能力在占領到的敵地上，急遽整備好鐵路基礎設施吧。這同時也是戰務與鐵路兩部門全力以赴的證據。可說是一趟能窺見到補給狀況的旅程。

雖然不能作為例子……不過食糧狀況也比較良好。

當看到午餐準備了吐司沒有乾扁的三明治與咖啡時，譚雅可是高興到就連自己也覺得自己很不像樣。

餐後還意思意思地準備了報紙。看看日期，可別太驚訝，是八月二十八日——也就是今天的報紙。

雖說已經中午了，但居然能將今天的早報送到最前線。

光是這件事，就是帝國當局對補給戰充滿幹勁的最佳證明吧。

同時，譚雅也稍微想抱怨幾句。

「就算是戰時新聞，這也太過分了。」

雖說是為了節省版面與保護軍事機密，但後方閱讀的報紙內容，實在是嚴重偏離現實。似乎是《勇敢士兵的前線生活》這種愚蠢專欄的讀者投稿專欄裡的感想，甚至是讓人看到失笑。

「……審查與政治宣傳色彩還是一樣太重了。真心覺得，現在還是稍微讓大後方徹底了解前線的實情，會比較安全吧。」

宣稱是愛國感想文，由學童們寫信投稿的廢文。報紙上刊載著無數的這種文章……雖說作為提振戰意的手段並不壞吧。不過最近的學童，看來很清楚最前線的簡稱與軍事用語的樣子。

清楚到讓人看得想笑的程度。

「真想說，就算要投稿『造假』的感想文，也太差勁了。」

愈看愈覺得不對勁的文章。是不想隱瞞這是同一個作者寫的吧，男女都用一樣的方式講話。最明顯的就是，文章開頭已經模式化很久了吧。還真是相當粗糙的情報戰手法。

「……這樣，聯邦與聯合王國還比較拿手吧。」

這種權宜手法，沒道理能贏過那些騙徒吧。喝著倒在軍用馬克杯裡的假咖啡，嘆了口氣。帝國軍也有意識到情報戰與政治宣傳的重要性是很好。

但做得不夠高明，只會造成反效果啊。

「哎呀，閒著沒事幹，對工作狂來說有點傷呢。」

會抱怨起來，也是沒辦法的事。

要是看到他人草率工作，心情就會莫名地無法平靜。沒事幹啊——只要望向車窗，就是一片遼闊的荒地景致。

八月底陽光溫煦撒落的模樣，對於聽到東部就會聯想到泥濘的印象來說，太過溫暖了。

不過，這片就算拿出雙筒望遠鏡也依舊一望無際的景象，讓譚雅不掩厭煩的表情。

真受不了——本人在心中發起牢騷。如果要占領如此遼闊的大地，就會讓軍隊分散。但帝國軍大半的正面戰力，明明就沒有多到足以填滿這片大地。

這就像是闖進不知道有沒有出口的隧道裡一樣……想到這，譚雅・馮・提古雷查夫中校就苦笑起來，這還真不像自己。

車窗外的景致，似乎總是會引誘人往稍微不同的方向思考。

不過，還是不經意沉思起來了。

這也是個好機會，譚雅就趁這個時候，面對潛藏在自己內心裡的疑惑。

只要翻開歷史文獻，在譚雅所知的地球歷史上，德軍註定會在東部「逐漸溶解」。理由十分單純，就是在過於廣闊的戰線各處，不斷地累積損害。

消耗戰是致命性的。同時帝國的人力資源也還尚未枯竭。不過「尚未」也只不過是在現況下，完全無法保證將來不會枯竭。

然而，這是在事情照著第二次世界大戰發展之下的情況。如果是譚雅所知的第一次世界大戰，東部會是「德軍獲得勝利」，甚至還成功推進了戰線。

簡單來說，帝國在西方取得了勝利。然後，也沒道理要在東部吞下敗戰。因此就目前而言，依舊無法斷定勝負的走向。

客觀看來，目前仍然明確保留著戰勝的可能性。當然，也有著戰敗的可能性吧。

「……即使如此，也只能承認勝負依舊不明啊。」

要說這就是戰爭的話，就沒什麼好談了，這種無法清楚看透的迷霧，怎樣也無法讓人喜歡。

「戰爭迷霧」說得還真好。

先人諸賢們想必也有狠狠咒罵這種迷霧吧。

儘管如此，自己果然還是想知道結果。

想知道自己所走的道路前方有著怎樣的目的地，是理所當然的願望吧。穿越陰暗隧道之後，會有著怎樣的景色呢？

根據共產圈的小故事，在共產圈，黑暗之後似乎有著夢想與希望。

真是可悲，譚雅只能語帶嘆息地發出感慨。在東部這裡，答案始終都未曾改變。相信著夢想與希望，穿越隧道之後的景色是「雪國」。這要是妙筆生花的文學作品，想必會是一篇很棒的故事吧。

現實可沒有文學這麼美好。文學往往都會潤飾過頭。在現實的共產圈裡，是與幻想般的美景相差甚遠的「泥濘的雪國」。

帝國軍就在無自覺之下，絡繹不絕地闖進這種泥沼之中。

還真是讓人不舒服的光景吧……儘管只要知道道路去向，就不用這麼辛苦了。深陷在難以看透的五里霧中，讓人非常不中意。

「嗯？啊，就快到停車站了嗎？這麼遼闊的東部正面，就連中途停車站都建啦。看來鐵路課他們很用心在做事呢。」

減速聲與汽笛的聲音，甚至讓譚雅感慨起來，再次拿起報紙來看。或許是戰時的關係吧，報紙的紙質也相當粗糙……雖然還沒有內容過分。

姑且不論政治、社會版面，就連文化專欄都是為了提振戰意的慈善音樂會特輯。國民萬眾一心，齊唱愛國歌曲的活動，作為提高團體歸屬感的手段來講，應該並不壞吧……但真希望能讓音樂會繼續是音樂會。

這樣豈不是會讓中立各國的記者，用外電諷刺「帝國的音樂會」是「愛國集會」，而不是用來欣賞音樂的場合嗎？

「雖說我也沒立場對文化政策多說什麼……嗯？」

正打算再度沉思，就被規律的敲門聲打擾了。

「謝列布里亞科夫中尉，請求入室。」

「無妨，進來吧。」

「打擾了，中校。剛剛經由車站，收到本國傳來的聯絡。」

謝列布里亞科夫中尉手腳俐落地出現在眼前，手上拿著參謀本部經常使用的，厚實的密封文件袋。

「本國傳來的？」

「是的，中校。是從參謀本部傳來的。此外……還有一位剛上車的客人。」

「客人？找我的嗎？」

「對同學說這種話還真冷淡呢，提古雷查夫中校。」

正打算開封確認文件袋內容的譚雅，就在這時，注意到這句出乎意料的話語是誰的聲音，連忙起身歡迎。

相當讓人懷念的長相。那個人露出像是想掩飾疲憊表情的些許苦笑，站在包廂的入口前。

「打擾了，還請原諒我穿鞋踏入女士的閨房。」

「我的天呀。沒想到，我竟會被敬愛的烏卡中校擅闖閨房！難道不知道，就算要拜訪女孩子的私室，也是要守禮儀規矩的嗎？要是讓尊夫人得知你如此失禮，想必會很難過吧。」

「喔，沒想到居然會讓我深愛的妻子與孩子們傷心。軍務還真是麻煩呢。不得不服從軍令的自己還真是不幸。」

彼此在敬禮與答禮的同時，互相開著玩笑。

不過，這裡應該是要狂妄大笑的局面。真是可悲，看樣子耿直的烏卡中校，並不具備開玩笑的品味呢。應該是前線勤務的經驗不足吧。

烏卡中校本來就是與玩笑和幽默無緣的類型。看樣子，是沒能在最前線的現場上，培養好幽默的品味。

「哈哈哈，就用這作為遮口費，希望妳當作沒發生過這件事吧。」

就在這時，譚雅忽然注意到一件奇怪的事，全身頓時僵住。

……不會開玩笑的人，儘管笨拙，卻突然開始學著說玩笑話了？這還真是相當不妙的變化徵兆啊。

不論是自己，還是烏卡中校，本質上都是不苟言笑的人。就算沒深交到足以斷定對方的個性，也有著這種程度的確信。能通過軍大學選拔的將校，不論是好是壞，都有著強烈的個人特質，要不然就是像自己這樣個性篤實的將校。

烏卡中校跟我，要說的話，都屬於勤勉認真的將校。自己會脫離常軌，或是說學到諷刺的品味，最大的理由也是後天的外部環境，也就是最前線的殘酷經驗所造成的。有別於不醉就沒辦法戰爭，必須要在最前線培養幽默感的自己，烏卡中校應該是沒有這種必要才對。

這樣……一點也不像他。儘管如此，卻開起笨拙的玩笑？即使眼角看起來在笑，也感受不到一絲的笑意。

「……這是？」

「是透過駐外武官管道弄到手的阿拉比卡咖啡。我想前線應該很難取得，就在參謀背包裡裝了兩公斤帶來了。順道一提，有一百克已經烘焙好了，其餘的則是好好裝在密封罐裡。」

「喔，這還真是不好意思了。」

烏卡中校笑著回了句「別在意」，將背包遞給謝列布里亞科夫中尉，同時坐在譚雅對面的位置上。

……甚至還關心起最前線的狀況。雖是擔任後方勤務的參謀將校理想的表現，不過坦白說，烏卡中校是不太喜歡公私不分的人。

換句話說，這會是個足以「讓他的良心允許他這麼做」的問題吧。儘管沒表現出來，但自己的心境，就像是個要被送去就快爆炸的巨大炸彈拆解現場的未爆彈處理人員。

「這次是以闊別許久的前線視察為由，來看看老同學的狀況。待在參謀本部擔任內勤，久了也會讓人眷戀起外頭的空氣呢。」

「戰鬥群的指揮官，有著許多自由裁量權，是坐起來很輕鬆的位置喔。」

「還真是羨慕，似乎會變成我在單方面地抱怨私事呢。」

烏卡中校是在參謀本部的魑魅魍魎之中，少數個性嚴謹的軍大學同學。他會像這樣擺出一副要談私事的態度？

大致能察覺到，也就是說他帶來了某種不能讓他人聽到的事情吧。是非正式的傳言。是沒什麼好事的前兆。

該死的混帳東西。

總歸來講——譚雅在心中重新抱怨。烏卡中校是大型衝突的傳達角色。我詛咒那群想把多餘的辛苦硬推給現場的高層。

「這也沒關係喔。我可是被容許在外頭自由行動之身，連個抱怨也不聽怎麼行呢。對了，謝列布里亞科夫中尉，不好意思，想麻煩妳幫我磨個豆，泡個咖啡過來。盡可能泡得細心一點，『慢慢來就好』。」

「我知道了。請稍微……我想想喔，就請等我三十分鐘左右吧，我會準備兩杯過來的。」

明明就沒有特別強調最後一句話，也依舊能確實察覺到我的意思的副官，真是太棒了。謝列布里亞科夫中尉伴隨著漂亮的敬禮，規規矩矩地離開。

目送走她的背影，將包廂門鎖上。

好啦，譚雅向烏卡中校說道。

「……那麼，正題是？」

「是無聊的傳言……沒想到我會有這麼一天，要告知友軍這種事情。真是懊悔到快吐了。貴官要是能喝酒的年紀，我應該會帶瓶酒過來吧。」

耿直的軍人，居然在值勤時說他想喝酒？

「唔？」

儘管內心裡不斷感到無聲的震驚，譚雅在表面上依舊是佯裝冷靜，只是歪頭表示不解。

「中校。傑圖亞閣下擔心這次的攻勢過於『擴大』了。尤其是嚴重反對，要將大規模的戰鬥正面，更進一步擴大的決定。」

「這不是很有道理嗎？」

忍不住點頭認同。

傑圖亞中將的想法，是非常踏實的安全策略。只要不擴大戰線，將重點放在重新編制戰力上，就不用被雪與泥濘絆住，專心作業了。

面對東部的泥濘與可怕的極寒，想要不受阻礙地展開行動，就必須要做好準備。這只能說是非常有道理的想法。

「問題在於，盧提魯德夫閣下的意思。」

「……也就是作戰局那邊的見解嗎？」

「沒錯。」聽到他這麼回答，譚雅當場僵住。實際擔任軍事行動計畫的那群人，有他們自己的想法是不錯。只不過，像盧提魯德夫中將這種「積極的作戰家」反對起安全策略，只會是某種麻煩事件的起因吧。

「……他們的意思是？」

「作戰那邊重視著『時間』。」

「烏卡中校，意思是……他們認為不該給敵人多餘的時間嗎？」

「沒錯，他們擔憂這會給敵人重新編制的時間。」

烏卡中校所說的，是帝國軍參謀本部作戰參謀們的思考邏輯。讓人困擾的是，聽起來，這個理論「也一樣是對的」。

在大規模戰線上重新編制部隊，整理戰線。以軍事觀點來看，這會是必要措施吧。畢竟，讓軍隊毫無秩序的分散各地，將會大幅損害其戰鬥力。

另一方面，倘若要重新編制，可就沒辦法攻擊了。

這會讓敵人承受到的壓力銳減吧。換句話說，如果我方為了重新編制戰線停止攻勢，也會同樣給予聯邦軍他們緩衝期間。畢竟，就唯有時間會平等分給每一個人。

這樣一來，對方也肯定會重新編制。這就某種意思上，會是永遠的兩難困境。

「作戰領域的傢伙們，還有盧提魯德夫閣下，似乎認為這次的攻勢就算多少有些勉強，也想要包圍殲滅聯邦軍的野戰戰力的樣子。」

因此，當烏卡中校望著車窗外頭說出這句話的時候，譚雅就算再不願意，也理解到上頭的意思了。

「是希望能早期解決問題吧。」

「……在冬季逐漸逼近的狀況下，是嗎？」

現在還是八月。不過，也已經是八月底了。就算整個九月沒問題，但要說到適合軍事行動的天氣，能否保持到十月底，就讓人非常擔心。

「時間是有限，但還不到絕望的地步吧。所以要活用我軍的機動力，進行大規模的側翼包圍運動。」

聽到的瞬間，沒有蹙起眉頭，全是靠著自制心吧。

能保證一個月。只不過，無法保證到兩個月。愚蠢的豪賭。以大規模作戰來說，風險也未免太大了。要是能這麼批判的話，會有多麼輕鬆愉快啊。

然而，不背負風險就無法獲勝，這不論是市場經濟還是在戰場上都一樣。

「參謀本部的試算結果是？」

「意見出現分歧。」

會分成贊否兩派也是當然的吧——就這樣點頭附和也很失禮吧。

儘管如此，也依舊想露出曖昧的微笑。對譚雅來說，她還能充分預想到，參謀本部這陣子會是晴時偶爆炸的天氣。

「照作戰他們的說法，就是『現在還存在著以戰略規模包圍殲滅所需要的緩衝時間』，一副咄咄逼人的態度。說什麼只要有兩個月，就能『做給你們看！』這樣。」

「就連有沒有兩個月都很讓人懷疑啊。」烏卡中校一面感慨，一面把話說下去。

「另一方面，立場偏我方的那些戰務則是氣炸了。說他們這麼做，是讓本來就很脆弱的補給線暴露在危機之下。似乎是認為，既然無法確實確保兩個月的期限，就想在大雪妨礙作戰之前，將剩下的期間用來準備過冬。」

「還真是任性的說法呢，烏卡中校。」

低吟了一聲的烏卡中校，也有自覺吧。不過，譚雅特意繼續說下去。

「反過來說，要是給予敵人重新編制的時間，就很可能要靠脆弱的補給線，不斷支撐著恐怕會長期化的戰線。若要說到風險，戰務方的計畫也有吧。」

「理論上，就跟妳說的一樣吧。但麻煩的是，雙方的理論都有著相當的正確性。」

正是如此。

這正是這個問題的根本，譚雅在心中獨白。現實有許多情況，往往必須從兩難的選擇之中，選出自認為比較好的選擇。

如果能有完美的情報，情況就會不同也說不定，但情報總是不完整。只能從有限的手牌中，選出最好的推論。

「考慮到敵人的動作緩慢，積極案的成功機率說不定會再高一點。」

烏卡中校就像發牢騷般說出的每一句話，在理論上都很正確。

「要是敵人無法有效活用時間『的話』……『只要』我方能有效活用時間，也會有利於我們重新編制，建立起堅若磐石的態勢。」

的話、只要的連續假設。未知的要素未免太多了，讓人想長嘆一聲真受不了。

「烏卡中校，可容我插句話嗎？」

「當然。」烏卡頷首答應。儘管不是想趁著這個機會發問，不過譚雅還是問出她十分在意的主題。

「我只有聽說，我們的任務是要掩護主軍。如果能請教一下，參謀本部內部的議論，與我們的新任務有何關係的話，就再好也不過了。」

最前線的轉調命令，還有突然來到眼前抱怨起來的軍大學同學。要認為這只是偶然，是不可能的。

過度的猜忌，只會讓人陷入低劣的陰謀論吧。然而，要說這次的相遇並不是安排好的，就是騙人的。

「雙方的意見對立。而且雙方不論好壞都是實用主義者……討厭空泛理論的類型。」

「誠如你所說的，雙方都是重視現場的軍人。」

「該說正因為如此吧。提古雷查夫中校，我很同情妳。雙方在理論上沒有對立，都希望能在現場進行驗證。」

驗證這個單字，讓譚雅歪頭不解。不對，等等。現場驗證不就是……正當想到這裡時，烏卡就接著迅速說出結論了。

「極端來說，似乎是要根據敵軍的實情調查，做出結論的樣子。」

「該主張這種做法太悠哉了吧。究竟要上哪找時間做這種事啊？」

「雖然對貴官來說，這是個不幸。但不論是要轉為攻勢，還是要轉為防禦，都還需要一點時間才能做好準備吧……所以能確保調查的時間。」

啊，儘管討厭的預感響起警報，但也已經太遲了。

「結論很單純。就是在物資儲備期間，用妳的戰鬥群去試探一下。」

「是武裝偵察嗎？」

「稍微不太一樣。是『突出部』的防衛任務。」

譚雅知道，瞪大眼睛盯著人瞧很沒禮貌。

儘管如此——

譚雅依舊直瞪瞪地凝視起，說出要把自己推向危險地帶言論的烏卡中校的雙眼。

「有一個特意給予敵人時間，放任他們重新編制的地區。希望妳能在那裡與敵戰力交戰，掌握敵軍的實情。簡單來說就是測試。想要妳在這塊特意突出戰線，不具備戰術價值的土地上進行實驗。」

這總歸來講，不就是養在礦山裡，靠著有沒有在啼叫，來證明哪裡危險的金絲雀嗎！

就連白老鼠都不是！

「我有個相當失禮的疑問……這個任務是要我的部下，為了證明雙方之中何者正確，而去送死嗎？」

「雖是有點刺耳的說法……但妳說對了。參謀本部內部的問題，就該由參謀本部解決。也就是說，必須得靠我們參謀將校的自家人來解決。」

或許該說，就譚雅所知的程度。

烏卡中校他們這些參謀將校，不論是好是壞，都對「參謀將校」的身分有著過於強烈的精神歸屬感。

說這是貴族義務，算是很崇高的精神吧。

說這是菁英的義務，在傲慢之餘也很誠實吧。

然而，像烏卡中校這類的人，可不會毫無節操地把這種想法說出口。通常的情況下，菁英也是一種心態。像烏卡中校他們這種選拔人才，不會用嘴，而是會用行動來證明自己是菁英。

這種人……會特意提起參謀將校的頭銜？只覺得踩到了一顆特大的地雷。

「恕我失禮，烏卡中校。聽你這麼說，是發生了什麼變故嗎？」

「……也是呢。雖說是機密……但是我們把妳牽扯進來的。基於道義，也該向貴官確實說清楚這件事吧。」

仰望著包廂的天花板，掩不住嘆息的烏卡中校，心境應該相當難受吧。仔細一看，會發現他注視天花板的視線也隱約帶著疲勞神色。而最讓人感到不對勁的，則是他精疲力盡的聲音。

直到剛剛都還勉強算是有活力的聲音，突然間萎靡下來。

「最高統帥會議在最近這段期間，完全是鬧得不可開交。讓政府、參謀本部、宮中的情況變得相當愉快。」

就像打從心底不覺得愉快的口吻，自暴自棄似的抱怨起來。

「外加上也不能無視輿論。帝國各處都向我們發出叱責與壓力的風暴，要求我們『趕快結束』呢。參謀本部就像是遭到一陣特大颶風摧殘過一樣。」

「要求早期解決的聲音，已成為一股過重的壓力了。」烏卡中校語帶呻吟地低聲補充。

「儘管沒辦法公開來講，但傑圖亞閣下與盧提魯德夫閣下的爭論，同時也是『國內政治』的延長。他們在職責上的立場，相差太多了。」

「我說太多了呢。」看向車窗沉默下來的烏卡中校，譚雅深深同情著他的心境。

是輿論啊。

直到剛剛都還在翻閱，只有刊登不像樣報導的戰時新聞報紙……看來名為社會風氣的怪物，似乎成長得很順利的樣子。

儘管不知道是誰播的種，但就是沒有好好收成，事情才會變成這副德性。

看來後方的環境，也讓正常的人過得相當辛苦的樣子。不對，應該還是比最前線好很多吧。

自己也想像烏卡中校那樣在後方工作。

不過也能理解，在後方工作並不輕鬆。比方說，傑圖亞中將是「戰務」負責人。極端來講，基於統轄國內戰爭資源的立場，他應該非常辛苦。

就從民需的觀點來看，帝國已開始將有限的資源，投入無底的東方戰線。恐怕還是以軍事機構以外的地方，難以理解的可怕劇烈速度。這樣一來，與份額遭到侵占的各部門之間的不和，就極為麻煩。

不對，麻煩的程度恐怕是難以想像。

光看一篇愚蠢的報紙報導，就能充分明白了。

寫報導的人與戰地的實情背離，是一種過於危險的傾向。如果是因為不能公開軍事機密，而寫得模稜兩可，還算是有道理。只不過，假如是本來就「不懂」的話，就跟在報告、聯絡、商談與情報傳達上，具有重大問題是同等的意思。

就像是一間業績差勁的公司。距離眾人殺氣騰騰，毫無意義地激起煩躁情緒這種典型的惡性循環，就只有一步之遙。

「……烏卡中校。我受領這項命令。不論如何，下官與部隊就只是遵照軍令，在重新部署的地點從事戰鬥任務。」

「這樣啊。就有勞妳了這種話，就連我也覺得是陳腐的蠢話。提古雷查夫中校，我無法跟妳保證能增加補給。但是，就憑同學的交情，就唯有這件事我能斷言。只要是我權限所及之內，我無論如何都會維持住補給線。」

「就拜託妳了。」眼前這名向我低頭的人，是在參謀本部「從事補給業務」的校官級參謀將校。本來應該是只要有心，就能盡可能做出通融，擁有這種立場的人。

就連這樣的烏卡中校，光是要保證能維持住補給線，就竭盡全力了？

「有『這麼嚴重』嗎？」

「就是『這麼嚴重』，抱歉。」

啊，這就是想仰天長嘆的心情吧。

在參謀本部負責鐵路與後勤的中校，就連對依照參謀本部的通知部署，直屬參謀本部的沙羅曼達戰鬥群，這區區一個戰鬥群，都無法確保能夠增加補給？

到最後，就連要保證會有補給，都已經是竭盡全力了？

這可不是師團或軍團，而是拼湊起來的戰鬥群喔——會差點想把這句到嘴邊的話說出口，也是情有可原吧。

然而，瞧瞧在烏卡中校的痛苦表情上，浮現出的濃濃苦惱神情！沒有比這還要更能淺顯易懂地顯示出後方的實情了！

所以，傑圖亞中將才會無論如何，都不得不反對再繼續擴大戰線吧。就算再不願意，也會理解到，不能再將更多資源分配給軍需的實情。

不過，反過來說，同時也能理解到，盧提魯德夫中將等人追求早期解決事態的理由，這也讓人感到為難至極。有必要趕快在不斷浪費龐大資源的東方戰線取勝，結束這場戰爭的意見也近乎真理。

就算不去在意與追求早期成果的最高統帥會議之間的關係，身為作戰的人也不得不意識到這一點吧。

「資源有限，必須終止資源的浪費」，然而為了做到這點，「所需的資源卻枯竭了」。

他們兩人都是對的，所以事態才會非常棘手。

「……這是何等泥沼啊。」

在包廂內無意間說出的一句話。抱起頭，忍不住有種想大叫的衝動。對此默默點頭，起身離去的烏卡中校，想必也有著相同的感想吧。

所謂，事情為什麼會變成這樣啊。

統一曆一九二六年八月三十日　東方戰線　突出部

於是乎──

倘若要以理所當然的感覺述說故事的話──

在譚雅・馮・提古雷查夫中校的指揮下，沙羅曼達戰鬥群就在除了戰史學家外，恐怕沒人會感興趣的過程中，平安無事地在小型突出部展開部署。

就一個戰鬥單位來說，他們是具備著超常戰鬥力的部隊。只不過，或許該這麼說吧。儘管具備著裝甲戰力、自走化的砲兵戰力，以及卓越的航空魔導部隊，然而該戰鬥群就本質上來講，只不過是一個以臨時編成作為前提的戰鬥群。

就永久性地確保據點這點上，受限於步兵戰力的該戰鬥群，一旦想保住突出地點，就一定會在某處露出破綻。

「……又是這種困境啊。」

苦澀低語的譚雅心境很單純。

儘管是據點防衛，譚雅卻不得不將積極的機動戰，作為唯一能採用的方案。畢竟光是防守的話，人手是完全不足。

但就算這麼說，也不是沒有辦法持續發動攻勢確保要衝。

「要是為了確保據點派出兵力，就會導致配置分散。在這種廣大的戰線上，要將戰力分散派出是絕無可能。會讓本來就貧乏的戰力，暴露在各個擊破的危機之下。」

這種情況，完全就是帝國軍戰力在東部的小型縮圖。

這簡直就是讓人去當金絲雀的概念驗證實驗。當然，在官方上是叫作「據點防衛戰術的戰鬥群實驗運用」，這個聽起來很有道理的名頭。

雖是很沒有生產性的作為，不過參謀本部肯定是無論如何都很想嘗試，能否靠有限戰力支撐廣大戰鬥正面的實驗。

我們就基於這個理由，不斷地互相廝殺。儘管主戰線維持著，在史書上恐怕會被描寫成戰線停滯期間的穩定狀態……不過與我們無關。的確，既然帝國、聯邦雙方都沒有進行軍團規模的作戰行動，「東線無戰事」的報告，就俯瞰觀點來看並沒有錯。

只不過，伴隨著嘆息，譚雅在心中偷偷做出補充。

就算是教科書認為不足為取而沒有介紹的戰爭，也並不會是明亮乾淨的。

「開始掃蕩殘留敵兵！慎重行動！」

各部隊的指揮軍官們，不敢大意地持槍努力搜索的模樣。

這不是在享受秋季情趣，會將刺刀刺進收成好的麥稈裡，是在找尋有沒有敵兵躲進民宅，將兵們的這副模樣，究竟會不會留在史書上呢？

「找到了！別讓他逃了！」

「抓住他！讓他把協助者的情報吐出來！」

夾雜著髒話辱罵，此起彼落的幾句話過後，耳中聽到的是數發的槍聲與沉默。看情況，是活捉失敗了吧。

儘管想要情報，所以指示他們要活捉敵兵……不過看起來，要我的戰鬥群將兵活捉廝殺的對手，或許是個相當困難的指示。

……更重要的是，對方也沒辦法作為俘虜，或許該這樣抱怨吧？

畢竟，就算再不願意，敵兵也大都是見慣的非正規民兵。並非正規軍人的民兵，可沒有作為俘虜的權利。因為在國際法上，並沒有承認與未明示所屬勢力的匪賊之間的交戰權。

這樣一來國際法的保護，究竟能有何種程度的效果，就會是很理所當然的疑問。只不過，「有高機率會被殺死」跟「毫無疑問會被殺死」有著完全不同的意思。

要是確定會被殺死的話，對手就肯定會拚死反擊。這種持續著不是你死就是我亡的現況儘管異常……不過早在束手無策時，事態就更加變得惡質至極了。

「這也是淒慘陰暗的消耗戰的一部分。再這樣下去。士兵真的會溶解啊。」

一面發著牢騷，一面作為指揮官，謹慎地迅速打量起四周——

眼前，將兵們正在為了小心起見，朝敵兵倒下的屍體揮下鏟子，確認死亡當中。

就連當初抵達東方戰線就任時，下手還很容易遲疑的傢伙們，如今都已成為效率與確實性的僕從，毫無任何的客氣與寬待。只要讓這樣的傢伙們，體驗到悽慘的非正規作戰……就能不費吹灰之力讓他們適應下來。

在突出部展開部署才短短兩天。

部隊正逐漸熟悉非正規作戰的泥濘，而不是與正規軍之間的乾淨正規戰。不對，是作為一個人，不得不受到改變，或許該以哲學性的口吻這麼說吧？

因為有必要，這句話會讓人輕易改變吧。

——畢竟，在這裡沒有一天不會遭受襲擊。聯邦軍的突擊部隊，就在我們展開部署的同時，開始頻繁地不斷展開活動。掃蕩戰作戰的展望，是無盡的黑暗。

說到底，以機動戰為前提編成的沙羅曼達戰鬥群，完全不適合執行這種治安戰。說得極端點，這就跟要騎兵去攻城差不多。

「報告中校，已排除完畢！」

「有敵魔導師嗎？」

「並未確認到。這次果然還是以民兵為主的游擊戰啊。」

「我知道了。」點頭答覆的譚雅，內心是無比沉重。

如果是正規軍對正規軍的戰鬥，我們隨時隨地都做好了準備。至少，如果是自己率領的沙羅曼達戰鬥群，就能將同等數量的聯邦軍瞬間擊潰。

然而，不得不在這點上感到懊悔也是事實。極端來說，譚雅的戰鬥群就只能將敵軍擊潰。想要確保敵人身分，將反抗勢力一一徹底摘除，人力實在是太過缺乏。

步兵部隊的人手太過不足。照這樣下去，很容易作為難易避免的命運，暴露出破綻。

「無論如何，都必須想辦法脫離這個泥沼……」

然而，要怎麼做？就連參謀本部都還在尋找解答喔。在心中對自己的話自問自答，就是這麼一回事吧。

因為譚雅自己，不對，就連其他的參謀將校都有認知到這個問題。儘管自認為有理解到問題在哪裡，但要找出處方箋卻困難至極。

而且，把時間用在「整理思緒」上，會是種極為奢侈的時間運用方式吧。

在對游擊隊戰當中，就連要找個時間慢慢思考都難以做到。畢竟訪客總是來得突然。突然傳來的通訊呼叫聲，總是不會考慮到我方的方便。

「Salamander05 呼叫 01。是新來的敵人！」

派去警戒的格蘭茲中尉傳來的報告中，出現了敵人這個單字。

光是聽到這個單字，就算再不願意，也會將意識切換過來。為了守護深愛和平的自己的安全，就必須要以萬全的態勢，迎戰威脅安全的敵人。

「東北方向，有未確認的魔導部隊正在接近。數量有四！……姑且是在匍匐飛行當中……應該吧？」

「Salamander01 收到。05，辛苦了。他們應該就是敵人的主攻吧。立刻前去迎戰，不過要賺擊墜數的話，要是記得留我一份，我會非常高興喔。」

為了掃蕩殘留敵兵，我的戰鬥群正在散開當中。

這肯定就是敵人的目的吧。趁我們將注意力集中在地面戰鬥上的瞬間，運用航空魔導師從空中攻擊的一擊脫離策略。

可說是一如教範，忠於穩健理論的方法吧。因此，能直覺性地理解到，這就是敵人的目的。不論是好是壞，都很簡單明瞭。

「對了。」就在這時，譚雅就像是突然想到似的，把話繼續說下去。

「還有，我要對05提出一個警告。報告內容要確實明瞭才對。敵部隊到底是不是在匍匐飛行當中？」

「05呼叫01。真是非常抱歉。但那與其說在飛，更像是鴨子在學飛一樣的感覺……」

「01呼叫05。變得很會說了呢。你說是鴨子？」

唔，玩味著話語的意思起飛。一面提升高度，一面根據格蘭茲中尉的報告，將雙筒望遠鏡朝向敵人應該正在接近的方向，開始搜索。

「就是鴨子。我想親眼去看會比較快……敵人的機動與其說是貼地飛行，更像是直線飛行。連從我們的位置這邊都能瞄準。該怎麼說好，或許是光飛就竭盡全力了，所以忽略掉上方警戒的視點吧。」

「啊，我看到了……很好，上吧。」

這是……在親眼看到後，才總算是同意格蘭茲中尉說得沒錯的光景。

雙筒望遠鏡的前方，是搖搖晃晃試圖保持不自然的軌道，死命掙扎飄在空中的聯邦魔導師們。那副模樣，很難說是航空魔導師。那與其說是飛在空中，更像是在空中溺水。

「……真沒想到，居然會有光是飛起來就竭盡全力的敵人呢。」

這如果是在萊茵戰線當時，應該會認為光是飛起來就竭盡全力的魔導師，絕對是敵人的偽裝吧。說不定還會痛罵格蘭茲中尉，要他仔細看清楚。至少，作夢也不會認為現在目視到的四人，會是敵方的攻擊主力吧。

肯定會懷疑，這是在主要的大型攻勢之前，用來讓我方的感覺麻痺的騷擾攻擊，要不然就是單純的佯攻。

不論是在萊茵戰線，還是在東方戰線，雙方都同樣重複著你來我往的狡猾詐術，就這點來講，「戰爭迷霧」依舊是瀰漫不散。

只不過，東方戰線的規則稍微有點不同。

那就是敵人期待著帝國軍因為疲憊而自行崩潰。

畢竟，譚雅朝飛在自己上空的一個中隊看去。以二十四小時體制，時常派出一個中隊規模的直接掩護，警戒敵人靠近，是相當累人的一件事。

然而辛苦的結果，對手卻是……四名光是飛就竭盡全力的敵魔導師。

「雖說是沒辦法的事……不過防守方必須要防備，不知道會從何時何處發動攻勢的敵人，這樣很吃緊啊。」

「確實如此。不過，敵我的損耗比率巨大。我們做得相當好。今後也肯定能繼續下去。」

聽到拜斯少校這麼說，譚雅就破顏笑道：「你說得沒錯。」

然後，就像是要證明這句充滿自信的話語，在譚雅兩人眼前前往迎擊的部下，發出一個中隊規模的統一射擊。

指揮的人是格蘭茲中尉。

「很好，就讓我看看你的本領吧。」

不覺得他會在這裡射偏……譚雅甚至不認為有必要擔這種心。可是從萊茵戰線，就認識他到現在了。

我可不是就連部下成長的事實都確認不到的笨蛋。就連在過去，只會讓人擔心的格蘭茲中尉都成長了。

戰爭不是什麼好經驗，但是……實戰卻會讓人成長。一路累積經驗、承受試煉、發揮能力至今的將兵部下們，正是人資財產。

在人力資本的投資之下，經過適當訓練的格蘭茲中尉，有著值得讚許是專家的本領。

儘管還稱不上是超長距離，對手也稱不上是魔導師，但仍舊是以相當的射程，擊中匍匐飛行中的一個小隊，將敵人一舉殲滅。

「漂亮，已確認全威脅擊墜。」

一度懷疑能不能派上用場的新進員工，在現場迅速累積經驗，讓才能開花結果……就算是難以說是有生產性的戰爭技術，也必須得要讚賞他對提升職務才能的真摯心態吧。

「共同擊墜數為四。照這樣來看，等東方戰線結束時，Named 制度肯定會變得徒具形式吧。畢竟照這個步調下去，Named 會變得滿地都是吧。」

「哈哈哈，就算是這樣好了，也不會連白銀的別名都黯然失色的。」

「很難說呢。」

雖然沒辦法跟拜斯少校指明，但他的發言，終究是以帝國的勝利為前提。就他的立場來說，這是正確的也說不定。

儘管如此，譚雅對自身的際遇苦笑起來。就唯有自己，沒辦法像個天真無邪的戀愛少女一樣，確信帝國能獲得勝利。

仰望起萬里無雲的藍天，譚雅發出嘆息。不論是百年前，還是千年前，抑或是百年後，還是千年後，天空都不會改變吧。

普遍的性質。持續著應有的模樣。

天空的型態，還真是叫人羨慕。

明明就無法確定，自己所屬的帝國是否果真會是個千年帝國，上方卻存在著一片遼闊的天空。等到東方戰線結束時，不知道帝國是否還健在。由於譚雅主要擔心的是這件事情，所以才會想向天空投以羨慕的眼光吧。

不是想可憐自己。

然而，這還真是艱辛的立場啊。

不過現在比起自哀自憐，必須要優先處理掉眼前的課題吧。

「Salamander01 呼叫全體沙羅曼達戰鬥群。我判斷戰鬥已經到了一段落。開始收容傷患，以及搜索俘虜。」

即使擊退了敵人的襲擊，軍隊要做的工作依舊不減。倒不如說，就跟開派對一樣，善後處理還比較辛苦。

要是不認為，只是要煩惱善後處理就算很幸福的話，根本做不下去。後悔與反省，都是活人的特權。要是死了的話，就連後悔都沒辦法。

「第二中隊快速反應待命。第三以及四中隊，兩隊繼續擔任警戒線巡邏。警戒線的指揮就由02負責。」

「02收到。請交給我吧。」

「很好。」

那麼，就算將一部分的工作交給拜斯少校處理，指揮官要裁決的文件與要判斷的必要事項，也依舊太多了。

光是部下戰死，就必須要寫節哀的信件送往後方。當然，信件內容照規定，還必須要體諒遺族的心情。既然照本宣科的信件會遭到抗議，經由人事局反映在考核上，就沒辦法敷衍了事。甚至連出現傷者，都建議要寫通知信。

要是不僅會導致人力資本減少，最後還會增加自己的工作量的話，也難怪會發自內心討厭起部下的戰病死與負傷了。

基於市場基本的觀點來看，像軍人這樣愛好和平的職業，應該也很少見吧。

啊，該死，在心中抱怨。只不過，不工作不行。因此，譚雅・馮・提古雷查夫中校就為了善盡自己的職責，以筆與墨水為對手，果敢挑戰起絕望性的業務量。

該相信的，是自己的勤勞精神，與獲贈的咖啡豆。

儘管如此，考慮到消費量正以指數函數增加，咖啡豆的供給卻無法穩定的狀況，對補給的不安，就也是個讓人頭痛的問題。

補給中斷，果然很讓人害怕。

不對，譚雅就在這時停筆，確信著與後方的聯繫。

烏卡中校不是跟我保證了，「就算無法增量，也至少能維持補給」嗎？咖啡豆也能期待透過定期的補給送來吧。

「咖啡因啊。歷史上從未有過在供給中斷後還能獲勝的案例……當還能穩定供給嗜好品給前線時，就表示帝國還有餘力吧。」

只要翻開咖啡的歷史，就能清楚知道咖啡是一種嗜好品。

是基於人類的興趣嗜好，作為經濟作物受到人類栽培，透過物流從原產地運送到遙遠的地區。

這當中的基礎，是能夠實現穩定流通，超乎想像的供應鏈的存在。

正因為如此，或許該這麼說吧。

能夠維持流通，即是偉大的證明。當還能連接起物流時，帝國就還有勝利的可能性。

只要思考著這些事情，勤奮工作著，太陽就也在不知不覺中下山了。

「唉，管理職還真累人。儘管是裁量勞動（註：日本的一種工作制度，基本工時外的工作時間由勞工自行決定），實際上卻……」

沒有裁量的餘地嘛──就在即將如此開口抱怨的瞬間，耳朵聽到相當熟悉的開砲聲，還有複數的爆炸聲。

……真是夠了，也讓人想這樣抱怨。

相對於寂靜的夜幕，聯邦兵還真是粗暴。

「收到第一報了！鄰近村落傳出數發槍聲與爆炸聲的回響！哨兵發現到聯邦的定期通訊，進入交戰！目前，各部隊正在擊退襲擊！」

從值班中的謝列布里亞科夫中尉那裡聽取到報告，譚雅一臉厭煩地站起。這些傢伙就連享受秋夜的情趣都沒有。

「真是勤勞到讓人生厭的一群人，不懂什麼叫作勞基法嗎？」

「就是說呀，中校。不免都要習以為常了。」

「說得沒錯。只能感慨讓自己染上這種壞習慣的不幸命運了。」

只要習慣了，對應本身就不算太難。就算難以坦率地對這件事感到高興也一樣，或許該這麼說吧。只要來到指揮所，就會發現敵人的動向是一如往常。

綜合突然傳來的槍聲與各部隊傳來的報告，要掌握狀況並不是一件難事。

一旦習慣單調化的模式，就很容易導致輕忽大意，不論是好是壞。不過……只要對應沒有出錯，就絕對不會只有壞事。

「是現場傳來的，中校。」

只要接過電文，聽取完報告，就會發現情況依舊是一如預期。

「司令部，這裡是第三步兵中隊。已擊退小規模的襲擊。是少數武裝突擊部隊發動的夜襲。現在正在清掃戰場。」

畢竟──或許該這麼說吧。

判斷遭受到的攻擊，是典型的騷擾攻擊。雖是以妨礙睡眠為目的的陰險攻擊，不過要說這只需要靠當場的狀況處理的話，對應起來就算是比較單純。

只需要防守、擊退，然後修復損害。

「損害呢？」

「哨兵們成功早期發現，除了房屋燒燬外，沒有其他重大損害。」

這樣就好。節哀的信件能少寫一封是一封。

「幹得很好。哨兵們的名字是？」

「是克魯茲下士等人。」

「我知道了。他們那邊，我之後會送點東西過去。等一下把有關那邊狀況的詳細報告送來，部隊也不要讓他們放鬆警戒。」

一方面高興損害輕微，一方面也證明了狀況依舊是充滿麻煩。雖說損害輕微並成功擊退，但接連下來也會導致失誤。

失誤到最後，就會引發重大慘劇。

「我會注意的。」現場指揮官答話的聲音很可靠。看來是不需要我交代吧，譚雅一面苦笑，一面催促他繼續報告下去。

「詳細情況各級指揮官正在統計當中，不過損耗極為輕微。這次發現得早，對應也很迅速，詳細報告也很快就能送去了。不過，剛剛不得不將小睡中的將兵們叫醒，我想必須要注意睡眠不足所導致的疲勞。」

「這也是沒辦法的事呢。」譚雅語帶呻吟地表示同意。

將我方逼迫到無法鬆懈的環境下，努力妨礙睡眠的聯邦游擊部隊，實在是很為所欲為。

考慮到敵兵下手毫不遲疑的表現，應該是也發出焦土作戰的許可了。說到他們一發現基礎建設與設備，就逐一破壞掉的本領之好，就讓人生氣。

「姑且不論製造技術，在搞破壞方面上，不得不承認共產主義者也很能幹啊。」

「就是說啊。至少，我方還能用優秀的修理手段對抗。就讓那些破壞狂，見識見識我們的本領吧。」

用算不上是玩笑的俏皮話，回覆俏皮話。這儘管看起來像是在嬉鬧，不過譚雅知道，當還有餘力開玩笑，能經常韜光養晦時，就還沒有問題。

在戰壕、在前線，愈是笑不出來的傢伙就愈為脆弱。

即使認真是種美德，但會把人逼上絕路的認真，也讓人束手無策。還是槍斃掉，比較能多少對社會做出點貢獻吧。

就這點來講，睡眠不足也極為有害心理與戰意。

對於床鋪遭到燒燬的第三步兵中隊來說，他們直到修復作業與救火活動結束前，應該都沒有辦法好好休息吧。由於是秋天，所以勉強還有辦法野營……但是步兵，可以的話還是想讓他們睡在有屋頂的地方。

「給我好好幹吧。我立刻就安排慰勞品送過去。」

一放下話筒，就說到做到。譚雅很清楚，正是在這種時候，關心部下才顯得非常重要。

慰勞並獎賞努力工作的部下，就算程度再低，也能對現場帶來重要的變化。讓部下們感受到，上頭有確實看到底下人的努力，正是人事管理的基本。

要是對信賞必罰的大原則敷衍了事，就等著看組織分崩離析。必須要尊重原則之所以是原則的理由。

「對了，謝列布里亞科夫中尉。我要送點慰問品，給第三中隊勤勉的克魯茲下士等人。就從大隊公庫裡，拿一瓶妳放進去的酒送過去。」

「是……是的！」

「我期待妳的消息。」譚雅一邊回話，一邊在這裡重新整理思緒。將意識從人事管理者那邊，拉回到指揮官這裡。

狀況很清楚。

在游擊突擊部隊的夜襲下，第三中隊駐紮的數棟房屋遭到縱火。這是每晚的例行公事，早就已經習慣了……但問題是，他們會不會在今晚發動下一次的襲擊。

要是認為敵人會繼續發動夜襲，就有必要敦促展開中的各部隊，提高警戒等級。但假如敵人沒有來，這就會是在削減寶貴的睡眠時間吧。

是要維持警戒等級讓部下休息，還是提高警戒等級防備敵襲，真是矛盾。不論要選哪一邊，都很難做出決定。

「好啦……該怎麼做呢？」

會覺得腦袋不夠清楚，是因為自己多少也有點睡眠不足吧。

為了讓腦袋清醒，拿起不知何時準備好的咖啡，然後在聞到香氣的瞬間，哎呀，譚雅苦笑起來。因為是前幾天從烏卡中校那邊拿到的咖啡豆吧。

徹底習慣公發假咖啡的鼻子，明明就會為了無視味道，盡可能不會去聞咖啡，現在卻為了追求闊別許久的芬香，聞起咖啡的香氣。

就算是這種事情，也能帶給人補給情況正常的安心感。前所未有的濃郁咖啡香氣，就彷彿沁入疲憊的身軀之中。

烏卡中校的喜好還真不錯。

喜好嗎？想到這，譚雅就回想起一件事。自己置身的狀況，完全不符合自己的喜好。讓我很不愉快。如果要根據教範指示，這是應該要將友軍遭受襲擊的事實，立刻通知全體部隊，進入快速反應體制的狀況。

但問題是，教範指示的對應方式，並不適用於東部的現況，這種環境上的問題。
嚴格來講，由於東部最前線與主戰線側面是無人地帶，所以還能採用教範指示的對應方式。
只不過，零星散布著剛占領的村莊、剛廢棄的村莊，以及山林地帶的突出部，那可是游擊活動的溫床，無法適用一般的理論。
「……作為安全對策，以長期性來看的話……」
加強警戒是也很重要。
不過，也應該要避免，將兵每晚睡眠不足的狀況持續下去。
儘管很蠢，但難以避免要做出二選一的抉擇。拜這所賜，讓身為指揮官的譚雅，不得不面對究竟該選擇哪一邊的困境。
「拜斯少校。我有點迷惘，究竟該不該發出警報。就目前為止，前哨據點還沒有傳來警報，沒錯吧？」
「是的，定時聯絡也沒有異狀。」
「……既然如此，就讓戰鬥群……」
下去睡吧——儘管話已說到一半，但譚雅還是改變主意，想說要有命活下來，才能有討厭「睡眠不足」的不滿。
自己的喜好，是要生存下來。既然如此，就忠於自己的喜好行動吧。

「把一部分的人叫醒，就第三種戰鬥位置。讓他們進入警戒態勢。」

「可以嗎？」

「不清楚敵人的夜襲是否一次就結束了。勉強去配合每晚的夜襲，等到習以為常之後，說不定會很危險。與其讓對方發現到我們的破綻再來後悔，讓平安回國的部下憎恨，還比較接近我的喜好。」

要別人配合自己的喜好，老實說是很過意不去。

不過，命令部下配合自己為了活下去的喜好……只要身為軍人，應該就在容許範圍內吧。這就像是職務或業務的延長一樣。就算是勞基署（註：勞動基準監督署，日本的勞工保護機構），也肯定會原諒我的。

「既然是喜好，那就沒辦法了。」

「烏卡中校教導了我，要珍惜良好的喜好呢。」

「啊，那個咖啡是烏卡中校送來的啊。」

解說

【游擊活動】 在這種情況下，指的是非正規的民兵，而不是正規兵。要把這稱為是抵抗運動、恐怖攻擊，抑或是自由鬥士，是非常敏感的問題，因此這邊就不提了。

「那可是我的珍藏品喔。等等還必須要好好確認一下，謝列布里亞科夫中尉有沒有用得太揮霍呢。」

「好啦。」語調高興的譚雅，繼續把話說下去。

「要就第三種戰鬥位置了。去通知吧。」

自己的指示伴隨著遵命的答覆傳達下去。肯定不論是誰都能理解事情的必要性，但依舊是會一副對床鋪依依不捨的模樣，不甘不願地起床吧。

不過，會有人被叫醒，就也會有人能繼續睡下去。

一旦就第三種戰鬥位置，就會安排交接人員，所以能空出一些人的休息時間。當然，就連司令部的軍官也沒有例外。

「對了，謝列布里亞科夫中尉。貴官也下去休息吧。」

我希望自己的副官能有正常的判斷力。比起腦袋因為睡眠不足轉不過來的軍官，更想要一個有好好休息，冷靜的副官。

會因為睡眠不足導致思考能力下降，是人類的一種生理反應吧。

而作為所給予的前提，既然人類必須要睡眠，在運用之際遺忘這件事的人，就只能說是無能之輩了。如果不是無能之輩，就該確實分配最低限度的休息時間。既然不想認為自己是個無能之輩，所以我會在狀況容許下，盡可能讓部下休息。

「可是，只留下中校與拜斯少校……」

「這不是提議。給我下去休息，休息也是一種軍務。有聽到命令吧，中尉？」

適當的睡眠與休息，可說是輔佐人員的義務。「畢竟要靠精神論維持百分之百的表現，是不可能的事。」

「是的，我知道了。」

「那麼，就容我先告辭了。」低頭告辭的部下，真的很循規蹈矩。說她是我一手栽培的，或許很狂妄也說不定，不過看到相識已久的副官成長為一名出色的軍官，還真是讓人欣喜。

能對增進整體團隊的人力資本做出貢獻，讓我感到無比自豪。

不過，重要的人力資本也必須要適當運用，否則就太無所作為了吧。就這點來講，我也不是沒有在反省，半夜把部下叫醒，雖說只是第三種，但仍然要他們就戰鬥位置的通知，或許是有點慎重過頭了。

是有必要適當地擔心風險吧。另一方面，太過擔心風險，也會導致其他的問題。因此，到頭來最重要的，還是常識與平衡。

這說起來容易，做起來依舊是件難事。

最近還真多這種二選一的情況……譚雅也只能苦笑了。

「好啦，我會因為白白把將兵們吵醒，而遭到厭惡吧。」

「……要不要解除戰鬥位置，只留下警戒人員呢？這樣子就能夠讓部隊稍微確保一點睡眠時間了……」

這樣一來，譚雅也衡量數字，考慮起狀況。就算只有幾小時，應該也有辦法擠出讓將兵躺在床上休息的時間吧。

這是個不錯的提案。

不過……怎樣都會有種，會不會太操之過急的疑慮。

「是不錯，但先看看情況吧。天就快亮了。有道是夜襲晨襲。目前正好是需要稍微提高警覺的時間。」

「我知道了。要把格蘭茲中尉叫醒嗎？」

「他是交接人員兼緊急起飛人員。就讓格蘭茲睡吧。睡眠不足的緊急起飛人員，只會是事故的起因。」

他的部隊也成為相當的戰力了，這還真是讓人喜不自禁。對一路看著部下成長的譚雅來說，格蘭茲中尉的成長也讓她感到無比自豪。

培養人才在組織裡，是一件很了不起的工作。

雖然在人事這個職務上，我並沒有在現場培育人才的經驗……嗯，譚雅露出微笑，稍微思考起來。

「說不定我意外地適合教育人才呢。」

「真想聽看看，被中校狠狠栽培起來的兩位中尉，心裡是做何感想呢。」

就算是嚴師，也是會出高徒的。他們就算要感謝我幾句，也不奇怪吧——這種傲慢的話，我可不打算說出口。

姑且不論他是如何看待我滿是沉默的視線，不過待在司令部裡值班，也是會口渴的吧。等注意到時，拜斯少校就舉起空馬克杯，向我問道。

「能再喝一杯咖啡嗎？」

朝他瞥了一眼，那是對阿拉比卡咖啡充滿飢渴的軍官眼神。

「唔，真該命令你去睡的。」

「承蒙沾光呢。」

「沒辦法，這也是伴隨命令而來的責任。」

「就算是讓你配合我喜好的賠罪吧。」譚雅帶著苦笑，幫他倒了一杯咖啡。夜晚之友，加班的盟友，咖啡果然是個好東西。要分給別人喝是有那麼一點不捨得，而讓人必須不捨得的後勤狀況，也叫人煩惱。

然後，在那之後過沒多久，譚雅就無意間抬頭看起時鐘的指針，發起牢騷。

「嗯……結果看來，似乎也沒有拂曉攻擊。我的直覺也衰退了呢。」

如果有拂曉攻擊，現在正是時候。敵人想要發動攻擊，就必須趕在日出之前移動到攻擊地點……現在應該是來不及了。

沒出現徵兆，結果就是徒勞一場。讓副隊長盡情喝光了珍藏的咖啡，就這樣迎來了早晨。這種時候，就高興敵人沒有攻過來吧。

不過這種半夢半醒的想法，隨即就伴隨著震撼消息，拋諸腦後。

「中……中……中校！緊急狀況！」

「報告狀況！」

「是兩個大隊規模！有兩個大隊規模的聯邦軍部隊正在滲透當中！經哨兵發現，現在快速反應部隊正在應戰！」

大隊規模的夜襲？

才剛覺得他們還真是大膽，隨即就驚覺到，這豈止是零星攻勢，根本就是正規軍之間的正式衝突。

「全員起床！打過來了！」

是趁我方習慣騷擾攻擊的時機發動攻勢嗎？

還是說，單純是增援剛好趕上這瞬間呢？不對，不論真相為何，此時此刻都不重要了。

敵人的意圖，之後再調查就好。

如今該做的事，是將逼近眼前的敵人擊潰。

「不過，為什麼會選在這種時機發動拂曉攻擊……不對，等等。」

兩個大隊的拂曉攻擊。

這聽起來是很勇猛，但以戰鬥群部隊為對手……聯邦軍會毫無疑問地認為自己能大獲全勝，才叫人質疑。

畢竟他們可是與由裝甲戰力、自走砲、步兵與魔導部隊所構成，具備有機性戰鬥能力的我等沙羅曼達戰鬥群，不斷爆發小規模衝突直到現在為止。

「我去迎擊了！」

「等等，拜斯少校！第二〇三是預備部隊。」

「是的，可……可是……」

這如果是意外遭遇戰，倒還可以理解。這樣就算敵指揮官做出「全軍衝鋒」的判斷，也應該能被諒解吧。

然而，經由小規模衝突，應該有判斷出我方戰力多寡的敵人，有可能會發動這種拙劣的單次攻擊嗎？

答案是——

絕無可能。

「只有兩個大隊的滲透突襲，太不自然了。」

比起洋洋得意自己識破了敵方作戰之後失敗，後悔自己太過慎重的失敗風險會比較低。在攻擊戰時，慎重的行動有可能會遭到討厭也說不定。

不過，這是要抑制消耗的防禦任務。

「有必要估算風險。拜斯少校，要假定敵人有後續部隊。」

畢竟這項任務，可是要積極地抑制損耗。

「通知裝甲部隊，要假設敵方存在著預備部隊。魔導大隊要擔任救火隊。不過，預備中隊要立刻緊急起飛。我不期待他們積極參與戰鬥。就通知下去，要他們擔任戰區的眼睛。」

「遵命！」

譚雅目送著在行標準軍禮後，朝部隊直奔而去的拜斯少校的背影離去，想說他應該能喝了多少咖啡就做多少事吧，苦笑起來。

喝掉的咖啡量，是一種成本意識。

這也就是說，當意識到成本時，就是我取回健全的市場基本感覺的佐證吧。看來，就算置身在這種會讓人輕易喪失人性的戰場上，自己也依舊保持著健全的精神與健康的樣子。

作為一名現在的自由人，沒有比這還要讓人高興的事了。

哎呀，能沉浸在喜悅之中的自由。不過在戰場上，似乎就連要享受這些許的喜悅，都不被容許的樣子。

「司……司令部！是敵人！敵人的……」

「是敵襲！快迎擊！」

早就知道會有敵襲了。也有預期到這種狀況。但沒想到，居然會是司令部遭到襲擊！

如果是壕溝戰的話，這是絕對不可能的事態。大概是靠白天的游擊活動，把握到這裡的所在位置吧。

駐紮村莊的地理環境，也不可能只靠幾天就掌握到。

即使有設置哨兵，也依舊能預期到會有漏網之魚。然而，現實比想像中的還要殘酷。是因為守備範圍過於遼闊到超乎想像，應該防守的士兵太過稀少的關係吧。

過低的兵力密度，導致了破綻百出的警戒線，而作為當然的結果，就是會放任敵方發動出乎意料的攻擊。

「居然直擊司令部！該死，本事也太好了吧！」

將兵們一面口吐怨言，一面取槍。然而，戰鬥群的後方人員們，就算拚命應戰，也終究只是為數不多的司令部工作人員。既然身為士兵，當然是懂得開槍……不過能不能命中就是另外一回事了。

這種時候，該依靠的是司令部的警備衛兵們。只不過，光是平時就很缺乏兵力了。既然已硬是將司令部護衛部隊的人手，調去填補前線的缺額，如今就難以避免極為嚴重的數量劣勢。

「該死，儘管早就知道了……但東方戰線與壕溝戰的情況，未免也相差太多了！」

有別於西方，東方沒有戰壕。理由極為簡單明瞭，就是因為戰鬥正面太過遼闊了。沒有足夠的兵力能構築壕溝線，固守在全部的戰線上。

因此，無法區分出第一線與第二線。

後方士兵如有必要，也不得不上場戰鬥。一旦放鬆警戒，匕首、刺刀與鏟子，就會瞬間將愚蠢的士兵，加工成一具愚蠢的屍體吧。

因此，要求後方人員也要進行最低限度的訓練，毫無疑問是正確解答。

「中……中校！我們被完全包圍了！」

「冷靜點！給我看仔細！跟當初預定的一樣，就只是守在據點裡進行防衛罷了！敵人已經後繼無力了！」

朝後方人員們發出怒吼的譚雅，就在這時竊笑起來。

就算敵人很優秀，我方也沒道理要認真配合敵人的策略。既然想物理性的殲滅敵人……就只要將他們連根炸碎掉就好。

「是時候了！敵人應該已主力盡出。可以判斷敵人已經接近攻勢極限了。拜斯少校，給我殲滅他們！」

「遵命！大隊，開始行動！快速反應迎擊！注意不要誤射友軍！」

送出去的，是珍藏的預備戰力。儘管每當兵力不足，就會削減司令部的護衛兵力去填補，但依舊是將第二〇三航空魔導大隊完整保留在手邊。

這批在達基亞、諾登、萊茵以及南方身經百戰的部隊，就算在東方大陸，也一樣能發揮出其作為完美暴力裝置的機能。該說是有求必應吧。

朝著幾乎包圍我方，打算直取要害襲擊過來的聯邦軍步兵大隊，從正面招待了一頓爆裂術式全餐，再占據陷入混亂的他們的上空位置，發出投降勸告。

不久後，戰鬥就開始以帝國所希望的形式邁向終局。一個魔導大隊的預備部隊，就是有著如此威力的鬼牌。

不論是要防禦還是反擊，要與自空中襲來的一個魔導大隊交戰，倘若沒有準備好如蜂巢一般密集的對空兵器，就難以與其進行對射。

而滲透中的部隊，沒道理會帶著對空機關砲移動。等到重整態勢的帝國軍步兵部隊，像是要作為最後一擊的展開機動後，聯邦軍襲擊部隊，就開始乖乖棄槍投降了。

說實話，正因為一度擔心敵人會持續抵抗到最後一刻，所以對譚雅來說，敵人的投降可是個好消息。

「哎呀，還好他們沒說要戰到最後一人為止。」

對了，就在這時候，我想起這次的敵人有好好穿著軍服這件事。儘管不中意他們就連拂曉攻擊都拿來作為佯攻的手段，但能有組織性地保持秩序投降，還真是感激不盡。

這也就是說——譚雅發揮她嚴謹的個性，將腦海中浮現的話語，確實囑咐下去。

「收容俘虜要確實按照軍令規定，以俘虜的待遇妥善處理。我可不希望在我的部下當中，會有犯下虐待俘虜罪刑的蠢蛋喔。」

「遵命，中校。不用說，就交給我們吧。」

點頭答覆的步兵部隊軍官們，也應該很清楚我的行事風格吧。再三強調，說不定會讓他們覺得我很囉唆。

即使如此，高層不斷強調「方針」的意義也不小。所以，儘管知道他們明白這點，也依舊不得不開口提醒。

「我不擔心各位。不過這件事情，也要確實交代給基層的人員知道。我希望就連二等兵都知道，上頭理解他們的想法，同時也在盯著他們的事實。」

「呃！失禮了！」

步兵軍官們一臉吃驚地繃緊姿勢。

大概是直到現在才注意到，部下失控的可能性吧。已習慣掃蕩非正規兵的部下，要是一不小心虐待起具備正規交戰資格的俘虜，就很可能會導致重大問題。有必要警告他們，要確實管束好這方面的行為。

該說是果不其然還是什麼呢，沙羅曼達戰鬥群所屬的軍官們儘管資質優秀，但他們大半都還缺乏經驗。就算不會在戰場上闖禍，戰鬥後的善後處理也依舊不夠謹慎。

不過，他們懂得思考。既然如此，今後就不會再犯下相同的錯誤吧。輕輕踢了一腳，譚雅說起別在意，我很期待各位的表現之類的話。

「好啦，事情可多著呢。」

駐紮的各個村落，被摧殘得相當厲害。

大致上，應該很難避免遭到戰鬥破壞的影響。在這展開部署的十天內，儘管一直派遣部下去構築警戒線與防衛線，但或許該讓他們去整備供人睡覺的據點吧？

只不過，譚雅在想起人手不足的情況後，不得不苦起臉來。

讓捕捉到的俘虜去做，也是一個方法。然而，在連個正式的收容設施都沒有的狀況下，要監督俘虜勞動是不可能的事。沙羅曼達戰鬥群的步兵部隊是「戰鬥部隊」，憲兵部隊只有最低限度的人員。

他們主要是負責維持戰鬥團內部的紀律，儘管說不定能暫時擔任俘虜的管理……但對憲兵隊來說，這卻會讓兵力面臨危機。也不想讓人員被監督俘虜的業務綁住。

「這……唉，真是困擾。想讓憲兵隊做的工作太多了。人手完全不夠啊。」

「可以的話，要用步兵部隊的人員嗎？」

「雖是讓人感激的提議，但我不想讓戰鬥部隊疲憊。步兵部隊就立刻派去清理戰場吧。」

「遵命。」一行禮後，離開房間遠去的步兵軍官們，背影看起來相當年輕。這是為什麼？思索到一半，譚雅就忽然注意到一件事。他們全都才二十多歲。

……儘管優秀，但就連自己的部隊裡，也存在著經驗不足的軍官。不對，要說到這點，姑且不論自己，維夏也才十幾歲。

急速擴充的軍備，萊茵的損耗，基幹人員的不足，還有年輕階層的擴大運用。

補給也有發揮機能，人員也有獲得補充。但是——會忽然這麼想，也是沒辦法的事。帝國的國力，究竟能維持到什麼時候呢？

「……想再多也沒用呢。」

人員、人力資源以及資本，正猛力地逐漸遭到削減。

而且，還是經由原始到難以置信的鬥爭。就連萊茵的壕溝戰，都偶爾會爆發不得不進行近身戰的近距離戰鬥。

不過在壕溝戰時，「雙方的近身戰」是以作戰行動時為主，並不是日常生活。雖說如果是巡邏隊與突擊部隊在無人地帶反覆展開的，讓人洩氣的淒慘小規模衝突，確實是另當別論。

儘管如此，在萊茵戰線，近身戰是在戰鬥的最終局面進行的。極端來講，是突擊戰壕時的戰鬥方式。在東部，則是普遍作為即使在屋內休息也會在熟睡時遭到襲擊的士兵，反覆展開的一種生存競爭。

這倘若就是野蠻化的過程……還真是叫人感慨。暴力在更近的距離之下遭到施展。實在是太可怕了。

「只不過……這次還真過分。」

讓人不免也想發起牢騷，居然是司令部遭到襲擊。襲擊敵方司令部的心情是爽快至極，但要是遭到襲擊的是自己，可就敬謝不敏了。

「雖說是敵地，還真是一刻也不得安寧。照這樣下去，很可能會精疲力盡啊。」

由於東方戰線已深入聯邦領土，所以周遭全是敵地。就算再不願意，也不得不意識到這一點吧。是無論如何都想招待，想出非戰鬥地區與後方地區這些名詞的偉大法學家前來的，極為美好的空間。

疲弊要素儘管是無法明確表示在文件與數字上的領域，但確實是在逐漸削減著戰鬥群的續戰能力。

疲憊的軍隊很脆弱。不對，這點不限於軍隊吧。疲弊的人員構成的組織，絕對會犯下失誤；而已經疲弊不堪的組織，也沒有餘力能彌補個人的失誤。

這樣一來，等在眼前的就會是破滅局面。

「盡可能讓將兵們早點回去休息吧。除了值班人員之外，越快越好。」

正因為如此，譚雅格外熱心地催促部下休息。

因為她知道，人類並不是機械。人類必須要有適當的休息。甚至相信，倘若不徹底落實員工福利，就難以避免組織崩壞。

「可是，中校。不是應該要嚴加戒備嗎？」

「就讓部隊能快速反應。超過這程度，就算加強警戒，也只是讓將兵疲弊罷了。」

「才來幾天而已……」

「各位，就算只過了幾天，也要認為我們是在打消耗戰。」

戰鬥群的人員損耗，就目前為止還很輕微，不過根據我曾在這方面的書籍上，看到過的戰爭與精神的研究，三個月以上的前線勤務會很危險。記得是美國的研究吧？我對精神方面的見識不深……長期下來，真不知道會變得怎樣。

正因為懷著危機感，譚雅才會再三嚴格命令部下。

「休息也是工作。領多少薪水，就給我好好休息多久。」

「遵命，中校。」

「答得很好。」環顧起周遭的將兵，譚雅徹底展現出要讓士兵休息的意志。休息也是士兵的工作。

只不過，譚雅要在這做出補充。

指揮官與軍官可就不同了。當然，是必須要有最低限度的休養。因為睡眠不足的軍官疏失，導致部隊全滅這種事，可是讓人笑不出來的笑話。

不過，能好好睡上一覺的奢侈……就等工作全部結束之後再說吧。軍官們在擊退襲擊之後，該做的報告可是堆積如山。

於是乎，擊退襲擊的軍官們就被召集到了司令部，儘管掛著疲憊不堪的表情，也依舊整理起狀況。

狹窄的室內，狹小的桌面，以及有限的光源。

不過對軍官這類的職業軍人來說，舒適的作戰會議室並不重要，重要的是夠用就好。

然後，就在彙整好拜斯少校等各級指揮官做出的簡潔報告後，譚雅對狀況做出結論。太粗糙了。

「一個連隊規模的拂曉攻勢。就以在周全的騷擾攻擊之後進行的反擊作戰來講……該怎麼說好，結果相當草率的樣子。」

綜合拜斯少校等人的報告來看，那是相當正式的反攻作戰……不過，卻給人一種破綻百出的印象。

「看起來像是配合有問題的樣子，恐怕是臨時編成的部隊吧。」

「同意。」就跟點頭贊同的副隊長說的一樣吧。

會缺乏拂曉攻勢絕對不可欠缺的部隊間配合，即是間接證明了聯邦軍的準備不足。

這本來會是個好消息。

然而，譚雅不得不語帶苦澀地指出一件事。

「居然被這種像是促成栽培的傢伙們搞得這麼累，還真叫人懊悔。差不多，必須要確保安眠了。就連這一個突出部，都感到如此棘手了，還真讓人擔心起今後的事。」

拜斯少校的警告恐怕是正確的……敵人是打算設法掩飾自己的弱點吧。

作為臨時的部隊，用兩個大隊佯攻，其餘部隊攻擊司令部，這種粗糙的作戰行動，講白了，就是不用細微調整，也能期待一定成果的作戰吧。

這是可認為有仔細考量過手邊部隊能力的敵方指揮官，特意在計畫階段制定粗糙的行動大綱，在藉此確保冗餘性之後採取的作戰行動。

……只要能在消耗戰中，用低價值的士兵換取高價值的敵兵，在損益上就算是賺到——也不是不能感受到，這種冷酷無情的聯邦風格現實主義。

「雖然在萊茵戰線時也有過經驗，但部隊的疲勞還真是討厭的課題啊。」

「拜斯少校，貴官認為在何種程度的頻率下，就能抑制疲勞導致的不良影響？」

「經由輪調，只要將前線配置限制在三個月以下，就能維持住發揮戰力的最低限度吧。」

「有道理。」譚雅儘管點頭贊同，也依舊感到些許懊悔。

「但必須得加上一個但書，那就是如果能確保交接人員的話。真是難辦。照這樣下去，部隊會變得愈來愈脆弱啊。」

雖說終究只是有過經驗……但就譚雅所見，長期置身前線的部隊，以老兵來說是很可靠，不過另一方面，「以部隊來講」卻會突然變得脆弱不堪。

不同於企業的人事戰略，戰場的人才管理還存在著許多相異的要素吧。要是打算培育專家，不小心將部隊持續部署在最前線的話，就很可能會讓部隊累積疲勞，造成重大的傷害。

所以，必須要做出補充。

「……各位，坦白說，難以期待會有增援與交接人員。但是，我們是軍人。既然這是本國的命令，對於軍令我們就無權拒絕。」

兵力本來就不足了，想要確保交接人員，只能說是痴人說夢。

既然存在著兵力不足這個束手無策的前提條件，也就能理解參謀本部為何會眼泛血絲，追求著能盡早解決事態的對策了。

帝國軍參謀本部的作戰人員為了早期結束戰爭，似乎在策劃大規模攻勢的樣子……但要是無法確保後方地區的安全，就難以避免會陷入泥沼。

就算是作為單獨的戰鬥群，擁有最優秀快速反應能力的沙羅曼達戰鬥群，終究也只能控制住

「一個點」。

只要無法解決這個兩難困境，情況就是一籌莫展。

會像是概念驗證一樣，輕易把自己等人丟到最前線來，也正是因為他們由衷感到焦慮所致。

儘管這對配合行動的自己等人來說，只會是一場災難，不過這也是必要的行為，譚雅甩甩頭，把不愉快的想法拋諸腦後。

「稍微勉強一點，也不是沒辦法控制住面。但到頭來……這就像是為了確保不毛之地，而讓部隊磨耗的愚蠢行為吧。」

只要讓部隊分散，就有可能控制住某種程度的面吧。然而作為代價，卻會喪失機動力、快速反應能力與預備戰力？這怎麼算也划不來。

然而，即使如此——

就算照這個樣子下去，帝國也無法避免失血致死吧。

經由首戰的攻防，對聯邦軍造成痛擊，把他們打得落花流水是很好。但是，也僅此如此。雖是單調的大規模攻勢，但謠傳正逐漸崩潰的聯邦軍，依舊是不斷展開強烈的反擊。

這講白了，可說是無視損害的抵抗吧。儘管很遺憾，但帝國沒辦法有樣學樣。如今的狀況，是在早已進入總動員體制後，不斷重複著徒勞的努力，勉強掩飾著人力資源不足的問題。

人力資源這種有限資源的浪費，將會導致帝國軍的滅亡吧。照這樣下去，帝國軍的滅亡只會是早晚的事。

必須要有解決對策。

「就算這麼說，但要上哪去找這種對策啊？」

雖是微弱的抱怨聲，然而就算再不願意，也依舊縈繞耳邊。必須要找出解答。無論如何，都必須要找出來才行。

於是，尋求活路的譚雅掙扎著。竭盡一切智慧，在人智所及的範圍內，不放棄摸索。

統一曆一九二六年九月十二日　東方戰線　突出部　沙羅曼達戰鬥群

不論再怎麼想，不論再怎麼想，就是想不出活路。

然後，是唯有敵人看起來無窮無盡的日子。持續著就算已感到不只一點的厭煩，也不得不繼續與聯邦兵交戰的生活，可謂是某種拷問。

或許該說，正因為如此吧。

譚雅極度渴望著逃生出口，或是狀況的變化。

不管是什麼事，只要是能做到的我都會去做。在這種精神狀態下，儘管徹底執行了追求必要情報的努力，但仍舊置身在不見活路蹤影的階段。

不對，正確來說，是有抓到俘虜。而且，還為數眾多。捕獲到敵兵，就跟將知道敵人內情的人掌握在手中是同等的意思。所以，這不就能掌握到敵情了嗎？譚雅懷著這種期待。

當然，一介士兵所能得知的情報相當有限。但只要將一定數量的將兵交給野戰憲兵隊，就能獲得某種成果吧。

懷抱著這種天真的幻想。

結果，實在是殘酷至極。

憲兵隊的審問結果全都一樣，除了頑強的共產主義支持者的標準台詞之外，得不到任何的回答。拜這所賜，似乎讓他們為了掌握敵情，開始尋找起能粉碎戰意的政治宣傳手段。

不過，就算把這份心力投注在審問上，短期內的成效也有限吧——他們也提出了這種報告。野戰憲兵隊對於透過審問俘虜來尋求情報，感到相當悲觀。

實際上，或許該這麼說吧。

只要看看在每天的戰鬥當中，毫無畏懼襲擊過來的聯邦兵，就似乎能夠理解野戰憲兵隊為什麼會感到束手無策，舉雙手投降了。

「只不過，還真是奇怪。」

「什麼事情奇怪啊？」朝拜斯少校看去的時候，是在擊退完有如定期通訊的敵兵突擊部隊的瞬間。

他是即使要發表長篇大論，也懂得看時間與場合的部下。覺得他的牢騷，不像是無意義的抱怨而豎起耳朵的譚雅，就要他把話說下去。

「該怎麼說好，就忽然疑惑起，士兵為什麼會跟隨這種無謀的攻勢。」

「要理解共產主義者應該很難吧……也不是沒辦法類推他們的想法。不過，想更進一步的了解，對我們正常人來說非常困難。無從理解他們為什麼會有這種想法。」

「到底是在想什麼呢？」就在譚雅以厭煩的語氣，喃喃自語起來的瞬間。

「那個，中校？」

聲音的主人是身旁的謝列布里亞科夫中尉。儘管說得戰戰兢兢，她也還是提出了建言。

「那個……如果有疑問，要不要直接去問他們看看啊？」

就某種意思上，這是極為合理的意見。在敵方的俘虜當中，有時也罕見地存在著有益的情報來源。

但是，譚雅不得不想起那該死的語言隔閡。

聯邦也勉強算是個多民族國家……俘虜的「聯邦官方語言」往往都帶有很重的口音。當地居民說不定只會覺得是方言的差異，但要靠簡易的語言教育程度克服，可是非常累人的一件事。

語言真是個棘手的問題啊……不過譚雅一想到這，就忽然注意到，回想起謝列布里亞科夫中尉的經歷。基於她前難民的家族背景，如果是她，應該能用當地居民的水準說「聯邦語」。

不過同時，譚雅也姑且否定了謝列布里亞科夫中尉的說法。就算不是譚雅親自詢問，但帝國軍也有問過俘虜相同的事情。

帝國軍的野戰憲兵們，是不會忽略掉這部分的。

「我很感謝貴官的建言，不過已經在做了。目前正在讓野戰憲兵隊調查的階段。」

「那麼，他們是為了什麼而戰呢？」

「好問題，謝列布里亞科夫中尉。我也有同樣的疑問，所以大略看過一遍提交上來的報告書……但完全搞不懂啊。」

「野戰憲兵隊的報告書？不好意思，中校。也能讓我看一下嗎？」

「沒問題。」把文件交給她後，謝列布里亞科夫中尉迅速地看完內容，隨即不發一語地仰望天空。

還很靈巧地長嘆一聲呢。

「……謝列布里亞科夫中尉？」

「中校，請看這個。」

「唔。」拿過一看，是一張手寫的筆記。從文件格式看來，似乎是要轉交給憲兵隊，寫著簡易偵訊結果的筆記，只不過……

「這是不久前，我從戰鬥群拘禁的俘虜那邊，詢問到的簡易偵訊的結果。」

「嗯？啊，是在提交給憲兵隊之前的簡易偵訊調查啊……唔？」

凝視數次，揉揉眼睛後，譚雅喃喃說「真奇怪呢」，忍不住非常想要滴一下眼藥水。

紙條上寫著的，是士兵們未經過任何修飾的普通話語。

據實來講，是譚雅在這之前都「未曾看過」的內容。

譚雅看過憲兵隊堆積如山的報告，但是像這種「普通士兵」說話的報告書，她是一篇也沒有看過的印象。

……無意識之間，認為這畢竟是審問共產主義者的結果，所以對此毫不懷疑，是我錯了啊。

儘管將意識形態、共產主義者等偏見放在心上思考，但謝列布里亞科夫中尉彙整的筆記上，卻暗示著完全相反的事實。

在看到的文件上，有著「普通士兵」淡淡回答問題的模樣。這裡沒有「共產主義者」。

而是單純的人。

單純的，活生生的士兵。

也就是說，單純的一名人類。

在這之前所看到的報告書上，有著就像是受過反審問訓練一樣，俘虜們統一的回答。然而，他們與謝列布里亞科夫中尉之間的對話，令人不敢置信！

……變化之大，就像是聽取對象從機器人換成人類一樣！

「謝列布里亞科夫中尉，稍等一下。我不是在懷疑貴官，但這是貴官自己親自向俘虜問出來的嗎？」

「是的，我以拘禁的士官為主，聽取了幾個人的所屬與階級。雖然有少數人保持緘默，不過整體來講是表現出非常合作的態度，讓我感到有希望，就在審問時，想說或許能用簡單的閒談獲取情報。」

美好的積極性與創意巧思。軍官就該如此。滿意地點頭後，譚雅接著說道。

「然後呢。妳說除了政治委員外，全員都對『共產主義』表示隔閡？」

「嚴格來講，是對『現共產黨』表示不支持。」

「嗯，用這種定義也沒問題。總之，應該是作為共產主義狂熱分子抵抗的傢伙們，說他們討厭共產黨？會是懲戒大隊嗎？」

就從表示反抗態度的將兵所屬來看，恐怕是遭到冷遇的舊體制派系統吧？——譚雅做出這種臆測。

然而，在聽到自己的發言後，副官的答覆卻讓人完全出乎意料。

「根據徽章判斷，我想是正規軍，而且還是能在東部方面軍的諜報資料中找到的部隊。」

「確定無誤嗎？」

「是的。」答覆的語氣毫無動搖。那裡存在著對自己的話語充滿自信的專家自尊。

……我的天呀，譚雅在心中確信，這當中有著某種不安穩的存在。

是我看漏了什麼事。

這一點，毫無疑問是不能忽視的礦脈。

「立刻收集資料，安排將校會議。對了，謝列布里亞科夫中尉，有空吧。」

譚雅詢問起謝列布里亞科夫中尉。

「這倘若是事實，就無法說明聯邦軍為何還尚未瓦解。在對國家體制的信賴已經動搖之下，為什麼還能如此頑強的繼續抵抗。」

「這種事有可能嗎？」準備把話說下去的譚雅，就在這裡搖搖頭，站起身來。

「百聞不如一見，只能親自走一趟了。」

「咦？」部下們一臉茫然。

就像是在想「你們有什麼意見嗎？」、「沒聽到我說話嗎？」似的，譚雅嘆了一聲，仔細地重新說出她的意圖。

「……拜斯少校，你也一起來。謝列布里亞科夫中尉，能口譯吧？我要妳跟我同行。」

於是，戰鬥群的首腦集團，就這樣出現在遭到拘禁的敵兵面前。

遭到拘禁的敵士官，態度雖然有點緊張，不過並沒有那麼的充滿敵意。硬要說的話，是在分心思考今後的事吧。

但如果是這樣的話，感覺說不定能聽到有趣的事。

基於這點，譚雅非常謹慎。

負責審問的，是最能擺出凶惡表情的拜斯少校。

既是校官，還是魔導將校，最後只要再掛上整排的勳章，就是完美的審問官了。緊急在駐紮中的房屋裡，設置一間審問室，將敵兵關在裡頭，然後對話就在幕後觀看審問的譚雅面前，揭開序幕。

「啊，是軍官大人呀。請問能賞我一根菸嗎？手邊的早就抽完了。」

「抱歉，我的所屬是航空魔導大隊。」

「航空魔導大隊？如果是帝國的魔導大隊，補給應該也會受到相當的優待吧。」

「是無法否認這點呢。不過香菸會把肺給弄壞，所以軍規禁止我們抽菸。把這種東西帶在身上，可是不被允許的事呢。」

拜斯少校聳聳肩，邊接著說聲不好意思，邊把手伸進懷中，拿出一包白色無圖案的紙盒，若無其事地放在桌面上。

邊說著「很抱歉無法配合你的希望」邊迅速將紙盒推到俘虜面前的手法，還真熟練……在戰爭中，將兵愛抽菸的習慣雖然叫人沒轍，但可也是個事實。沒辦法對個人的意向多說什麼。

只不過，或許該這麼說吧。不只是第二〇三航空魔導大隊，在航空魔導大隊之中，吸菸者非常罕見。理由只需要在高空因為缺氧喘上一次，就很充足了。正因為如此，拜斯少校弄來一包香菸作為小道具使用的手法之好，值得讚賞。

「啊，那就沒辦法了。可以只借我火嗎？」

「什麼，你沒有自己的打火機啊。真沒辦法，拿去點火吧。」

雖是不正經的對話，卻是為了拉近審問者與審問對象之間距離的技巧。儘管菸味讓人不爽，但這種時候，就先不管喜好，以實際利益優先吧。

「那麼，我有點事情想問你。各位，啊，不對，你是為了什麼而戰？是為了聯邦嗎？」

「繼續觀察。」在觀看審問的譚雅面前，拜斯少校開口發出詢問，謝列布里亞科夫中尉負責翻譯。

「不論是我還是我們，都是為了我們自己。這不是理所當然的事嗎？……是為了更好的未來而戰。」

「更好的未來？」

「只要能打贏你們，我們的社會也會變得稍微好一點吧。」

敵方果然有散布這種政治宣傳吧。雖然不是新消息，卻是重要的情報呢，就在我想點頭接受這點時……

「……讓我換個問題吧。你是說，你是為了讓社會變好，而與我們戰鬥的？那你相信共產主義嗎？」

拜斯少校無意間提出的問題，在經由謝列布里亞科夫中尉翻譯完的瞬間，出現了一陣奇妙的停頓。

「……哈，就跟你們一樣相信啊！」

……等等。

這傢伙……剛剛……說了什麼？

「還真是相當幽默的回答呢。這樣一來，就讓人愈來愈搞不懂了。」

「你到底是在說什麼東西搞不懂啊？」

「這還用說嗎？」帶著苦笑，拜斯少校說出心中的疑問。

「你不是說，你是為了共產主義者而戰的嗎？」

沒錯，就是這個。為什麼能為了恐怕連自己都不相信的意識形態，激起戰意啊？不論是拜斯少校，觀看審問的譚雅，還是陪席口譯的謝列布里亞科夫中尉，大家都抱持著相同的疑問吧。

譚雅儘管自己並不信奉帝國的歷史、傳統與規範，不過也妥協，認為現有體制還算不錯，並打算保衛這個體制。

正因如此才無法理解。為什麼他們要為了這種毫無價值的國家體制，持續戰鬥下去啊。

「我說，少校大人啊。你該不會是笨蛋吧？」

「嗯？」

姑且不論愣住的拜斯少校，聯邦兵說出的話語，讓譚雅感到背上竄起一陣惡寒。

「有誰不愛祖國啊？這應該不是想不想的問題吧。不對嗎？不，肯定沒錯吧。」

……不是為了黨。

不是為了黨，而是為了祖國。

「我再確認一次，也就是說，你是為了『祖國』而戰嗎？」

「我聽說帝國軍人的腦袋都很好，不過謠言似乎是不可信呢。意外地，就跟政治委員他們差不多水準吧。」

「說得還真過分呢。」

不論是遭到諷刺，顯得一臉困惑的拜斯少校，還是拚命翻譯的謝列布里亞科夫中尉，如今都已不在譚雅眼中。

不要小覷話語的邏各斯(logos)。（註：哲學用語，意指支配世界萬物的規律性或原理）

當中隱藏著改變世界的力量。名為典範的框架，只要所依附的理論遭到破壞，就不得不進行變遷。

「為了自己的故鄉而戰，哪裡還需要理由啊？而且，只要我們立下戰功，黨那些該死的傢伙，應該也會不得不稍微聽從我們的意見喔。」

「也就是說，只要打敗帝國，生活的狀況也會變好？」

「不就是這樣嗎？畢竟，黨為了防備你們，可是幹得非常囂張。如果不需要再跟你們戰鬥，日子也會過得稍微好一點吧。」

「嗯——相當有意思呢。那麼，關於你的所屬部隊，有些問題希望你能回答……」

拜斯與謝列布里亞科夫，繼續與敵兵對話。

不過對譚雅來說，這已經怎樣都好了。重要的是，所得知的事實。

敵人並不是……「聯邦兵並不是共產主義者」。

就這一句話。

這一句話，正是關鍵。

同時就算再不願意，也目睹到自己等人究竟是犯下了多麼難以挽回的錯誤。

審問結束後，在將敵兵趕出去的房間裡，譚雅就只能像是恍惚似的瞪著天花板。

「中校？」

他是在擔心自己的狀況吧，倘若是平時，應該能夠理解這點。

然而，就唯有現在，沒辦法。

「……混帳東西！」

口中發出的咒罵，是針對自己與本國的粗心大意。

「居然是拋棄意識形態的偉大衛國戰爭啊！難怪戰意會『太高』了！啊，真是該死！居然會是這樣！」

拜斯少校一臉茫然。戰鬥中能理解我的意思，快速做出反應的副指揮官，理解力差勁到讓人焦急難耐。

為什麼就是無法理解這件事的嚴重性。

「不懂嗎！我們以為是在跟共產主義者作戰，卻一直在跟民族主義者戰鬥啊！」

親口說出的這句話的意思。「與民族主義者的戰爭」。愈是去想，譚雅就愈是想抱著頭蹲在地上。

完全是失策。

是會在史書上留名的典型蠢行。

一旁深思起來的拜斯少校，應該很快就能理解吧。譚雅非常清楚他的腦袋本來就很聰明。

但是，已經沒時間等他慢慢想出正確解答了。

「我們……我們帝國，就像是在跟錯誤的敵人戰鬥！這樣別說是打倒敵人，簡直就是在贈鹽予敵。」

「我們的行動，會對聯邦有利……？這種事情，有可能嗎？」

「拜斯少校。照現在的做法，我們愈是戰勝敵人，就會讓敵人愈加團結。只要我們勝利，就能削減敵方抗戰意欲的預期，是完全落空了！這不會促使敵方瓦解！是相反！會刺激起他們的連帶感，讓抵抗變得更加強硬！」

如果要與意識形態戰鬥，只要攻擊意識形態的有效性與正當性就好。就這點來講，共產主義的缺陷已受到證明。至少是Q．E．D．（註：證明完畢）了，譚雅個人對此深信不疑。要展示共產主義有多麼的沒效率，應該不是個難題。

但是，不能與「民族主義」戰鬥。

「……『有誰不愛祖國』嗎？」

「是的，俘虜確實是這樣說的。」

「祖國」面臨了危機。不能說聯邦的民眾，沒有對共產黨抱持著不滿、懷疑與憤怒。但是，比起這些情緒，聯邦的諸位市民，決定為了「祖國的危機」奮起。我們以為是在與共產主義者戰鬥的行為，點燃了民族主義者的愛國心。

民族主義是沒有道理的。那是一種感情、一種情緒。

即使攻擊共產主義，對民族主義者來說，也像是在火上加油。這樣一來，就算民族主義者討厭共產黨，也會為了與帝國這個「共同的敵人」戰鬥，與他們團結一致吧。

贈鹽予敵就是在指這一回事。

「這是何等失態啊。應該要更早注意到的。」

幫忙口譯的謝列布里亞科夫中尉的語言能力，似乎比野戰憲兵們還要格外確實。就連那些細微的，往往會在直譯時省略的言外之意，她都會確實拾起，適當地意譯。

適當的口譯與適當的翻譯員，是在掌握特別核心的本質時，所不可欠缺的存在。魔鬼就藏在細節裡，就連對話也是如此吧。

聯邦兵並沒有隱瞞，打從最初就這麼說了。

表示「我們是為了祖國而戰」。

「我頭痛起來了。為什麼都沒有人注意到？」

忍不住想發起牢騷，就是在指這一回事吧。

不知道是發了什麼差錯，讓野戰憲兵隊那些傢伙，把這解讀為「是為了意識形態而戰」。大概是因為，他們沒有深入思考，俘虜口中的「為了保護聯邦而戰」的意思。即使有經過口譯，語言能力也不如謝列布里亞科夫中尉優秀也說不定。

啊，不對，譚雅想到這，就訂正起一個誤解。

「憲兵隊他們一直都在追著共產主義者的屁股跑。假如他們對在本國的經驗印象深刻，就難怪他們會有這種刻板印象了。」

憲兵隊一年到頭，都在與國內信奉共產主義的共產主義細胞進行治安戰，讓他們的思考邏輯在無意識之間，將聯邦與共產主義融合在一起。

「也就是說，野戰憲兵隊他們遭到制約了，只要是與聯邦有關的事物，就會毫不質疑地與共產主義連接在一起。」

「妳是說，制約嗎？」

「換句話說，跟只要搖起鈴鐺，就會誤以為要給飼料的習慣一樣。」

那群看門狗，看來是養成了相當奇特的習慣。還真是給人找麻煩。拜這所賜，讓自己這樣的現場相關人員，像這樣面臨這種辛苦的窘境。

「聽到聯邦，就聯想到共產主義……是憲兵隊平時進行的業務，引發了他們的誤解嗎？」

「拜斯少校，恐怕就是這樣吧。」

假如不是在部下面前，真想抱頭長嘆一聲。只不過，光是現在就才剛剛唉聲嘆氣，暴露出情緒。身為軍官，身為指揮官，不能再繼續丟人現眼了。

將五味雜陳的心情吞下去，譚雅接著說道：「總之先去調查。」

「謝列布里亞科夫中尉，抱歉，我想拜託貴官和格蘭茲中尉，重新審問俘虜。我想對敵兵進行重點性的心理分析。」

本來的話——譚雅語帶苦笑地說下去。

「我是想親自去問，不過聯邦官方語言，我就只有在軍官學校的短期集中速成班裡稍微接觸過一點。可沒辦法自以為是地認為，自己的語言能力，就連感情的細微部分都能捕捉到。」

我想帝國軍野戰憲兵隊應該很自傲吧。

偶爾會有這種人呢——由於譚雅看過一堆因為語言學習與實踐的差異，讓自己醜態百出的笨蛋，所以能夠確信這點。這雖是人事相關業務，不過自己以前也因此累得半死。要是不會說英文，就沒辦法工作。而分數明明就沒多高，卻誇口自己「擅長」外語的人，實在是太多了。然後因為那個「擅長的語言」，導致溝通不良的笨蛋也從來沒少過。讓人真想抱怨一句，給我搞清楚自己的能力啊。

「就這層意思上，維夏還真是令人感激的人才呢。」

「沒錯。」譚雅對拜斯少校的話，深深點頭。與當地居民幾乎相差無幾的語言能力，在要掌握無法從型錄資料上看出的曖昧卻重要的要素時，能發揮相當大的作用。

真沒想到，就連在戰爭時，都還要煩惱語言的問題。意圖蓋巴別塔的傢伙，還有把塔摧毀掉的神，統統都給我去吃屎吧。害溝通成本大幅提升的傢伙，就只會是社會弊病。

只不過，謝列布里亞科夫中尉提出的詢問，吹散了譚雅的義憤。

「不過，中校。可以詢問讓格蘭茲中尉擔任審問官的理由嗎？」

「什麼？」

「感情的細微部分，也會顯現在語言以外的地方。如果要捕捉細微部分，雖說中校事務繁忙，但還是中校親自出席會比較好吧？」

如果要捕捉顯露而出的感情，就這層意思上來講，由中校親自擔任審問官不是比較好嗎？這是謝列布里亞科夫中尉的提案。通常來講，確實是這樣沒錯吧。

聯邦兵的戰意，是個重大問題。

在全戰線上，不斷展開單調拙劣但相當激烈的反抗的聯邦軍。只要掌握住他們的戰鬥心理，就算要折斷他們的心靈支柱也不是不可能的事。想必就連參謀本部，都會感到食指大動吧。

帝國軍極度渴望著正確的情報。

可是呀，譚雅就在這吐出這句話來。

「聽好，謝列布里亞科夫中尉。妳看看我這樣子。」

「咦？」

部下們茫然的困惑表情。

「各位，看看我這樣子。」

看來是不懂吧，正當譚雅準備說下去時，她發現到這是在浪費時間。全員看起來都像是完全想不到自己想說什麼的樣子。他們的理解力之差，讓譚雅忍不住嘆了口氣。

當然，自己是選拔出「戰鬥狂」，網羅到第二〇三航空魔導大隊之中。不是根據考慮、理解他人感情的能力選人。所以……既然選拔時只有考慮戰鬥能力，就沒辦法因為「部下不熟『感情的細微之處』」責罵他們吧。

儘管讓人困擾。

「聽好，各位。我看起來，可是個小孩子喔。」

「……喔。」

理解能力似乎差到極點的格蘭茲中尉，還有一臉混亂的謝列布里亞科夫中尉。既然兩名中尉不行，就朝副隊長看去……嘖，這傢伙也不行啊。

以前也曾跟他仔細講過，但看來已經忘了一乾二淨了。大概是因為跟戰鬥無關，所以踢到記憶的角落去了吧。就是因為這樣，戰鬥狂才讓人困擾。

「拜斯少校，我是個小孩子。很可能會因為外表而被瞧不起。這種程度的事，真希望你們能在我開口之前注意到呢。」

「是的？啊！失……失禮了，中校！」

同日　沙羅曼達戰鬥群基地　戰鬥群長公室

於是，譚雅獨自一人待在作為個人房間使用的空間裡，陷入沉思。手上拿著咖啡。

戰鬥群長公室裡，微微飄著與戰場不相襯的香氣。是有著烏卡中校贈送的阿拉比卡豆的芳醇香氣，加上口感也毫無雜味的完美咖啡。

是在平時，會將豆子冷藏，一口一口就像是捨不得似的細細品嘗，譚雅珍藏的極品。不過就唯有今天完全喝不出味道，就像是公發的泥巴水一樣，不斷大口喝著。

臉色蒼白的本人，此時瞪著的是，謝列布里亞科夫中尉與格蘭茲中尉的審問小組詢問到的，俘虜的審問紀錄。譚雅也在某種程度內做好了覺悟。甚至早在下令調查的階段，就對報告書的結論有著某種程度的推測。

即使如此，譚雅不得不默默地咬牙切齒。主觀上以為是在和「共產主義者」戰鬥。正因如此，至今都是為了擊潰共產主義者的信念而戰。直到現在，都還在戰鬥。

只不過，戰鬥對象的聯邦兵們，卻是為了「祖國」，基於民族主義之名而戰。

「簡直滑稽至極。」

就算想嘲笑，也不知道該從何嘲笑起的大笨蛋。這會是誰呢？是我。就是我自己啊。

無視著未能掌握到該戰鬥對象的事態，不知敵，也不知己，應當遭到恥笑的蠢貨。偏偏居然是我自己。

在這瞬間，譚雅．馮．提古雷查夫在個人房間裡嘶吼起來。

「那些傢伙，居然敢這麼做！」

被設計了。

「該死的共產主義者，好死不死……好死不死，居然把『大義』偷走了！」

平時總是對「民族主義」「批判」不已的共產主義者。號稱不是靠民族主義，而是靠階級鬥爭理解世界，自稱科學的歷史觀。對他們信奉著這種東西的假定深信不已的自己太粗心了！這不是感到羞恥就能解決的事。甚至氣憤到，想把過去的自己槍斃掉。

「為什麼，就連這麼理所當然的事都沒發現！為什麼會忽略掉！」

就連自己也有自覺，情緒已失去了控制。

不過，儘管如此……人也還是會有想敲桌子大叫的時候。對赤裸裸的自己感到失望，侮蔑著自己的粗心大意，簡直是沒臉見人。

簡直愚蠢透頂啊。

不是早就該知道了嗎！共產主義者會極為輕易地拋棄自己的原則！是讓人想逼問自己，為什麼會忘記這件事的失態。

也許是在無意識之中，假裝沒看到也說不定。

「太糟了。」

伴隨著有氣無力的喃語，譚雅・馮・提古雷查夫詛咒起自己的失態。

被擺了一道了。

這樣實在是沒辦法恥笑，那些被共匪的政治宣傳騙到的人。就徹底上當這點來講，自己也是一丘之貉。

不對，因為我知道共產黨的手法，所以過失的程度根本無法比較……這樣一來，我就單純是個無能之輩。毫無辯解餘地的，愚蠢的結果。就算再怎麼掩飾，也沒辦法騙過自己的心。

現在不是擺出自以為是的嘴臉，瞎扯著敵地情勢分析的時候了。

必須要反對機動作戰。

這是在冬季來臨之前的問題。

愈是侵略敵地，就只會讓敵人愈加團結。

「殲滅野戰軍？不可能。」

無論如何都需要替代方案，而且還要盡可能地快速。

「看看歷史吧。相對少數的正規軍，能壓制住游擊戰的事例，是極為罕見……就算要舉出成

功案例，也只是局部性的勝利。」

在越南，就連美帝壓倒性的物資數量，都沒辦法解決問題；在阿富汗，美蘇兩軍一同證明了，要在山岳地帶壓制游擊戰，是件多麼困難的事。像蒙古軍那樣，反過來燒燬整座城市的做法，只有在沒有戰爭法的時代才辦得到。

這樣一來，手段就非常有限。

倘若要找反叛亂作戰的成功案例，也不是沒有像馬來的事例那樣，英軍在殖民地成功的案例……但那可是「殖民地」……嗯？

「殖民地？沒錯，是殖民地……宗主國是少數派。要靠少數人進行統治，軍事力自然是不在話下……」

啊——儘管再不願意，譚雅在這裡也不得不重新自覺到，自己的腦袋生鏽的事實。

不是很簡單嗎？

沒必要老老實實對付他們全部人。

「分割統治。」

呵呵呵，明白到甚至會笑出聲來。只不過，這就某種層面上也是真理。只要能將敵人分割開來，就能減少需要戰鬥的敵人吧。如果事情順利，就算要將分割開來的部分敵人，當作自己的夥伴運用，也不是不可能的事。

然後，聯邦不論是好是壞，都是個「多民族」國家。

只要黨在共產主義這個美好的華麗詞藻之下，以強權打壓著各民族的自治運動的話……要求得同盟者也不是不可能的事。光就可能性來說，聯邦內部的少數民族，全都有可能是帝國的潛在同盟者。

「畢竟，帝國不會要求領土。老實說，帝國可是個巨大的家裡蹲。與聯邦領土內想要獨立的各民族之間，不會有『利益衝突』。」

光是如此，這就是解決對策了。

「發現到答案，發現到活路了。」

既然如此，就唯有朝這條道路勇往直前一途。

[chapter]

II

第貳章

奇妙的友情

Strange friendship

國家沒有永遠的朋友，也沒有永遠的敵人。
只有永遠的利益。

格言：出自第三代巴麥尊子爵

統一曆一九二六年九月十五日　帝都柏盧　帝國軍參謀本部

一走進參謀本部的大門，譚雅．馮．提古雷查夫中校就一路前往取得會面約定的傑圖亞中將勤務室。

她的腳步，說得再好聽也難以說是輕快。當然，東部主戰線到帝都的長距離移動，是會讓人疲勞。然而，就算是連續轉乘運輸機，部分路程還直接以飛行進行強行軍的肉體疲勞，在與目前所感到的精神磨耗相較之下，也不算什麼了。

窗外是陰霾天氣。

這倘若是存在X在背後惡意牽線，那麼真可說祂對這邊的狀況，理解得還真是天殺的恰到好處吧。

真是讓人不爽的天氣，就像是沒有比這還要更能正確表達自己的心境一樣。

然而，要是如今的天空是在映襯自己的心境，那有什麼能讓它放晴呢？

那一天真的會到來嗎？

不對，必須要克服怨言。

對譚雅．馮．提古雷查夫中校來說，不得不承認自己的失誤，是個讓她無地自容的事實。這是屈辱，是失態，不過也忌諱去隱瞞。

要是隱瞞失誤，就是真正的無能之輩。

是無可救藥的蠢蛋，就算當場拖去槍斃也不足以贖罪的巨大廢棄物。就算費盡唇舌，也不足以形容。

事故就是在不斷隱瞞輕微失誤之下引發的。會隱瞞輕微失誤的組織，將會因為大到無法隱瞞的失誤毀滅吧。

人是會犯下失誤的生物。

倘若不承認失誤，就會被不承認的失誤壓垮。

所以，也許正因為如此。會隱瞞失誤的蠢貨，就真的只能槍斃處理吧。勤勞的蠢貨會「讓人想槍斃他」，但會隱瞞失誤的蠢貨則是「必須槍斃他」。

這只會是自明的真理。

與其說是公理，更接近是人類社會用經驗獲得實證的證明。

我好歹也是具備現代知性之身。要是會讓自己成為隱瞞失誤，無可救藥的無能之徒，就不得不選擇成為報告自己犯下失誤的無能傢伙了。

因此，哪怕會備受煎熬，譚雅．馮．提古雷查夫中校也不得不吐露自己的失態。

「簡單來說，閣下，我們殺得太多了。不過慶幸的是……事態還沒有無法挽回到必須放棄修正方向的程度。」

「我還以為總體戰，是用堆積起來的敵人屍體在衡量的。」

沒錯。

傑圖亞閣下的理解，就以對總體戰的認知來說是「完全正確」。敵人的屍體，最好是要盡可能地堆積如山。

然而，要是前提改變，正確答案也不得不跟著改變。所以才必須要報告，現況下所發現到的失誤。

「誠如閣下所言。不過下官認為，如果能不用子彈，而是用話語讓『敵人』的總數減少，那麼用話語就會比較便宜。」

是敵人就要殺掉。但先決條件是，如果對方真的是敵人的話。

譚雅不論是好是壞都偏愛著「合理性」。要是有成本更低的選項，那個選項就會是正義。

「應該考慮到本國的資源情況，以及生產力的問題。推崇無差別噴灑子彈的浪費習慣，必須改正過來。」

話語對後勤造成的負擔，遠比子彈來得輕微。

分割統治。

支持這個大原則的，首先就是語言。

就連偏愛戰爭與運動的紅茶狂們，他們的做法不也是讓語言、字彙、名稱與政治宣傳，在殖民地統治上占有重要的意義嗎？

「如果不必從本國送過去，話語確實比較便宜吧。」

只要考慮到生產一發子彈所需的勞力與資材，以及將生產好的子彈送往最前線的流通費用，能當場準備的話語，可說是相當優秀的選擇。

漢斯．馮．傑圖亞中將也一樣是從後勤的觀點，贊同譚雅的發言。

「不過，中校。這種情況下的問題，成本自然是不用說，但更重要的是效果。」

不過，要是期待效果的話呢，他補上了這句但書。

「你是說效果嗎，閣下？」

「子彈能發揮物理性的效果吧。另一方面，意識形態爭論卻是毫無效果。還是在參謀本部與最高統帥會議的總動員之下呢。」

對一個正常的軍人來說，會想在戰時將「楔子」打進「聯邦」這個敵對國家之中，是很合理的事情。

不對，要是不想打進去才奇怪。

帝國軍是精密的暴力裝置。

在努力遂行戰爭的領域上，帝國毫無大意。作為其中一環的對敵安撫工作，參謀本部也早就在嘗試了。甚至還是傑圖亞中將親自下令有關心理戰的調查，並且驗證其效果的好壞。

但坦白講，這毫無效果。沒能獲得成果。因此，儘管有補上一句「我能理解妳的意思」傑圖亞中將仍然是斷定說道。

「坦白講，邏各斯在戰時是沉默的。」

「閣下，不同於法理，正是在戰時，邏各斯才會發揮效果不是嗎？」

「……理論上說不定是這樣。」

「只不過呀——」他接續的話語，難以說是肯定的意思。

「坦白說，幾乎就在開戰之後，帝國本國也有以相同的計畫進行反共安撫工作……不過是毫無效果。雖還有研究的餘地，但要將這納入實用選項之中，不得不說時期還太早吧。」

邏各斯、語言、理論、邏輯……儘管值得恐懼，不過並沒有開花結果吧——傑圖亞中將搖起頭來。

「你是說反共安撫工作嗎？」

述說著話語就算是一種武器，也與完美相距甚遠的說法。啊——譚雅帶著嘆息開口。

這正是可怕的誤解。

話語這項武器，早已臻至完美了。不對，是可以斷言，已在實戰中獲得實戰證明了吧。

帝國軍、參謀本部會沒能注意到這點，全是由於他們的知性。具備知性的人，因為其優秀的知性而遭到欺騙的錯誤。因為合理性而深陷其中的錯覺，就是如此的恐怖。

……因此我注意到了。教科書的知識，往往是由聰明合理的人，因為假設對象是合理的個人所寫下的幻想。但人類往往是不合理至極的生物。

「沒錯。有以野戰憲兵隊為主進行過。如有興趣，我可以幫妳安排驗證結果的文件。」

「傑圖亞中將閣下，這正是偏見與刻板印象。這種時候，針對共產主義的反共安撫工作，還請丟進垃圾桶裡吧。」

譚雅喃喃開口，提出忠告。正因為自己當初也深陷「反共」的立場，所以說這種話也有點過意不去。

不過，這也是沒辦法的事。

譚雅自己也認為反共是自明的真理，甚至對此深信不疑。然而，應該要以多疑的態度，對一切的事物尋求證明。

所以有必要做出保留，認為公理與自明的前提這種概念，只不過是一種假設。

我們犯下了假設敵人是共產主義者的蠢行。但實際上，敵兵之中卻沒有任何一個人，有過認真相信共產主義的表現。太矛盾了。

應該更仔細地觀察，發現到這點才對。被刻板印象蒙蔽眼睛的代價，太過龐大無比了吧。

不過，已一度清醒過來了。

既然如此，身為具備知性的存在，就有義務這麼做。必須要解決未經證明的公理，與現實中實際發生的情況之間的矛盾。

「妳說不用去理會意識形態？」

傑圖亞中將催促著「繼續說明吧」的雙眼中，浮現困惑的神色。

「不是理論，閣下，重要的是大眾的『感情』。」

話語這項兵器就跟子彈一樣。即使射擊沒有靶子的位置，也等於是在浪費寶貴的資源。兵器——暴力裝置必須要適當運用。

「安撫工作必須要用來分離我們的敵人，而不是用來削減對我們的敵意。」

「貴官是認為，這場戰爭的背後，沒有意識形態在支撐？」

「沒錯。『擬態成意識形態的民族主義』正是敵人的支柱吧。批判意識形態完全是搞錯對象，也難怪在現況下會毫無效果。」

基於現場所見所聞的經驗，譚雅投降地認為，針對「意識形態」的攻擊是「無效彈」。如果存在著無法解決的矛盾，前提就難以避免會是錯的。

要是奠定假設的基礎是錯誤的話，就算會無地自容，也不得不承認錯誤。

在腐朽的地基上，是要怎樣才能期待妥善的建築啊。

我向正常的現代知性與理性發誓，我是難以忍受自己具備著，為了炫耀自己的無能而建造廢墟的自虐興趣。畢竟對像自己這樣的正常人來說，這會是種怎樣也難以承受的痛苦。

正因為如此，譚雅才明知會無地自容，也不得不向長官報告。

「因為，我們就只有以是否為共產主義者，來進行區分。我們放任了只以共產主義者的框架，來區分敵人的無作為。」

「妳的意思是要分割統治？」

「統治？閣下，你這玩笑可開大了。為什麼你會覺得，我們帝國軍有必要去做『統治』這種事呢？」

行政服務就本質上，並不是能「產生利益的產業」。

只不過，像社會秩序的維持、基礎建設的活用等，占領地區必要的最低限度管理，必須得由軍政來做也是事實。

這種程度，譚雅還能視為必要經費，勉強容忍下去。要承認這是讓市場機能麻痺的緊急事態，是很讓人不愉快，不過也因此可以理解，維護保養是必要經費。

只不過，譚雅在心中伴隨著確信，做出補充。

「統治」絕對不行。就連軍政「管理」，都已對軍事單位造成超乎能耐的過度負擔了。統治？要是去做這種蠢事，軍隊將會溶解殆盡。毫無疑問會從人手不足，直接躍升為黑心企業。

「傑圖亞中將閣下，一旦插手統治，軍事單位很可能就會在開戰之前，就疲勞自滅了。我們所必要的，是能夠委託業務的『美好的朋友』。」

帝國軍完全沒有必要統治。專業的事就該交給專家去做，應該要讓人事管理最佳化。

「……妳這話很有意思。但困擾的是，帝國可沒什麼朋友喔。」

「朋友只要去交就好了吧。」

「一旦上了年紀，想要結交新朋友，也不是件相當簡單的事吧。」

伴隨著障礙的微妙問題。要是存在著各種歷史原委，就很難結交友好國，這算是早就知道的事吧。

另一方面，或許該這麼說吧。所給予的前提條件，往往都會有著其他的用途。就算是認定完全派不上用場的東西，也只要改變觀點，就能發現到活用的方法。就算是劇毒，根據用法也能成為良藥。

就連沙利竇邁這種極為有害的致畸胎性藥物，也能在其他疾病上發揮醫效。正因為如此，譚雅展現出幹勁地繼續說下去。

「不過，也有些相遇，是要累積起信賴與實績才會發生吧。這樣不就也有可能期待結識新的朋友嗎？」

「什麼？」

「我們不是有著老敵人這個資源嗎？」

外交上有句格言。

敵人的敵人，即是朋友。就算只是利害一致的關係，但是對國家來說，利害一致就足以作為結交朋友的充分理由了。

「就從帝國傳統的對外態度來看，不會有人懷疑帝國是聯邦之敵的評價。既然如此，說不定就能與聯邦內部的反體制派，建立起美好的友誼關係。」

「聯邦是個多民族國家……如果這個論證可行，就需要摸索與聯邦內部的分離主義者合作的方法了吧？」

「是的，閣下。」

「就理論上來看，似乎是很有道理，不過中校，問題的本質，就在於教科書上的內容，能不能適用在現場上頭了。」

「我能理解。」譚雅點頭贊同。這雖然不是傑圖亞中將說過的話，不過教科書終究只是在「一定條件下」的一種答案。

照著教科書回答能拿到分數的，就只到學校為止。

在前往現場、抵達前線後，所追求的就只有結果。會嚷嚷著我是照著教科書做事，所以我並沒有錯的笨蛋，還是踢掉比較好。

「我們確實是聯邦的敵人。不過，敵人的敵人，未必就會是朋友。」

「誠如中將所說。」這也是不得不同意的意見。就算有著共同的敵人，但要說到能否團結一致的話，會感到極大的疑問也是難免。

「畢竟——」傑圖亞中將語帶嘆息地說道。

「分離主義者看起來，不像是有把我們與聯邦當局區分開來的樣子。」

這確實是個極為重要的警告。

實際上，進軍的帝國軍儘管下令「要極力避免與當地居民之間的摩擦」……但依舊有很多時候，處理得不夠漂亮。確認過野戰憲兵隊工作情況的譚雅，也能輕易理解到原因。

「原因很單純。閣下，我們只不過是武裝的外來人。既然沒有能夠居中斡旋的人，就必然會爆發糾紛。」

在有無能夠對話的人這方面上，帝國軍是束手無策的等級。斡旋人，可信賴的交涉人，至少能圓滑進行溝通的翻譯，最起碼也該要安排這些人員。然而現實中我們卻欠缺著這種人才。

「我們的安撫戰略，在語言方面上是完全落後了。」

好死不死地，譚雅懊悔地回想起現況。

沒有能作為帝國軍，與當地居民對話的斡旋人。現階段就算要緊急從外交部調人過來，想要找到有過數次前往戰鬥地區經驗的人，可是如果有就該謝天謝地的等級。至於要說到交涉人，則是需要檢討，究竟該上哪裡去找的層級。

「聯邦的官方語言，只要是將校就應該會說吧。」

「是的，閣下。誠如你所說的……將校是勉強學過聯邦官方語言……」

譚雅知道這個極為嚴重的事實。對於聯邦內部的反體制派來說，「聯邦官方語言，可是敵國語言」啊。

「閣下，我們犯下了用敵國語言向友方對話的愚蠢錯誤。」

「……妳的意思是說，我們不該使用聯邦官方語言嗎？」

「是的。」表示贊同的譚雅，心境是一片黯然。

想要能說反體制派的民族語言的翻譯人員，而派謝列布里亞科夫中尉前去尋找的譚雅，十分清楚現況。

就算有民族語言的專家，也頂多是帝國大學的教授吧。就只是語言學的專家，作為少數語言的一個分野在進行研究。要建立能有體系地進行語言教育的體制，恐怕需要時間吧。

簡單來說，要由我方主動進行對話，是絕望性的曠日廢時。

「將重心放在內線戰略上，未曾預測過遠征時的作戰行動，只能說是帝國軍組織的結構性缺陷吧。」

「坦白說，下官並不認為歷代以來的防衛戰略有問題。問題並不在內線戰略上。倒不如說，無法貫徹內線戰略的內部問題，才是眾多問題的根本。」

「事實上──」譚雅提醒著。

「至少，內線戰略至今仍持續發揮著效果。」

「夠了，提古雷查夫中校。那妳在現況下，有什麼對應策略嗎？」

「課題很明確。我們無從拒絕地，必須要習得遠征能力。不論我們願不願意。在軍政占領方面上，也要計畫早期改善狀況，在占領地尋求新的朋友吧。」

這雖是我提的主意，不過──譚雅也不是沒有這是在強人所難的自覺。

不論是要在占領地樹立傀儡政權，還是要擁立友好勢力，基本上都必須要有「人」才有辦法開始。

「提古雷查夫中校。貴官應該知道吧，肯協助帝國軍的人究竟有多麼稀少。就現況來講，妳真的認為能找到我們所希望的對象嗎？」

「下官相信有可能。」

傑圖亞中將用眼神催促譚雅說下去。

或許是他沉思時的習慣，筆直凝視自己的視線依舊伶俐。

正因為如此，譚雅依照理論說出答覆。

「傑圖亞中將閣下，我們與占領地區的居民之間，確實是已經發生了問題。結果讓當地居民也在某種程度內，沉迷在血腥與憎恨之中……所幸，他們有著可以比較的對象。」

「妳說比較對象？」

「是聯邦的統治。明確來講，就是民眾還尚未放棄期待，有辦法修正他們的判斷，讓他們認為比起殘酷的共產主義者，粗暴的帝國軍還比較好的程度。」

「也就是要讓他們認為，引發問題的只是激進分子吧。很好，就假設能與他們合作吧。妳是想在占領策略上，使用當地勢力嗎？」

「是的。」譚雅點頭答道，而就像是在吟味她的話語一般沉思片刻後，傑圖亞中將搖頭說道：

「很困難吧。」

「老實說，我不覺得會有好處。基於負責後勤的觀點，我可以做出斷言。畢竟比起不知道『是敵是友』的傢伙，明確知道是敵人，就某種意思上來講，對應也相對會非常輕鬆呢。」

讓人只想長嘆一聲的意見。這要是蠢蛋因為自己的愚蠢發出的喃喃自語……只要覺得這很蠢，一笑置之就好。

對譚雅來說，嘆氣的理由很單純。

「這是很確實的意見，不過要說到是敵是友，他們毫無疑問是友方吧。」

傑圖亞中將是與蠢蛋截然相反的戰略家。

理解作戰層面，精通後勤情況，作為戰務的第一人，甚至能斡旋在政軍之間的英傑。大致上，難以說是完全偏向武力的軍事偏重主義者，是在帝都柏盧之中，能不論理由，改善文武官之間互相仇視情況的人物。

就連這種人物，都在滴酒未沾的情況下……說出不得不斷言是錯誤的理論？

帝國軍的典範，居然出了這麼大的問題嗎？

「什麼？……提古雷查夫中校。沒想到我會有一天需要指出妳的錯誤。那裡堆著一疊當地部署的野戰憲兵隊的報告書。妳就挑喜歡的拿去看吧。」

「閣下是認為，沒辦法判斷他們是敵是友嗎？」

「沒錯。」

啊，真想嘆氣。

理由很簡單。因為混入了錯誤的資訊。傑圖亞中將的判斷，就因為不正確的拼圖，遭到了無可救藥的扭曲。

「閣下，坦白說。野戰憲兵隊他們大半就連『聯邦官方語言』都不會說。刻板印象、偏見，以及依賴著無法確定信賴性的翻譯，這一切的錯誤，最終導致了該稱為妄想的誤解。」

「……說下去。」

「有必要整理狀況。我們必須要區分出敵人與友方。而且，大多數的聯邦內少數民族，比起我們，是更加地敵對共產黨。要建立同盟關係，絕非不可能的事吧。」

「所以——」譚雅帶著確信，回望著上司的眼睛做出斷言。

「比起優秀但鼻子不靈的獵犬，更應該僱用明白情況，平凡的當地獵人不是嗎？」

沉思數秒的傑圖亞中將，就在這時蹙起眉頭開口。

「……有道理，不過問題就在於，有沒有這麼剛好符合需求的獵人存在……很好。是誰？提古雷查夫中校，畢竟是貴官，應該已經想好對象了吧？」

「是的，我認為現有占領地的『警察機構』與『民族議會』，是最適當的對象。」

「真是嶄新的觀點呢，中校。」

朝自己瞥來的，是來自傑圖亞中將雙眼的險惡視線。

看來他相當不中意這項提案呢，譚雅在心中懊惱。就連對譚雅來說極為「妥當」的提案，對帝國軍樞要也仍舊是激進派的意見啊。

「我想妳應該知道，不過我可是聽野戰憲兵隊表示，他們正是『游擊戰的溫床』，是有必要解除武裝的對象。至少我也有收到報告，已在掃蕩游擊活動的過程中，確認到類似的事例。」

傑圖亞中將語帶牢騷的這些話，確實是會仔細閱讀報告書，致力於理解現場的優秀長官，所會採取的手段。

但是——譚雅拚命地開口。傑圖亞中將等帝國軍人們，就只是不知道，世界觀的差異這一項要素。

「閣下，我認為有必要切換視點。我們確實是帝國臣民。不論是東部出身，還是南部出身。所以，我們才會是萊希的同胞。」

「所以呢？」

「的確，不論是當地的『警察機構』，還是『民族議會』，確實是都參雜著『游擊隊』。就這層意思上，會覺得聯邦市民們連成一氣，共同對抗著侵略者，也很有道理吧。」

「可是——」譚雅鏗鏘有力的斷言。畢竟，傑圖亞中將用來把握狀況的資料，打從前提部分就犯下了根本性的錯誤。

「閣下，還請聽我說。這全是錯的。」

如果前提是錯的，哪怕是再敏銳慎重的戰略家，也都會犯錯。因為他們不可能理解到正確的實情。制定戰略之際，錯誤的情報分析，將會導致致命性的失敗。

正確的當地情報與正確的情勢理解，必須要是一切的基點。

「就我實際與游擊隊交戰過的經驗來講，游擊隊確實是存在，但並不是所有持有武器的人都是游擊隊。」

軍人不會對拿起武器感到遲疑。

他們所受的教育，就是為了用手邊的武器與敵人作戰。畢竟是以國家經費進行武裝，教導紀律，以防戰爭爆發的存在，這也是當然的吧。不對，甚至能說他們必須得要是這樣子。

然而，民人可不同。

「閣下，還請你理解。武器在該地區，是被當作是一種用來保護自己的護身用具。憲兵隊他們儘管取締著護身用的武器……卻無法理解這種行為，會受到怎樣的解讀。如要說得極端一點，這就像是把自家大門上鎖的人，統統逮捕一樣吧。」

「……護身？中校，你是指『聯邦軍製的軍用步槍與衝鋒鎗』嗎？」

「閣下！這正是誤會的根源。」

「嗯？說下去，中校。」

「請考慮現在的狀況！他們目前只能拿到聯邦軍遺棄的武器，是必然的結果！你該不會是想說，他們在這種狀況下，還能從中立國的槍械店，進口附有證明書的小型手槍吧？」

市場基本很單純。供給過剩的商品會在市場上普及，近乎是歷史事實。聯邦軍這個供給源，讓他們能廉價取得大量遺棄的「聯邦軍武器」。

比起高價的自動手槍，人們更會傾向購買容易取得彈藥的武器，近乎是必然的結果。用我不太喜歡的說法，就是「神的無形之手」在背後指引。

即使承受著傑圖亞的銳利視線，譚雅依舊毫不動搖地斷言。

「會將手上的武器對準帝國軍的人，只是少到讓人驚訝的少數派。閣下，現在的局面，是在少數派的特意安排之下所造成的。」

雖說無火不生煙，不過也往往存在著，意圖將小火勢弄成大火災的縱火狂，這種充滿惡意的人種。布爾什維克的派系（註：蘇聯共產黨的前身，意思是多數派），不就是靠這樣延續下來的嗎！真可謂是他們的拿手好戲。

「煽動雙方的不和與不信，試圖勉強喚起抵抗運動的破壞分子確實存在。棘手的不會是抵抗運動，只會是沒有成功捕捉到，煽動抵抗運動的敵對分子。」

「妳是說大半的民眾都是投機主義者？煽動的人是聯邦體系的細胞分子，未必有受到民眾的支持……就相當於是這種情況。」

傑圖亞中將的表情嚴重扭曲，就像理解似的點下頭。

就算是像他這麼聰明的人──或許該這麼說吧。只要前提情報錯誤的話，也依舊是得不到正確解答。

短暫的沉默。

不發一語的傑圖亞中將仰著頭，開口像是想說些什麼，結果還是把話吞回去，最後好不容易才發出的，是輕微卻深沉的嘆息聲。

「……我明白情況了。也就是說，我們是一個團體。不過，敵人是否真的是一個團體的疑問，對吧。」

聽到他這麼說，譚雅就安心了。

真不愧是他——或許該這麼說吧。看來傑圖亞中將的知性尚未鈍化。

當場就能把握到，少數派藉由恐懼操弄多數派的本質……譚雅甚至是嚇了一跳。

「是的，傑圖亞閣下。在戰地審問到的敵兵，大半都不是『為了黨』，而是『為了自民族』而戰。換句話說，沒必要連我們都跟著奉陪『敵人是所有的聯邦市民』的幻想。」

「……讓人頭痛的消息。這倘若是事實，我們就是小丑了。居然再度犯下了應該避免的戰術錯誤啊。」

「這麼慢才掌握實態，實感非常抱歉。下官的去留，全憑閣下處置。」

「沒必要，沒這種必要。倒不如該稱讚貴官發現得好，讓我在無法挽回之前知道這件事。就當作是幸運吧。」

閣下的安慰儘管讓人感謝，但同時也讓我深深感受到自己的無能。是我對共產主義者的忌諱感，引發了這種問題。

我的刻板印象，深刻扭曲了應該客觀的觀察結果。

傑圖亞中將的安慰話語，就只是在述說自己犯下了多麼嚴重的失態。他說「就當作是幸運」，也就是說這全是運氣。我是被運氣這種不確定性的東西給救了？

這樣，可稱不上是得救。

畢竟一度犯下的失誤，倘若無法處理，就絕對會重蹈覆轍。

目送走從容敬禮之後離開房間的提古雷查夫中校的背影，傑圖亞中將暫時不發一語，陷入了沉思。

只要對前提抱持疑問，檢討起狀況……就有必要緊急採取對策吧。已經失敗過一次的事，絕不能再重蹈覆轍。

拿起手邊的話筒，告知一句緊急事態。然後，朝著要不了多久，就出現在眼前的雷魯根上校，傑圖亞單刀直入的切入主題。

「雷魯根上校，我要更改下次的視察地點。」

「是的！我立刻安排。地點是所擔憂的南方方面嗎？是要去視察隆美爾將軍的作戰嗎？」

一拍即響的優秀應對。會聯想到據傳這陣子陷入停滯的南方大陸情勢，對作戰局的人來說，是很順理成章的事吧。

「不，是東部。」

「東部？作戰局的視察團，應該再幾天就會出發了。要一塊同行嗎？」

就算是沒有多做解釋的主題，也能立刻提出方案的雷魯根上校。在調整計畫與適當的輔佐上，雷魯根上校可說是參謀將校的楷模。

不過，就連他也搞錯了。不對，這與其說是搞錯，更像是因為「不知情」所採取的對應吧。

在有關東部的前提條件完全改變的情況下，在東部方面進行作戰層級的視察，已毫無意義。所必要的是，改變遊戲的規則。

傑圖亞中將搖搖頭，將雜念拋諸腦後，簡短地繼續主題。

「我打算向作戰局借用貴官，不過沒預定要與作戰他們同行。盧提魯德夫中將那邊我會去說。你就只要做好準備就行了。」

「是的！可以詢問此行的目的嗎？」

即使有疑問，也會吞下去的適當態度。盧提魯德夫的豪邁個性，全是靠著這些中堅人員在支撐的吧。那個大而化之的傢伙，能發揮出作戰家本領的祕密，就在人身上。在這種狀況下，儘管覺得會很嚴厲，卻是祕密工作無論如何都想要的人才。

「沒關係。目的是後方地區的後勤行政與一項機密案件……啊，對了。我想再拜託你一件事。去幫我找處理民族問題的專家。愈快愈好。」

「遵命。向作戰局請求協助的民族議會人員可以嗎？」

「無所謂，不過我想徹底做好防諜。可以的話，希望是具備保密能力的人。」

「恕我失禮，閣下。請容許我進一步地詢問。聽聞閣下所言……這項機密案件是與民族問題有關？」

「我不否認，上校。你可以把這看成是某種安撫工作的一環吧。可以的話，我會考慮與當地領導人接觸。」

「下官了解。我會盡量安排與當地有關係，口風又緊的人員。請問期限有多久？」

理解得真快，傑圖亞中將的嘴角默默揚起微笑。理解一切，點頭答應的雷魯根上校儘管會很辛苦，但也是沒辦法的事。

「下週初吧。」

「閣……閣下？」

今天可是星期五喔——帶著這種言外之意的雷魯根上校，透露著困惑情緒。畢竟是在下班前被找來，被命令要在星期一早上把事情安排好。

沒辦法怪他吧。

不過，傑圖亞中將並沒有收回命令，以「所以，怎麼了嗎？」的堅定眼神催促著雷魯根上校。現在可是戰爭期間。在戰時，必要性比一切都還要重要。

對參謀將校來說，軍務的最優先遂行，可是神聖的義務。

「不好意思，就請你幫我安排了。如有必要，就算要把戰務的人抓去狠狠使喚也無所謂。總之，時間有限，開始動作吧。」

「是的，我立刻就去辦。」

統一曆一九二六年　九月某日　聯合王國首都倫迪尼姆郊外

情報部在戰時的任務，即是讓國家層級的相關部門，進行情報的共享、分析，以及直接的情報收集等等，在各方面的領域上提供支援。

是會將收集到的任何一項情報進行細分，倘若不是軍事情報、經濟情報、政情、輿論、技術等專家人士，就無法區分玉石的世界。

混沌、混沌，以及混沌。

要從玉石混淆之中，抓取到有價值的寶玉，並不是件簡單的事。就連關鍵的收集手段，也在信號情報與人工情報這兩種系統之下，變得錯綜複雜。

就算在戰時情況下，預算限制已逐漸解除，預算也總是離充裕相距甚遠。只能夠一步一步處理吧。

然後，光是要安撫深信自己的部門在情報戰中，有權利「最優先」領取預算的各部門首腦，就相當累人了。優秀的情報機構人員，怎樣都會有著強烈的個性……甚至讓人在發現到有協調性的人員時，會忍不住地想感謝上帝。

就連情報部與外交部之間微妙的競爭，都會讓人不得不胃痛吧。

只不過，在聯合王國統領情報部的哈伯革蘭少將，打算甘願忍受這一切。實際上，他是一路忍受過來了。

正因為他相信，唯有專心做好腳踏實地的調整，才能催生出最終的成果。然後，儘管緩慢，如今也逐漸能看到成果了。

現況下，在軍事情報的收集上，信號情報的進展相當順利。敵人的識別、監聽，以及暗號解讀的研究，除了消耗掉過分的預算外，已得到無從挑剔的成果。

就連人工情報方面，各種監視手段的整備也已經完成。雖說在帝國本土，依舊殘留著許多課題，不過能在舊共和國全土提供支援。

就連分散各地的帝國軍部隊，也能大致掌握到他們的動向。

過去稍有問題的南方大陸方面的情報活動，則是派遣王牌級的情報人員前往處理。雖是會不斷送來抱怨的老人，不過那個老人意外地頑強。

雖說是小規模，不過也讓針對敵方補給線的襲擊作戰屢屢成功……與遊牧民族之間的人際網路，也建立得相當順利。只要交給他，暫時是不會有問題。

儘管如此，或許該補上這一點吧。預算的不足，部內與部外的爭執，以及與官僚主義的各部門之間的競爭。最後則是「該不會有鼴鼠潛伏在情報部裡吧」這個有根據的疑惑，每晚都糾纏著自己不放。

哈伯革蘭少將就像是個破產邊緣的總裁，為了設法調度而掙扎已久。

外加上，就算不管鼴鼠的問題……唯一自開戰以來，就始終擺脫不掉的絕望性問題，正逐漸化為幾乎讓人束手無策的難題。

「儘管預算也是，但最重要的是人手。情報部門的人員實在是太過不足了。這樣可是完全不行啊……」

是人。現在缺的是人啊。

讓人想抽著雪茄抱怨的，是人才不足的問題。而且，還不只是能成為手足的工作人員，就連負責管理的管理職、高階工作人員的缺乏情況，都極為嚴重。

只不過，情報部儘管自開戰以來，就面臨到嚴重的人才不足已久……不過嚴格來講，並不是打從一開始就人才不足。

是直到進入戰時階段，才陷入徹底的人才不足。

原因有二。

第一個問題是，戰死導致的損耗。

由資深職員組成的現場部隊。派遣他們去參加協約聯合與共和國的聯合作戰，是個大失敗。

全員都遭到判別是第二〇三航空魔導大隊的萊希特種部隊襲擊。貴重的資深職員遭到剷除的損害極大。

這讓情報部受到在重建組織、教育人員、重新編制情報網之際，後悔不已的沉重打擊，是無法否認的事實。

畢竟帝國軍發動攻擊的時機實在是太過剛好了。哈伯革蘭少將儘管不想懷疑自己的部下……也不得不確信，情報部裡毫無疑問潛伏著鼴鼠吧。

就算是偶然，帝國的幸運也未免連續太多次了。

問題是，直到現在都還沒辦法抓到老鼠尾巴的事實。一旦讓我逮到，我無論如何都要打死那隻不知羞恥的鼴鼠。

光是這點，就十分讓人頭痛了，但讓人更難受的是，陸海軍對剩餘人力資源的對應方式。第二個問題，應該就屬來自陸海軍的資深特務們，全部都被陸海軍召回的問題吧。

「……該死，居然是被自己人扯後腿。」

陸海軍為了將派來的人員盡數轉調到前線運用，逐一把人員召回。讓人不禁想發牢騷。沒有比情報部必要的人才，還要值得信賴的人員。

這個理論非常合理。但就算這麼說，要是半強迫地把人帶走的話……情報部可是瀕臨半毀邊緣啊。

在敵我雙方的雙重打擊之下，特務們是嚴重地缺乏老手。

就結果來說，早在開戰後沒多久，情報部就已在重大損害之下，瀕臨倒地。最該死的是，這些人員異動的糾紛，也對抓鼴鼠造成了障礙。

本來就在對可信賴人員的問題傷腦筋了，結果卻給我搞這招。

儘管帝國軍的暗號解讀等極重要級的機密沒有洩漏，但除此之外的機密盡數流出的現實，只會讓人氣到渾身發抖。

不對，看這防諜的粗糙程度，就算極重要級的機密何時會流出也不奇怪。

置身在如此困難的狀況下，情報部收到的請求卻是絡繹不絕。

外交部請求「緊急調查有關帝國與各外國之間的合作關係」。

軍需部嚴格下令調查「帝國軍對通商破壞作戰的預測」。

海軍部嘶吼著要我們取得「有關帝國軍艦隊動向與潛艇的整體軍事情報」。

要說到陸軍部，甚至是大搖大擺跑來，要求我們伴隨著詳細的當地情勢，取得「在東方戰線，聯邦軍與帝國軍雙方的實情」。

各個內閣都跑來詢問各自所關心與管轄的問題。

當然哈伯革蘭少將也能理解，這是他們愛國的重要工作。身為公僕，也給予尊重吧。只不過，他不得不嘆息。

因為所有部門都深信，自己的請求是在面臨國家存亡時，應該要最優先處理的問題，毫不忌憚地堅持主張著自己的優先順位。

當然，要是有辦法，我也想提供協助。然而真想大叫，能派去做這些事情的人手不足啊。就算大喊，把值得信賴並通過篩選的人員交過來，他們也毫無反應。

用現有的人力做到最好，是聯合王國防務委員會嚴格下達的命令。

讓人不禁想抱頭呻吟。

不對，是只能抱頭了。

首先，就算要把情報人員送往大陸，手邊的部下也太過不足。

因此也有提出計畫，要對補充的新人進行教育，讓他們成為戰力。照理來講，這是很正常的反應吧。作為更加棘手的問題是……倘若前途看好的新人，全都被志願「最前線勤務」的社會風潮給蒙蔽雙眼的話。

哈伯革蘭少將自己也是名門出身。

懂得名門的年輕人們，有著大好前途的他們，所擁有的氣魄。

身為前人，看到他們表露出貴族義務的精神，也不是不覺得感動。

年輕人為了祖國走出學院志願從軍的光景。只能夠低頭向他們的決心與心意致上敬意。

當中要是存在著無法忽視的問題，就是做好覺悟，要為了祖國挺身而出的年輕人們，「決心」很諷刺地太過堅定了吧。

想盡到貴族義務，前途看好的學生，他們全都在志願從軍之際，希望前往「航空部隊」、「魔導部隊」、「艦隊勤務」、「地面部隊最前線勤務」等單位。

結論很明瞭。

他們對後方勤務毫無興趣。愈是優秀且愛國心強，符合情報部的必要需求，富有毅力與知性的年輕人，就愈是想作為最前線的將校或航空、魔導軍官，前往前線作戰。

不想躲去後方勤務的精神值得高度評價。實際上哈伯革蘭自己也給予他們很高的評價。是出色的決心。

只不過，對「據點位在後方的情報部」來說，也由衷想拜託他們別再這樣了。

畢竟不管怎麼說，情報部的人員招募，可沒辦法發出公告通知。祕密情報活動人員的招募，基於制度上的意圖，沒辦法公然以「情報機關勤務」的名義勸誘。

所以在招募之際，首先就不得不以表面上的名義勸誘。這樣必然就會隱瞞身分，變成是在招募陸軍部勤務或海軍部勤務的後方軍官。

拜這所賜，優秀軍官的招募……恐怕是窒礙難行。真正優秀的軍官們，陸軍海軍是絕對不會放手的。

因此，只能由我方去一一接觸……但要邀請「責任感強烈」且「富有愛國心」的有為人才，要不要告別「自己負責照顧的部下」，前往「陸軍部或海軍部的本部」從事「事務工作」，沒被踢出房門就要謝天謝地了。

「聽說部下們在勸誘時，還被反問『你們是要會拋下在最前線戰鬥的夥伴，獨自前往後方的軍官嗎？』這要說的話，確實是正確的反應。」

招募負責人們所共同煩惱的問題……就是年輕人的單純。儘管讚賞他們竟有著這麼高貴的精神，也不得不傷透腦筋。

結果，勸誘對象的目標，就落到負傷後，禁止戰地勤務的傷殘軍人們身上。優秀的人才，往往都會以不屈不撓的精神，重新振作起來。

在實戰中，即使傷殘也會自發性復職的將校們。仍想繼續戰鬥的他們，會在情報部成為非常能幹的職員。哈伯革蘭少將深信，他們全員都有著等重黃金以上的價值。

然而，傷殘這種外貌上的特異性，也讓人不太想把他們派去擔任間諜。就算傷殘軍人並不稀奇，也想避免會在中立國與敵國引人注目的人選。

「……乾脆徵募女性的特務人員吧？」

就算是在敵地，如果是在總動員之後的話，女性反而不會引人注目也說不定。畢竟是在成年男性全部遭到徵兵，在前線戰鬥的狀況下。成年女性在後方，正逐漸成為一般的勞動者，會是一個重點吧。

著眼點相當不錯。

「嗯——不過，如果要讓女性空降到敵地的話……」

參謀本部與白廳究竟肯不肯答應這項提案呢？不對，說不定可以用機密作戰的名義，在自己的裁量權下進行……

應該不用擔心會被敵人用在宣傳戰上吧？

考慮到萬一遭到俘虜時的政治影響，擅自這麼做也有很大的風險。愈是去思考，就愈是覺得值得檢討的要素不怎麼多。

擴大的業務與缺乏情況愈來愈嚴重的情報人員。

「真是不如人意啊。」

順著焦躁的心情，哈伯革蘭少將的手指不斷敲著桌面。

情報部需要的人力資源已經耗盡。儘管如此，自己等人的工作量，卻以加速度再逐漸增加。就算是紳士，也會想長嘆一聲。

不過沒有空沉思，在戰時狀況下似乎是理所當然的事。

部下的事務官，這不就抱著小山高般的資料，從門後突然探出頭來了。

伴隨咚的一聲，放到桌上的是文件。

真是受不了——就在剛嘆完氣正準備伸手拿筆的時候，注意到一件事。部下向自己遞出一封信封。

「失禮了，部長。是聯合王國防務委員會的急件。」

「防務委員會？啊，是找我過去的通函吧。」

想說「真難得會找我過去呢」而拆開信封，然後在看完信中內容後，哈伯革蘭少將訂正起自己的誤解。

「不對，是要請我出席會議啊。真罕見。」

竟要情報部的人，出席會留下正式會議記錄的會議。真想問問，首相閣下究竟是在打什麼主意。不過命令就是命令。

而且是正當的發令者，經由正規管道下達的指示，沒道理也沒辦法反抗。

「信上要我出席明天的聯合王國防衛會議。這是首相府發出的正式邀請啊。儘管正是忙得時候，但沒辦法。明天幫我準備車子。」

心裡頭想的則是，好啦，究竟是要跟我說什麼呢。

統一曆一九二六年九月某日　聯合王國首都倫迪尼姆　白廳附近

聯合王國防衛會議上。

只要看在座各位高官的模樣，聯合王國的狀況就是一目了然吧。菸灰缸裡塞著滿滿的菸蒂；不掩疲勞感的陸海空軍負責人。還有帶著宛如病人的表情，排排坐著的官員們。

一群精疲力盡的公僕。

然而在這當中，就唯有一名坐在右側，宛如鬥牛犬一般的男性，保有紅潤的臉色。要說他看起來桀傲不遜，或是值得信賴的鬥志集合體，全端看個人的觀點。

他正是主辦這場聯合王國防衛會議的國王陛下的政府之首，丘布爾首相本人。

「首相閣下，你希望將戰線移往聯邦方面？」

列席者們以疲憊不堪的表情，注視起上座。要是做得到，哪還用這麼辛苦啊。能理解所有人都在心中如此大叫，就是指這種情況。

哈伯革蘭少將也對會議的參加者們懷有同感。

「如有必要，我不惜與惡魔攜手合作。不過，我更喜歡惡魔與惡魔自相殘殺，說出實話有什麼不行嗎？」

公然說出這種話的丘布爾首相，毫無賣弄的意思。

這正是他的強處。

既是腦袋有問題的戰爭狂，也是堅決的反帝國主義者。或是在聯合王國，堅決信奉帝國主義的擴張主義戰爭販子。儘管稱呼方式是因人而異，但總之在聯合王國政界裡，丘布爾這個男人就是這樣被描述的。

就連在一般人之中，他都被稱為鬥牛犬。

「閣下應該是虔誠信徒吧。」

「唉，也就是說木已成舟了。」

是吳越同舟，還是能容忍異端的寬容虔誠信徒。看來就連玩笑般的某種迂迴挖苦，都打不穿他的厚臉皮。

「各位，就讚賞到這裡了。寓言故事也說到這裡吧。我們所需要的，是時間以及本土防衛的兵力。」

要是被隨口帶過，挖苦也發揮不了效果。還真是讓人錯愕的鋼鐵心臟啊。

「那就進行現況報告吧。」

就像是在強忍頭暈一般站起的空軍部負責人，念起將戰鬥狀況精簡整理好的概要報告。

與襲擊過來的帝國軍航空艦隊與魔導部隊之間的衝突，是想像以上的大規模。

「儘管已爆發了數次大規模空戰，不過皇家航空艦隊依舊成功保持著空中優勢。」

與逼近本土南方的敵人之間的迎擊戰，打得相當慘烈。大半的敵人，都來自舊共和國領內的空軍基地。共和國失陷的爛攤子，得要由我們自己收拾善後，還真是諷刺吧。

不過，我方的防空網有確實發揮機能，也讓人感到無比可靠。這下能放心了呢，就在哈伯革蘭少將就要卸下肩頭重擔時——

一臉就像是在強忍胃痛，從旁插嘴的男性……是空軍部的重要人物，航空總監本人。

「作為航空總監，請讓我補充一點。現況就像是在挪用存款，我們就只是還沒有破產。」

「具體來說是？」

「航空機與航空兵，還有擔任輔助與支援的魔導部隊，正以加速度在提升損耗。即使靠著流亡義勇兵與志願從軍的大學生們，急忙填補缺口……」

老兵的喪失，用新兵補充。看在哈伯革蘭少將眼中，這簡直就跟自己的情報部面臨到的兩難困境一樣。

理解到這點的瞬間，他不得不吃驚。

就連待遇最優厚的航空部隊……都是這種狀況嗎？並在看到貼在黑板上，用來告知目前損害的圖表後，瞪大了眼睛。

航空兵就連有沒有兩千人都不清楚。喪失的駕駛員已經超過兩百名。如果算上負傷者，有將近半數脫離戰線。無法確定能不能復職的人員也占了多數。

即使如此，也努力在維持戰力了。空軍部用從我們情報部面前搶走的年輕人們，勉強補足了脫離現場的人數。

不過……補足的就只有人數。要期待緊急培育的駕駛員，發揮出等同開戰前就「完成訓練」人員的戰鬥技能，是在強人所難。

「恕我失禮，能讓我插句話嗎？這可是本土防空戰喔。就算中彈，應該也只要在自國降落，重新出擊就好。不覺得這種損害比率有點奇怪嗎？」

對於心存疑慮的人，他給予的回答依舊是讓人頭痛。

「有兩點問題。」

「說明吧。」

「第一點，駕駛員們就算中彈，也不想跳傘逃離。」

「……為什麼會這樣？」

「前陣子，帝國軍的航空魔導部隊，曾有數名人員降落到地上。各位還記得嗎？」

「嗯，好像是為了救出俘虜，跑來出差的特種部隊吧？」

這場會議的列席者大半都不知道的是，那個襲擊部隊正是第二〇三航空魔導大隊那群妖魔鬼怪，這件事除了哈伯革蘭少將之外，就只有幾個人知情。

帝國軍參謀本部直屬的那群傢伙。

就為了救援友軍，他們竟然投入了如此高價值的部隊。說到底，判定是參謀本部直轄部隊的王牌，就算是航空魔導戰好了，為什麼會再度投入到西方呢？

一段時期內，聯合王國相關部門還曾對此議論紛紛……如今，可知道答案了。

「當時警察有與空降的敵兵交戰。這項情報以流言的形式，轉變成敵兵空降的傳聞。即使已通知過好幾次我軍將兵的服裝，但跳機逃生的駕駛員被誤認為敵人，遭到民眾襲擊的情況，依舊是絡繹不絕。」

戰時情況下，謠言會如同病菌般瞬間傳播開來。

那麼，民間警察遭到「空降的帝國軍特種部隊」襲擊的傳聞，又怎麼不會傳播開來呢。

等注意到時，這個傳聞就以如火燎原之勢，成為街上酒吧的熱門話題。

於是讓所有人都帶有這種印象。從空中降落的人，就是敵兵。

刻劃在眾多市民腦海中的這件事例，所代表的意思讓他們感到恐懼。只不過，聯合王國軍當局，太慢理解到這個恐懼刻印了。

「外加上，自從有義勇駕駛員在跳傘逃生時，因為語言不通慘遭打死以來，駕駛員們就算中彈，也寧可死在空中。」

「……給我趕快想辦法改善。這簡直是本末倒置。」

讓所有列席者都不得不嘆氣的悲劇。

亡命天涯，與帝國交戰的勇者，偏偏居然是在降落到聯合王國大地的瞬間，遭到眼泛血絲的市民基於「愛國心」襲擊。

就連公共學校出身的人，都在降落的瞬間遭到毆打，要不是有證明身分，下場也很危險。就連這種經驗談都流傳開來了，要期待駕駛員們士氣高漲，是不可能的吧。

當發現到機上戰死率異常上升時，已經太遲了。這是毒辣且出色的間諜工作，甚至讓被擺了一道的哈伯革蘭少將自己懊悔不已。

「那麼，另一個問題是？」

然後，首相急忙詢問的問題，答案也依舊可以想像。

「是維修兵等後勤人員的不足。隨著航空部隊的急速擴張，生產設備也有進行增強……但在各式機種林立的狀況下，維修班的擴充速度趕不上變化。」

空軍部負責人們輪番控訴的是過於殘酷的現實。皇家空軍面臨的困難與窘境極為深刻。

「因此，難以避免運作率下降……」

「在此，我要提出航空部隊的意見。最近發生了太多起引擎事故了。公平來看，維修當然是原因之一，但最大的原因還是『製造工程中的缺陷』。」

「這也是不得已的事。在生產線的擴充下，這點是怎樣也無法避免。畢竟是連不熟練的動員工都拿來用了……」

本來的話，會開始官界鬥爭必備的微妙的互推責任。但此時的狀況，卻是以欠缺霸氣的聲音與自暴自棄的視線，碎碎念著自己的單位沒錯？

這種恐怖的水準，只能說是危機了。

偷偷朝上座望了一眼，就看到首相的嘆息表情。

「就期待海對岸的殖民地友人吧。好啦，畢竟我們有許多朋友。另一邊剛簽完契約的惡魔，會幫我們做多少事呢？」

「應該會陷入嚴重的苦戰吧。根據派遣的駐外武官說法，聯邦軍組織因為不久前的政治糾紛……變得比想像中的還要衰弱。」

「總不會跟達基亞一樣沒用吧。」

「這點倒是……」

「沒問題吧。」陸軍部的出席者儘管這樣回答，卻說得有點含糊其辭。

這也不怪他吧。

哈伯革蘭自己也有向陸軍部做過聯邦的實情報告。根據陸軍方面要求進行的調查，結果卻是一場悲劇。就連樂觀，或是說極度樂觀的估計下，也有半數以上的軍官缺乏經驗。至於高階將官，則是在近年來的肅清人事下，完全崩潰。

人事陷入了典型的迷失狀態。

至於在現代戰爭中，占有重要地位的航空與魔導部隊這兩個領域，則是因為階級鬥爭而完全瓦解。儘管有急忙重新編制的動作，裝備也是古色古香的老古董。

儘管陸戰兵器，特別是火砲有維持著標準以上的水準……但地面部隊之間合作卻讓人絕望的報告要是接連不斷，也讓人無從是好。

就算不到達基亞大公國那樣悲慘，但聯邦軍的內情也很嚴重的這個事實，哈伯革蘭少將也十分清楚。

「但難以避免陷入苦戰。畢竟他們目前的狀況，似乎沒辦法充分活用自己的數量優勢。」

「……還真是浪費呢。」

「即使如此，不僅是帝國軍的主力，他們甚至還幫我們承擔了大半的戰力。」

指出東方戰線已經化為主戰線的提醒。

畢竟，帝國對海軍戰力感到不安，聯合王國則是對地面戰力感到不安……陸地相連的聯邦與帝國展開大型衝突，聯合王國與帝國則是隔著海峽展開空戰。

直截了當的說，帝國軍的主力是放在東方。

「只要提供援助，也有可能減輕我們目前在空戰中所承受到的壓力。」

「具體來說是？」

對於看似有興趣的丘布爾首相的提問，陸軍方面隨口說出只會累到別人的提案。

「派遣航空部隊過去如何？兼顧聯邦方面希望的北方航路開拓，我提議設立由航空戰力組成的共同運輸線防衛部隊。」

「海軍堅決反對陸軍的提案。」
「空軍也不想參與這項提案。你知道本土防空戰的現況嗎？」
不過看在被提議的人眼中，這只是在給他們找麻煩吧。
以堅決口氣立刻反駁要求的態度，毫無放緩的意思。瞪向陸軍陣營的空軍與海軍，氣勢還真是驚人！
「恕我失禮，能請教理由嗎？」
面對陸軍方面不太高興的提問，也是一副愛理不理的態度。
「就如陸軍也知道的，複數指揮系統的合併，往往只會引發糾紛，沒必要勉強與他們進行聯合作戰。」
海軍的重要人物們，就像是不中意這項聯合計畫似的吐出這句話。
相對地，空軍方面則是默默拿出錢包，倒了過來。
拍了拍底部，做出就連一便士的零錢都倒不出來的動作。
雙方的舉動，意圖都相當明確。
「與聯邦軍部隊的合作，真有這麼困難嗎？」
看不下去的丘布爾首相就插嘴問道。
「不覺得我們空軍還有這種餘力。」

「身為海軍代表的意見是，雙方的戰鬥準則與體制都相差太多了。透過隨軍武官與聯絡軍官，保持某種程度聯繫的現況，還比較確實吧。」

空軍沒有人手。

海軍方面儘管不是籌不出戰力，卻沒有這個意思。實際上，考慮到聯邦海軍就連近岸海軍的水準都沒有，這也是沒辦法的事吧。放棄本土防衛的重任，在敵空中優勢下從事物資運送任務，可不是件會讓人高興的事。

「天不從人願呢。」

不知是誰的低語，列席者們就像是要掩飾這尷尬的沉默，開始抽起雪茄。煙霧瀰漫的室內，要用氣候比喻的話，就是一直以來的秋季天空。

真是讓人不得不憂鬱起來。

「然後呢？親愛的殖民地人怎麼樣？他們差不多該送義勇軍以上的戰力過來了吧？」

「答案是明確的不。那個國家的輿論，堅決抗拒著參與這場大戰。」

室內響起著咂嘴聲，絕不只有一道。就像是由自尊組成的聯合王國人們，即使不甘願，如今也還是一齊尋求起救援。

要是有辦法除掉拒絕援助的輿論的話，光是咬著雪茄可忍不下去啊。

「……有可能是帝國的輿論工作嗎？」

「哈伯革蘭少將，請回答。」

在會議主持人的詢問下，會議室中的視線就朝自己集中而來。應該不論是誰都想知道答案吧。是就連表面上的漠不關心，也在這種狀況下，被狠狠地拋到一旁吧。要真是這樣，就表示他們對殖民地人抱持著相當大的期待。

但遺憾的是，哈伯革蘭自己也沒有好消息，而是帶回來了壞消息。

「坦白說，帝國的影響……就只在誤差範圍內吧。」

這算是委婉的說法吧。

儘管沒有明確的證據，而且還包含著臆測……但帝國的輿論工作，不像是有在統一的方針下進行調整的氣息。

勉強來說。就某種意思上，就只是作為外交據點，理所當然地由大使館人員在中立國據點貫徹宣傳戰的程度。而且還是相當的單打獨鬥。

感覺不到組織宣傳戰的印象。

「相當於當地派出機關的帝國外交部是有動作。就這層意思上，也不是不能說帝國也多少有在進行相關工作。不過，就只是程度的問題吧。」

「為什麼？沒有浮上表面的祕密情報作戰，並不罕見吧。他們可是準備周到的傢伙。帝國軍打從以前就在進行輿論工作的可能性是？」

「百分之百的否定是惡魔的證明。不過，請回想一下，那個國家傳統的對外態度。整體來講，帝國是在外交上，不怎麼重視輿論的國家。就只有現場判斷的程度吧。」

呃了一聲僵住的數名列席者，是回想起帝國那差勁的外交手段吧。

新興軍事大國的帝國，是在技術力、生產力、經濟力、軍事力等各方面領域上，創造出革新進步的現代之子。

儘管如此，或是說正是因為這樣，帝國幾乎無法理解外交這個微妙的領域。

「帝國政府的世界觀完全是觀念論。他們可是深信世界受到理性主義所支配的一群人喔。就算他們看不出合州國介入這場大戰的利益，而不把合州國放在眼裡，也沒什麼好驚訝。」

相信世界「就該是這樣」的傲慢。就因為這樣，不知挫折為何的新興大國，才往往會疏忽腳邊的事物。

只不過，現況姑且不論合州國當局，輿論確實是對介入戰爭沒什麼興趣。就這層意思上，帝國方面會掉以輕心也不無道理吧。民意正是帝國的強大盟友。

「你說，這種消極性是……民意。」

「是的，首相閣下。儘管遺憾，但合州國的輿論是希望與戰爭行為保持距離的樣子。」

淡然地告知。

感情豐富地傳達壞消息，就單純是在諷刺人。所以在告知壞消息時，要極力保持著第三者的姿態。

「實在是相當棘手……真想把他們牽扯進來啊。」

「要達到這點，我想需要時間。目前外交部與新聞部，正在擬定戰時政宣計畫。預定對知識階層，不問左右的進行宣傳工作。」

「與惡魔們合作，要是能有利益就好了呢。」

是在思考拉攏共產主義者成為夥伴的利弊吧。早在好幾人含糊其辭地點頭答話時，就表示眾人皆很清楚，共產主義有多麼棘手了。

不過，要說到他們理解到何種程度，哈伯革蘭少將就只能在內心裡，諷刺地聳了聳肩。共產主義者之所以棘手，就在於他們的繁殖力與滲透力。就宛如步兵一樣無孔不入，在不知不覺中根深柢固。

不過，哈伯革蘭少將不得不苦笑起來。這些全是要等戰爭勝利後才需要煩惱的案件吧。

「……總之目前存在許多問題。我們必須要爭取時間。更進一步來講也不想消耗戰力。」

「這樣一來，果然會想要方才提到的北方航路吧。」

首相與會議主持人，讓議論主題再度回到建立對聯邦補給線的計畫上。考慮到海路的補給效率優秀，就理論上來看，這個主意並不壞。

只不過，得要加上一項限制……如果陸海空三軍能湊出所需要的戰力的話。

「首相閣下，就如方才所說的……」

「聽我說完。」在伸手打斷海軍方面負責人說下去後，丘布爾首相就朝他慢慢地，就像是在仔細說給他聽似的，語調溫和地拋出一項提案。

「各位，我們面臨到船隻情況拮据，這種非常痛苦的狀況。所以在此，我提議也將民船混入運輸船團的編制之中。」

民船，讓所有人都忍不住歪頭困惑的提案。那裡很明顯是危險海域。保險公司非常有可能會拒保吧。

除了徵用的船隻以外，難以想像會有船隻前往北方航路……正常情況下的話。

「有件事情想確認一下。」

至今保持緘默的外交部人員，平靜地提出疑問。驅使聯合王國特產的矛盾外交的腦袋，還真是敏銳。

「當中會包含中立國船籍的船隻嗎？」

就像是沒什麼特別的詢問，真正的意圖卻非常重大。只要在護衛船團中加進中立國船隻……不就也很有可能引發「重大事故」了。

正因為如此，眾人皆屏息期待著丘布爾首相的回答。首相是希望引發這種「事故」嗎？

「我只能說，就長期性來講也有這種可能性。當然，計畫初期是打算用我們自己的船進行。

只是……也有可能出現船隻情況拮据等情勢的變化。我難以回答這種假設性的問題呢。」

「哈哈哈，確實是如同閣下所說的。」

模稜兩可的答案。

沒有否定，但也沒有肯定。不過，只要依照白廳的風格解讀，就能理解他的言外之意。

既然沒有否定「不會」，首相的想法就是，如有必要就絕對會斷然實行。

「諸位紳士，儘管笑我惡毒吧。這裡可不是公共學校的校舍。讓我們『認真』打仗吧。」

說詞迂迴的首相，應該是下定決心要徹底遵從國家理性吧。正因為如此，列席者們才沒有對丘布爾首相接著說出的話感到驚訝。

「很好，就來確認方針吧。西方空戰就保持在『攔截』。這樣一來，就能相對讓大量的帝國軍兵力前往東方戰線吧？而這段期間的最大目的，是要拉攏殖民地人加入我方陣營。」

「但要是時間拖太久，聯邦的續戰能力很可能會出現破綻。」

「等到那時候再說吧。盡可能的話，我是希望他們同歸於盡。當然，帝國要是存活下來，就是最糟的局面了。因此，我想巧妙地消耗雙方戰力。」

首相語帶嘲弄說出的這句話，肯定是他的心聲。

儘管如此，大半的列席者都會無條件同意他吧。流血的對象，比起自國的年輕人，還是他國的年輕人比較好。

最重要的是，對聯合王國來說……只要能讓該死的帝國與該死的共產主義者同歸於盡，就是大快人心。

「我有一個提案。為了表示『與聯邦的友誼』，就將合州國體系的義勇部隊與海陸魔導部隊，派去護衛通往聯邦的北方航路吧。」

「……喂，那個義勇部隊是……」

「沒錯，他們是協約聯合出身的人。包含政治宣傳在內，不論是在政治上還是軍事上，派遣部隊都該包含他們在內。」

目前為止往往保持沉默的外交部，他們提出將重點放在「宣傳戰」上的提案。具體來說，也是一項特意無視軍事合理性的提案。

「海軍的意見是？」

「反對。」

「反對？」

「意圖是很好。目的也不是無法理解。但老實說，缺乏最重要的實行手段。」

這不是在現場拚命的人，會樂意去實行的那類作戰。面露難色的海軍方面，光是能理解意圖就很了不起了吧。

「你是說派不出航路護衛？」

「光是在現況下，護衛艦就明顯不足了。倘若要求抽出更多的艦艇，就連海上護衛戰都很可能會不得不出現破綻。」

「什麼？」

就算是在丘布爾首相險惡的視線與詢問之下，海軍方面的回答依舊不變。

不對，是沒辦法改變。

「首相閣下，就跟閣下擔任海軍卿時，所知道的情況一樣。」

「……若是那件事，根據我的印象，只要抽出艦隊型驅逐艦，就能確保充分的數量了。」

「艦隊的回答是，不可能。驅逐艦的絕對值早就難以承受擴大的損耗，在欠缺艦隊主力的護衛艦的狀況下……」

「就如艦隊代表所說的。不論是擔任艦隊的眼睛或反潛戰鬥，都很可能會出現障礙。」

「我想問個問題。相較於帝國軍潛艇的橫行霸道，我們的潛艇是在睡午覺嗎？」

「……恕我直言，大陸國家的帝國與海洋國家的我們，所置身的環境有著本質上的差異！請考慮依賴海上貿易路線的我們，與本來就遠離海上貿易路線的帝國，雙方之間的現況吧！」

「既然有理解到這種程度，就應該知道我們的貿易路線，是多麼攸關生死的問題吧。」

丘布爾首相不給負責人看出話題走向，試圖開口彌補失言的空檔。

「要護衛如此重要的貿易路線，就必須要有驅逐艦。在建立好護衛艦的量產體制以前，就從艦隊中抽出吧。反潛戰鬥就靠海陸魔導部隊彌補。」

首相全身散發著蘊含意志的氣勢。儘管海軍軍官們險些答應下來，不過他們依舊是一齊提出反駁。

「首相閣下！唯有這點萬萬不可啊！」

「請重新考慮！艦隊型驅逐艦是為了艦隊決戰所準備的精銳！做這種如同推他們陷入消耗戰的行為，是怎樣也無法殲滅敵艦隊的！」

這是知道大海的男兒們的聲音。只不過，他們似乎忘記了這裡是陸地。

「閉嘴！」

一聲大喝。

就在海軍無人能在首相本人咆哮的瞬間反駁時，勝負就輕易決定了。

「一旦喪失海上貿易路線，聯合王國可是一天也活不下去！」

這就是海洋國家的宿命。想要生存下去，就必須得要渡海。國家生存所必要的東西，全部都在國外。

想要的話，就只能跨海運回國內。

不管願不願意，一旦剔除海洋，聯合王國就無法成立。

「海軍不就是為此存在的嗎？如果不是，海上的防壁就跟腐爛了一樣！看看敵我之間的戰力差吧！會有敵人在這種狀況下發出攻勢嗎！不可能會發生的艦隊決戰，管他去死啊！要讓我們能活過明天！這是優先事項！」

「……遵命。」

眾人皆能體會，低頭的海軍卿們羞愧的內心。

他們會遭部下怨恨吧。北方的海很湍急。要將部隊分散投入到那種地方，沒道理會感到高興。也仍然掛心著艦隊決戰吧。

不過，只要一旦決定了主要目的，就必須得毫不拖延地實行國家的主要方針。

「可以吧？在這種狀況下，海軍能提供多少戰力，派往預期會蒙受損害的北方航路？」

「如果是航速快的高速運輸船團，停留在危險海域的時間就有限。也有辦法從本國艦隊當中，調派高速驅逐艦擔任護衛。」

「最低也要巡航速度十八節以上的高速運輸船團。」

「這不可能！」

「你知道在本國近海的損耗率嗎！」

「那你們是想派低速船團，去突破敵制海權嗎！」

相關人員現在所爭論的是「該如何實行」。是否能實行，已沒辦法再成為議論對象了。

「所以才需要護衛吧！」

「本國近海可有著我們艦隊存在的一大前提喔！但如果要橫渡帝國，橫渡大洋艦隊的艦隊活動範圍，情況就截然不同了！」

畢竟，倘若不是有辦法甩開敵人的高速船團，就很可能會被水面艦艇攔截。主張風險太高的聲音，堅決地不斷提出這項問題。

「反正應該都存在著會被航空機或魔導師發現到的風險！既然如此，還是配置厚實的護衛，派出低速但是大規模的船團，還比較有成算吧！」

「低速船團可是支撐著本國的物資情況啊！」

「等等、等等、等等！」

……就算多少有些偏離主題——

在聯合王國這裡，開設北方航路已是既定方針。

正因為如此，哈伯革蘭少將忽然陷入沉思。這確實……不是個壞計畫。不過，是不是對聯邦太有利了啊？

乍看之下，是追求聯合王國利益的結論。

「諸位紳士，可以認為意見已大致說完了吧？」

「是的。」就在眾人點頭當中……應該要高興沒有人提出異議吧。滿場一致是象徵團結的好徵兆。

是就連哈伯革蘭少將這樣的陪席人員，都因為光明的前程，差點露出微笑的好消息。想要認為，或許凡事正朝著良好的方向發展。只不過，正因為如此，身為不斷嘗到苦頭的情報機關之長，總覺得有那裡不太對勁。

「我們對於要派合州國體系的諸位義勇兵，與我國的海陸魔導部隊，擔任北方航路的護衛這件事，總而言之是意見一致。有爭議的就只有船隻問題。」

「好啦。」丘布爾首相緘默不語地抽起雪茄……就在等他說下去的列席者們，耐心快達到極限的瞬間，再次開口說道。

「我是知道有『一艘』。」

讓人唔了一聲的發言。

如果是知道能去哪裡生出船隻來，倒還可以理解。大概就是跟調整船團行程的負責人聯繫上了吧。但是……單獨的船隻？

不過，這可是一國首相說出口的話。列席者們禮儀端正地忍住疑問，等他繼續說下去。啊，哈伯革蘭少將就在這時，在心中做出訂正。

就唯有臉色蒼白的海軍方面，心中似乎是對某件事情有底的樣子。

「能載運大量的物資，而且還不需要護衛。」

「沒錯吧。」在首相的訊問下，海軍方面早已呈現恐慌狀態。

「請……請……請等一下，首相閣下！」

「就唯有那艘船……就唯有那艘船，萬萬不可啊！」

以瀟灑自豪的海軍軍官們，一臉驚慌失措的狼狽模樣，可說是齣意外有看頭的戲。

他們焦急到堪稱滑稽的拚命態度，不知為何惹人發笑。

「如各位所說的，這是也有顧及到拮据的護衛艦情況的結果。」

「那艘船，就唯有那艘船！」

「使用RMS安茹女王號。艦隊司令部那邊，也照這樣傳達下去。」

這是個曾經聽過的名字。

聯合王國最大的郵輪。

換句話說就是世界最大的定期貨船。然後根據我的印象，這艘船同時也是最快的定期貨船。

哈伯革蘭少將自己也在戰前聽聞過，這是在現今航行的船隻中，航速最快的豪華郵輪。

儘管聽說有遭到了徵用……原來如此，就海軍方面的動搖來看……應該是比傳聞中的還要好用吧。

「可是！」

「調去護衛的海陸魔導部隊就選最精銳的。可別讓船沉了喔。」

喃喃說出一句「怎麼會這樣」後，沉默下來的海軍方面列席者們，露出怨恨的視線。而遭到他們瞪視的陸軍方面，就連忙抽起雪茄，避開視線看起天花板。

空軍軍官們看來是打算裝出認真的表情，等待風頭過去。就像是不想被牽扯進去似的，開始專心針對航空機的引擎，討論起「專業到不必要的程度」的技術話題。

外交部與其他政府機關的人員，則是跟往常一樣，一副事不關己的表情。

沒有人想留在這種危險地帶上。要是不小心留了下來，就會大幅提升被捲進不必要麻煩的風險吧。既然如此，就快點閃人吧……就在哈伯革蘭少將決定撤退時——

注意到叫喚自己的年輕事務官的聲音。

在被叫過去後，眼前的人正是……直到剛剛都還在與海軍方面的人，該說是直言不諱的意見交鋒吧，欺凌他們的丘布爾首相本人。

露出滿面笑容的首相，親暱地拍著我的肩膀。世間一般會說這是一種光榮吧。

無知還真是幸福。

「正等你呢。Mr.哈伯革蘭。抱歉突然找你過來，不過明天三點，我想跟你一塊喝杯下午茶。要是方便的話，到時候就來首相官邸吧。」

「是的，就請容我陪同吧。」

一國首相的邀請，實質上就等於是命令。只要沒有跟國王陛下本人約好要開茶會，三點之後的時間，就不容拒絕地要去陪丘布爾首相。

「很好。那麼，就讓我家的管家準備吧。輕食就可以了吧？」

「感謝你的招待，首相閣下。」

某日　聯合王國首都倫迪尼姆　首相官邸

隔天，哈伯革蘭少將就根據指定的時間，抵達首相官邸。

沿途眺望的是陰鬱天空。缺乏日照是常有的事。太陽沒有露臉的秋季天空，並不罕見。

畢竟打從出生以來，就是在這種天氣下長大。沒什麼好不平不滿。偶爾也不是不想去內海的海灘度假，但如今可是戰時。

不論是社交還是海灘，都要等戰爭結束之後再說。甚至已逐漸習慣，枯燥乏味的軍用品與染上米色的世界。

三點的下午茶這個傳統的習慣，也沒辦法避免戰爭的惡習吧。就連首相官邸周遭，都意識到防空戰鬥，構築了防空砲陣地與好幾個防空洞，甚至還隨處可見到，享受下午茶時間的將兵們，在陣地裡喝茶的身影。

假如從悠哉放鬆心情，享受著紅茶與聊天樂趣的主旨來看的話……就沒有比這還要可悲的事情了。

要是在「請跟我來」的帶領下，來到位在首相官邸一隅的茶室，也意識到防火而擺放水桶的話，就讓人不得不意識到，目前置身在戰時情況下了。

「啊，請坐吧。」

首相自己親暱地勸坐，帶路的管家前去準備紅茶。與丘布爾首相同桌，在戰前是連作夢也想不到的事。

這雖是光榮的機會，但比起感到光榮的喜悅，哈伯革蘭少將更想感慨，祖國陷入這種事態之中的窘境。

比方說，周遭的人。宛如紀律訓練的體現一般，機敏動作的管家們，應該是專家吧……但與眾人相稱的高齡，果然很醒目。就連最年輕的男性也是壯年。

考慮到大半的成年男性都遭到軍隊徵召，這也是無可奈何的事吧。對我們來說理所當然的事物，曾幾何時已淪為過去的東西。領悟到時光的變遷，總是讓人寂寞。

帶著茶具前來的眾人，制服就跟往時一樣平整，反倒讓人不勝唏噓。

「真是非常抱歉，由於是在戰時……」

帶著「就只能準備這種東西」的言外之意，拿出來的是一套茶具。完全相信這句話，準備接過茶具的哈伯革蘭少將，驚訝地懷疑起自己的眼睛。

一眼就能發現，是磨亮到不現實的銀餐具。

竟然將容易黯淡的銀餐具，磨到這麼亮麗？考慮到這還是在人手銳減的狀況下，甚至不知道是該佩服，還是該錯愕。

也就是帶著懷古風情，使用瓷器與銀餐具的下午茶吧。在這種戰時情況下，在這個忙著進行戰爭指導的首相官邸裡？

「家裡的管家，是過於講究的人。紅茶也還不錯吧。」

「考慮到戰時情況下的流通情況，這是讓人驚訝的水準吧。」

在「喝吧」的勸誘下，品嘗到的阿薩姆紅茶味道，就連在平時都不算差勁吧。考慮到面對通商破壞戰的目前局面，甚至可以說是意外的好喝。

「家中管家的理想，應該是當今的茶葉吧。儘管難以取得好茶而不得不用替代品這點，也讓我很不甘願就是了。」

講究、對傳統的愛，還有不論發生什麼事，都毫不動搖的姿態。就算是在逞強，聯合王國自傲的傳統態度，就這層意思上還真是可靠至極。

「在替代品這方面，無法否認我們政府確實也有著重大責任。特別是紅茶，遲送的情況意外地嚴重吧。」

被笑著說「沒有茶，怎打得了仗」的首相帶動，哈伯革蘭少將也在注意到時，跟著露出微微苦笑。

的確，沒有茶的戰爭，完全是不用討論。要是遭遇到這種不幸，不論是誰都會想辦法從某處弄茶葉過來吧。最好的例子，就是派到南方大陸的情報部部員。儘管都派到沙漠去了，也還是想方設法確保到茶葉的樣子。

反過來講，他就連在沙漠都能找到茶葉了，就算用得再狠一點，他說不定也有能力達成。

「不過，我們可沒辦法把時間花在喝茶聊天上吧。就進入主題吧。那麼，事情就跟你在聯合王國防務委員會聽到的一樣。」

「是的。」哈伯革蘭少將注意到自己有點放鬆過頭了。端正姿勢，擺出傾聽的態度，準備洗耳恭聽。

很在意自己究竟是基於怎樣的必要性，被找來這裡的。身為情報部的負責人，是有要向首相報告的關係在……但被找來私下喝茶，這還是頭一遭。

「我們什麼東西都缺。從身邊的紅茶，戰爭領域上不可欠缺的驅逐艦、船隻，最後就連可以信賴且文明的友好國家都不足。」

確實是不得不承認，聯合王國正面臨著危機。這完全是沒能阻止共和國在大陸敗北的代價太慢介入的費用，讓如今面對強大的帝國，得要以欠缺共和國這名戰友的龐大代價支付。

「這差不多可說是我們聯合王國的實情吧。儘管是比在議會上，宣稱『這是對他們來說最好的時代，對我們來說是黑暗的時代』時，還要好上一些就是了……」

「首相閣下是感慨，即使變好了，也才這種程度吧。」

「是呀。」

「來一根吧。」他遞出的是裝雪茄的盒子。閣下還是老樣子的愛菸人士，即使苦笑起來，不過哈伯革蘭自己也不討厭抽菸。

試著感激地抽起一根，依舊是最高級的產品。就是說連在這種時候，該有雪茄的地方也還是會有呢。

只不過，就算抽起雪茄，疑問也沒有消失。自己為什麼會被找來？儘管享受著美好的雪茄，腦海某處也依舊非常在意著這件事。

你一言我一句的聊著話題……就在經過了就主題而言，感覺有點迂迴的時間後。

「Mr. 哈伯革蘭。我就直說了。我不想後悔與共產主義者這群惡魔握手言和。」

「是的。」

丘布爾首相所喃喃說出的這句話，讓直覺產生反應。共產主義者的案件，正是首相閣下的主題嗎！

等回過神時，就為了滋潤口渴的喉嚨，伸手拿起茶杯，但就算想享受阿薩姆的滋味，卻不知為何地喝不出味道。

「情報部煩惱的鼴鼠問題，有進展嗎？」

「真是非常抱歉，至今還無法特定目標，仍在調查當中。由於最近沒有發現到疑似情報流出的事例，所以鼴鼠也有可能是來自陸海軍的將校。」

儘管哈伯革蘭自己也半信半疑，不過還是把話說下去。

「棘手的是，也無法否定已經化為了臥底的可能性。繼續致力於部內的情報管理，就是極限了吧。」

徹底的調查部下。懷疑夥伴難以說是我的本意，只不過，就算很不愉快，也能理解這是必要的作業。

都做到這種地步了。

還以為馬上就能特定目標……結果卻是完全白忙一場。

作為可能性之一，儘管做出派遣將校正是鼴鼠的假設……但這說不定是沒有證據，也無從證明的樂觀推測。

對臥底來說，只要不被懷疑就是大勝利了。最痛苦的是，也沒辦法輕易放鬆警戒。

因此，作為情報部門負責人，哈伯革蘭少將正式做出謝罪。

「作為結論，我只能再次道歉。目前仍在調查當中，乃是實情。」

「……有關這件事。」

「是的，首相閣下。」

我甘受斥責。就算說得嚴厲，我也沒有立場反駁。這是哈伯革蘭少將的覺悟。

「有可能是聯邦體系的情報機關。」

正因為如此，這完全是出乎意料的一句話。

沒有立刻反問「你說什麼？」，全是靠長年以來的自制心與訓練。勉強運轉起來的腦袋導出的結論，指出了一項事實。

那就是，鼴鼠……不對等等，為什麼是由首相告知情報部這件事？

「……你說什麼？」

「你知道聯邦的內務人民委員部吧？我想你那邊會比我清楚，他們正式提議，希望能暫時停止彼此之間的諜報活動。」

太過驚訝，就連話也說不出來。

是該問要怎麼做？還是該說為什麼呢？只不過，不論開口說什麼，都是看似適當卻不適當的答覆吧。

「首相閣下，該不會，你說的和惡魔握手言和是……」

「這可以當作是一種訊息吧。總而言之。聯邦方面的羅利亞內務人民委員，以負責人名義通知我們，希望進行『情報交流』與『對帝國聯合作戰』的實務負責人協議。」

原來如此——是可以點頭接受的事。

老實說，聯合王國的自己，能與聯邦方面的情報相關人員進行正式接觸，是足以媲美哥白尼的轉變。

驚天動地即是這一回事吧。

甚至讓人深刻體會到，情報界「唯一確實的事，即是不可能有唯一確實的事」這句滿是矛盾的格言，確實是真理。

「是正式的招待嗎？」

「當然是正式的。還保證會讓過去進行情報活動，而在聯邦境內發出的逮捕令，還有在缺席審判中做出的有罪判決無效。」

「這還真是……」

這該說是振奮的消息，還是該說會成為相信共產黨祕密警察做出的安全保證的蠢蛋，或是該驚訝他們真的擺出了誠實的態度。

還真是究極的選擇。

「Mr. 哈伯革蘭。就我來說，根據安排，我想要你過去參加。」

「遵命。只要命令下來，我就立刻帶領部下前去。」

不需要猶豫。

既然下令要我去，就只有做到最好為止。

「非常好。方便的話，要不要搭乘RMS安茹女王號呢？正式的日程，還在與聯邦的內務人民委員部調整當中，不過當安排好之後，也預定要進行『非正式』的人員交換。」

「要釋放該死的叛徒、賣國賊，還有共產主義者這件事情，要說我不覺得慚愧可恥，是騙人的吧。」

不過，哈伯革蘭繼續說下去。

表情上露出的是與至今彷彿非人類的堅硬假面，截然不同的感情。那是在世間上，毫無疑問會被形容是安心、歡迎，或是歡喜的感情。

「但既然能從共產主義者的凶手手中取回夥伴，就不容我拒絕了。」

值得尊敬的夥伴們。身陷牢獄，音訊全無的他們。關於共產主義者會有多麼紳士這點，聯合王國的情報機關不抱持著幻想。

具有容共主義傾向的學者教授，似乎是無法理解吧……就連對自國國民都殘酷無比的內務人民委員部。要是能將遭到滿是虐待狂的同行囚禁的夥伴，在他們還活著的時候帶回國內的話。

就算是不得不讓自己冷酷無情的情報機關頭子，也忍不住露出微笑的表情。冬天過後，即是春天。如果希望艱苦的時代過去，平穩的日子再度到來，又怎麼會怠慢過冬的努力呢。

「為了迎接他們歸來，如果能借用頭等客房的話，就完美無缺了。」

曾在報告書上看過，遭到逮捕的情報部特務的命運。想像力是有限的吧。由於內容充滿機密，所以實在是無法公開。不過假使能公開，人類究竟能殘酷到何種地步的愚蠢爭論，將會立刻劃下休止符吧。

到時候的答案，肯定是表示無限的「無窮止盡」。

正因為如此，不知他們究竟是承受到了怎樣的苦難折磨。光是想起夥伴們的命運，淚腺就鬆懈下來了。

「當然，還想跟你拿充分的香檳與葡萄酒呢。至於啤酒，得帶一整桶過去也說不定。」

掩飾害羞的玩笑話。與其哭哭啼啼的悲嘆，倒不如狂妄的大笑。正因為如此，才會故意說起玩笑話吧。

「哈哈哈，也就是想用美酒招待他們呢。要我的話，就會要求雪茄，不過雪茄也行吧。但抱歉，頭等客房的要求，大概是沒辦法吧。」

我知道海軍的船隻情況。不需要多加提醒。正因為如此，哈伯革蘭少將才會微微低頭，對他陪同自己說廢話的行為，表示謝意。

「RMS安茹女王號完全是軍用運輸規格。豪華郵輪的寢室，應該早就拆掉，變成運送貨物兵員的某個角落了吧。」

「這沒什麼，比起聯邦的收容所，是充分過頭了吧。要是太過豪華，還很可能會嚇死他們呢，這種程度就夠了。」

祖國的酒、祖國的雪茄，還有同胞。就算只有形式也好。

就弔祭哀悼著逝去的夥伴，然後默默地拋出酒杯吧。就算沒能說出口，我們也是連繫在一起的夥伴。

儘管心情容易陷入感傷，不過哈伯革蘭少將就在這裡，特意地鞭策起自己。

「就言歸正傳吧。有關我方要釋放的，啊，嚴格來講，是我的防諜單位捕捉到的特務。」

讓注意力回到實務話題上的理由，簡單明瞭。

掌中的勝利，直到抓緊之前，都不要當作是自己的東西。

比起空歡喜一場，謹慎到被人笑作是杞人憂天，還不知道要好上多少吧。這對情報相關人員來說，特別是對連連失敗的聯合王國負責人來說，可是自明之理。

「基本上，對象會是全部人吧。也可以考慮把一部分的人隱匿起來。要是可以的話，我是希望能送雙重間諜過去潛伏啦……」

將送返敵國的一部分間諜，作為我方的雙重間諜。對諜報相關人員來說，這是任誰都不能不去夢想的計畫。

不過，只要聽丘布爾首相欲言又止的苦澀語氣，就能理解了。

「也嚴禁引發政治糾紛嗎？」

「沒錯，以長期性的觀點來看的話。」

外交與政治還真是麻煩。對方是同盟國的問題。就算只是形式上，但要是聯合王國與聯邦結成同盟國，就不得不需要顧慮到這一點。

兩國關係就宛如吳越同舟。就只是在危險的平衡上，勉強高舉著對抗帝國的大義。硬要說的話，聯邦與聯合王國是互相抱持著根深柢固的不信任感。光是本來就難以消弭的疑心，不該再特意去煽動。

會要求自制，也是有其道理的。最重要的是，既然是諜報相關人員，彼此應該都會想到相同的事。

應該也要調查一下「送返的釋放人員」吧。

「我知道了。部下那邊，我也會徹底交代下去。只是，有一個問題。」

因此，從今以後要避免做出這種安排吧。儘管如此，哈伯革蘭少將身為負責人，就唯有一件事情，必須要確認清楚。

這事極為單純。

不該安插雙重間諜，是剛剛才下達的指示。

那麼，問題就是——

「雖只有一部分，但也有從以前就對我們表示合作態度的特務。他們該如何處置？」

該拿至今確保到的協助者怎麼辦吧？

「全權交給你了。基本上，給我避免引發糾紛。」

「也就是照往常一樣呢。遵命，首相閣下。」

隨意處理就好的自主權。

「感謝閣下招待的上等好茶。啊，對了。我們什麼時候能搭乘ＲＭＳ安茹女王號？」

「預定是該船往返兩三次之後。」

「我知道了。那我就先告辭了。」

統一曆一九二六年九月中旬　莫斯科　內務人民委員部臨時大樓

內務人民委員部的冷硬勤務室內，內務人民委員羅利亞淡然地審批文件。由於是在戰時，所以他的工作很多。

忙碌是無法否認的事實，只不過……忙的內容卻跟開戰前截然不同。

砰一聲蓋上印章的，是下令「釋放」的文件。

「內務人民委員同志，真的可以嗎？」

「你是指與聯合王國的情報合作？還是指，同時進行的『非正式人員交換』呢？」

聯邦共產黨的手，宣稱是能抬頭挺胸與人民握手的廉潔之手。

這雖是盛大的謊言，但就算是謊言，也是官方的聲明。

理論上，共產主義國家不存在著祕密警察。所以依舊是在理論上，祕密警察不可能拘禁滲透聯邦的聯合王國特務。

倘若有，還可以強辯這是有哪裡「誤會」了。因此，能在檯面下試探聯合王國情報部的意思。

以「解決雙方入境管理局所抱持的技術性難題」的名目，交換俘虜。

總而言之，就是想進行和解，當作雙方都沒錯的溫和訊息。

對方的反應非常良好。交涉也很順利，讓企畫這件事的羅利亞能期待獲得很大的回饋。

要說有什麼問題的話，就是眼前這群蠢蛋吧。

「前者還另當別論，但交換俘虜是……」

瞪著大概是心存不滿的負責人，羅利亞一臉受不了地接著說道。

「聽好了，我們就只是承認雙方之間有過不幸的誤會。」

因為在官方上，彼此之間不該存在過敵對關係。

現實的事，有時明明只要不浮上虛假的表面世界，就不過是該當作沒看見的瑣事，大事化小、小事化無。

「但……但是，那可是俘虜耶！」

「同志，他們不是什麼俘虜。」

這群拘泥著逮捕成績的傢伙們，真是冥頑不靈啊！

「我們沒有抓到俘虜，也沒有俘虜被抓到。」

沒問題吧，把手放在他肩上說出的話語。羅利亞親自以前所未有的緩慢語調，向聽不懂人話的傢伙仔細解釋。

「這是入境審查官的『失誤』。雙方是基於『善意』，要釋放因為法律或技術性的主要原因，暫時遭到拘留的人員。也為了不把事情鬧大，雙方會省略謝罪。」

狠狠瞪著對方眼睛說出的話語。

筆直打量著險些動搖的視線，觀察著反應，特意提出詢問。

「像這樣交換蒙受困擾的人們，有什麼問題嗎？」

要是無法聽出我的言外之意，那就沒辦法了。讓從事外交與機密事務卻無法察言觀色的人，待在機密部門底下做事，才比較有問題吧。

至於饒舌又衝動的嘴巴，也有必要物理性地幫他拉上拉鍊就是了。

「……我知道了，內務人民委員同志。那麼，停止聯合王國相關的非法諜報活動的指示也是一樣嗎？」

所幸，他的理解能力似乎還不錯。

很好，羅利亞揚起微笑。

「是啊，就要他們不要作為臥底潛伏了。向各位管理者傳達下去，期待他們在與對方接觸時，也能慎重行事。」

「遵命。」

看他能在千鈞一髮之際保住小命，看來有點希望吧。能理解危機的人可以長命百歲。用起來也不會太壞吧。

那麼，羅利亞揚起冷淡微笑，朝部下投以欠缺溫度的視線，沉思起來。要讓之前負責聯合王國相關諜報活動的他，扮演著怎樣的角色呢。

坦白說，聯合王國早已不在羅利亞的興趣範圍之內了。

「坦白說吧。我暫時想避免做出因為在聯合王國的非法諜報活動，導致兩國關係陷入危機的舉動。」

「那就是要強化經由正常外交管道的情報收集嗎？」

「沒錯。我希望聯合王國是合作的對象，而不是攻略的對象。」

就個人的見解來講，聯合王國不是「該攻略的據點」，而是「和平時所該通行的道路」。是要暗中滲透，通往各處的道路。這正是聯邦對聯合王國這個國家，所能期待的最好結果。

「我不是在小看衰老大國。他們的實力，如今仍作為巨大的海軍戰力健在。就算是故態依舊的文化，反過來看，也是有歷史依據的制度設計。」

「那麼？」

「比起與他們為敵，更想作為夥伴好好運用吧。」

不過，那個國家的妖精神話就跟垃圾一樣。妖精傳說就像是用來騙小孩似的，經過漂白無害化的神話。讓人極度有種想毀掉的衝動。

不得不說，是個讓人非常掃興的國家。以冷靜的清醒觀點來看，就算對聯合王國展開諜報戰……也盡是些壞處。

作為非法諜報活動的對象，是毫無魅力可言。

「而且，同志，我們有必要改變對外的形象。」

「咦？」

「我想讓信奉共產主義理想的人們，持續看著幻想。換句話說，就是想避免過度運用強硬的手段。」

所謂的共產主義，即是種理想主義。

在正式的教義上，黨的手段不能是骯髒的。現實就跟所有相關人員知道的一樣吧。但儘管如此，門面依舊能發揮出很大的效果。

「……也就是形象戰略嗎？」

「沒錯。這不僅限於聯合王國。配置在外部的負責人選，我想著重於人格而不是實力。可能的話，給我挑選對黨忠實的理想主義者。如果是無能而且善良的人，就完美無缺了。」

信奉理想的黨員，往往會因為他的理想主義，引發對「黨」來說的麻煩事態。

舉例來說，人道主義的黨員們，就是個很好的例子。

這些反對肅清的傢伙，還真是讓人傷腦筋。

要處分掉這些不論是誰看來，都百分之百清廉潔白且犧牲奉獻的黨員很難。問心無愧的人，還真是棘手。但反過來說，在戰時的使用方式，就是要多少有多少了。

「……同……同志。可以請教一下嗎？你為什麼會這麼在意對外印象？」

「去理解民主制度吧。推動西邊各國政治的人，儘管跟我們一樣是菁英，但他們卻不得不隸屬於大眾輿論。合法地將大眾拉攏成我們的夥伴，遠比非法活動要來得有利益多了。」

當然，我不是輕視間諜工作。是方法改變了。甚至有必要配合狀況，讓手段最佳化。

耀眼的一般性理念、目標，還有擁有信念的人，不會遭到批評。不，甚至能期待獲得認同吧。

畢竟不論是誰，都憧憬著正確的事物。

「派遣理想主義者是最佳選擇。反正是一群放在本國也無處可用的傢伙吧。既然如此，我想讓他們在外頭散布我國的良好印象。」

善良，而且不論對誰來說，都是值得信賴的友人。

在聯邦擁有這種知己的外國人，對聯邦的印象是不可能會變壞的。就算是對共產主義懷有警戒心的人，假如首次親眼看到的「真正的共產主義者」是理想主義者的話，他還有辦法繼續保持敵意下去嗎？

應該沒有比命令善良的他國人，去厭惡善良的聯邦人，還要困難的事吧。最重要的是，這如果以長期性的觀點來看，可有著相當大的好處。

要在戰時，與共同作戰的相關人員建立良好關係，是極為簡單的事。在共同的大義下，與共同的敵人戰鬥，沒有比這還要讓人團結親密的道理吧。

「幸運的是，我們正在與帝國這個世界公敵戰爭。」

「是……這樣嗎？」

羅利亞朝準備反問「怎麼提這種理所當然的事」的部下，明確斷言。

「這一戰，也很可能會永遠決定黨的方向。絕不容許失敗。」

共同的敵人。

國家就算沒有永遠的敵人，也存在著當前的敵人。而聯邦的敵人，也是「遭到孤立的敵人」。世界的主流派，是我們這一方。

無法理解這個事實，對聯邦容易遭到孤立的戰略位置來說是場多麼值得感謝的甘霖的人，他們愚笨的程度就只能說是無可救藥！茫然回望自己的部下，未免也太愚昧了。

盡是這種悠哉的傢伙攀附在軍政關係上！

內務人民委員部明明需要的是狡猾的戰略家，現況下卻只有人渣與虐待狂橫行。儘管不想追究人格，但無能們是無可救藥的。

乾脆拿他們和集中營裡的傢伙交換吧，真心想這樣感慨。

「戰爭必須要獲勝，否則就沒有意義。這種程度的事，不論是誰都能夠理解。但是獲勝的方法，卻幾乎是誰也不知道。這是多麼愚蠢的事啊！」

「……這……這說不定，就誠如同志所說的。」

「所謂的勝利，同志，必須要是我們能夠接受的型式。正因為如此，我們有必要向世界展示善良的聯邦市民。」

反正，國家沒有永遠的友情，就只有利害關係。不過，羅利亞打起如意算盤。

站在勝利的一方，取得與「朋友」一同享用勝利果實的位置，為什麼會是個奢望呢？聯邦這個國家，如今靠著「帝國的敵人」這個外交上的必要性，跨越了共產主義與資本主義之間的制度差異。

……既然如此，就該將這個事實做最大限度的活用。但黨政官僚們卻沒什麼這種自覺，這件事本身讓羅利亞難以置信。

「不論如何，都無法避免犧牲。既然如此，我們就該盡到責任。要如何活用無法避免的犧牲。我們該考慮的，就只有這一件事。」

只要是為了勝利，不論如何，黨都會不惜犧牲吧。只要看到屍橫遍野的最前線，對於人員的損耗，就甚至會有種沒什麼大不了的感覺。

因此為了勝利，犧牲會被當作是所給予的前提，加入計畫之中吧。不要感慨付出犧牲的事實，而是要聰明活用付出的犧牲。

既然祖國的年輕人會死，就必須將他們的死，發揮出最大的效用。

「就做人情給他們。讓我國的年輕人，為了大義去死吧。」

為了讓一臉聽不懂，目瞪口呆的蠢蛋也能輕易明白，羅利亞就再說一遍。

「讓他們成為殉教者。」

崇高的意圖，不會因為結果，而是會因為意志受到評價。

在歷史脈絡之中，愚蠢有多麼受到人們讚賞是「美德」啊！既然如此，事情就簡單了。不要說之以理，而是要動之以情。

而且還是用任誰也無法否定的，究極的自我犧牲！

「我們要站在自由與和平，對抗帝國主義的人道最前線上……讓他國的傢伙，絕對沒辦法以道德性來批評聯邦這個國家。」

[chapter]

III

第參章

北方作戰

Northern operation

控制海上交通的人，就能統治世界。

統一曆一九二六年九月二十八日　帝都柏盧

每次通過參謀本部的大門，譚雅都心想——這些高層還真是任性。

將戰鬥群從東部撤回帝都，是在數小時前的事。以前線的實情調查為由派出的沙羅曼達戰鬥群，被一張唐突的軍令召回。

譚雅．馮．提古雷查夫中校生性勤勉，富有勤勞精神，與只想坐領乾薪的懶惰之人有著天壤之別。然而，就算是如此勤勞的譚雅，要是屢屢因為參謀本部的方便變更部署地點，也難免會產生意見。

將一個戰鬥群從東部重新部署到帝都，也絕不是件輕鬆的工作。

畢竟，自己等人是直屬於參謀本部。相對地，部署地區卻是東部方面軍管轄的東部正面。儘管不是外派部隊，也還是派遣到了現場。當然，只要有軍令，就應該會允許撤離……但在緊急撤離之下，也不可能圓滿進行。

最大的問題，就是返回帝都的方法。這可沒有拿ＩＣ儲值車票搭火車，進行長距離移動這麼單純。帝國軍能使用的鐵路車輛有限。就算文件上有通知，會提供方便以協助變更部署……但現場未必能按照指示動作。

就算是計畫上保證會分配給我們的充裕車輛空間，也因為出乎意料的天候與設備故障介入，讓混亂瞬間擴大開來。

為了確保空間裝載裝甲部隊與砲兵隊的重裝備東奔西走，順便交代細心的副官想辦法弄到東部土產，大約是一個星期前的事。

等到能在頭等車廂硬邦邦的包廂內勉強小睡時，已是幾天前的事了。

抵達帝都，則是在昨天深夜。

就在這繁忙之際，參謀本部再度一通電報把我找了過去。還來不及做歸還報告，就被盧提魯德夫中將閣下找去關照，也難怪我會覺得這些高層還真是任性了。

當然，這是私情。基於正當職能與權限提出的請求，是沒辦法拒絕的。

因此，只要被叫喚就只能過去。當在深夜收到參謀本部傳來「一早前來報告」的電報時，譚雅就選擇去小睡片刻。想說就算只能睡幾小時，腦袋也比沒睡要來得清楚吧，是正確的判斷。

等被副官從小睡中叫醒時，睡意也多少好了一點。之後，只要再作為帝國軍魔導將校，穿上尉平的制服，用假咖啡的苦味硬是讓惺忪的眼睛清醒過來，就是工作的時間了。

順便想說，既然要去參謀本部，就把東部土產塞進將校行李裡，準備出發。

按照服裝規定，把一切整理得完美無瑕，在參謀本部派來的接送車上，假裝沉思打著小盹，頻繁地確保睡眠時間。

在抵達參謀本部的瞬間，譚雅靠著意志力打消睡意。踏著整齊規律的步伐，前往衛兵們值班的窗口。

「請展示軍籍。」

一如往常——或許該這麼說吧。參謀本部的櫃檯窗口雖是形式主義，不過對應可是毫無懈怠的專家表現。

儘管不想承認，但自己也覺得自己年幼少女的外貌很引人注目。他們可是能被配置在參謀本部窗口的人，肯定就連記憶力都很優秀。

「我是譚雅．馮．提古雷查夫魔導中校。所屬沙羅曼達戰鬥群，正在東部方面部署。」

「是提古雷查夫中校吧。請稍待片刻。」

無法理解的人，往往會嘲笑這種手續是在浪費時間。所謂的人情世故，還真是可悲呢。雙方明知道這會違反麻煩的作業規則，卻還是因為對方是好朋友而省略的情況，是時有所見。

儘管如此，參謀本部的人員卻不會忘記盤查，展現出健全的職業意識。這讓人感到敬意與好感。又怎麼能反對基於規則的對應呢。

「取得確認了。事前有交代下來，還請前往作戰局。」

「辛苦了。」留下這句話後前往的方向，是早已走慣的通往參謀本部的道路。就暗中瞥見到的情況來看，沒有大規模作戰前的慌張。

往來的參謀軍官們身上，也看不出一觸即發的緊張感。是怎麼回事呢，譚雅就在這時歪頭困惑。當聽到參謀本部作戰局的緊急傳呼時，還擔心是不是要被投入新的大規模作戰。

是我看錯了嗎？就以不至於失禮的程度，再度觀察往來人員的表情……剛有這個念頭，她的視線就停在一個人臉上。

「哎呀，好久不見。」

「烏卡中校，真是久未問候了。」

我們一面互相敬禮，一面慶賀著久別以來的再會。朝手錶看了一眼，距離作戰局的盧提魯德夫中將找我的指定時間，還有一點空檔。

「沒關係，妳人平安就好。比起這個，今天很急嗎？」

「我來得相當早，所以距離指定時間……多少有些空檔。」

「那麼，就稍微陪我一下吧。」

取出烏卡中校用眼神指示「邊走邊聊」，不過在這之前，譚雅將身上的將校行李放下，取出一樣小東西。

「時機正好，本來是打算之後再送過去的，是之前的回禮。」

拿出來的是分裝成一小罐一小罐的玻璃瓶。是要謝列布里亞科夫中尉，盡可能統統買下的東部土產之一。

「是我在任務地點拿到的蜂蜜。不介意的話，也有尊夫人與令嬡的份。」

「喔，坦白說，這還真讓人感激。謝了。」

咦，譚雅會覺得納悶，是因為感到他的答謝之中，參雜著「鬆了口氣」的情緒。不過就是蜂蜜……值得他這麼高興嗎？

「之前收下了咖啡豆，所以想說這或許剛好能當作回禮。」

「哈哈哈，也就是彼此都送了對方喜歡的禮物呢。」

譚雅基於軍大學的關係，對烏卡中校這名軍人有著一定的了解。

他有著能用嚴謹耿直四字形容的人格。就只想當作一點回禮，拿出蜂蜜送給他，光是這樣就讓他想握手答謝的話，也讓突兀感更為強烈了。

「……後方的糧食情況有這麼糟嗎？」

「不算危險。就這層意思上，還算不錯吧。」

至少，應該是沒有挨餓。就往來人員的模樣看來，是與飢餓狀態相差很遠。

不過——譚雅稍微做出補充。

這裡可是帝國軍中樞的參謀本部。如果連參謀將校都處於飢餓狀態下，「根本就沒有辦法戰爭了吧」。

「跟開戰初期相比，配給也有好好發揮效果。」

「那麼，大後方的生活也很順利？」

「是呀，是很順利。正確來講，是『只限於卡路里與營養素的攝取的話』，就過得非常順利吧。今年冬天，大概會吃蕪菁甘藍吃到想吐吧。」

厭煩的語調，說明了一切。

就算配給制度有發揮效果，不過也只限於營養素的攝取。蕪菁甘藍說起來就是根菜，而且還是公認不怎麼好吃的蕪菁。

聽說，這本來是家畜的飼料作物。光是聽到配給名單上列著這種東西……就能輕易察覺到內情了。

「我就直接問了，嗜好品呢？」

「戰時情況下，不該抱有太大的期待吧。換句話說，就是聯合王國的海上封鎖，將咖啡從我們的餐桌上徹底奪走了。」

啊，這是讓人不得不哀嘆的事實吧。

儘管也不討厭追求效率的飲食，但人類之所以是人類的根據，就在於人類的文化與創造性上。就尊重個人自由的觀點，自由的飲食生活遭到限制，是很悲哀的事吧。

戰爭殘酷的一面。

「情況還真是嚴重呢。就期許潛艇的那些傢伙們，能幫我們還以顏色吧。」

「說得沒錯。提古雷查夫中校。雖不知道妳有沒有空，不過要是有空，就來戰務的辦公桌找我。午餐就讓我請吧。」

「知道了，就讓我好好期待吧。哎呀，這麼說來，已經是這種時候啦。」

朝牆上的掛鐘瞥了一眼，差不多快到約好的時間了。

「那麼，運氣好的話，就等下見了。」

儘管在意大後方的情勢，但工作優先。敬禮後，譚雅將腳步轉往參謀本部深處的作戰局。

然後，不知道這趟是福是禍，做好心理準備的譚雅……就遭遇到掛著滿面笑容的盧提魯德夫中將，這名最糟糕的敵人。

作戰家的微笑，可不會是什麼好消息。他在笑？如果能獲准的話，這是極度推薦立刻回轉脫離的事態。是如同遭到敵人伏擊一般，完全出乎預料的展開。

「好久不見，提古雷查夫中校。」

「是的，久未問候了。我的戰鬥群，已於昨日返回帝都！目前正於指定基地展開部署。」

「嗯，有收到報告了。雖然對將校們很不好意思，但我幫士兵們安排了幾天假。只要情況允許，就讓他們回家休息吧。」

「感謝閣下對部下們的照顧。」

是基於形式上的規範，不過卻格外強調親切感的對話；雖是長官與部下的關係，卻像是互相懷著敬意的對話。

這也……很奇怪。

譚雅的腦內響起警報。畢竟，「盧提魯德夫中將會說這種社交辭令也太奇怪了」。會單刀直入說重點的軍人，就唯有今天莫名地兜圈子？

「那就進入主題吧。提古雷查夫中校，東方戰線的主軍掩護、敵情調查，還有戰鬥群的運用測試，這些全都辛苦妳了。」

多麼貼心的話語啊。

要是不認識平時的盧提魯德夫中將，說不定深受感動。他的語調與視線，就是溫柔到這種程度。不過要是知道他平時的言論，就反倒會渾身顫抖。

說要進入主題，卻是開口讚賞？……性急到失禮的軍人，竟兜圈子到這種地步？

「下官就只是善盡自身的義務。」

「就別謙虛了。正是有妳無與倫比的奉獻，才會有這種成果。傑圖亞中將也有傳話，要我幫他讚賞妳幾句喔。」

背部真的竄起一陣惡寒。

「還有，什麼也別說，把這收下。」

「是的。」

他遞來一個小木箱。

想說該不會是遞炸彈過來吧，戰戰兢兢地收下後，有別於外觀，相當沉重。愈來愈懷疑該不會真的放了炸彈吧，試著打開來一看……勳章？

「是針對妳在東部的情報收集，還有戰鬥群的運用測試，所頒發的白翼大十字勳章。推薦人還是以吝嗇聞名的參謀本部軍事諜報局喔。」

「這還……真是光榮。」

好死不死，居然是「參謀本部軍事諜報局」所「推薦」的白翼「大」十字勳章？

這要比喻的話，就連送手榴彈過來，都還比較讓人安心一點吧。

這裡是參謀本部深處的作戰局。

不過，譚雅提高警覺。現在，這裡就相當於是最前線。不對，是跟萊茵戰線過於慘酷的「無人地帶」同樣危險。

「好啦，中校。這就是如此出色的功勳。雖然對我來說，這件事很難啟齒。這裡有一份戰鬥群的解編命令文件。」

「咦？」突然的話語，讓我全身僵住。

「恕我失禮。請問閣下，剛剛是說？」

「我就直話直說了，中校。」

長官說著讓人難以理解的戲言。一臉錯愕的自己，看在盧提魯德夫中將的眼中，會是這種感覺吧。

「我們判斷沙羅曼達戰鬥群已達成編成目的。因此，各部隊要歸還原隊。」

「……什！」

歸還……原隊？

啞口無言的譚雅，就在下一瞬間，向長官猛烈抗議。

「請不要拆散我的戰鬥群！那可是作為有機性的戰鬥集團，好不容易才完成的部隊！」

「那是帝國的戰鬥群，中校。」

「……呃，非常抱歉。」

「很好。」盧提魯德夫中將帶著苦笑點頭，將一疊命令文件堆到譚雅面前。就像仍然無法接受似的，譚雅大聲抗議。

「但那是我親手鍛鍊起來的戰鬥群！身為指揮官，我沒辦法拋下自己所培育的部隊！」

那是自己的棋子。

就算是長官，也不希望他伸手亂碰自己的棋子。

……不論是公司還是軍隊，指揮系統都是一樣。

頂頭上司越過直屬上司直接跑來現場干預，是絕對不會有半點好事的！

而且，偏偏還是……參謀本部跑來干預？

「解散能即時投入戰鬥的部隊，可是前所未聞的事啊！」

「妳說的都很有道理。」

「那麼！」

讓人想說「請再三考慮」的開場白。

「提古雷查夫中校，我想妳應該還記得。戰鬥群運用測試的目的，本來就是『臨時編成的特遣部隊』，而不是要作為常駐部隊。」

「……閣下是想說，跟我親手培育的部隊不同？」

「作為典型案例讓妳去反覆嘗試的，是在『臨時情況下編成』部隊這件事。貴官出色地打造了一批精銳部隊。太過出色了。要解散這批部隊，會覺得可惜也是能夠理解的吧。」

「但是——」盧提魯德夫中將慎重做出補充。

「我們需要的不是一個精銳戰鬥群，而是大量能戰鬥的戰鬥群。臨時編成不能只靠將校的個人資質，必須要有能以組織進行的訣竅吧。」

很正確的理論。考慮到帝國軍這個組織的整體情況，比起個人技術，會更想要能作為規格，統一不變的方法。

是可以理解，即使是戰鬥群，也想大量運用的理由。

「貴官也懂吧。像戰鬥群這樣的部隊，想要建立起由參謀本部編制，再委託給將校運用的基礎，就必須要學會訣竅。」

不應該製作無法取代的齒輪。在組織當中，準備複數知道齒輪的製作法、複製方式與運用方式的人，可是正義。

更何況像軍隊這種以損耗為前提的組織，就更應該準備複數的備份。就理論上，這甚至很有道理吧。

只不過，譚雅還是提出反駁。

「請考慮東部的情勢！」

這近乎是悲鳴。

畢竟我才剛從東部的最前線歸來。只要知道有什麼事情正以現在進行式進行著，就實在是沒辦法信奉這種天真的理論。

就算是在某種環境下正確的理論，也會在某種環境下無法成立。

「就只維持著穩定狀態！在現況下，像戰鬥群這種已成形的戰鬥單位，不是該認同他們作為戰略預備部隊的價值嗎？」

「當然，是有考慮過作為戰略預備部隊運用。然而，穩定狀態是意外的幸運。這次，有必要為下次做好準備。」

「你說……下次？」

「東方戰線的損耗率甚大。要是兵員照這速度損耗下去，軍隊很可能會在磨耗下，自然而然地喪失戰鬥能力。」

唔——譚雅不禁啞口無言。

這是讓人不得不贊同的發展……帝國軍正以難以置信的速度，不斷向東部注入龐大的血量與鐵量。

明天，軍隊應該是不會消滅吧。

下星期，軍事行動也肯定不會出現障礙。

就算是下個月，戰力應該還能保持可戰鬥狀態吧。

明年也只要運氣好，說不定就不會出現破綻。

然而，作為「有限資源」的人力資源，確實是正在逐漸減少。就如同沙漏的沙，唰唰地逐漸減少。

……不過跟沙漏不同，這可沒辦法倒過來重新開始。

「就算是已瓦解的部隊，也不得不加以運用的時期，正逐漸逼近。說不定不是明天。但是，很可能就在不久之後到來。正因為如此，就算很勉強，也必須要讓組織學會，能靈活重新編制部隊的戰鬥群運用準則吧。」

考慮到人力資源逐漸減少的惡夢，作戰局會想尋求運用戰鬥群的方法，作為重新編制解體部隊的訣竅，也是可以理解的事。

「貴官臨時組成戰鬥團的表現讓我們看到了光明，這我要感謝妳。儘管感到抱歉，但之後就是參謀本部嘗試這項訣竅的時期了。貴官暫時就擔任老巢第二〇三航空魔導大隊的指揮吧。」

「……是的。」

毫無反駁的餘地。想到權限大概也會大幅縮減……就甚至會感到寂寞。

「不過，目前具有戰鬥群運用實績的，就只有貴官。在不久的將來，還想請妳運用我們編成的戰鬥群，取得資料。」

「遵命。下官會全力以赴。請問前往參謀本部編成的戰鬥群赴任，大約會是在何時？」

「說實話，不需要等太久。」

「請問這是什麼意思？」

「已經在作業了。預估還有一個星期到十天左右的時間。目的是要讓年輕將校們累積經驗呢。也不打算從貴官手中，將戰鬥群拿走太久時間。」

要是資深團隊被奪走，還要負責總公司選拔的實驗團隊的話，也難怪會頭暈了。正因為曾經待過人事，所以才能理解。

那會是對總公司來說很方便的團隊，而不是考慮到現場方便的團隊。

「那麼，我與大隊呢？」

「這段期間，我本來也想給你們休養。但本國已經沒有餘力，放任有空閒的部隊不做事了。幹活吧，中校。」

「是的！」

儘管腳跟併攏地凜然答覆，但內心卻是成反比例的烏雲密布。所謂的心煩意亂，就是指這麼一回事。

「非常好。那就去稍微模仿一下海賊吧。妳想真槍實彈教育一下本家的海賊們戰爭的方法也無所謂。」

伴隨嘩啦一聲的輕微擬聲，遞到眼前來的是一份作戰計畫。

讓人驚訝的是，負責地區居然是北方方面。雖不是激戰連連的東方，卻要在秋天的北洋擔任巡邏任務……是要接下的話，真想在夏天時去做的工作。

「……是要參與海上的巡邏線嗎？」

「沒錯。不管怎麼說，能在海上承受住長距離搜索活動的魔導部隊很少。北方那些傢伙，跑來哀求借人手給他們。」

北洋可是出名的冷。雖然還是初秋，但肯定早就開始降溫了。

偏偏是要在這種時期，在刮著海風的海上做長距離飛行。深深覺得自己抽到下下籤。

「名目是臨檢任務。嗯，詳細情況會在現場通知吧。不過，畢竟事情突然。在這件事上，我也感到很不好意思呢。預定會讓妳出差一個星期左右。」

「遵命。」

理解情況了。

就算無法接受，這也可是命令。既然如此，我咬緊牙根。就不得不遵從上頭的主張。

就彷彿若無其事一般，根據教範做出指尖併攏的敬禮。

於是譚雅．馮．提古雷查夫魔導中校，就這樣吞下不僅要被奪走戰鬥群，還要並非比喻的，物理性地飛到極寒邊荒的通知。

完全沒有選擇的餘地。不對，是根本就沒有問過我的意見。就只有通知而已。這也是沒辦法的事吧。

必須得轉換心情，譚雅將期待放在烏卡中校說好要請的免費午餐上。就這點來講，譚雅也不是沒有反省。

……即使是我，也在睡眠不足之下動搖了吧。烏卡中校的保證，確實是沒有食言。

午餐確實是他請客。

如果參謀本部陸軍餐廳的那玩意，燉煮到令人作噁，彷彿固狀物般的某種東西能稱為「午餐」的話。

「哈哈哈，我聽到了喔！盧提魯德夫閣下用人也很過分呢。」

坐在餐桌對面拿著豪華餐具大笑的人，是我親愛的同學。不管怎麼說——譚雅發出忠告。

「你知道什麼叫軍事機密吧，烏卡中校？」

「這真是極為正確的意見呢。」

「但妳就儘管放心吧。」烏卡中校笑道。

他將視線從參謀本部餐廳之中，宣稱是午餐送上來的「也不是沒辦法下嚥的某種物體」上移開，靈巧地聳了聳肩。

「解編手續與各位的重新部署，是戰務負責的領域。」

「換句話說——」把叉子遞到嘴邊，瞬間蹙起眉頭的他，就在拿水把嘴中的物體灌下肚後，繼續把說下去。基於餐桌禮儀，在嘴中有食物時說話很沒禮貌，所以是為了對話才喝水的……以這為藉口，勉強進行難吃的營養攝取作業。

參謀本部晚餐室提供的物體，只能說味道依舊是難以下嚥。似乎是與餐具的豪華程度，反比例地犧牲了品質。

「這無聊的謎底說穿了，我就是負責人。與貴官討論貴官的配屬地點，倒不如說是職務的一環吧。」

「想不到是讓熟人負責啊。」

雖想說值得感謝，但或許是跟慣例有些不同，所以困惑起來。

「我原本還以為會是雷魯根上校負責。」

一面對話一面用餐。這樣做，可以讓自己不去注意帝國自豪的參謀本部餐廳所送上餐桌的，宣稱是食物的某種物體。

光論味道的話，最前線的飲食還稍微……不對，是好上許多吧。就這點來講，在這瞬間，真高興自己是能領取高熱量食物的魔導軍官。

至少，我很喜歡特別加給餐點中的軍用巧克力與餅乾的味道。加給餐的品質要是跟參謀本部的晚餐室一樣，甚至會難以避免地喪失戰意吧。

「這個嘛，是軍務上的理由吧。想必是我們『不該知道』的事吧。話說回來，貴官分配到的海上搜索殲滅任務，還真是叫人懷念呢。」

看似擺出笑容的烏卡中校，然而眼神卻沒有笑意。

啊，原來如此。

會在話中暗示著「不要問」雷魯根上校的動向……也就是「這麼一回事」吧。

「只不過……還真是麻煩透頂呢。對於被當成閒置部隊送過去的我們來說，不得不感到困擾啊。以向民船『臨檢』為前提的作戰行動究竟是……」

「是擔心各位會不會一不小心就把船擊沉了。畢竟貴官有前科在。我們身為戰務，也得顧慮一下各位軍法官同僚的胃壁吧。」

被戳到痛處了。譚雅也不得不苦笑起來。那儘管是起事故，不過確實是……就算被當成前科，也是沒辦法的事吧。

「只不過，北洋啊……畢竟北洋的通商破壞作戰，在政治上很棘手呢。」

「是顧慮著不知道是住在哪座新大陸上的人們嗎？」

在北洋航行的船隻船籍當中，有「臨檢」必要的國籍，實際上就只有一國。頂多就是合州國的船籍。

照常理來想，會在那種危險海域航行的民船，本來是不可能會有的。

儘管應該如此，但這世上還真是有不可思議的事……退役的合州國海軍軍人們，似乎是在北洋的民船上，找到二度就業的工作。

「儘管很蠢，但也沒辦法單方面的否認吧。沒錯吧，提古雷查夫中校。」

因此，譚雅只能苦笑著答話。

「沒錯，就跟你說的一樣，確實就是如此。」

對於想阻止聯邦軍加強戰力的參謀本部與陸軍部，以想給艦隊至今尚未有任何表現的海軍部表現機會為藉口，把他們牽扯進來的這場奇妙的同床異夢來說，外交部那邊應該會要求政治上的顧慮吧。這儘管非常正確，但累的可是現場。

會讓人想嘆息的事情，就是指這種事吧。難吃的食物，蕭條的話題。到最後，還是麻煩的當地情勢與政治的幕後情況。

就在譚雅哎呀一聲，用假咖啡潤喉時……

「……我稍微自言自語一下。」

看準服務生遠離的瞬間，烏卡中校喃喃說出這句話。

「妳的部隊展開部署的北洋作戰，是由陸海軍聯合情報部他們主導。」

聽到他這麼說，譚雅不由得歪頭困惑。

參謀本部軍事諜報局與陸海軍聯合情報部的關係之惡劣，可是傳說級的。上下關係、預算分配、權限衝突。曾聽聞他們的合併，是個待處理的問題……

白翼大十字勳章，果然招致了麻煩事件的樣子。

「戰鬥群解編本身是既定事項。不過，聽說上頭是打算讓『教導隊』去做戰技研究。」

……也就是說，我極為穩當且平靜的後方生活，又再次……再次遭到奪走了。

「於是就突然介入，派你們去『北方』展開部署。情報部那些傢伙，非常急著在推這件事。這也是沒辦法的事吧。我想妳也知道，跟軍事諜報局相比，情報部他們的立場相當尷尬。」

……因為在協約聯合戰、共和國戰與達基亞戰上的挫敗。

無視參謀本部一部分人的強硬警告，陸軍部就算要賭上海軍部的面子，也想試圖挽回顏面，恢復自己在軍令上的權威吧。

「正因為如此，他們似乎想幹一票『大的』。」

「對象是？」

「……不清楚。不過看起來，是沒有預定要在對面發起大規模作戰的樣子呢。」

一旦連戰務的當事者都察覺不到……就應該沒有動到太大規模的兵力吧。沒有戰務支援預置物資，想要運用大軍會很困難。

「這樣一來……這雖是我在自言自語，但又聞到了麻煩的氣息。」

正因為如此，才十分可疑。

我們第二〇三航空魔導大隊，在這點上具有著「方便使喚」的性質。是不會對後勤網路造成過大的負擔，可能展開的少數火力卓越的突擊部隊。

這應該非常便利吧。

對情報部來說，肯定是讓他們垂涎三尺的存在。

「我大致上會留意一下。畢竟我不怎麼期待，情報部會掌握到正確的情報。」

「就是說啊，我看他們需要外援吧。」

烏卡中校苦笑說出的低語，變了語調。啊，是這樣啊，也就是悄悄話結束了吧。

「……說到需要外援的，首先是這間餐廳吧？」

「深有同感呢，提古雷查夫中校。參謀本部毫無疑問，是需要優秀的情報軍官與味覺正常的廚師。」

雖是讓人深感認同的話，不過也毫無疑問是忌諱在走來的服務生面前聊的話題，所以就乖乖把刀叉整齊放在餐盤上，假裝自己什麼也不知道。

「對了，還有一樣禮物。其實，我有拜託雷魯根上校預訂將校俱樂部的座位，要幫妳的戰鬥群將校開餞別會。嗯，就儘管喝吧。」

「對了。」就在服務生收走餐點時，烏卡中校就像是忽然想到似的，以事務性語調向期待飯後茶飲的譚雅，說出這項通知。

「忍受這頓午餐，算是有價值了。」

「哈哈哈，這可是在模仿傑圖亞閣下的興趣呢。只要一有機會，就想招待外部的人吃這裡的餐點。」

「世上會把這叫作戰務將校的惡習喔。」

「什麼話，這可是為了讓各位能在前線體會到，我們捨己為人的傑出工作態度喔。那麼，有緣再會了。」

「嗯，有緣再會了。」

統一曆一九二六年九月二十八日傍晚　帝都柏盧　將校俱樂部附近

譚雅・馮・提古雷查夫中校是擁有銀翼突擊章的榮譽魔導軍官，甚至還冠有白銀的別名，身經百戰的航空魔導師。

生性勤勉，極為遵從規則，而且也懂得在遂行任務之際行使適當的獨斷獨行，是明白權力與義務的將校，是遵守著帝國將校規範的善良個人。

譚雅・馮・提古雷查夫中校就是如此地對帝國追求的典範，儘管只在表面上，至今也一直表現得極為忠實。

直到，今天這個瞬間。

「……給我讓開。下士，你以為這是在擋誰的去路？」

「恕我失禮，提古雷查夫中校。但我不能讓。」

承受著譚雅堅決的視線也依舊毫無動搖的……是將校俱樂部附屬的下士。身為帝國軍將兵，並擔任著帝都柏盧將校俱樂部的警備，確實是要同時考慮到外觀與能力吧。

膽識過人而且循規蹈矩的態度，以儀隊兵來說算是最高水準，譚雅也不吝於承認這點。

「我就把話說清楚了。我是具有軍籍的現役航空魔導將校。倘若妨礙我行使正當的權力，就算是友軍衛兵，也不會簡單了事。」

「就算妳這麼說，但這是規定！」

唯一的問題就是──譚雅蹙起眉頭，一面反覆要求，一面在心中嘆息。

規定、規定、規定。

也太死板了吧。

這豈不是只會重複說出設定台詞的ＲＰＧ村民了。他該不會說不出「根據規定，無法讓妳進來」以外的台詞吧──譚雅由衷感到疑問。

於是，譚雅就伴隨著決心，喊出這句話。

「別開玩笑了！我可是將校喔！」

你看不到嗎？──譚雅指著衣領與肩膀上的階級章，還像是順便似的挺出參謀飾繩，但對方的反應依舊不變。

「就算妳這麼說，但規定就是禁止妳進入。」

「抱歉，下士。就我所知，應該沒有任何一項軍令，禁止將校活用將校俱樂部。」

「是的，中校。不過法令規定，未成年禁止飲酒抽菸！」

「啊？」譚雅忍不住抬頭凝視起下士的不悅表情，從喉嚨之中擠出疑問。

這傢伙，這名下士……剛剛說了什麼？

「飲……飲酒抽菸？」

譚雅．馮．提古雷查夫中校是極為遵守規則的高級軍官。當然非常清楚，自己因為年齡限制而禁止飲酒抽菸。

不論是酒還是菸，自己都未曾碰過。

居然偏偏用這當作理由。

「我可以視這為侮辱吧，下士。誰要求飲酒抽菸了！我只有說要進去酒吧喔！」

「真是非常抱歉，提古雷查夫中校。問題並非出在中校的意圖！單純是年齡的問題！」

「這可是軍務要求喔。」

當軍務要求之際，就沒有年齡限制這種話了。否則要是遵守青少年宵禁令，在萊茵戰線進行夜戰的話，情況會變得怎樣？帝國軍高級軍官如今早就統統因為協助鼓勵違反風紀，迫不得已地遭到不榮譽退伍了吧。

「算我孤陋寡聞，我可從未聽說過在萊茵戰線無人地帶戰鬥的各部隊指揮官，有因為指揮未成年徵募兵作戰一事，而遭到帝國內政部起訴這種愚蠢的事情啊。」

「咦？中校？」

「當軍務要求之際，應該是以帝國軍的軍法優先才對。在軍事設施，軍人適用的法律應該是軍法吧。」

「恕我失禮，這裡並非是軍事設施！這裡是民間資本，法律上嚴格限制未成年人夜間進入，還請理解這一點！」

「什麼！」在譚雅的質問之下，下士依舊毫不畏懼地提出個人主張的根據。

當聽到這句話時，原來如此——譚雅儘管無法接受他反覆說著「根據規定，無法讓妳進來」的理由，也還是明白了。

是解釋的問題。

這名下士，似乎因為這裡是民營設施……所以不把這間酒吧，視為軍事設施的一部分。但是——譚雅竊笑起來。

如果是法律解釋，我可是有強烈的自信。

「將校俱樂部之中有民間資本。換句話說，就是每個月有繳交將校會費的人，就有俱樂部的利用權吧。」

就跟強制險一樣，是從每個月的薪水中預先扣除。既然有繳交會費，譚雅就不得不以堅決的態度主張權利了。

這是作為自由人，在守護自己正當的權利。

酒精飲料與香菸是怎樣都好，但對於權利的侵害，我要堅決擁護這最後一道防線。這正是現代自由人的義務。必須要讓存在X那樣的混帳東西，還有缺乏知性的愚蠢傢伙們知道，權利是有多麼神聖不可侵犯的東西。

「我有使用的權利。」

因此，譚雅毫不退讓。

「所以我要使用。」

「我沒有否定中校使用將校俱樂部的權利！但是，下官難以判斷，中校是否有俱樂部中的酒吧利用權。」

我說一句你回一句的，互相板起臉來的對峙。

對譚雅來說，像這種無益的爭論就只是浪費時間。瞥了一眼時鐘，就快到約好的時間了。

對將校來說，在五分鐘前集合是理所當然的事。

居然要讓人等我——譚雅懊悔地在心中抱怨。

就算是第二〇三航空魔導大隊的部下，拜斯、維夏與格蘭茲等人，讓人等候自己的行為本身，就讓嚴守時間的精神陷入強烈的焦躁之中。

譚雅纖細的精神，難以忍受再繼續浪費時間下去。

「……這是正式警告，下士。禁止未成年進入，是貴官的直屬長官向你明確下達的命令嗎？

還是說，貴官是根據自己的判斷，拒絕我進入？」

是你，還是你的長官——這樣的詢問。

假如是擅自判斷的話，甚至做好不惜在這瞬間闖入的覺悟。

就譚雅所知，面對笨蛋與面對收到愚蠢命令，立場上不得不遵從的人時，應該要採取不同的處理方式。

如果原因出在末端，就該把末端除掉吧，但要是根本的問題不在末端，而是出在上游時，就該去譴責上游的人。這點譚雅是知道的。

「是基於戰時風紀管制令，由直屬長官發布的軍令。」

「……很好，下士。我就尊重貴官的職務吧。把你那下達這種該死愚蠢軍令的長官情報跟我講。然後，想請你幫我從俱樂部中找一個人出來。」

「是的，請問是要找誰呢？」

「幫我叫第二〇三航空魔導大隊的謝列布里亞科夫中尉出來。關於這件事，我會在明確記錄下貴官的言論後，向你的長官提出抗議。」

所以……

就算知道日後會受到大肆嘲笑，譚雅首先就為了變更聚會場所，委託衛兵把副官叫出來。

於是，或許該這麼說吧。

光就結論來講，這件事最後儘管微微燒了起來，重創著負責人的胃壁，不過當天的衛兵日誌上，依然是小小寫著一句「無特別事項」。

統一曆一九二六年九月三十日　往諾登列車

譚雅收到嚴密封起的命令文件，是在安排得莫名順利的列車內。

大概是收到高層謹慎要求將校直接運送的命令吧。除了從看似剛從軍官學校畢業，誤以為拜斯少校是指揮官，差點把文件交給他的年輕中尉手中把文件搶走，並向陸軍部發出正式抗議的始末之外，一路上沒有值得一提的意外。

只不過，光是想到前天在酒吧碰到的不愉快爭執，就足以充分讓譚雅的心情不佳……或許該做出這項備註。

於是，儘管部分人散發著異常凝重的緊張感，第二〇三航空魔導大隊還是越過諾登，在舊協約聯合領北端設置的臨時據點完成展開。

就從毀損的屋舍與設備來看……修復看來是遲遲沒有進展吧。不過，似乎是作為航空據點開設的基地中，有準備好必要的最低限度設備。

兵員的宿舍、管制官們，還有最重要的福利社。

將告知在收到其他命令前，嚴禁開封的密封文件收進大隊金庫，一連幾天，為了熟悉當地的氣候與天空，毅然進行著模擬空戰。

然後還在演習後，看準宛如沐浴一般狂飲啤酒的部下們，為宿醉所苦的瞬間，試著進行了緊急起飛演習。

等讓他們理解到，放縱過頭會有怎樣的下場後，再放鬆管制。

不是讓他們盡情暢飲。不過，只要懂得分寸，就會安排在福利社，以「公定價格」備齊各類酒品。

當然，這麼做會虧本，有必要靠「參謀本部機密費」填補……但這次的錢包可是陸軍部。「該不會是挪為私用吧？」的懷疑，是陸軍部檢閱局的誤解。

懇切恭敬地回覆「連傳令軍官都不屑理會的乳兒，怎麼可能喝酒呢。這全是為了提振士氣的作戰經費」。

具體來說，要是能榨取經費，就要能榨多少算多少，所以我也很煩惱。畢竟俗話說，預算與權限是能拿多少算多少吧。

於是數日後，陸軍部在派人過來之際，似乎也稍微用點心了。將要交給自己的文件帶來的上尉，這次沒有搞錯人了。

根據開封命令拆開密封文件的譚雅，點頭嗯了一聲，將內容傳達給拜斯少校。將瞎扯著「為求保密，禁止外傳」的上尉，丟給謝列布里亞科夫與格蘭茲兩中尉處理，與拜斯少校檢討起狀況。

結論是，情報部送來的情報，應該是「值得相信，有探索的價值」吧。不過，既然參謀本部的命令是「以最大限度，回應陸海軍聯合情報部的要求」，可以說自己等人也沒辦法拒絕。

於是，在簡報會議結束了之後，全副武裝的四十八名第二〇三航空魔導大隊，就飛往北洋的天空。

儘管是北方的天空，卻難得有著良好視野。無線雜訊也維持在不阻礙長距離通訊的水準。有關導航支援，則是由諾登控制塔的精銳們負責。

「中校，收到電波了。是諾登控制塔的廣域廣播。通知是 Case-C43。」

「Case-C43？跟事前預期的一樣啊。」

副官謝列布里亞科夫中尉的報告，讓譚雅不由得呻吟起來。如果是 Case-C43，就是指潛艇部隊照預定計畫，發現到敵船了。

看來陸海軍聯合情報部那些傢伙，也是有能力克服上下關係，為了達成作戰，建立起橫向支援體制的樣子。

……還真是相當能幹。

嗯，譚雅感慨萬千的點頭。

「陸海軍部的情報機關，看來確實存在呢。就工作表現來看，還以為他們再怎樣也頂多是一群薪水小偷。」

「哈哈哈，真的呢。這說不定是我配屬到中校旗下以來，第一次看見情報部派上用場。」

一旁笑起的謝列布里亞科夫中尉等人，在萊茵戰線可是過得相當辛苦。當中大半的原因，全是因為陸海軍部與參謀本部掌握情報失敗。

是為了挽回重大失態，費了一番工夫了吧？

「……當聽他們說已特定航路時，還覺得很可疑……只不過，要是像那樣自信滿滿地提供具體的預測航路的話，也沒辦法無視了。」

航路的估算，推斷速度，以及護衛部隊的情報。

雖是掛保證只要發動襲擊並破壞引擎室就好的可疑行動計畫，不過要是在其他地點，潛艇有發現到預定通行的敵船，準確性就大幅上升了。

「是破解了聯合王國的暗號嗎？」

「天知道呢。不可能讓現場的我們知道這種情報吧。」

情報源的保護是一大原則，也可說是金科玉條。

儘管有辦法推測，但諜報世界可是爾虞我詐。

就算假設有通知我們出處好了，也沒辦法判斷會有幾成是真話。是對人諜報活動、合法的情報收集，或是經由代表信號情報的監聽活動，得到的解析結果等等，有著各式各樣的出處吧。

既然如此，煩惱這些也只是在浪費力氣。

「確實是如此呢。只不過，中校。在現況下，讓敵人察覺到我們已掌握敵情的事實，難道不會對今後的諜報活動造成障礙嗎？」

「維夏，我們可是實行部隊喔。在上頭傳來情報，要我們過去的情況下，就算煩惱情報的來源，也無濟於事吧。」

「唉。」聽到深深的嘆息。

隔著無線電，聽到格蘭茲中尉不經大腦的話語……還想說已經相當繃緊神經了，但他果然還是有那裡深植著樂觀主義。

「……格蘭茲中尉，我倒希望貴官能再稍微動點腦袋呢。」

「拜……拜斯少校，這話有點……」

常識人拜斯少校應該是看不下去吧。不是樂觀主義不好，但也要視場合而定。

不對，譚雅就在這時，稍微重新考慮起來。

雖說是在作戰行動中，但現階段還尚未遇敵。既然拜斯少校玩起來了，自己也參一腳吧。

「我跟拜斯少校有同感。格蘭茲中尉，既然你沒在動腦，那大概也不會累吧。就去處理大隊繁雜的業務，稍微動動腦袋如何？」

「能……能饒了我嗎？」

能察覺到風向的改變，表示格蘭茲也很習慣戰場了吧。

「喂喂喂，格蘭茲中尉。有說要指揮官先行吧。你是欠缺身先士卒精神嗎？大隊長，這可不行啊。敵人當前，中隊指揮官竟暴露出自己戰意不足……」

「少校，拜託饒了我吧！」

「就適可而止了。儘管有必要紓解部隊的緊張，但我們大隊除了我之外，不覺得有人的神經會纖細到感到緊張呢。」

「哈哈哈哈，這才是笑話吧！」

拜斯少校相當愉快似的笑聲。

「你難道不懂什麼叫作纖細少女心嗎？在這當中，我的夥伴頂多就只有謝列布里亞科夫中尉而已吧。」

「恕我失禮，中校。我很擔心我們親愛的維夏會消失無蹤。妳究竟是打算把謝列布里亞科夫中尉，培養成怎樣的怪物啊？」

「當然是正常的魔導軍官，別說這種會讓人誤會的話。」

這是在戰鬥前，特意說給部下們聽的一點玩笑話。

「……兩位，就聊到這吧。預期遇敵路線上有船影，已經目視到了。」

勸告玩笑話就開到這裡的人，正是話題的當事人。謝列布里亞科夫中尉不用我培養，就已經是名優秀的軍人吧。

譚雅隨即切換意識，用雙筒望遠鏡朝副官指示的方向看去。

雖是小黑點，但能目視到。考慮到大小，倒不如該說是……就連這種距離都能目視到的龐然大物吧。

不會錯的。

正是預定的獵物，ＲＭＳ安茹女王號的巨大船影。在大量運送兵器、兵員上，屬於一種特異點的該船，很難看錯。

「真是龐然大物呢。儘管是獨航的運輸船，也讓人感到壓倒群雄的氣勢。不對，單純以運輸船來描述，有點不太適當吧。那就像是靠語言扭曲現實一般的東西。」

光論大小，該不會就連大洋艦隊的主力艦都比不上吧。

那是數萬噸的巨船，而且還以超高速在海上奔馳，除了水雷區外，能突破一切障礙的船隻。只要目視到，就算再不願意也會理解到那份威容。

「……中校，目睹遠勝於耳聞，就是指這一回事吧。」

拜斯少校愕然地喃喃說著。就算說「這真是龐然大物呢」，也只能點頭認同。

譚雅自己也應該明白才對。這是足以下達特殊命令的大目標。然而，就算是明白……也依舊被眼前的光景壓倒。

「……本國的情報部也太強人所難了。」

「雖然我也知道這件事……」

「但那個……」欲言又止的謝列布里亞科夫中尉。就從她拿起雙筒望遠鏡窺看的舉動來看，這有一半是無意識的感嘆吧。

「還真是百聞不如一見呢。雖有人稱軍艦是水上的黑鐵之城，不過那個應該是水上的黑鐵宮殿吧。」

發自內心的嘟囔。

在海上護衛部隊與通商破壞艦之間的激烈攻防，已在海上行之多時的今日。

悠哉的獨航船，不是中立國船隻，就是根據國際法，經交戰國雙方同意的俘虜交換船或醫療船。除此之外的獨航船，豈止是不要命，更會被笑是有勇無謀吧。

對睜大眼睛鎖定獵物的部隊來說，沒有護衛護送的商船，只會被當成揹著大蔥的野鴨。帝國軍的潛艇與航空部隊，可是非常優秀的獵人。

「而且還相當快速。雖是目測……是不是跑出了三十節以上的速度啊？」

「是跑出來了。太奇怪了……商船再怎麼快，二十節就算是高速船了。我記得當初是這樣教的啊。」

「拜斯少校，也就是凡事都會有例外吧。」

然後，眼前的高速運輸船正是那少數的例外。不是基於經濟效率性，而是為了國家榮耀感所建造的大型郵輪。

儘管想嘲笑這是無用之物，不當作一回事，但沒辦法一笑置之的現實太過殘酷了。

「帝國海軍的封鎖線，會像是完全沒發揮出效果，也是沒辦法的事吧。」

船這種交通工具，本來應該是體積愈大，就會犧牲愈多「速度」。只要變重就會變慢。當然，如果是巨型船艦，船速就無論如何都會變慢。

大型運輸船往往還會加上裝載貨物的重量，所以一般來說都很鈍重。不過，就唯有那艘船，不受到這項規則限制的樣子。

「真是羨慕死了。那艘船肯定連穩定性能都很出眾吧。去南方大陸時，如果搭的是那種船，想必就不會暈了。」

「我也有同感，少校。還真是羨慕海洋國家的定期貨船。」

在這洶湧海面上，數萬噸的巨船毫無搖晃的跡象。

即使如此，那無法藏匿的優美船體也依舊乘風破浪，悠悠哉哉地高速航行著。女王陛下還真是相當潑辣的野丫頭啊。就算是用目測大略推算，也沒有低於三十節吧。

讓人驚訝的是，他們是靠「巡航速度」跑出這種速度。外加上只要有裝載往返航路所需的燃料……尋常的軍艦就連要追上，都近乎是不可能。讓人真想問，你們知道什麼叫經濟性嗎？

「那可有著相當於運輸船團的裝載量，所以才叫人錯愕。」

如果只是速度快的運輸船，倒還有辦法處理。儘管礙眼，也還能忍受。問題就只會是，那艘運輸船是一艘巨船的事實。

原本是在大戰前，作為高速客船建造的船隻……是乘載著大量乘客，在外海奔馳的存在。是除了飛行機外，最快速的大量移動手段。只要有那個心，還可以在巨大的船體裡，裝載進大量的人員物資。

雖是推測，就連師團單位的人員，也能以三十節的高速運送吧。或是載滿著大量的兵器彈藥，靠著三十節的高速橫越大海。這等於是能在海上移動的後勤據點，可說是一座宮殿。

「好啦，各位大隊戰友。總不能丟著那東西不管吧。」

「沒錯！」

對帝國軍當局來說，這簡直就只能說是戰略上的惡夢。即使打算貫徹通商破壞作戰，只要會被RMS安茹女王號突破，就毫無意義。

潛艇部隊忍耐著激烈犧牲遂行的封鎖任務，將會被對方嗤之以鼻，毫無立場可言。正因為如此，RMS安茹女王號必須沉沒。

「我們可是被特別點名，接受這項軍令的呢。大隊，準備攻擊。」

「是的，大隊，準備攻擊！」

「可能的話阻止敵艦，啊，不對，是阻止敵船前進。就以爆裂術式炸掉引擎室或船舵。」

瞬間，差點叫成戰艦的威容。居然要阻擋悠哉橫越大海的女王陛下，這毫無疑問是又抽到下下籤了。

推斷出航路的帝國軍陸海軍聯合情報部，還真虧他們能抓到女王的尾巴。順道一提，也難怪參謀本部作戰局會想派遣我們過來了。就算想埋伏，現存的船艦就連要捉到女王陛下，都幾乎很困難吧。

「真是令人傻眼的船。不論是小聰明的努力，還是既存的典範與戰術，都會被那個巨體與速度甩開……」

如果是用來爭奪藍絲帶獎的船隻，潛艇首先就不可能追上。忍不住在空中發起牢騷，就是在指這一回事吧。

並不是帝國軍的潛艇低劣。

只不過，即使勉強驅動引擎，就連水面速度也頂多二十節出頭的潛艇，根本沒辦法作為對手。也不可能有預測狀況，該如何對付這種有如怪物的巨船。

因此這超出了帝國軍潛艇的能耐。唯一能追上的，應該是帝國引以為傲的航空戰力吧。

然而，很可悲的。

帝國軍的航空機在對艦攻擊能力上，有著嚴重的限制。

畢竟，只有還不清楚有沒有正在脫離，以支援地面部隊與制空戰為目的的戰術空軍範圍的程度。海軍航空戰力的整備，也不清楚有沒有抓到頭緒了。

就只能靠水平轟炸，進行只有天知道會不會中的轟炸。作為另一種航空戰力的航空魔導師，就這點來講，精準度可是出類拔萃。

「讓攻擊命中船隻本身是辦得到」。

特別是針對小型船隻與魚雷艇的襲擊作戰，也略為聽過西方與南方的部隊有建下戰果。

「遵命。只不過……一旦要阻止那艘巨船，事情會相當棘手吧。」

「就連引擎室也很堅固吧。」

「是的，能否靠我們的火力打穿，也是個無法忽視的問題。」

然而，我方也存在著，讓譚雅不得不提出警告的問題。

首先是，航空魔導師的火力「有限」。特別是要問到，有沒有辦法阻止巨船前進的話，就只能依靠如果能造成誘爆，就說不定有辦法的樂觀推測。

「或是襲擊敵船的船腹，讓船浸水或破壞推進部位……」

想要奪走推進力，應該至少能採用集中攻擊後方的技巧吧。然而，譚雅對不如人意的現況感到頭疼。

「不覺得他們沒有採取對策啊。」

「是的。既然體積如此龐大，浮力也相當充足吧。就算是船舵，說不定也有備用的。試探性的攻擊，大概無法期待成果吧。」

「說得沒錯。」拜斯少校的牢騷，譚雅也點頭認同。

「情報部的那些傢伙，要是有找到任何一項設計圖就好了。」

「姑且是有掌握到，敵方的護衛部隊似乎很少的情報。」

「拜斯少校，這是當然的事吧。用少數部隊攻擊會動的移動據點，未免也太有勇無謀了。要不是有獲得這種情報，我可不覺得他們會想攻擊這種巨船。」

對方的船可是「客船」。具體來說就是載運「人」的船。我方是在長距離飛行下累積著疲勞，敵方則是會為了迎擊，充滿活力地升空吧。

假如不是情報部掛保證「聯合王國仰賴著速度，沒有配置太多護衛」的話，就甚至不會考慮靠近。

「……嗯？」

有點不太對勁。

「放棄攻擊！立刻回轉！」

我不是相信第六感之類的可疑感覺，但有那裡很奇怪。

察覺到的瞬間，譚雅毫不遲疑。

儘管為了毅然發動俯衝攻擊，第二〇三航空魔導大隊組成了突擊隊列，但在譚雅的一聲號令下，他們立刻做出反應。

「散開！解除攻擊態勢！提升高度！快！」

「遵命！」

就在一面感謝部下沒有疑問也沒有反駁的體諒，一面防備來自下方的攻擊，開始全力提升高度的瞬間。

「魔導反應！來自敵船，複數！」

「統一射擊，來了！」

發射的攻擊，是放棄事前的瞄準鎖定，完全是以連同區域一起迎擊為前提的概率射擊。在子彈中混著術彈的攻擊，是與毫無目標的盲射不同次元的統一射擊。

如果就這樣衝進彈幕之中，就算是大隊也沒辦法平安無事。要是反應再慢數秒，大概就會被打成蜂窩吧。

「大隊規模，不對，是連……連隊規模！」

「魔導反應再次急速增強！怎麼會！」

部下的叫聲，在腦袋裡劇烈迴盪。

緊急決定迴避的大隊未受到損害。真是千鈞一髮，不過要高興還言之過早吧。在狀況驟變之中，譚雅忍住髒話，連忙思考起來。

加強大隊遭到連隊規模的敵人攻擊了。

要是遭到沒有事前情報的敵人先制攻擊，就難以避免亂了步調。光是能避免組織性的損害，就還算是大隊的狀況運氣不錯了吧。

「01呼叫大隊各員。放棄初期計畫！放棄計畫！上升，拉開距離！」

一邊咂嘴，一邊讓他們解除突擊隊列，為了取得更高的位置，當場下令上升。

「這跟說好的不同啊！該死的情報部，果然是群薪水小偷吧！」

發自內心的吶喊。

聽他們說，敵人因為吃緊的兵力情況，所以護衛人員只有最低限度……這很明顯跟他們說的相差太多了。情報部那些傢伙，做事還真是相當敷衍了事。

不知道是他們失誤了，還是掌握到垃圾情報。

但在最後的最後，做事太敷衍了。太過敷衍了。應該將魔鬼就藏在細節裡這句參謀本部的基本理念，灌輸到軍政那些蠢蛋的腦袋裡。

「中校，是聯合王國的海陸魔導部隊！正以連隊規模，急速逼近中！」

「反正會有後續部隊吧。給我假設船上載著兩個連隊。」

「遵命！」

那艘巨船只有少數的護衛……這項前提已經崩潰了。那可是一艘巨船。只要有那個心，就甚至能乘載師團單位的兵員吧。

考慮到剛剛遭受到連隊規模的統一射擊，就毫無疑問承載著「連隊以上」的兵員。

「只要奪走推進力，潛艇就會幫忙收拾了……但說到底，就連有沒有辦法阻止他們前進，都還無法確定啊……」

統一曆一九二六年十月五日　諾登北方外海

我知道這件事。因為有收到哈伯革蘭少將的警告。說是有鼴鼠潛伏著，所以說不定會有敵人出現。

「話雖是這麼說，不過在毅然進行貫徹隱匿與欺瞞的情報戰之下，就算有敵人出現，也肯定是少數部隊。」想起做出這種保證的長官表情，率領聯合王國海陸魔導連隊的德瑞克中校，深深嘆了口氣。

「……居然避開了剛剛的攻擊嗎？」

自認為那是完全鎖定好目標的一擊。在組成空降襲擊隊列的對手行進路線上，展開對空射擊的彈幕網。

還為了不讓他們事先察覺，就連魔法反應都壓抑下來的一擊。

儘管如此，帝國軍那些傢伙，卻在最後的最後，由指揮官錯開了突擊軌道。根據距離與時機判斷，只能用他們是在準備突擊之前，莫名覺得我方很可疑來解釋了。

「德瑞克中校，該怎麼做？」

「不管怎麼看，直覺都太好了。而且，還混著幾個有印象的反應呢。不會錯的，那些傢伙不就是前陣子也交手過的 Named 嘛！」

勉強克制住差點僵住的表情，抬頭望去，是正在緊急提升高度的敵部隊身影。不僅看破我方的奇襲，而且還拉開距離，意圖顛覆數量劣勢的高度戰意。

就算是以超出三十節的「巡航速度」自豪的「高速軍用運輸船」，對於飛在空中的對手來說，也一樣很遲鈍吧。讓他們照這樣繼續糾纏下去，情況可是非常不妙。

因此，就不得不「靠近」做好迎戰準備的敵人吧。

「看來哈伯革蘭少將閣下，不清楚現場的狀況呢。只要用兩個連隊埋伏，就是小事一樁……他是這麼說的吧？」

因為船隻特殊，所以連護衛部隊也給得很大方？

要用這種無法信賴的人數，去挑戰那批 Named？

這跟說好的也差太多了。

……或許是該說，應該要將帝國軍參謀本部會派出直屬部隊的情況，納入考量之中吧。事到如今，後悔也無濟於事了。

「只不過……他們也不是會放棄交戰，就這樣放我們逃走的對手呢……」

喃喃說出的痛苦記憶。

自從在萊茵戰線遭遇以來，帝國軍的 Named 部隊有多麼棘手的這件事，已經透過經驗，清楚到厭煩的程度了。

戰意與技術自然是不在話下，還是會率先厲行別人討厭的事的一群人。他們肯定全員都長著惡魔的尾巴吧。

「對方是狩獵合州國義勇軍的戰爭販子。不可大意。要全力以赴。這是總體戰。讓兩個連隊統統升空。這可不是會被魔導部隊火力擊沉的船！既然如此，就用我的總戰力攻擊！」

「Pirates01，這裡是 AnjouCP。要全力迎擊是無所謂，但這樣會疏忽對潛警戒。一個大隊就夠了，我想將 Anjou 直接掩護，留下來作為預備戰力。」

「抱歉，就連要分出一個中隊都相當吃力了。我會吐出一隊義勇魔導中隊，你就認為這是極限吧。」

「我知道是Named，但對方真有這麼厲害嗎？」

隔著無線電嘆了口氣，再開口回答。對德瑞克中校來說，這是清楚到無須爭辯的事實。天敵，抑或是威脅。

具體來講，是一群讓人想不像名紳士似的示弱的討厭傢伙。

「是我在這瞬間，最不想遇到的對手。」

「我理解你對他們有著相當高的評價了，但對方有經過長距離飛行吧？」

「就算是在長距離飛行之下相當疲勞了，要對付那個大隊依舊很吃力。與其他同等數量的帝國軍魔導部隊交戰，大概還比較輕鬆一點吧。」

這是發自內心的牢騷。海陸魔導部隊很勇敢。有許多技術也很卓越的老手。不過自開戰以來，戰力已在連戰之下磨耗。

就算有用新兵與新人補充損耗，也比不上開戰時的理想狀態。這樣一來，儘管遺憾，但甚至也有必要考慮遭到突破的可能性吧。

「AnjouCP，給你一個忠告。現在出現的部隊，有可能就是之前襲擊他們的帝國軍部隊也說不定。稍微注意一下義勇兵們的動向。」

「收到，Pirates01。可能的話，只要你們能好好把敵人收拾掉，事情就簡單了吧。」

「我會盡我的微薄之力呢。但還是別期待吧。」

喃喃說出的這句話是肺腑之言。

不是自命不凡，也不是輕視其他人，但我們自負是最優秀的海陸魔導師。這是榮耀、自豪，或是對軍務的確信。

然而，也很清楚在戰場上，這並沒有辦法無條件保證勝利的榮光。我可不是不知道「戰爭迷霧」的單純新兵。也曾看過好幾次應該到手的勝利，眼睜睜地在眼前溜走。

當最優秀的敵人與最優秀的夥伴交戰時，結果就只有神才知道。我沒有傲慢到可以保證勝利。對德瑞克中校來說，帝國軍同行的技術，他是清楚到厭煩的程度。況且，如果要以 Named 為對手，想必會是場艱辛的戰鬥吧。

只不過，就算是這樣。

要是害怕，勝利就只是幻想。

「……有這麼強？」

「是呀，就是這麼強。」

就盡全力拚死達成吧。

不對，是說不定能夠達成。既然如此，這樣就夠了。既然要賭可能性，就靠意志力堅持到最後一刻。好啦，就去試試看吧。

「海賊們，戰爭的時間到啦！我們在人數上有壓倒性的優勢！就讓我們去歡迎飛了長距離遠道而來的傢伙們吧！」

伴隨著怒吼升空，翱翔天際的是熟悉海風的男子漢們。

儘管高度差有兩千英尺就很艱辛了，敵人卻早就在往八千英尺移動。高度差，實質上有八千英尺？太荒謬了。單方面地遭敵人從上空攻擊，會淪為教範上的笑柄吧。

但是，別無選擇。

「以中隊規模突破敵人的防禦火力！各自採取突破戰！衝吧！」

各級中隊的指揮官，各個都在鼓舞著聲音範圍內的部下，鑽過傾注而下的敵彈、熱線，還有爆裂術式的衝擊波，提升高度。

要是中彈的部位不好，就會輕易遭到擊墜。

「別害怕！我們可是連隊。對方只是大隊喔！」

「包圍他們！各位紳士，讓他們見識戰爭的方法吧！」

「去讓那些大海的新人知道海上的做法吧！上吧！」

靠著人數差距，意圖讓敵處理能力飽和的突擊。這是在坦白自己的無能。是靠部下的屍體，壓垮敵人的愚策。

儘管是只能稱為蠻幹的方法，但除此之外別無選擇。

「該死的各位紳士！跟我前進！」

同日　第二〇三航空魔導大隊

高度差，實質上是八千英尺。照常理來講，是不會有魔導部隊，在這種狀況下正面發起挑戰

……我曾相信應該是不會有。

然而，聯合王國那些該死的傢伙，看來就只會在戰爭與運動上該死的認真。

忍住咂嘴的衝動，只要朝下方望去，就會看到以中隊規模分頭逼近的聯合王國魔導部隊。就算為了壓制勢頭，投射火力，他們的氣勢也依舊不減。

儘管能用一句不要命來說明一切，但該死的是，他們的戰意與技術並沒有成反比的樣子。靠著漂亮的迴避、防禦，還有團隊合作，朝我們逼近過來。

……要是正面交戰，會被人數差壓垮吧。

「01呼叫大隊各員！準備脫離！」

瞬間的判斷，是要迴避交戰。

「01，在現況下脫離，很可能會遭受追擊！」

「這我知道！兼作為擾亂，我的中隊會衝進敵陣！其餘部隊由02指揮。給我負責遲滯作戰與突擊支援！」

靠自己與直轄中隊對RMS安茹女王號進行佯攻，將其餘大隊交給拜斯少校的撤退作戰。

「05呼叫01。這事請交給我的中隊。」

「偶爾也給部下表現的機會吧。我跟05都有自信達成這項任務。」

格蘭茲中尉的進言，與拜斯少校可靠的話語。

譚雅問出一個她忽然很在意的疑問。

「怎麼沒提到我的副官啊？」

「哈哈哈，因為知道根本不需要提啊。」

「很好……嗯。」

對於自己以外的人的技術，譚雅也有著較高的評價。就算精神性是些許以上的戰鬥狂，他們也沒有人會誤判撤退的時機。

……該送誰去佯攻呢——煩惱這件事時……忽然想到。

「那就讓全員一起表現吧。」

搶在部下錯愕之前，譚雅發出宣告。

「大隊長命令。全員，以中隊各自衝入敵陣。再重複一次，以中隊各自衝入敵陣。」

仔細想想，既然敵人升空飛來……就用衝擊力粉碎他們就好。比起上升的敵人，順著下降速度突擊的我們，在動能上占有優勢。

「空降襲擊！既然敵人升空飛來，就去擊潰他們！」

既然敵人意圖飽和我們的處理能力，就沒道理到奉陪下去。敵人分散開來，就表示也會出現缺口。

儘管依靠機率論並非我本意。

不過，就算是二次元的壕溝戰，也只要不停奔跑，就有可能抑制損耗率。一旦場地移到三次元的天空，只要沒有近距信管……單純突破的話，也不是沒有辦法。

「衝過去。發揮航空魔導師的本領。就去讓深信天空很狹窄的傢伙們知道，天空究竟有多麼遼闊吧。」

我的意圖，並不是一個加強大隊的突擊。

「就算擋得住一個加強大隊，那麼真想瞧瞧，他們擋不擋得住四個加強中隊呢！根據各中隊長的判斷，給我擊潰他們！」

感受著海風吹拂，譚雅猙獰吼起。這是為了鼓舞自己，同時也是恐怕會讓數成部下死去的突擊宣言。

「全員，衝進敵陣！」

加強大隊對兩個連隊。數量劣勢大到毫無辦法彌補。照常理來講，對於數量劣勢的帝國軍來說，突襲會是個愚蠢到近乎自殺的選擇。

正因如此，他們的突擊確實是出乎德瑞克中校的意料之外。正因為確信著我方的數量優勢，所以才會思考起該怎樣追擊敵人。

不對，這對聯合王國方的任何人來說，都是出乎意料的發展。

「……！統一射擊！阻止他們！」

就算吼叫，聲音也來不及傳達。就連展開阻止射擊的空檔都沒有。對聯合王國方來說，他們一如字面意思的化為晴天霹靂。

「別聚在一起！散開！」「不要去擋！」「不對，給我阻止！別讓船被擊沉！」「以更高的損害為前提！」「避免混亂！」「不要管脫隊人員！」「給我向前看！」「拋棄裝備！」「動起來！」「加速！」「衝過去！前進！」

混亂、悲鳴、吶喊、慘叫。儘管局面混沌，但依舊想維持秩序的各級指揮官，他們的吶喊相當可靠。能確信部下有在好好做事是種幸福。

「……我方沒有混亂啊。這樣應該算闖過去了吧。」

淺淺地，譚雅無意識地微笑起來。

即使與事前的情報不同，但度過難關的充實感可不小。在戰場上，凡事都很單純。幸運會落在率先做出正確判斷的人身上。

於是勝利的女神就向從上空毅然發動突襲，攻其不備的帝國軍露出了微笑。以近戰魔導刀，一面收割著看似敵魔導軍官的腦袋一面展開的突擊戰。這是來自上空的猛撲。選擇獵物的自由，掌握在靠下降速度加速的第二〇三航空魔導大隊手上。

「已突破前鋒集團！」

「中隊，散開！以分隊各自滲透！攻擊完後就立刻脫離！就跟騷擾攻擊一樣，只要有打中就好了！」

就算是上升中的兩個連隊，只要攻其不備，也會是這副慘狀。

譚雅因成就感露出笑容，品嘗著果斷判斷的果實。被抛在背後的敵魔導連隊，完全陷入混亂的漩渦之中。

原來如此，聯合王國的各級中隊指揮官們，確實是很優秀。然而，譚雅暗自竊笑。正因為優秀，他們才會淪為逐二兔之人。

為了盡早追上我方，回轉的數個中隊的指揮官，可說是瞬間做出了適當的判斷吧。

不讓我們靠近護衛對象……RMS安茹女王號，是正確的判斷。在護衛任務上，就算死纏爛打也要進行防衛的態度，也沒有錯誤。

有別於這項判斷，意圖占據上空位置的那些傢伙，也一樣是妥當的判斷。是一如教範的對應，適當的戰術判斷。只要確保住我們的上空，局面就會是攻守逆轉，第二〇三航空魔導大隊將會單方面地遭到來自上空的攻擊吧。

問題就只有一點。

他們儘管優秀，但正因為優秀，所以瞬間就做出判斷這一點上，是他們的不幸。也就是說，兩邊都不該選擇。

「拿追過來的聯合王國魔導部隊當肉盾，逼近船吧！」

因為占據上空位置的那些傢伙，射線被追過來的那些傢伙們擋住了。實際上，數個中隊就在這一瞬間化為游離部隊。

就算沒有交戰，敵人的戰力也在這瞬間減半。

再加上，正因為半吊子的優秀，讓他們犯下了失誤。

「中校！追上來的敵中隊正在散開！試圖確保射線！」

「是不知道在高機動狀態下，要隔著夥伴射擊有多麼困難的紙上談兵狀況吧。調整角度，避開射線！」

「就交給我們吧！」

對於譚雅的怒吼，身經百戰的大隊將校們齊聲答覆。

「真懷念呢。讓我回想起萊茵戰線。」

「說得好呀，謝列布里亞科夫中尉。就跟妳說的一樣。讓人回想起萊茵戰線的壕溝戰呢！好啦，各位，來玩懷念的遊戲吧！是捉迷藏喔！」

一邊承受追擊，一邊襲擊目標。就像是在壕溝戰時，在只要被敵增援追到就完蛋的狀況下，從事中隊規模夜襲一樣。

這次的目標，是在眼前悠哉航海的RMS安茹女王號。阻擋在大隊與RMS安茹女王號之間的，就只有薄弱的防衛部隊。

譚雅．馮．提古雷查夫中校瞬間思考起來。辦得到吧。

那一瞬間，瑪麗．蘇是忘不掉的吧。

那個總是來得如此唐突。

……突然間，甲板響起宣告戰鬥的警報聲。

「接敵警報！波長的鎖定也成功了。是敵方的 Named 部隊！」

「敵情呢！」

「是在萊茵戰線確認到的那批部隊！」

「萊茵的？是那些傢伙嗎！」

是那些傢伙。

是她。

……父親的仇人。

以及夥伴們的仇人。

是我的、我們的……敵人。

正因為如此，我衝了出去。握緊槍、握緊寶珠，衝到甲板上。尾隨在後的夥伴們，也懷著相同的想法。

復仇。

我們的、夥伴的、家族的……憤怒。

更重要的是，我們已不想再失去了。為了守護，就只能戰鬥。為了戰鬥的力量、武器，就握在我們的手中。

「海陸魔導師，全員準備迎擊！起飛！」

相信著這點，我向擔任指揮的德瑞克中校喊道。

「那……那麼，也讓我們！」

於是要求出戰的我，就承受到……冷淡的嚴厲拒絕。

「抱歉，蘇中尉。貴官們要在RMS安茹女王號上，擔任兼具對潛防衛的直接掩護。希望你們能堅守崗位，絕對不要讓敵人靠近。」

以堅決語調，拒絕我們出戰的聯合王國的德瑞克中校，他所說的話腦袋也能理解。我們，我們義勇部隊……絕對稱不上是萬全的狀態。

就算是這樣，我也依舊想繼續述說自己的想法，不過時間也到此為止。

「……德瑞克中校，我們能做到。還請讓大家去幫戰友復仇吧。」

「這是考慮過訓練程度與狀況之後的決定。沒時間跟妳爭論，我不接受異議。」

就這樣，他們起飛離去。

抬頭仰望的我們，就只能一味祈禱，德瑞克中校他們能旗開得勝。當夥伴、當大家在戰鬥時，就只有我們被留在船上。

我知道看家也是很重要的工作。

……但是——

「……真遺憾。無能為力，居然會這麼難受。」

微弱地，微弱地喃語。

這跟我、跟我們義勇部隊，能做到什麼、不能做到什麼，沒有關係。所以就只能一味感到心急如焚。

只要仰望天空，就能看到夥伴們在與仇敵交戰，然後淌下鮮血。

但願他們能贏。

希望大家平安。

在如此殷切祈禱，注視戰況的我們面前……狀況就在轉眼間急轉直下。

「急報！遭到突破了！」

「怎麼會！戰力差這麼大喔！」

無線電上傳播開來的是困惑與驚愕。不過，就唯有瑪麗，在腦海中的某處「這樣呀」的接受了這個事實。

他們可是有如惡魔的一群傢伙。

「直接掩護部隊，立刻迎擊！蘇中尉，能飛吧！」

「是……是的！」

機會、仇敵正從對面飛來。

必須得要去守護。

必須得要去戰鬥。

一面暗中下定決心，瑪麗一面輕輕吸了口氣，仰望天空，瞪視起下降而來的敵人。

我們這次一定要……守護住。

不會讓你們得逞的。

考慮到狀況，就算要完美達成任務，也絕不是不可能的事吧。只不過，在徹底想過一遍後，譚雅做出的結論是停損。

想說應該辦得到的譚雅，就準備鼓起幹勁。不過，讓這種想法冷卻下來的是我方的損害。儘管不想說毫無益處，但不得不說在邊荒的任務上……毫無意義地浪費人力資本是最壞的狀況。

「扶住肩膀！振作起來！」

「格蘭茲中尉，不……不要管我了……」

「與其要當會捨棄夥伴的中尉，我寧可遭到中校斥罵！」

此起彼落的短距離部隊內通訊上，滿是暗示損害的悲鳴與嘶吼。現在，部隊還能保持秩序，還能進行組織性的行動。但是，沒辦法對遭受損害的事實視而不見。

換句話說，這只是承受住損害，尚未瓦解而已。就算是我精悍無比的大隊，也是人類的集團。只要沒有必要，就不要讓他們做無意義的勉強。要是能靠精神論打仗，如今這個時候，誇大妄想狂早就是世界最強了吧。

換句話說，應該要重新審視手牌。

我方正連續受到損害。就算勉強突破了敵防衛線，逐漸靠近船體……但敵人也漸漸懂得對應了。讓人錯愕的是，甚至已開始遭到長距離射擊了。

要說到聯合王國的那些傢伙……儘管讓人傻眼，但或許是乾脆接受多少的誤射吧，開始朝我們使用長距離精密射擊術式到讓人厭惡的程度。

「中校？」

「脫離，脫離！」

就算是會隔著無線電傳來笑聲的副隊長，也不會認為部下的犧牲是好事；即使是我，也沒有特別歡迎人員的損耗。

「再度驅散前方的敵人，同時脫離！只要一擊脫離就好！」

好啦，譚雅就在這時下定決心，要按照當初的計畫，貫徹一擊脫離。

情報部要求破壞RMS安茹女王號引擎室的委託，想要達成已是極為困難的事了。就道義上來講，最多就是在一擊脫離的途中順便嘗試。

只要盡到所需的最低限度義務，之後就是RTB了。（註：返回基地）

是停損的時間了。

再繼續將資源投入無藥可救的專案之中，是愚者的選擇。

就算要兼顧本部與情報部的道義奉陪下去，也有個限度。再繼續讓有限資源暨親手培養的部下磨耗下去，我可受不了。

「全員！如果中彈就以脫離優先！此外，就在攻擊過敵船後脫離！沒必要硬撐！」

「「「遵命！」」」

氣勢十足答覆的部下們戰意高昂。

「前方敵魔導中隊，急速接近中！請保持戰鬥距離……」

「不需要。以近身戰斬殺。」

大聲警告的謝列布里亞科夫中尉，眼光並不差吧。不過，譚雅從上方蓋過她的警告。

「中校？」

面對有違理論的指示，謝列布里亞科夫中尉就像當然似的反問，而對於她的疑問，譚雅斷言答覆。

「敵人的展開速度緩慢。體系不同。恐怕是為了擋路的二線級。以突破優先。可能誤傷友軍的爆裂術式就別用了。就假設衝進去後會陷入混戰。以蹂躪為前提用狙擊與近身戰解決。」

在接敵之前，譚雅發出指示，要眾人將術式從爆裂術式改為狙擊術式。

然後……是在警戒範圍攻擊吧。朝著確實「遵照教範」散開的敵「中隊」，隊列較為緊密的第二〇三航空魔導大隊，開始突擊。

這等於是向分散的敵人，揮出緊握的拳頭一樣。

「真是令人錯愕。」

這是一場只需要聳著肩膀，將有勇無謀試圖應戰的敵魔導師斬殺的驅逐戰。一群毫無學習能力的傢伙呢，譚雅暗自竊笑。

然後，就在為了宰掉一名敵魔導師，準備抽出衝鋒鎗的瞬間。

難以忍受的強烈惡寒，讓譚雅連忙加速。下一瞬間，皮膚險些被輻射熱烤焦的情況，讓譚雅止住了呼吸。

熱線？

連大喊「怎麼可能」的空檔都沒有。

「父親的仇人！」

一名衝過來，意圖短兵接戰的敵魔導師。她的眼瞳中，凝聚著純粹到讓人討厭的敵意與憎恨。

真想大喊，我有做什麼嗎？

不對，譚雅是大喊了。

「我有做什麼嗎！」

「開……開……開……開什麼玩笑啊！」

我沒有遭人譴責是在開玩笑的道理。一直以來自己都「十分認真」在從事職務。關於這一點，不論是面對何種存在，我都能挺起胸膛，堂堂正正地斷言。

「在戰爭時開玩笑，並非自己的興趣」。

倒不如說，譚雅斥責起來。

「還真是胡鬧的敵兵，簡直難以置信。我們可是在打仗喔。個人的憎恨？真是愚蠢。」

「妳……妳……妳這傢伙！」

怒不可遏的敵魔導師，表情就宛如惡鬼。只要笑起來，應該會被稱讚是貌美如花的容顏，因為憎恨而扭曲，朝自己釋放著敵意。

似曾相識的臉，是在哪裡交戰過嗎？

不對，就在這裡停止思索，兼作為牽制的術式三連發。看來敵魔導師也沒有蠢到會勉強衝過來的樣子。有著會在急忙閃避之際，一面朝自己發射數發光學術式，一面保持距離的冷靜。

「中校，敵海陸魔導隊追來了。請脫離！」

「我知道了。敵船的狀況？」

「正在掃射甲板。應該也有數發直擊到引擎室……」

「就控制在拍照紀錄就好。應該會有什麼幫助。」

將該做的工作俐落完成的大隊，真是太棒了。只要朝周遭瞥一眼，就能看到朝敵船擊發術式的部下英姿。

不過，這也形成了誘因，讓敵連隊正朝這裡急速接近。

是時候了。

「好了，再繼續下去也無濟於事。撤收了！脫離！」

就在準備震動聲音喊出「衝吧」時，譚雅再次千鈞一髮的避開棘手的一擊。

發射光學狙擊術式的凶手，是剛剛的魔導師。讓人驚訝的是，儘管術式的構築技術拙劣，威力與展開速度卻是出類拔萃。

似乎是將自己的保有魔力，強硬灌輸到術式之中，藉此實現急速展開的樣子。

「想逃嗎！」

「吵死了，別用吼的。我們還忙著趕路啊。」

長距離飛行、襲擊戰，以及脫離所需要的餘力。只要考慮起這些因素，就沒有空陪纏人的對手一直玩下去。

「中校，快點！」

「知道了，少校！我立刻就去！」

兼作為牽制的爆裂術式，再次三連發。比起威力，更重視效果範圍的攻擊，威力顯然不足的樣子。

追來的蠢蛋就像風箏一樣翻了好幾圈飛走，但即使遭到吹飛，卻還不至於擊墜……以新兵來說，頑強得驚人。不得不說她生存性莫名地高吧。

不對，遠在這之上的，是防禦殼比預期中的還要堅固吧……真麻煩。考慮到往後的事，真想在這裡幹掉她。

「嘖，這種程度果然甩不掉她呀。」

用不著拜斯催促，我也不想與連隊規模的海陸魔導部隊，玩你追我跑的遊戲。賭命玩捉迷藏可不是我的興趣。就算是這種時候，也想要有選擇玩伴的自由。

「……這下子，回程也很累人呢。」

不僅是長距離飛行，還因為戰鬥疲憊不已，最後還要讓大野狼護送回家？這會是所能想像到的，最惡劣的脫離航程吧。

這種時候，應該要嘲笑自己的不像樣吧，就連個長毛的新兵水準的蠢蛋都幹不掉……當凡事都事與願違時，事態就會深刻地往壞的方向發展。

「！」

連忙扭轉身體，避開熱線的譚雅愕然不已。

儘管差點大叫又是妳，但不對！

是超長距離的光學狙擊術式。聯合王國那些該死的海陸魔導師，居然能在實戰中用這種距離精準瞄準我們！

只要抬頭望去，就會發現他們該死的正在逐漸恢復秩序。

照這樣子，讓他們從上空單方面地連續射擊，可撐不下去。會淪為打靶練習用的靶子。再繼續待在這裡，就只是在浪費時間。

立刻就為了重新脫離加速，完全無視死命追上來的那名愚蠢魔導師。就像隨機迴避似的進行曲折飛行，與脫離中的大隊主力會合。

「05呼叫01。脫離前，可以提件事情嗎？」

「什麼事？」

「兼作為阻擾，我想從遠距離，用術式在敵甲板上引起火災。」

由於是近距離，所以聲音很清楚的部隊內通訊。聽完格蘭茲中尉呈報意見的譚雅，暗自竊笑起來。原來如此，這是個好主意。

脫離途中，就算以加速狀態進行狙擊，也打不中大多數會動的目標。

不過，如果是像船隻這種龐然大物的話，情況就不同了。

他們會堅守在RMS安茹女王號上，不就是這麼一回事嗎？……如果對那些護衛來說，重要的是船隻的話，就讓他們去珍惜守護他們重要的事物吧。肯定會很守得很樂意的。

「……很好的著眼點！遠距離爆裂術式，省略破碎效果！」

下令只需要阻止前進的船隻，可是位公主殿下。就算是諸位該死的海賊騎士，也沒辦法丟著公主殿下不管。

「將威力集中在火焰上！準備顯現！是齊射！就讓寒冷的北洋勤務，充滿暖意吧！」

「遵命！就交給我們吧！」

就在準備大喊「發射」時，譚雅注意到一道朝自己不顧一切猛衝的敵影。還真是纏人！

「給……給我等等！」

「很高興妳會感到寂寞呢！」

自己也是趕著離開之身。不能光顧著理會媲美跟蹤狂般纏人的魔導師，錯失脫離的機會。

「就代替奶嘴，給我嚐嚐這個吧！」

拿出來的魔術道具，是帝國軍謹慎製造的馬鈴薯搗碎器。

照常理來講，是只能爆炸十公尺範圍的手榴彈……不過這傢伙的彈頭部位，裝的可是「術彈」。將術式吸收進去，並不知限度地壓縮起來的那玩意，譚雅極為隨便地拋了出去。

隨手拋出的那個，「光看外表」完全就是一支手榴彈。

「什麼！」

這是沒用的——過度相信防禦膜的笨蛋，接下那個的瞬間。

……裝著術式彈的那個，就在近距離下發動。除了爆裂術式外，手榴彈的彈頭還像是贈品似的飛散開來。

「啊……呃……！」

「哈！活該！」

「擊墜一！漂亮！」

準備點頭說「是呀」答覆時，譚雅注意到了。就在墜落途中，瞬間，軌道不自然地穩定下來。那個，該不會是……

恢復過來了？

「啊——不對，是不確實一呢。」

「可是，看起來像是解決了。」

「我看是在最後一刻恢復過來了。戰果確認最好別把不確定的算進來。與其被人嘲笑是擊墜數灌水，還不如甘願接受低擊墜數。」

實在是無法斷言殺死了。只要著水，由於周遭飛著如此大量的敵魔導師，所以獲救的機率也很高吧。

就算考慮到是落在極為冰冷的海水裡，生存的可能性依舊不低。

「簡直就跟蟑螂一樣頑強。首先，她為什麼能斷言我是父親的仇人啊？難道不是憎恨帝國兵到把所有人都看成敵人嗎？」

「哈哈哈，是因為那個吧。中校，請注意一下外表。」

「俗話說人不可貌相吧。」

拜託別一臉錯愕地盯著我，露出一副欲言又止的表情。就算是自己，也懂得認清現實的。

「是啦，我知道啦。也就是這麼一回事吧？」

大概是嬌小女孩的外表成為了證據吧。

人不可貌相這句名言，就只是表示，不該用外表推測內在的一句話。換句話說，就識別情報來講，外表會是有效的判斷依據。

我可不太喜歡就因為個子矮小，導致自己在戰場上引人注目。

「誰叫我會在將校俱樂部，被人用未成年禁止飲酒的理由趕回去呢，就算再不甘願，也很清楚啦。」

「恕我失禮，不過中校。那件事真的太好笑了。」

「哎呀，真的呢。我可是真的很擔心拜斯少校，會不會因為中校沒來，就這樣子玩牌玩到破產呢。」

是為了要擺脫沉重的氣氛吧。副隊長擔任小丑，副官也咯咯笑起。只能配合他們了吧。

「還真令人想趕快長大呢。雖說飲酒抽菸，都對健康不太好吧。不過還真想拿回能損害健康的自由呢。」

「哈哈哈哈，這可是很棒的自由喔，中校。我以大隊副指揮官的身分向妳保證，軍中可是不缺如果要沒收這種自由，就會萌生不惜抗命覺悟的激進狂信者們吧。還請務必理解這一點。」

就在確信已拉開足以聊起蠢話的距離後，瞬間，譚雅忽然注意到一件事。

……受到相當慘烈的損害了。

魔導部隊離大型組織相距甚遠。

中隊是十二名。大隊是三十六名。就連加強規模的第二〇三航空魔導大隊，員額數也只有四十八名。

只要看一眼，就能立刻知道缺了多少人。

「這我很清楚，少校。就算是我，也不想限制非值班的將兵……畢竟在英靈殿休息的他們，也喝得很過癮吧。」

「……嗯，是呀。」

不論是好是壞，都很狹窄的世界。極端來說，滿編就跟學校班上的人數相同，或是再稍微多一點。

「嘖……摔得比預期的多啊。」

因此，不需要讓歸還的部隊整隊，就能知道見慣的臉孔消失的事實。

「是的，死亡四、無法飛行三、重傷三。」

「嚴重的損害啊。」

統一曆一九二六年十月五日午後　帝國軍基地

「中校，大隊歸還完畢。負傷者的後送，死亡者的遺物，也皆已安排妥當。」

早上還完好的人員，晚餐前已經不在了。

對於拜斯少校以平直語調進行的報告，譚雅淡淡答覆。

「……真是嚴重的損害啊。」

員額數四十八人。損害十人。這可不是區區的十人。是拋棄起來太過可惜，難以替代的……該說是自己手足的精兵。是精兵啊。

是作為航空魔導師精華部位的存在。姑且不論指導能力，光就技術來說，是實力足以明天就去教導隊擔任假想敵的一群部下吧。

就算以客觀角度來看，也是在帝國有著屈指可數戰鬥經驗的一群部下。

「必須得要承認，我們失去了一個中隊。實際上，這是等同半毀的損害啊。」

就算沒死，也不得不將重傷者算在戰力之外。這所代表的意思，即是喪失了一個中隊規模的寶貴人員。

而且還是相當於一騎當千的精銳們。

光是想到能不能重新編制，補充必要的損害，眼前就幾乎發黑。

維持著極高訓練水準的部隊，有將近四分之一要用新人填補？

就算要合作，也肯定會暫時亂成一團。

也難怪尤利烏斯．凱撒會討厭用新兵補充部隊，用新兵去組成新的軍團了。不對，突然閃過腦海的歷史知識……是我在逃避現實吧。

「……說不定是我太傲慢了。認為如果是我的……是我鍛鍊起來的大隊，如果是第二〇三航空魔導大隊的話，不論是怎樣的敵人，不論是置身在怎樣的敵陣之中……」

「這不是中校的錯。我們也……很懊悔。認為如果是我們的話。」

「不對，不是這樣的，拜斯少校。」

負責人就是為了負起責任而存在。當然，如果不是自己的責任……就該讓犯錯的混帳傢伙，付出足夠的代價。

相信情報部那群蠢蛋的人是誰？不就是我嗎？

要是信了薪水小偷們的話，那換句話說，就是自己的錯。無法否認在前提條件上，他們提供了錯誤的情報。然而，這只不過是應該考量的事項。無法成為應該免除責任的理由。

……規避責任的垃圾們，是對現代的大前提——信用的極大侮辱。

自己是根據自己的判斷行動。既然如此，追根究柢就是自己的責任。與其成為應當唾棄的背德者，還不如接受自己是無能傢伙的批判。

「儘管笑吧。就儘管嘲笑我吧……是我判斷錯誤了。」

「這是軍方的命令……不是中校的責任。」

「讓在長距離飛行下疲憊的部隊去嘗試一擊脫離，本來就是個錯誤。應該要回轉，脫離戰區才對吧。」

是很感激他的安慰，但應該要正視現實。長時間的滯空，以疲勞狀態毅然開戰，而且還是數量劣勢。如果是在課本上，應該會教這些全是該避免的行為吧。

肯定會說這是典型的愚蠢範例。

「我們並不是沒有成果。」

「拜斯少校，就跟沒有一樣吧。」

「可是，我們遂行了最低限度的任務。成功讓速度減慢了！根據脫離前拍攝的照片，確實是對引擎室造成打擊了。」

能受到拜斯少校這樣的常識人擔心，真的很感激。

只不過。雖是難得的關懷……但凡事必須要用客觀，而不是主觀的角度來判斷。

堅持過了？努力過了？盡到全力了？「所以，那又怎樣」？

行為本身是沒有意義的。

意圖是怎樣都好。不論是善意還是惡意，這種主觀的事實，等到在法庭上欺騙陪審員時，再拿出來就好。

結果。

是結果，如果沒有結果……一切就只是徒勞一場。

這是自己的良知與存在方式的問題。是作為現代合理的自由人，自己的良心與誠意與獨立自我的問題。

垃圾。沉浸在自我滿足之中舔舐傷口，是無能的佐證。

「……有收到友軍潛水艦，確實擊沉敵船的報告嗎？」

對於詢問的反應，是沉默。

面對回以沉痛沉默的副隊長，譚雅緩緩問出同一個問題。我想知道的是結果。

「怎樣呢，拜斯少校？」

「這個……」拜斯苦於答覆的苦澀表情。光看他此時的反應就夠了。能輕易想像到結果，到讓人生厭的程度。

就算以樂觀的推論判斷，也不樂觀。

「很好，那麼謝列布里亞科夫中尉，格蘭茲中尉。我問貴官們，有聽到擊沉報告嗎？」

就連小心起見的詢問，部下們也依舊失禮的沉默著。

是規規矩矩地假裝沒聽見，別開臉想要逃避回答。不可能是好消息。

「換句話說，就是這麼一回事。我們的行動，並沒有帶來成果。」

即使聽著半吊子的安慰，也無濟於事。對譚雅來說，這反而讓她無地自容。

事實就是事實，必須得要承認。

「徒勞一場……儘管不想承認。」

譚雅淡淡地，極力以淡淡地語調說道。

「我們部隊受到甚大的傷害，最後還沒達成結果。潛艇部隊他們也沒能幫我們擊沉。」

這是為了接受事實，所必要的話語。

失去的是第二〇三航空魔導大隊的老手們。我也不想選拔出戰爭狂。然而，他們卻是在遂行戰爭這項自己的職務時，不可欠缺的人資財產。經過徹底的選拔，體驗過帝國的所有主戰線，藉由實戰鍛鍊起來，媲美黃金的戰爭狂。

「……我的……我親手培養的各位戰友，已經不在了。已經不在了。」

他們是在戰時，最為稀有的老兵。

偏偏居然是他們。

經過長時間的搜索飛行磨耗到最後，在敵我壓倒性的戰力差距下，不得不毅然進入戰鬥狀況，喪失了將近一個中隊。

「我感到眼前一片黑暗。想說如果跟他們一起……如果是跟他們一起的話。」

理解業務，受過訓練，最重要的是能立刻理解自己意圖，熟知彼此的集團。他們當中的一部分遭到奪走，怎麼可能冷靜得下去。

所謂的經營，就是看能多麼有效率地讓人員數量發揮機能。讓最佳化、效用最大化的人員遭到刪減……是最糟糕的行為。不論是特意，還是過失，這都沒辦法視若無睹。

「……不論是情報部那些傢伙，還是敵國那些傢伙，我都絕對會要他們付出代價。」

在這瞬間，譚雅・馮・提古雷查夫中校震怒了。

緊握起小小拳頭，雙瞳中激起憤怒，喃喃說出充滿決心的話語。

「……我的部下，可是死了喔。」

朝豎立在廢墟上的戰場墓碑瞥了一眼，譚雅嘆了口氣。

儘管都下令要他們拋下了。但不論是誰，都沒有拋下脫隊人員，將他們扛了回來。得要寫信通知，並將遺物寄回到遺族手上吧。

「通知信可是我要寫的喔……」

輕輕地伸出手。自己的手碰觸到的，是掛在槍上的鋼盔。作為戰場墓碑的鋼盔，扭曲、凹陷，還開了個洞。頭部槍傷，沒得救的傷勢。

「各位，稍微嘮叨起來了。真是抱歉，差不多要回到任務上了。」

「中校？」

「但願，他們的靈魂能與我們同在。各位戰友，就祈求上帝的加護吧。只不過，要等到我們已不在祖國之時。」

隨口說出的是怨言。

譚雅．馮．提古雷查夫不信神。既然存在X這種魑魅魍魎會被放置不管，神聖的存在就沒道理能在這世上存續下去。

對本人來說，這等同是公理。

因此，根據合理的思考，該信的是人。所以要相信人的力量，等到一切都沒救時，再死馬當活馬醫，把事情丟給上帝就好。

要是能得救，那就好。要是無法得救，即證明自己是對的，這樣也不錯。不論能不能得救，都沒有損失。

「求神保佑，可不是我們的個性！」

「正是如此，拜斯。」

「那麼，就來唱首老歌吧。」

啊，不錯的提案呢，譚雅笑了。

「各位戰友，我們曾有著一位戰友。就將這件事情，即使是用各位音痴的破鑼嗓子也沒關係，唱給每一個人知道吧。」

顫抖著聲音，部下嘶啞著嗓子唱出哀悼之歌。

是時候了，譚雅看準時機嘶吼著。

「一同闖過槍林彈雨的各位戰友，請安息吧。請原諒我們無法握住各位的手。但是各位的榮耀，會長存在我們的記憶之中。」

拔出的，是手槍。朝天空擊發的，是空包彈。鳴槍，三響。譚雅順便將裝填的一發實彈，朝著白翼大十字勳章擊發。

無聊的本位主義與互扯後腿。

諜報相關人員，還真是可恨啊！

[chapter]

IV

第肆章

長距離侵略作戰

Long range assault operation

如有必要，獨斷獨行是將校的義務。

——摘錄自譚雅·馮·提古雷查夫魔導中校的發言——

統一曆一九二六年十月七日　帝國軍基地

在諾登北方，第二〇三航空魔導大隊受到極大損害。讓人悔恨到咬牙切齒的損害。是難以置信的人力資源與人力資本的浪費。

如果是像存在X那樣，只懂得用數量掌握人類的垃圾，這不過是十人的數字吧。

然而，看在譚雅．馮．提古雷查夫中校這樣的現代自由人眼中，喪失十名熟練人才對社會來說是多麼龐大的損失，是不辯自明的事。在他們的訓練上，投入了堆積如山的資源與時間。

「我們是軍隊，儘管理解是以損耗為前提……」

理論上，軍隊裡沒有無法替換的齒輪。

就算是受到損耗的部隊，也會分配到補充人員。只不過，課本與現實不會總是感情良好地步調一致。

實際上，就算是僅由一家公司壟斷的貴重「齒輪」，市場上也會存在著堆積如山的量。

但這個貴重的供給源要是苦於需求過剩的話，就算要求他們迅速送來替換的「齒輪」，也不知道要等到何年何月。

即使如此，在將部隊交給謝列布里亞科夫中尉、拜斯少校，還有格蘭茲中尉等各級指揮官管理後，譚雅也立刻遵照標準化流程，處理起堆積如山的文件，申請著「新齒輪」——也就是「補充人員」。

這是孤獨的戰鬥。

筆、紙、墨水，還有我。

話語詐術可以影響文化性的戰鬥吧。

會在現實當中，遭到可怕的官僚主義之壁阻擋也是相同的道理。就連帝國軍這個精緻的軍事機構，都擺脫不了官僚主義。還真是該死！

「……真正可怕的，是官僚主義啊。」

繁雜到無益的手續，麻煩到讓人懷疑，這該不會是上頭拿定主意要斷然拒絕補充申請吧。不過，辦公室工作需要的是毅力。

「哼，政府機關的文件繁雜是常有的事。行政文書的繁瑣字句，就要用訓詁學一般的慎重性看完。」

伴隨著充滿決心的低語歸營的譚雅，已坐在辦公桌前處理文件超過二十四小時了。將烏卡中校送來的咖啡，沖泡成有如泥水般難喝的濃度，一面大口灌著，一面做著文書作業。

就算是維多利亞時代以毅力堅強聞名的盎格魯撒克遜精神（註：五世紀初到諾曼征服之間，生活在大不列顛東南地區的民族），跟像自己這樣受過紀律訓練的現代上班族相比也形同兒戲。

既然文件沒通過審查，非常好。

那就寫到通過為止。

於是，在戰場轉移到桌面上約兩天後。

譚雅・馮・提古雷查夫中校贏得了小小的勝利。

就在十月六日二十四時，將所有文件交由副官謝列布里亞科夫中尉寄送後，譚雅就鑽進自己的床鋪上貪圖睡眠。

然後，等徹底清醒之後，看時鐘已是早上了。

是能一面吃著副官準備的早餐與咖啡，一面能有點餘力，思考今後事情的階段。

「只不過啊……」

輕輕地，嘆了口氣。

再怎麼考慮、再怎麼考慮，能考慮的事情都有限。

首先，現況是極為不上不下的狀況。

根據官方的軍令，我們是支援部隊。

第二〇三航空魔導大隊是作為北洋作戰的巡邏人員，派遣過來的。因此，ＲＭＳ安茹女王號阻止作戰失敗這件事，並不代表展開作戰結束了。

就理論上來講，展開任務至今仍在進行當中；但這反過來講，也就只是還在進行當中。

直屬參謀本部，在北方展開部署的第二〇三航空魔導大隊，立場本來就很特殊。而這種特殊立場的結果，或許該這麼說吧。

我們是根據軍事機構內部的官僚性認可，為了RMS安茹女王號的阻止任務，由「參謀本部所借出」的部隊。因此，要是挪用到其他用途上，就組織內倫理來講，就是「不遵守契約＝無法出人頭地」了。

該恐懼的，是官僚主義的惰性吧？有別於官方的命令，甚至沒有把我們排進巡邏任務的輪班之中。

因此，不浪費空閒的時間，譚雅再度拿起筆來。寫下的是，向犧牲部下的遺族弔唁的指揮官義務。

然而，寫給遺族的信件，字數說起來也不會有多大的份量。等到午餐前，譚雅・馮・提古雷查夫魔導中校就意外地閒下來了。

「……雖說是這種狀況，但閒著沒事幹還真是意外地難熬。」

帶著苦笑，譚雅喃喃抱怨起來。

不想說自己是工作狂，但這種不上不下的狀況，怎樣都會讓人神遊太虛起來。既然沒有急需判斷的案件，悠哉思考長遠的事情也不壞吧。

然而，前方卻是一片黑暗。意氣揚揚訴說著光明的未來，說不定是具有生產性的行為，但不得不預期黯淡的未來，就非常難以說是件愉快的事。

當然，愉不愉快是感情層面的問題。

我不想因為焦慮而停止思考。

與其停止思考，還不如用手邊的手槍，一槍把腦漿統統打出來算了。

不過，即使思考也無法改變的現實……也確實存在著。就像是愈來愈少的優質咖啡豆一樣，帝國手邊的資源正在緩緩減少吧。

就連人力資源也一樣，譚雅只能苦澀地揚起唇角。

第二〇三航空魔導大隊，喪失了十名人員。

能說損害只有十名的人，就只有連人力資本管理的皮毛都不懂的笨蛋吧。

這要舉例的話，就是那些會把資深銷售員解僱，統統換成低薪打工人員，然後再對現場無法運作的理由感到困惑的超級大笨蛋。

這可是從部隊之中，拿走多達十名經驗豐富且擁有實績的人。而且還是從只有四十八人的部屬之中。在業務有限的現在，是不會造成嚴重的問題吧。

但是……完全想不到補充的頭緒。

「如果是只有完成最低限度訓練課程的新兵……倒也不是……無法……補充吧。」

雖是可以預期的事態……但不論是哪裡，都不肯交出資深人員。

不對，斷然拒絕交出吧。就算是我，也很確信要是有人想從大隊之中帶走一兩個人，我也會嚴厲拒絕。

畢竟資深人員的經驗與部隊最佳化的合作默契，可不是一朝一夕就能養成的。就算有可能將訣竅與累積的經驗編寫成指南書，但要學會並領悟內容，也需要花費時間。

這正是在活用人力資本時，所該記住的第一步。

「如果要依照原則的話，果然……就只能培育了吧？要是有哪裡，可以錄用到有經驗的人員就好了……」

煩惱人員的補充，對人事作業來講，要說理所當然也確實是理所當然。只不過，如果要在戰時狀況下補充人員的話，可就完全無法如意了。

就算在軍隊中多少有些裁量權，將校也沒辦法選擇部下。要開口拒絕，倒還是有辦法。不過要拿走想要的人，就很困難了。

……如今的情況，與能靠中央與東部方面軍提供人員，組成一個加強大隊的當時相比，已有著劇烈的變化。

因此，譚雅的腦海中滿是「補充」這兩個字。遺憾的是，所謂的好主意，並不是你想要就能想到的東西。

就在自覺思考陷入死胡同時，敲門聲讓譚雅抬起頭來。

朝門口看去，就見手上拿著信文的副隊長露出臉來。不是由傳令，而是由拜斯少校親自送來，會是相當重要的通知吧。

「什麼事呀，拜斯少校？對了，如果不急的話，就留下來陪我喝杯咖啡吧。」

「下官就恭敬不如從命了。」

從拜斯點頭答應的表現上，感受不到緊張感。要是情況緊迫的話，就不會答應悠哉的下午茶邀約吧。

看來是不急。譚雅一面勸喝咖啡，一面做出判斷。那麼，會是什麼事呢？

「提古雷查夫中校，是本國的軍令。」

「這樣呀。」不加思索就接受答案了。原來如此，是本國參謀本部聽聞到我們的失敗了吧。會是譴責，還是安慰，抑或是其他任務的通知呢？

不論如何，譚雅端正姿勢。

「唔……？是重新部署命令啊。」

「是的，要我們待交接部隊抵達之後，隨即前往東方主戰線，與重新編制的戰鬥群主力一起展開部署。同時還指示第二〇三航空魔導大隊，要在部署之際，將配屬的補充人員，適當地納入編制。」

收下拜斯少校遞來的文件，看過一遍後……這確實也是正式的事務聯絡。

然而，也有一些讓人在意的部分。

「與重新部署命令同時的重新編制啊。不過這樣一來，就得要在返回東方主戰線的途中，進行大隊的重新編制了。而且，還沒有熟悉訓練？」

「……是的，參謀本部下令要我們指揮新編成的部隊。」

看完收下的軍令，譚雅忍不住嘆了口氣。這跟方才抱怨的內容，未免也太相似了吧！

「居然要用新進人員替代資深人員！這就像是邁向偉大失敗的第一步吧……我的天呀。」

不對，譚雅甩甩頭。只要去除內心的錯愕，發揮自制心的話，就能理解上頭的意圖。就算是參謀本部，也沒有其他能確保人力資源的地方吧。

然而，就算能夠理解，但能不能接受，就是另外一回事了。就算考慮到戰場要求應該占有很大因素的情況，但卻連充分的時間都不給！

對指揮官來說，實在是不得不提出一項忠告。

一個臨時編成的戰鬥群。

光是臨時編成這四個字，就足以述說一切了吧。因為是「臨時編成」。

一旦要靠臨時召集的軍官與士兵進行聯合作戰，就必然會出現混亂。即使盡到最大限度的心思，也難以避免會在某處出現破綻。正因為如此，才會希望能以絕佳的默契擔任指揮官手足的基幹人員，作為譚雅自己的直轄兵力。

但就連補充人員的熟悉期間都沒有準備？

「再說下去，就只是抱怨了。就坦率地對有補充這件事感到高興吧。不過，分配過來的部隊情況也不太好的樣子。有說是以沙羅曼達戰鬥群為範例編成戰鬥群呢。看起來，還是別太期待會比較好。」

「……就帳面戰力來看，也能認為是有受到加強。」

拜斯少校的提醒，有一半是對的。不過，剩下的一半是錯的。

「在某種程度上，是有加強吧。但新設的部隊太多了。就算基幹人員是資深老兵，要是新兵的比率太高，你懂吧？」

如果是故事，如果是英雄傳記，會有所謂的新編精銳部隊也說不定。或是一旦達到末期，就還能放棄教育，編成只召集教官與資深人員的精銳部隊吧。

反過來說的話，就是在國力還能正常進行戰爭的階段，極難想像會「只召集資深人員」來新編部隊。

「就願基幹人員沒問題吧。不論哪裡都不想交出資深人員。還是別抱持過度的期待吧。」

「確實是這樣呢。原來如此，這就像是將本國有空閒的部隊，適當編制起來的戰鬥群吧。這樣一來，就會比表面上來得意外地脆弱了。」

看來是理解了吧。拜斯少校臉上浮現苦笑。不過，只能做出曖昧笑起的反應也是事實。

不僅損害的補充人員無法如願，分配到的還盡是一些，連能否通過實戰這塊試金石都很可疑的新編部隊。

「讓人懷念起隆美爾將軍的辛勞呢。事到如今就讓人回想起，他老在碎碎念著，希望手邊能有一批好用的優秀部隊呢。」

以前長官的口頭禪。就像發牢騷似的，不斷說著想要堪用的部隊。

如果是現在，就很能夠體會他的心情。就算本國那些傢伙們再怎麼狡辯，沒有堪用的兵力，就很難讓戰爭繼續下去。真想不到，我會有一天對前長官口頭禪般的牢騷懷有同感，還真是讓人感慨。

該怎麼辦呢——譚雅邊發著牢騷，邊將喝完的咖啡杯重新倒滿，嘆了口氣。

「用現有的人力做到最好。這句話說來簡單，不過卻是窮極之策吧。也不是沒有一種，他們把事情全推給現場的感覺呢，拜斯少校。」

「是的。不過……至少，就只能將新任人員鍛練起來了。」

「也是呢。這會很辛苦。魔導部隊的訓練，拜斯少校，會由貴官負責。希望你能將他們訓練到能派上用場。」

「我會全力以赴的。不過，就唯有這件事……會是與時間的戰鬥吧。」

完全同意。不需要拜斯少校提醒，不論是在哪個時代，教育新人都不是件簡單的事。

人類沒辦法做到，只要安裝好，就能瞬間啟動程式的表現。就算允許反覆嘗試，跳出error訊息，也仍然需要龐大的時間。

不論如何，培育新人都必須要花費工夫與時間。

只不過，就算能理解必要性，這也會是最困難的工作。在軍組織上，本來應該會配屬完成必要的最低限度訓練的人員……但隨著戰爭的長期化、激烈化，最低限度的水準也大幅變動了。

現況下，這就連是不是能承受住現場使用的水準，都讓人非常懷疑。

「複訓的時間會給多長呢？軍令上沒有提到……敢問中校的看法。」

「還是別期待慣例的基準會比較好。不過就算是要投入戰地，也應該不會是激戰地區……上頭大概不會認可半年的訓練期間吧。就戰鬥群的運用測試這個藉口來看，期待冬季之間，還有戰線停滯的期間……」

似乎是沒辦法呢，譚雅忍不住把這句話吞了回去。

「我也很想給貴官最大限度的時間。想請你將部隊鍛鍊起來，是我真心的想法。」

真是可悲，能靠自己的意思決定的事情，太有限了。

「問題會是在戰鬥群的編成之際，參謀本部所希望達成的形式吧。他們似乎是想要，能在短期間內編成的臨時特遣部隊喔。」

在戰鬥群的先行運用測試上，沙羅曼達戰鬥群出色地發揮了機能。

短期間內編成的戰鬥群，在東部成功達成主軍的側面掩護、概念驗證、敵情把握等各項現場測試。

就譚雅個人的見解，自己的原意是想向上頭展示「聯合兵種部隊」的可用性。這件事，姑且也算是獲得認同了吧。

然而，也不是沒有這種感覺。就像跟拜斯少校說的，參謀本部對「能在短期間內編成」這點太過重視了。

「預測特定的前提狀況編制的既有戰鬥單位，沒辦法隨機應變。就這點來講，戰鬥群有別於既有單位，能夠視情況，針對任務進行最佳化的編成。」

「也就是說，戰鬥群蘊藏著很大的潛力，尤其是適合擔任救火隊吧。」

「沒錯。這也就是說。拜斯少校，就我所見……最好要有覺悟，他們會期許我們作為具有這種便利性質的部隊。既然如此，就難以期待會給予漫長的訓練期間吧。」

如果能靠單一部隊內的調整，就準備好能夠支援廣大戰線的機動力與火力，就最適合用來執行遂行任務型的命令了。

具體來講，就是非常方便。只要是指揮官，都會「立刻想要許多」這種部隊吧。

不論是在傑圖亞中將那樣的後勤領域，還是在盧提魯德夫中將那樣的作戰領域上，都肯定極度渴望著能夠搔到癢處的戰鬥群。

正因為如此，譚雅可以理解參謀本部在打著怎樣的主意。

「參謀本部的眾人，毫無疑問是想開發出能夠立刻且大量編成的訣竅。我們則得要奉陪他們做這項壯大的研究，應該要做好覺悟吧。」

「……倘若能夠實現，確實是能擴展選擇的幅度。身為軍人，能用這種形式向祖國做出貢獻，是我的光榮。」

如果不灌入一整杯的咖啡，就難以嚥下去的艱辛現實。儘管很難受，但辛苦的會是我們吧。肯定會被搞得焦頭爛額。

畢竟上頭的目的，可是想經由反覆測試找出問題點。是不可能會讓現場輕鬆的。

「說是這麼說，不過這總之就像是要我們去試吃扮家家酒的料理。順道一提，雖是實感僭越的說法……但下廚的本人們，可就連味道都沒嘗過。」

就算想讓構想實際成形，必須得要經過各式各樣的程序，這也讓人頭痛不已。

「真是困擾呢。」拜斯少校也一起苦笑起來。

「那麼，就老實跟他們說，這沒辦法吃嗎？」

「會吵著要你不要挑食吧。還是說，拜斯少校，貴官想試著越級投訴看看嗎？」

「還請饒了我吧。」

「就是說吧。」譚雅點頭，輕輕嘆了口氣。拜斯少校認命似的呼氣，也算是種嘆息吧。

「只能做了。」

「嗯，只能做了。」

帶著百感交集的想法，譚雅長嘆一聲。不容許東挑西揀，是軍隊這個組織的不好之處。很沒意思的，只能兩人一起「沒辦法啊……」的發起牢騷。兩個軍官一起承認自己束手無策的對話。

不過，兩人都沒有必須急著完成的工作。儘管有時間嘆氣，卻沒有時間重新編制與複訓，這種資源的不均，甚至讓人感到可恨。

正常來想，這實在是讓人幹不下去。就在想順便聊天，一面享受咖啡，一面提出話題時，譚雅總算是注意到了。

「說起大隊的補充人員，格蘭茲中尉以前也是補充人員呢。就意外地讓他負責新人教育，你覺得怎麼樣？」

「……我沒從這角度考慮過。」

「不過——」拜斯少校也深感興趣的點頭。

「這要是在以前，我應該會提出反駁吧……不過格蘭茲中尉也正處於作為中隊指揮官累積經驗的階段。也有適當地失敗過，他說不定意外會是個很好的教育負責人。」

「也就是需要檢討？」

「是的。」拜斯少校點頭。

「新人們的教育負責人，會是個不錯的經驗吧。」

「就是說啊。」譚雅也點頭表示認同。

教育他人對教育的人來說，也會是個很好的學習。譚雅自己也在萊茵戰線與謝列布里亞科夫中尉相遇後，對教育產生了許多想法。

遭到徵募的她，如今已是出色的魔導軍官。

就針對培育人才的樂趣聊聊吧，譚雅正想開口，就被規規矩矩的敲門聲打斷了。

「喔？進來！」

該不會是說人人就到了吧。

似乎很適合配上「咻」的擬聲詞，機敏地探頭出來的人，是直到剛剛都還在想「是我一手栽培的呢」的謝列布里亞科夫中尉。

「謝列布里亞科夫中尉報告！」

伴隨著敬禮走來，露出笑咪咪的表情。看來是心情很好吧。該說她是連轉鉛筆都會覺得有趣的年紀嗎？

不過另一方面，我所認識的謝列布里亞科夫中尉可是實用主義者。是有什麼好消息嗎？也不是沒這麼想。

以這種眼神詢問後，謝列布里亞科夫中尉就像理解似的說明起來。

「中校，是航空艦隊的報告。」

航空艦隊？

雖然這麼說很沒禮貌，但航空隊那些傢伙，幹嘛特地跑來找我報告啊？

就算面對自己的這種困惑……副官也一臉不以為意地拿出文件袋，略為得意地綻開如花般的美麗微笑。

「是空中偵察的照片。是航空艦隊他們打牌輸掉的份。」

「你們拿軍事機密當牌局的賭注？維夏，不是我要說妳，但要適可而止啊。不對，這件事要更加嚴重吧。慫恿洩漏情報，可比大半的賭博還要惡質啊。」

拜斯少校的指責也很有道理吧。

然而，謝列布里亞科夫中尉帶來的文件內容，足以讓人將這種瑣事拋到九霄雲外。

內容是好幾張航空照片。

不需要看寫下的考察、資料與筆記就知道了。

「是RMS安茹女王號啊，依舊是艘大到誇張的巨船。」

以會讓其他艦艇與船隻看似很小的威容自豪的巨船。就連在郵輪之中，也是出類拔萃的船。

資料也很豐富，毫無讓人看錯的餘地。

航空艦隊的分析官應該也懷著相同的見解吧。會用紅筆斷定這就是RMS安茹女王號，也很有道理。

看到這，譚雅忽然注意到。

寫在照片外框上的備考事項中，對於RMS安茹女王號的停泊狀況，記載著幾項疑點。

「這是……維修作業嗎？」

就算只看航空艦隊的偵察照片，也能在以甲板為主的船體各部位，確認到好幾處損傷。然後，比起這些損傷，有樣東西更加吸引住譚雅的眼睛。

大量的工具與作業人員的身影。

「也就是說我們的阻擾攻擊，算是多少有點成果吧？」

一旁探頭的拜斯少校，略為苦澀的說道。這也不怪他，畢竟成果才這種程度……正想發起牢騷時，譚雅忽然改變想法。

沒有進船塢，也就是說……損害輕微。

這是真的嗎？

在疑問的刺激之下，萌生了「該不會」的想法與「或許」的期待。不管怎麼說，只要仔細重看起手邊的偵察照片……答案就很明瞭了。

或許該說，果然是這樣吧。

「不對，拜斯少校。沒必要因為沒進船塢，就自嘲我們造成的損害輕微吧。仔細看吧，本來就沒有船塢能收納這種巨船。」

「……確實是這樣。」

探頭看起照片，啞口無言的拜斯少校開始思考起什麼事情，不過譚雅的腦袋早已關心起其他事了。

重要的就只有一件事。

「謝列布里亞科夫中尉，這是航空艦隊他們帶來的嗎？」

確認這是不是在我方催促之下拿到的情報。這假如是副官擅作主張，向航空艦隊那些傢伙詢問的話。

……這就會是他們從我們這邊接收到「想要這項情報」的訊息，才提供的照片。

「是的，是這樣沒錯。雖說得很含糊，不過是航空艦隊未經過司令部，就帶到我們這邊來的照片。」

「我確認一下，是航空艦隊主動『提供』的？謝列布里亞科夫中尉，不是對方回應貴官的『要求』提供的？」

「是找我過去收下的。」

部下一口咬定的態度，不帶有隱瞞事情的愧疚感。這樣一來，就真的是對方的好意了。

當然，這是航空艦隊那些傢伙在炫耀實力，或是因為對艦攻擊存有缺陷，所以想藉此做點補償，也不是不可能的事也說不定。很難把握他們的正確意圖。

然而，既然不是我方的要求。換句話說就是對方主動提供的吧。很好，譚雅沉思起來。

空中偵察，還有所提供的照片。這跟偵察衛星不同，是派有人機飛到敵地上空拍攝的照片。就算是從高空拍攝，也有著相對的高風險。

然而不論是譚雅自己，還是副官的謝列布里亞科夫中尉，都沒有要求空中偵察，他們卻還是送報告書副本過來的話。

……這算是某種勉勵，或是激勵吧。

是知道我們的任務目標是RMS安茹女王號的相關人員送來的。如果是出自於些許的善意，組織內也有很多這種人吧。

「中尉，等下就說是我吩咐的，去幫我適當地挑點酒。要是不夠，就從大隊公庫裡拿取必要經費。準備贈送禮物。我想請航空艦隊做了傑出工作的勇士們，盡情喝得過癮。」

「是的，中校。請交給我吧。」

對於好的工作表現，應該要致上敬意。就對航空艦隊傑出的工作表現，由衷獻上感激吧。這如果是在公司裡，現在肯定早就前往會計部門，商量起特別獎金的事了。

有別於那個無能至極的陸海軍聯合情報部，這張照片可是有航空艦隊他們掛保證，鮮度極高的情報。

準確度總之也很高。

「凡事都應該要單純化吧。」

譚雅喃喃低語。不該明確做出假設的事情，思考時就必須極力單純化。

航空艦隊那些傢伙的意圖，這種時候就沒必要假設了。至少，他們是友軍。可以排除他們送假情報過來的可能性。這樣一來，這項情報就跟「看到的一樣」的可能性極為濃厚。

船會跑，但港口可不會跑。既然如此，結論就極為單純。要解決不會逃的對手，絕不是一件難事。

「我們走吧。」

「咦？」

「是的！」

就算是同部隊的軍官，相處時間的長短，也會在答覆上出現差異嗎？

一臉錯愕的拜斯少校發出疑問，謝列布里亞科夫中尉則是立刻做出了解的答覆。

副官當場就理解了我的意圖。長年擔任賢內助，負責輔佐我的她，如今已是有著極強理解力的人。

「就上航空艦隊準備好的餐桌吧。要跟潛艇隊他們說一聲。謝列布里亞科夫中尉，去安排找他們過來。」

「遵命。」不帶疑問，機敏動作的副官，也是名難能可貴的侍從官。

沒有半句抱怨，直接衝往潛艇隊司令部的腳步是小跑步。儘管在歸還後，就不斷在讓她做文書作業，熱心度卻依舊不減。

只能說是模範的勤勞精神。

自萊茵戰線以來，能擁有像她這樣有能的部下，還真是幸福。

同時，譚雅也認可常識人的拜斯少校，注視自己尋求說明的眼神。

「一旦執行長距離作戰就會超出我們受指配的作戰負責區域。來得及申請越境作戰嗎？」

在等待許可的期間，說不定會讓目標逃走，他言外帶有這種擔憂。

身為副隊長，拜斯少校的表現實在是名難能可貴的反對者。在事情發展之際，會基於非常合理的觀點，說出遲疑理由的部下。就算是面對上司，也會坦率提出警告的優秀顧問。

「這是個不錯的觀點，拜斯少校。如果發動襲擊作戰，就必須要針對敵人有所動作之前的短暫空檔。」

「確實是如此。」譚雅點頭贊同。就跟想在敵人動作之前解決對方的想法一樣。不對，是如果不在敵人「能夠動作之前」解決掉，一切就毫無意義。

等做好萬全準備襲擊時，結果卻是撲空一場，可就笑不出來了。

「因此，就遵從兵貴神速的古老格言。」

會注視起拜斯少校的碧眼，囑咐他「知道了吧」，是為了要加上下一句話。

「申請越境作戰？不可能。要避免讓迂迴的事務手續浪費時間。考慮到情報洩漏的風險，我認為獨斷獨行是最佳答案。」

「獨……獨斷獨行？我們大隊雖是直屬參謀本部，但未經許可就闖越作戰區域……很可能會被指責是專恣跋扈。」

沒錯──譚雅在心中贊同。

另一方面，也不得不提醒一點。

「指揮官這種生物，不對，凡是身為將校，獨斷獨行乃是義務。」

「這話真讓人懷念呢，中校。」

包括小跑步離開的謝列布里亞科夫中尉，這是在軍官學校，所有軍官都曾經學過的一段話。

就算報告、聯絡、商談是在社會與組織之中的絕對條件，但在戰場上往往都很容易發生，與下達的命令或事前情報不同的情況。

因此身為軍官之人，有時就必須為了達成「任務目的」，不得不採取與命令矛盾的行動。

「應該要考慮到對我們下達的命令的目的吧。」

「中校判斷參謀本部與陸海軍部的意圖，是要我們擊沉那艘船嗎？」

「沒錯。拜斯少校，我不想讓我們淪為在這種狀況下，還拘泥在命令形式上的無能。就算是作為阻擾部隊派遣，也不得不做出解讀，認為上頭是期許我們與潛艇部隊聯手擊沉船隻。」

這要是格魯希，肯定會說「這是皇帝陛下的命令」，繼續愚蠢的行軍吧。然而，不論達武還是德賽，他們都無視了拿破崙這位權威者的命令。

因為這是「為了達成命令背後的目的」所不可欠缺的行動。

理解命令的目的，如果必要，就根據獨自的判斷，變更作為達成目的手段的命令內容。這正是獨斷獨行，是將校的義務。

會宣稱自己是在遵從並忠實履行命令之下失敗的人，就只是無法自主思考的笨蛋。可說是勤勞的蠢貨，應該要抓去槍斃吧。

「因此，如果要忠於軍令……就走吧。就算是潛艇隊他們，也不會膽小到在牌友謝列布里亞科夫中尉的催促之下，都還會龜在家裡不敢出門。」

「可是中校，情況特殊。就算有賦予獨立行動權，但大隊越過指定的管區範圍，很可能會引起不小的問題。輕視這種後果，難道不會有危險嗎？」

「管區確實會是個問題吧。但反過來說，就是只有這點障礙……那麼想辦法解決會比較有意義吧。」

正因為如此，所以也能找到漏洞。

「而就結論來講，答案早已握在我們手上了。看看參謀本部的軍令吧。我們是被命令『以解決敵運輸船為最優先事項』。」

「……『最優先事項』是……」

文件上的一字一句。就算是看在大部分人眼中枯燥乏味的訓詁學，也要視使用方法而定。只要琢磨字裡行間的意思，行動的自由度就能飛躍性地提升。

這儘管近乎是擴大解釋，不過要是能對情況附加上理由，就只要微笑就好。

「軍令要求以達成目的為最優先事項。將郵輪沉到海底的目的明確，目標的所在位置明確。那麼，在這種狀況下，因為顧忌管區而裹足不前，有什麼意義嗎？」

「沒有。」

拜斯少校的眼中清楚浮現理解神情，點頭贊同。

解說

【格魯希】　埃曼努爾．格魯希元帥，是拿破崙最後的元帥！最後的元帥！非常帥氣的頭銜呢。假如不是因為其他可用的人才不足，所以只能夠任命這傢伙……這種狀況的話。是在滑鐵盧戰役中，儘管擁有兵力，卻無法做到「獨斷獨行（＝根據自己的判斷，採取最適當的行動之意）」的將軍。墨守命令不是百分之百的正確，遂行命令追求的任務目標才是正確答案……是這句教訓的典型範例。順道一提，他其實意外地優秀，也是個因為一次失敗，就在史書上被狠狠批判的不幸之人。

命令是要求我們，以執行任務為最優先事項。我可不覺得……有必要去在意作戰區域吧。畢竟，上頭是這樣囑咐的。之後就算有人抗議，也肯定不會有問題。

畢竟，譚雅在心中帶著自信斷言。

拜斯少校這位常識人點頭贊同了。會傾聽部下的意見，是想聽取旁人的觀點，藉此慎重地做出判斷。

既然沒有問題，這就是該大膽行動的局面。

「很好，那就像條忠犬似的開始行動，去達成參謀本部對我們下達的任務吧。」

所謂的社會人、所謂的組織人、所謂的工作，就是這麼一回事。不過，有默默行善的可靠人們在暗中提供協助。能夠跟如此讓人自豪，有著高度專家意識的同僚們一起埋首工作，也實屬難得吧。

為了達成目的，一個組織團結起來的機能美。儘管討厭這種說法，但如果要斗膽地向古典致敬的話——

「上帝的無形之手——這句話說得還真好呢。好啦，拜斯少校。去把格蘭茲中尉找來吧。等謝列布里亞科夫中尉回來，就立刻制定行動計畫。」

統一曆一九二六年十月七日傍晚　聯邦領　新霍爾姆基地

眾人所知的米克爾上校這名男人，將打火機緩緩靠向嘴邊的菸。不是什麼特別好的牌子。是俗稱軍菸的陳舊配給品。

不過香菸就是香菸，只要能自由地抽上一根……滿足這點，米克爾就毫無怨言。就連吸滿一整肺廉價香菸的渺小自由，跟被關進去的集中營相比都是天國。

吐著煙霧，米克爾心想：命運還真是不可思議。

從強制收容所裡獲得釋放，應該遭到抹煞的軍籍復活，不過是幾個月前的事。與帝國的戰爭，對米克爾帶來了意外的命運變化。

遭到沒收的寶珠也由軍隊恭恭敬敬送來新型機種，讓我重返曾認為無法再度翺翔而一度放棄

解說

【達武】　路易·尼古拉·達武元帥，以恐怕是在拿破崙的元帥之中，最為優秀的元帥而聞名。不僅有著讓拿破崙嫉妒的極高軍事才能，在軍事、行政、組織營運等各方面上，也發揮出卓越的本領。只要除去他為人異常嚴格，且還是規則的信徒、公私不分的撲滅者、過度信奉能力主義等等，作為上司有點過於嚴苛的缺點，就是完美無缺的那類人種。

【德賽】　路易·夏爾·安東瓦尼·德賽將軍是拯救過拿破崙的將軍。跟格魯希一樣，當時他也在分頭執行作戰行動……不過他是靠著在聽到馬倫哥戰役的砲聲後，就立刻「獨斷獨行」的行動，在世界史上留名。他就在拿破崙即將敗北之際颯爽趕到，高喊著「還有時間打贏下一場！」衝向敵陣。是從敗北之中拯救了拿破崙，讓自己戰死的名將。

的天空。就算是慘遭折磨僅剩殘骸的自己，也仍然受到祖國的需要。這正是上帝的恩惠吧。

要說我對共產黨那群狗屎們沒有意見，是騙人的。

在嚴寒大地上倒下的夥伴們。夥伴們淪為冰冷屍骸，無法迎來早晨的懊悔表情……就算要我忘也忘不掉吧。

只不過，他超乎這些情緒的……是聯邦的軍人。若是要為了宣示忠誠的母親般的大地奮戰，就不能搞錯該優先的事項。

因此，對於共產主義者要重新編制魔導部隊的決定，我甚至是舉雙手贊成。只要這能讓夥伴們獲得居所的話。

就連面對比聖經中的惡魔還像惡魔的黨員，也覺得自己能壓抑厭惡，樂意地露出笑容吧。

只不過，他嘲笑似的冷靜審視狀況。

是因為吞了敗仗，才會連像我們這樣的傢伙都找來吧。敗北會讓國家不顧一切。向舊體制盡忠的魔導師們，立場就是低到如果不是這種局面，就很可能會遭到消滅的程度。

因此，就算能恢復聯邦軍人的軍籍……也總是無法期待他們會仔細說明命令的幕後情況。說這是因為親愛的黨所下達的軍令，有著一介將兵所無法揣測的深謀遠慮。

要求一一說明，是不可能的事。

既然是為了保密或某種理由，我們就只要果敢遂行所交付的任務就好，部隊裡的眾人都對此表示同意。畢竟，不想再回去集中營了。

至少——就做出訂正吧。

在表面上，是不太敢說出怨言。因為這不只是會讓自己，還會讓夥伴與家人面臨危險的愚蠢行為。

像這樣以抽菸的名目，一面默默吐著菸，一面享受自由，也不知是好是壞。一旁抽菸的將校們，就稍微鬆懈下來了。

「上校，交付給我們的任務，真的沒有搞錯嗎？」

「加上同志，小心隔牆有耳。」

「對……對不起，上校同志。」

很好——米克爾點著頭，默默拍起掉以輕心的部下肩膀。

畢竟，也能理解他們的焦慮。

就算是沒什麼大不了的待命命令，光是「不知道今後的狀況」，就會讓有過收容所經驗的人坐立難安。

那票虐待狂看守們，就為了折磨我們，做了多麼不可理喻的事啊！對於不知道會發生什麼事的心理，有過集中營經驗的人，不得不極度敏感起來。

就算獲得釋放、恢復軍籍，編制成聯邦軍中少數可運作的魔導師部隊，也沒有一刻能夠真正的安心下來。

大隊規模的他們，如果照共產主義者的邏輯來講，就是「大隊規模的潛在叛亂分子」。就跟過去一樣遭到監視，不論何時會改變主意遭到肅清都不奇怪。

這種狀況開始出現變化，是在最近這段期間。

讓人疑惑到底發生什麼事的他們的待遇改善，部隊內部提出了主戰線的戰局惡化作為理由。然而，他們實際上別說是配屬到主戰線，甚至還被送往北方。到最後，祖國對他們下達的命令還是待命。

米克爾自己儘管也有深入打探，卻完全掌握不到眉目。也就是說，這是由高層直接下達的意思，低層的人完全沒辦法得知吧。不過，就只有理由讓人搞不明白。

在祖國的危機之下，不派我們到前線去，也是很奇怪的一件事。

最初還以為是我們不被信任。但就算是這樣，隨隊的政治軍官就很奇怪了。派來的監視人員，是與過去那批人有著不同性質的中央組。

這與其說是強化監視，更像是為了其他目的投入的吧？身為大隊長的米克爾，每天都在抑止這種謠言流傳。

今天也會是這樣的一天吧——任誰都這麼想著。

「……只要展現出我們的可用性的話……不對，這是廢話吧。」

靠戰爭開闢未來、闖出生路，是最差勁的想法。利用該守護的祖國的國難，讓自己飛黃騰達，是應當唾棄的想法吧。

然而，考慮到還關在收容所裡的家人。至少，想立下能讓他們獲得釋放的成果。讓部下的小孩、家人，過著正常人的生活。

想守護未來。對米克爾來說，這是大人的義務。就算是戰爭，這也是不可動搖的道理。

正因為如此，所以也不是沒有這種想法。我們必須要獲得評價。

當出現在吸菸區的部下將校，跑過來通知那個中央組的政治委員找我時，會想說這若是機會就一定要好好把握，也是情有可原的事吧。

一踏進司令部設施，就像是等待米克爾多時一樣衝出來的政治委員，露出了前所未有的凝重表情。

……光是沒帶著那可疑的笑容，對米克爾來說就是驚天動地的異常事態了。

「戰友同志，我等你很久了。」

「對了。」在詳細說明之前，他先勸我坐下。

也就是「請坐」的意思。

幾乎不曾驚慌失措，還以為是不同人種的政治委員。這種人居然會面露緊張，就像在獻殷勤似的請我坐下？

內務人民委員部的工作人員，請階級敵人的男人坐下？

「要喝茶嗎？上校同志。」

我整個人傻住。

茶……喝茶，請我喝茶？

「啊，對了，請放輕鬆聽我說。確實我是黨政官僚，上校同志是擁有資深軍歷的職業軍人（前舊體制的軍人），但如今的我們，可是共同與祖國之敵奮戰的同志啊。上校同志，我想同你一塊喝杯茶。」

要人別覺得不對勁，還比較困難的要求。

要說到政治軍官，米克爾在心中苦笑。是如果能再稍微多說幾句人話就好的人種。就算擅長折磨敵人，但在交朋友這方面上完全是無能。似乎抱持著難以掩飾的嚴重缺陷。

「我很樂意成為政治委員同志的座上賓。只不過……是不是有什麼事情想找我商量啊？」

「你看得出來呀，上校同志。」

誰看不出來啊——要吐出這句話是很簡單。但就算沒用上華麗詞藻，光看他平時骨子裡瞧不起人的恭敬表情上露出諂媚神情，就能立刻明白。

……對一直遭到欺凌的人來說，就算再討厭也不得不察覺到。

「只要能對諸位同志與黨貢獻一己之力，即是我身為軍人的無上幸福。還請問政治委員同志，究竟是何事呢？」

要為了一點也不信任的黨賣力，是多麼空虛的謊言啊。讓人不禁想呼求主之名。然而就算是主，只要這是為了生存所必要的處世術的話，也會苦笑著原諒我吧。

隨後，或許是得到主的庇佑與寬恕吧。就宛如決堤一般，政治委員娓娓道來。

「那麼，上校同志……我有件事想同你商量商量。其實就在剛剛，緊急收到莫斯科發出的特別命令。是黨中央下達的最優先指示。」

「莫斯科的特別命令！政治委員同志，我怎麼不知道這回事。」

米克爾身為大隊長，姑且抗議了一下。當然，就算再不想，他也很清楚自己等人不受到莫斯科的信任。

只不過，米克爾的心中也有一部分認為，如果是要交付如此重要的命令，果然還是希望能提前做好準備。

「我也覺得不好意思，但由於命令列屬機密，就連我也是剛剛才得知。」

「列屬機密？」

「是的，護衛對象已到。同志與同志們受命要擔任護衛。根據莫斯科的通知，目標是聯合王國的民船……要與同乘的聯合王國海陸魔導部隊，聯手負責防衛。」

「『聯合王國』的民船──這不是在幾年前，遭黨痛罵是該唾棄的資產階級帝國主義走狗的對象嗎？

民船從那個國家來到北方的軍港？而且莫斯科居然還下令，指名要我們守護那艘船，真難想像這會是實際發生的事。

不對，米克爾就在這時候，注意到一件荒謬的事實。

「你說，莫斯科對我們下達特別命令。」

「上校同志。這是最重要任務。祖國與黨對我們的工作，寄予著重大的期待吧……就讓我們一起回應黨的期待吧。」

露出噁心笑容，伸手過來的政治委員那張可恨的臉。

不論是莫斯科，還是共產黨員，這些直到幾個月前，恐怕都還對自己等人毫無興趣的傢伙。現在居然會跟這些傢伙，帶著讓人微微發寒的笑容互稱同志？命運還真是難以捉摸。要說是超現實，其實也很陳腐。

只不過，除此之外也想不到其他的形容了。事實比小說還要離奇，這話說得還真好。

「這是當然……只不過，到底我們大隊，就只要護衛民船就好了嗎？」

即使如此，護衛對象是民船是怎麼一回事？到底是要我們在這塊北方的邊荒保護什麼？

米克爾自己在獲釋後，就極力在收集情報。然而，黨所發行的報紙上，是不可能刊登未經修改的真實與新聞。推敲字裡行間的意思，確認未寫出的事情，絕不是件簡單的作業。

「倘若並非機密，還請你告訴我。感覺戰力有些許以上的過剩，也就是說乘客與貨物就是有如此貴重吧。」

在主戰線陷入膠著之際，自己等人卻被配置到相對平穩的北方。

當莫斯科連中央組莫名惹人厭的政治委員都派過來時，還以為是要閒置我們……但看來，並非這麼一回事。

這樣一來，就突然很想知道，託付給我們的是什麼東西。

「我想是非常貴重的貨物吧。」

「是呀，毫無疑問是很貴重呢。不過，跟護衛對象本身的重要度相比，貨物也就沒這麼重要了吧。」

這到底是？朝著對此納悶的米克爾上校，政治委員自顧自地說得不停。

「還請以等同負責聯邦首都防空的心態，在執行防衛任務之際嚴加戒備。」

「我能理解是要護衛民船，但怎樣也搞不清楚狀況。說到底，就算要我們守護船隻，我們也不得不困惑，究竟該怎麼做才好啊。」

既然如此──米克爾上校把話說下去。必須要將做不到的事，明確跟他講我們做不到。

就算要做好讓後頸發寒的覺悟，也不得不說。

「不僅是沒受過海上導航的訓練，我們大隊也完全缺乏反潛戰鬥的行動準則。我們應該很難成為一批有用的海上護衛部隊吧。」

「不，莫斯科的命令不是海上護衛，也不是船團護衛。」

反倒讓人混亂的答覆。對米克爾來說，船是在海上行駛的東西。既然下令護衛，就頂多只能想到在船團的上空與航海時的護衛。

畢竟他本來就不熟海軍這方面。

「政治委員同志，同志的說詞太過曖昧。也可能是我不熟海事的緣故，還想請你幫忙說明一下。我們不是要守護運輸船嗎？」

「你的理解是對的，上校同志。」

完全看不出事情脈絡，歪頭不解的米克爾，就在聽到下一句話後陷入更深的混亂之中。

「不過，不是船團。我們要守護的，是一艘巨大的聯合王國船籍的運輸船。」

「咦？」讓人忍不住驚疑的通知。就為了區區一艘民船，提供如此森嚴的警衛？

「你說是獨航船？這還真是太胡來了。我聽聞帝國艦隊的潛艇有在暗中作祟……這麼做也太危險了。」

「哈哈哈，如果是普通的船就確實是如此吧。只不過，上校同志。就唯獨這艘船是不得不『獨航』。倒不如說，這才是最安全的做法。」

「咦？」朝著歪頭不解的自己，政治委員就像是難以啟齒似的繼續說下去。

「就算遭到帝國強力的航空魔導部隊追擊，也能夠成功突圍。代號為『海之女王』的RMS

安茹女王號。是目前世界上最大的郵輪。」

「RMS安茹女王號？沒聽過的名字呢。」

或許該這麼說吧，既然是世界最大的船，就算曾聽過名字似乎也不會有什麼問題。

「……是在幾年前啟航的新型郵輪。在聯邦內部，說不定意外地沒有名氣呢。」

「『幾年前』？」

「不管怎麼說，就是那個啦……關於這個部分，要是你能夠別去在意的話，就幫了我一個大忙了。」

啊，原來如此，米克爾上校就在這時，在心裡嘲笑起自己的粗心。難怪政治委員會說得這麼欲言又止。

幾年前啟航！

那時候，我們可還在集中營裡，以一個人的身分漸漸壞去，怎麼可能知道集中營外頭的事態，這讓我重新體會到了這件事。

瀰漫起些許尷尬的沉默……然而，對米克爾上校來說，這也不全是壞消息。因為這同時也讓他確信，風向終於吹到自己這邊了。

「感謝黨能跨越不幸的誤會，給予我們居所。」

米克爾也很拚命。只要成功，就能飛黃騰達的狀況。這也不能不說是一個機會。只不過，這個機會也不是平白獲得的。如果搞砸莫斯科的特別命令的話，別說是他自己，就連家人也不會平安無事。

另一方面，只要幹得順利……只要幹得順利，也能獲准取回盼望不已的事物吧。就算待遇變好了，家人們如今也仍在收容所裡。

只要能確保讓他們過著正常人的生活……

「我想趕快聽取任務的詳細內容，還請務必告知我詳情。」

「不愧是上校同志，這話還真是可靠。」

要聽慶幸地露出微笑的政治委員擺布，並非我所願。然而，米克爾基於經驗法則，不會無端地製造敵人。

就算曖昧地回以微笑，如有必要就彼此握手，也不至於玷汙心靈吧。只要沒有與惡魔言和，一同對酌伏特加，距離主的往日就相當久遠。

「雖說有受到損傷……不過總之還能夠航行。也就是說，會航行到我們的軍港這裡。」

「雖說——」政治委員就在這時，壓抑著苦澀的語調說下去。

「只不過，也不能無視途中遭到帝國軍襲擊的影響。特別是針對甲板與引擎室的攻擊，似乎是造成了重大損害。根據港口的諸位同志說法，就算連夜趕工修復，也絕對需要花上好幾天的時間呢。」

「我有個問題。也就是說，聯合王國的ＲＭＳ安茹女王號，今後也會繼續運來我們需要的物資嗎？」

「嗯，是這樣沒錯。」

作為掩護激戰不斷的主戰線的一環，會由所謂西邊的傢伙們送來軍需品、工業組件，以及大量醫藥品的謠言，看來是真的吧。

小道消息也意外地不能小覷呢。

「因此，『我們必須要提供完全的護衛才行』。這就是黨高層對上校同志與諸位同志下達的特別命令。」

「能背負黨的期待，是我的無上榮幸。可是，政治委員同志。何謂完全的護衛？」

特別指定單一艦艇，投入魔導大隊的異常性。不論是誰都知道這背後有鬼。對米克爾來說，是能理解要守護西邊傢伙們送來的ＲＭＳ安茹女王號這艘船的必要性。

然而，卻搞不懂他們不斷特別強調完美的意圖。這就某種意思上……對米克爾上校這名軍人來說是正當的疑問。

看在政治委員眼中，必須要完美的理由相當清楚。不過讓他懊悔的是，沒辦法做出更進一步的說明。

「因為海上補給路線是關鍵。上校同志，希望你無論如何都要守下來。」

以政治委員的立場，他就只能這麼回答。就這層意思上，這甚至還算是有良心的回答。

只不過，身為內務人民委員部的一員，他是知道的。

……羅利亞同志會讓失敗者面臨到怎樣的處置。

毫不忌諱讓人類變成人類的過去式，內務人民委員部的所作所為。

還有在戰時狀態下，中樞部會殘酷到何種地步。

因此，必須得要完美。

「也就是不問手段。不論要用怎樣的方式都行。所以要讓船，不再受到任何一點傷害的返回聯合王國嗎？」

「沒錯，上校同志。莫斯科的內務人民委員部與約瑟夫總書記同志，皆衷心期盼來自外國的美好友人們，能夠平安歸國。」

就像是碎碎念似的不斷重複，政治委員陰氣逼人的話語。就算無法將真正的意圖傳達給米克爾上校知道……也足以讓他在感到危機的同時，理解到任務的重大性。

就某種意思上，可以說雙方首次在一件事上有了相同的意見。

「原來如此，我很清楚莫斯科的意思了。」

都說到這種地步了，在聯邦，這除了欣然答應之外，還會有其他選擇嗎？在黨之中，沒有事情會比莫斯科的、約瑟夫總書記同志的意思還要優先。至少，沒有明確要人去死，所以應該是沒辦法拒絕吧。

於是。

那一天。

米克爾上校在部隊面前大喊。

「諸位軍官同志，就如你們所聽到的。我們的職責是看門狗。要護衛船隻，直到客人平安歸國為止！」

「「「遵命。」」」

同日　聯邦領域近海　帝國軍遣北洋潛水戰隊旗艦U—152

「提古雷查夫中校，這麼問是有點失禮……但妳是認真的嗎？」

突然遭到詢問時，譚雅．馮．提古雷查夫中校是很意外。

狹窄的U—152艦內，雖說是魔導部隊，卻也擠了三個中隊的人員。還以為他們會因為變得太擠而不太願意，結果卻意外地爽快答應而大意了。

想說潛水艦他們也很合作吧。

「我難以理解詢問的意圖。施拉夫特艦長，你這麼問是什麼意思？」

沒有比不斷地詢問覺悟，還要讓人厭煩的事了。

對譚雅．馮．提古雷查夫中校來說，決定就是決定。只要是一度做出的決定，即使是鬼神想要阻擋在前，就算不惜爆破也必須要向前邁進。

不對，自問自答到最後，譚雅果斷地修正錯誤。

如果是鬼神阻擋在前，我會十分樂意地爆破吧。

「妳是真的想攻打軍港嗎？」

「我打從一開始就是這麼說的。」

U－152的馮．施拉夫特艦長要懷疑我的精神狀態是沒問題，就尊重他的自由意志吧。

儘管也能大聲反駁這是誤會，不過譚雅不打算干預同階級的海軍軍人的思想與信念。

這就是所謂的自由主義。

然而，譚雅得要承認，是還有幾件該基於職務上的必要性提出反駁的事情。該說的事情就必須得說。

「要我說的話，艦長。這是本國最高統帥會議以及參謀本部的希望。我不認為我們有選擇的餘地。」

「聽妳這麼講，讓我差點忍不住同意妳說得沒錯呢。」

「只不過——」施拉夫特艦長空出潛望鏡前的位置，露出苦笑。U－152瀟灑的水兵們，還順便若無其事地將木箱放到潛望鏡前面。等戰爭結束後，他們還是轉職去做服務業吧。是注意到小孩子的身高，難以使用潛望鏡的事實吧。瀟灑接受這種事的海軍風格。

「看吧，中校。」

「……失禮了。」

優秀的鏡片與望遠機能。帝國的光學技術即使在北洋外海，也維持值得讚賞的信賴性。話雖如此，但終究是潛艇的潛望鏡。

「有看到嗎？這麼說是有點失禮，但應該『看不到』吧。」

當然，U－152的潛望鏡有經過妥善保養，機能並沒有問題。根本的原因，在於性能的極限。實際上只看得到一片迷霧，視野惡劣至極。

「就如你所說的。不過，這只是因為我是踮著腳尖，勉強自己在看的不是嗎？」

譚雅一面從該死的木箱上，盡可能神態自如地走下來，一面提出反問。

我可不打算輕視專家這種存在的知識，不聽施拉夫特艦長等水手們的見解，就自己擅自做出判斷。

「我期待各位經驗豐富的潛艇乘員，就算是相同的景色，也能有著不同的看法。」

「抱歉，無法回應妳的期待。」

「……那麼？」

「是的，即使能確認海之公主入港，但之後的事就不得而知了。」

「看來是被甩了呢。」聳起肩來的施拉夫特艦長，還真是會裝模作樣。

儘管如此，他做起來卻非常自然。不對，該說是很適合他也說不定。還以為帝國海軍盡是些嚴肅的軍人。不對，如果是潛艇部隊，或許到哪都是這種個性。

所謂的潛艇乘員，不論是好是壞，都是一群不拘泥形式的人。

不過只要能把工作做好，這也沒什麼不好。只要有遵守必要的最低限度規則，外人就不該多說什麼。

「只不過，沒辦法掌握敵情。我們潛艇乘員，在這種時候會選擇伺機而動。具體來講，就是會慎重行事吧。」

「……你這麼說，確實也有道理。不過，航空艦隊取得的情報，可遠比本國陸海軍聯合情報部的工作水準要來得傑出許多了。如今，可說是該積極地果敢進攻的好機會吧。」

「這是無法否定的事實。儘管如此，戒備也很森嚴吧。」

「他們應該是作夢也想不到，魔導師會經由潛艇偷偷靠近。奇襲雖是古典的戰術，但也正因為如此才有效。」

就算是珍珠港，在理論上也是完全不可能成功的孤注一擲。或是說到，對斯卡帕灣的潛艇侵入作戰。

如要公平起見，在納粹德國空軍還健在時，突破賭上納粹面子的防空網，對柏林進行騷擾轟炸的英國轟炸部隊，他們的技術與勇氣也值得讚賞吧。

然後，也不吝於承認共產主義者的勇敢。

只不過……就結構上，譚雅肯定他們一定會犯錯。光是紅色廣場國際機場事件，就是過於充分的例子了。經由前往莫斯科的襲擊讓我確信，他們儘管擅長陰謀，但正經事就未必能做到十全十美。這還可舉出，他們沒有防衛仁川這個堅決需要防衛的交通要衝作為例子吧。

「攻敵不備。雖是古典的戰術，卻也經過長年的使用，讓可用性獲得了證明，就用傳統的做法挑戰也不壞吧？」

對譚雅來說，要在這裡補上一句話。老方法就是最好的方法。

「當然，我這並不是在瞧不起正攻法。」

「妳說得沒錯吧。『如果能採用』，就沒有比正攻法更好的做法了。」

解說

【珍珠港】即是指珍珠港事件。經由長距離航海，去襲擊美國太平洋艦隊的根據地吧！這說來容易，做來可難了。

每一句話都說得很有道理。不過，有件事譚雅不得不問。

「我有個直率的疑問。」

是什麼事呢，施拉夫特艦長用眼神催促她說下去，譚雅隨即提出一個有點失禮的詢問。

就算三十節的巡航速度，快得再怎麼超乎常規，只要知道出口，就連不熟海軍作戰的譚雅，也能想到好幾個對應策略。為什麼潛艇部隊與海軍會沒有動作？

「既然知道船已經入港了，那潛艇只需要在這裡埋伏不就好了嗎？畢竟就連入港地點都確認了吧？」

「當然，我們是有檢討過。不論是埋伏案、狼群戰術，然後就連在預期航路上鋪設水雷的水雷戰術，都有檢討過了。」

「雖是外行人的看法，不過這些都是不錯的主意吧。」

這正是所謂的正攻法。是充分活用潛艇特性的做法吧。以U－１５２為首，如果是帝國軍潛艇部隊，應該就有能力辦到才對。

「沒錯，『只要辦得到的話』，確實是不錯的主意。」

「只要辦得到的話？」

還真是話中有話的說法。這些方法，全是潛艇在執行通商破壞作戰時的基本選項吧。是極為正常的潛艇使用方式。坦白說，甚至讓人不由得懷疑，為什麼會辦不到。

說到底，潛艇就是預期要這樣運用的吧。

「是……有什麼問題嗎？倘若不介意的話，還請你說明一下。」

「這是當然。那麼，首先是運用潛艇構築水雷網的計畫……在執行過後，這項計畫就在差點全艦沉沒的一個潛艦戰隊的強烈抗議之下，決定中斷了。」

「這究竟是？」

一艘還另當別論，一整個潛艦戰隊差點全艦沉沒？

是構築了防止潛艇入侵的水雷原嗎？不對，可是……應該沒有勢力能在這種北洋地區，構築能夠完全封鎖潛艇航路的水雷原吧，譚雅疑惑地反問。

「雖然這是根據所提出的事前情報判斷，但我聽說聯邦軍的水雷戰能力應該相當薄弱。難道是聯合王國海軍將勢力擴張到這裡來了？可是，就我在本國聽到的消息，還以為他們固守在本土近海。」

解說

【斯卡帕灣】 斯卡帕灣是天然的優秀港口，也是皇家海軍的根據地，在第二次世界大戰當中，德國海軍的君特・普里恩，就指揮著U47入侵這座固若金湯的軍港。突破警備，擊沉停泊中的皇家橡樹號戰艦。此外，君特・普里恩艦長最大的敵人，並不是皇家海軍的警戒網，而是自艦的魚雷。朝停泊戰艦發射的魚雷高達七枚。當中有五枚因為「魚雷的缺陷」無法發揮機能……讓他氣得大罵這是「木槍」。

【納粹德國空軍】 指第二次世界大戰的德國空軍。

「是呀，這都是正確的情報喔，中校。」

馮．施拉夫特艦長揚起略為諷刺的微笑。不過，樣子卻不像是在嘲笑我的情報。那麼，到底是為什麼沒辦法實行水雷戰啊？

「就我所知，在北洋方面嘗試水雷戰的勢力，就只有我們。而正是因為如此，所以問題也很單純。」

面對尋求疑問解答的視線，潛艇乘員擺出嘲笑的態度，感慨起來。

「新型磁性水雷的磁性引信，存在著嚴重的缺陷。在高緯度地區，特別是礦物資源豐富的地區，會帶有特別強烈的磁性。不是能期待那個垃圾般的引信會正常運作的水準喔。」

「所以說，不會爆炸？」

「不，是相反。」

「很厲害喔。」微笑表情上浮現出僵硬的乾枯感情。竟會讓誇口不知恐懼為何物的潛艇艦長，表情僵硬到這種地步？

究竟是發生了什麼事？不由得在意起來。

「只要會爆炸，就比未爆要好吧。即使是早爆，也比不爆來得沒有問題不是嗎？」

「如果不是在讓人笑不出來的時機爆炸，確實是這樣吧。」

……嗯，這好像曾在那裡聽過。回想起來，向協約聯合艦隊進行魚雷攻擊的友軍潛艇，他們也對「魚雷的早爆」傷透腦筋。

「是水雷在距離敵船很遠的地方早爆嗎？」

「nein、nein、nein（註：德文的否定），那才不是這麼可愛的東西。或許是引信太過敏感……很令人傻眼，會對潛艇產生反應喔。」

「咦？你是說……對潛艇？」

「沒錯，就是差點被自己準備鋪設的水雷炸沉的慘狀。這實在是無法進行水雷戰啊。」

霎時間，無法理解施拉夫特艦長在說什麼。

錯愕地，不由得懷疑起聽到的話語。

這樣根本沒辦法奇襲吧。

「……啊？」

「就連對我們U－152的磁性，都會敏感地產生反應的優秀規格。甚至讓人真心懷疑起，聯合王國的情報部人員，該不會意外地潛入我們的水雷開發部門了吧。」

磁性水雷有著會對磁性產生反應的構造。就理論上，潛艇也帶有磁性。

所以為了避免爆炸，不是應該會裝設安全裝置嗎？說到底，要是會對自艦產生反應，就算想鋪設也沒有辦法吧。

「順道一提，魚雷的引信也根本派不上用場。」

「恕我失禮，魚雷也還沒有改善嗎？」

譚雅幾乎是傻眼至極地開口。以前，同樣是在北洋作戰途中，曾看過潛艇發射的魚雷早爆的情況，不過感覺已是相當久以前的事了。

就譚雅的雜感，有關機械的問題，帝國製品相當值得信賴。帝國的國力，直到現在都還有辦法持續產出高精度的工業製品。

然而這個帝國，卻不斷在魚雷、水雷等海洋相關的兵器上，犯下不堪入目的失態？

「不，跟以前相比是有進步，可以說是變好了。」

這才是真正讓人驚訝的事吧。

是在自己不知道時，「變好」這詞的用法，已將定義從「改善」變成「惡化」了嗎？

「變……變好……了？」

差點很不住反問一句「就這樣嗎？」不過基於社交禮儀，這樣問未免也太過失禮，而把話吞了回去，但這要說過分，也確實是很過分。潛艇部隊是在帝國海軍之中，活動最為活躍的部隊。

然而交給他們的主要武器卻是缺陷品？

「是真的變好很多了。相信我吧。」

「那……那麼……具體來說是？」

「這是重大軍機，不過好吧。我就跟妳說明一下。觸發引信還算馬馬虎虎。至少，只要命中的話，就有一半以上的機率爆炸。雖說要是入射角太淺，就依舊還是跟木槍沒什麼兩樣呢。」

一臉錯愕的譚雅，就像是難以置信地叫了起來。

「……你……你說，直擊的起爆率只有一半！」

未爆當然是有可能發生的情況。

我知道這是事實。

就連砲兵發射的砲彈，都會有未爆彈。魚雷會有未爆彈……也是可以理解的事。但對譚雅來說，就連直擊的起爆率都只有一半，簡直是在搞笑。

而施拉夫特艦長就像是想看到這種反應似的，語帶自嘲地繼續說下去。

「沒什麼，觸發引信還算是可愛的呢。」

「咦？恕我失禮，有可能比這還要過分嗎？」

「有喔。平衡器也有問題。所以魚雷沒辦法直擊船底薄的艦艇。具體來說，就是驅逐艦那類的艦艇呢。」

潛艇沒有手段能對抗驅逐艦的重大告白。潛艇明明本來就很脆弱了。

而面對潛艇的天敵，散布深水炸彈的護衛艦……就連魚雷攻擊都辦不到？

「這時候該期待的就是我們親愛的磁性引信……然而一旦到高緯度地區，磁性引信就接連發生問題呢。在北洋的海中，若要使用磁性引信，默默穿越深水炸彈的生存率還比較高吧。」

「……恕我失禮，施拉夫特艦長。我對潛艇艦隊的境遇無言以對。真虧你們能在這種狀況下遂行戰爭……」

「感謝，提古雷查夫中校。不用可憐我們，唯有理解才是無可取代的。不過，可以聽我說句抱怨嗎？」

「沒關係。」譚雅點頭後，施拉夫特艦長就語氣平淡地說了起來。

「無可救藥的情況呢。」

忽然注意到。

艦橋內部的人員，全都散發起在強忍著什麼的氛圍。

「海軍的軍械局，宣稱這一切都是現場運用的問題，一步也不肯退讓。他們深信自己製作的魚雷是完美無缺的。」

「要說到證據呢。」馮・施拉夫特艦長像是覺得很蠢似的，在U－152的艦橋說道。

「則是不斷向我們保證，東西有在『實驗室』裡正常運作。對於在戰場上無法運作的抗議，答覆居然是這個呢。」

「……真讓人傻眼到不行。居然要人用連能不能用都不清楚的武器打仗。遭到開發局員的自私擺弄，我深感同情。當你們要把魚雷開發人員裝填進魚雷發射管時，還請務必讓我參觀。」

「抱歉，這可是對外保密的樂趣呢。是內部的祭典，還請多多見諒。」

「哈哈哈，哎呀，這麼說也是呢。真是失禮的提議。就算只有祭典的始末也好，希望到時候能知會我一下。」

「這就交給我吧。既然妳這麼說，那我就印張傳單送過去。」

幹掉笨蛋的喜悅，是禁忌的喜悅。這確實不是外人該急著插手的事情吧。

既然如此，譚雅就適當地轉換心情，讓話題回到現實層面。

「好啦，我姑且是理解情況了。這也沒辦法呢。也難怪潛艇的攻勢會非常低調了。」

這可不是能說什麼正攻法的情況。不對，譚雅做出修正。陸海軍聯合情報部制定的作戰，預定是要用「潛艇部隊」的魚雷攻擊給予最後一擊。

這也就是說，假如不是魚雷有缺陷的現場情報，沒有傳到陸海軍部的高層耳中，就是沒有受到重視吧。

這雖然很蠢，但不斷急速擴張的帝國海軍，處理意外變故的能力太低。完全成為派不上用場的組織。該是要大刀闊斧整治的時候了。

只不過，要呈報這些事情，得先處理完這裡的事。

「在現況下，我們就只能監視，或是祈求幸運的進行魚雷攻擊。就算說要襲擊軍港，儘管想提供援助……卻沒辦法做出支援，也讓人很焦急呢。」

「光是能載我們到這裡，就讓我們相當輕鬆了。」

「U－152可是潛艇，不是運輸船喔。」

「不對喔。」聊到這裡，艦橋的值班軍官就抱怨起來。

「既然鰻魚靠不住，我們的U－152就是在海裡偷偷摸摸地移動的運輸船呢。儘管非常遺憾，但這艘船本來應該是為了擊沉運輸船而建造的，結果我們卻在不知不覺中淪為要被擊沉的運輸船了。」

讓人想同意他說得沒錯。不過，沒有比責備他們沒有責任的失敗，還要無益的作為了。畢竟譚雅知道現場的疲弊，往往是來自於制度上辦不到的要求。照道理來講，激勵人心是出色的組織管理。

那些瞧不起語言力量的笨蛋，還有只懂得開口罵人的混帳們。我詛咒著這些存在X的同類，或是這個單純是笨蛋太多的世界。

「不不不，各位可是出色的攻擊潛艇喔。畢竟是要將我們發射出去的。既然如此，就把我們當成是空射魚雷就好了吧。」

就算是航空母艦，也不是自己發動攻擊的艦艇。只不過是讓艦載機起飛的武器載臺。那麼，會有軍人貶低航空母艦只是運輸船嗎？只要是有著正常知性的人，就絕對不可能。

「哈哈哈，也就是在空中飛的魚雷嗎？」

「也能說成是發射。」

感到艦橋內的氣氛有了些許改善，譚雅緩緩露出蠱惑般的微笑。長程彈道飛彈的武器載臺，也是讓人恐懼的艦艇。

就算說是支撐起共同毀滅原則（註：指對立的兩方有一方使用核子武器，則兩方都會被毀滅的思想）的一角，也肯定不足為過。只是在目前的世界軸上，不得不說這是紙上談兵吧。

「……就算有這種武器存在，不覺得也很好嗎？」

對艦橋內回答「沒錯」的船員們來說，這只是個玩笑話吧。然而，就算是這種玩笑話，也能再次激起人心的幹勁。

語言這種東西，傑圖亞中將是用便宜的武器來作為介紹……但假如也能用來扶持友方呢？邏各斯還真是強大啊。

是因為在想著這種事的關係吧。

「很好。不過各位，這下就別再『自嘲是在進行運送任務』了，我們就專心做好發射空射魚雷的準備吧。」

施拉夫特艦長流利說出這段話的流暢度，讓譚雅忽然注意到一件事。直到方才的一切對話，全是為了說給「潛艇船員」聽，特意演出來的嗎！

也不是不覺得是自己多疑了。不過，他的下一句話，讓懷疑變成確信。「對了。」以不經意的語調，艦長說出緊握住潛艇乘員們心理的一句話。

「有空閒的人員，我有其他事情要你們做。雖說是空射，不過魚雷攻擊就是魚雷攻擊，必須得算在我們的擊沉噸數上。有誰想到用來脅迫艦隊司令部那群傻蛋的點子，我就贈送他珍藏的美酒吧。」

有別於艦橋激昂起來的氣氛，譚雅默默摘下帽子，朝艦長揮了起來。真讓人傻眼。

「潛艇司令部儘管莫名合作地派出艦艇，卻在攻擊前喃喃『抱怨』起來的理由，我總算是明白了。」

「哈哈哈，抱歉了，提古雷查夫中校。我代表全艦軍官，對利用像貴官這樣的局外人一事，向妳謝罪。實際上，魚雷所導致的糾紛，已經嚴重侵蝕了我們潛艇艦隊的戰意。」

要說是戰意的問題，也就難以反駁了。

實際上，魚雷存有缺陷也是事實吧。交付給我們的武器是缺陷品的痛苦，譚雅也十分清楚，甚至是感同身受。

這個艾連穆姆九五式，可是個極為嚴重的缺陷武器。儘管能開火，但到頭來，也跟會在潛艇附近立刻爆炸的水雷是不相上下吧。

我們可是在用這種東西打仗，這樣誰不會發瘋啊。

「我十分能體會這種心情。這可不是我敗給你的意思喔。不過如有機會，我一定會向參謀本部樞要呈報魚雷問題的。」

「各方面都感激不盡了。謝謝。」

只要能互相做出符合正規教範的敬禮，就足夠了吧。在狹窄的潛艇上，而且還是在擠了大批人馬的艦橋，也沒有理由做太久敬禮這種礙事的動作。

之後兩個人就一起專心談起實務面的話題。

「實際上，提古雷查夫中校，貴官打算怎麼做呢？就是那艘巨船。老實講，要擊沉會相當困難吧。」

「不過如果能成功的話——」施拉夫特艦長發出詢問。「擊沉噸數會分給我們一半吧。」這雖是隨口問出的問題，但另一方面，關注過來的視線可是認真的。

「我想聽聽計畫。」

「基本上，是採用古典的手法。用佯攻吸引敵方注意，爆破隊再趁機進行爆破作業。」

因此，譚雅簡潔說明起作戰計畫。

「也就是說，大規模的奇襲攻擊是佯攻，真正的目的是暗中接近的爆破隊。最壞的情況，就算敵船的破壞失敗了，光是佯攻也能期待一定的戰果吧。到時候，就麻煩收容了。」

「還真是豪邁的戰法。了解，到時候收容就交給我了。」

統一曆一九二六年十月八日拂曉　聯邦領　軍港

對謝列布里亞科夫中尉來說，那個模樣，讓她瞬間回想起萊茵戰線令人懷念的光景。

就算沉澱在記憶深處，也會被無法沉澱的硝煙味道喚起的日常。沒辦法再次回歸童心，渾身是泥的玩耍。泥巴所會喚起的，是可恨卻也懷念的記憶。

怎麼會忘記戰場的生活，困守在戰壕裡度過的日子呢？

「神呀，請寬恕我的敵人。」

一旁歌唱的人，是我們被敵人視為怪物恐懼的長官。也難怪就連友方都會偷偷叫她「鏽銀」，而不是別名的「白銀」。

不過，維夏比第二〇三航空魔導大隊中的任何人，都要清楚譚雅·馮·提古雷查夫這名軍人。早在那個人在軍大學獲得「馮」的稱號之前，就是她的部下了。

在萊茵戰線相遇，讓我在庫魯魯德、巴拉斯特這些同梯變成肉醬的過程中活下來的長官。

那位長官、那個人、那名前輩。

她不信神。儘管如此，她卻在戰場上讚揚著神明……還真是引人注目呢，正當這麼想時，忽然回想起那位長官在萊茵緊握寶珠祈禱的事情。她的大言不慚，別說是大言，甚至還能說是謙虛。現實太過於、太過於不現實了。

瘋狂。有某種事物，不太對勁。

「神呀，請寬恕我的敵人。」

驚慌逃竄的敵魔導師。

在眼前，兩個中隊規模的聯邦魔導師，遭到區區一個對手玩弄著。我們這一個中隊，幾乎是找不到空檔插手。

「敵人並沒出紕漏，而是這副德性啊……」

不經意地，喃喃說出半是驚訝、半是感慨、半是錯愕的碎碎念。

儘管是遭到奇襲，或許該這麼說吧。聯邦軍以驚人的速度做出快速反應。明明就為了擾亂，以兩個中隊為主軸，從不同方向發動襲擊，他們卻還是立刻就緊急起飛迎擊。與聽說早已鬆懈下來的聯邦軍後方情況不同。

儘管早就該料到，當中還混著聯合王國的護衛群。不對，如果只有這樣，倒還是符合預期。問題就只有一點。敵人配合得意外地不錯。

聯合王國的連隊規模魔導師們，與同等規模的聯邦軍魔導部隊，當他們就如同兩國表面上宣傳的搭配合作的瞬間，維夏也無法否認自己的驚訝。

曾認為敵人的合作應該會再粗糙一點，輕視著他們的戰力。

……第二〇三航空魔導大隊明明是就連莫斯科都能直擊，身經百戰的大隊，然而面對聯邦魔導師與地面部隊堅絕不讓我們突破的頑強阻擋，卻險些萬念俱灰。我們本來甚至是做好會遭到壓制，全隊覆沒的覺悟。

不過就在僅僅一人的奮戰下，讓戰局逆轉了。

「他們乃是無知可憐的羔羊。」

將以特殊封入式守護的魔力彈填入步槍的動作。就連術彈都沒用上，只靠自己魔力生成的一發子彈。

維夏很清楚，那有著強烈的威力。

咯咯笑起，不對，是保持著童心笑起的中校。可愛地注視敵兵的眼神，還有吐舌舔舐嘴唇的動作，簡直是超乎現實的景象。

嘻嘻笑起，似乎有那裡不太對勁的笑容，令人恐懼。

這是完美的佯攻吧。

「快樂吧，同他們嬉戲。」

不對，說不定該說是蹂躪。

雖說是佯攻，但提古雷查夫中校所發射的每一擊，都確實將聯邦魔導師的防禦殼有如糖雕一樣的撕裂。

朝著不由得目瞪口呆，準備聚集起來防禦的敵部隊，我方也刻不容緩地跟著開槍……然而敵魔導師的防禦殼卻很堅固。怎樣也無法想像，是會像「那樣自然地」輕易遭到打破的強度。

曾聽中校說過。也曾在萊茵戰線目睹過那個的凶猛。然而，正是在已累積起實力的現在……我才重新理解到那超乎常規的程度。

全力運作的九五式，竟然會如此強大啊。

當聽說全軍能運用自如的就只有一個人時，還以為是編得很假的故事，但不對，是反過來……是因為那是超乎人類所能負荷的東西吧。

「快樂吧，盡情快樂吧。」

帶著笑容進行著術式的猛烈射擊。有別於輕鬆的語調，提古雷查夫中校的術式裡滿是狡猾的機關。仔細觀察，會發現到光學狙擊術式裡，參雜著一部分施加欺瞞，難以偵測到的引導系。

如果很普通地只顧著迴避光學系射線，就毫無疑問會被打成蜂窩。

然而讓人驚訝的是，聯邦那些人居然注意到了。

『米克爾上校呼叫全員！Break！Break！（註：最大能力迴轉）全力迴避！那個，放棄吧！不准去擋！』

儘管不知道他是怎樣看出來的，但飛在前頭的敵指揮官經由公開頻道，嘶吼著要求迴避。同時，自己也漂亮地做出對應。以接近失速，幾乎是墜落的速度扭轉飛行軌道。

接著，聯合王國方的指揮官也怒吼著迴避。

兩人的指示，讓部隊的動作明顯出現變化。

是由於太過危險，在教範上明言禁止的緊急迴避。還不只一次，聯邦與聯合王國雙方的魔導師們被迫連續進行著。這讓他們的隊形凌亂地分散來。

密集部隊突然在不知道隊友會往何處閃避的情況下，不斷進行著高機動隨機迴避的空間，不論是看在誰眼中都極為危險。

只不過，就算是拚了命想擺脫死神之鐮的動作，以俯瞰的觀點來看，也只像是難看的垂死掙扎。太過於遲鈍。太過於缺乏速度。要避開緊逼而來的刀刃，他們的反應太過於緩慢了。

「我來歌唱，讚美主的歌曲。」

帶著恍惚。

幾乎是帶著滿心喜悅，提古雷查夫中校在維夏面前，高聲唱起甚至帶著些許純潔感的歌曲。咯咯微笑，快樂地歌唱。感受不到一絲譴責的笑容。就宛如畫作一般，真的美好到與周遭不合的笑容。

假如不認識那位長官，不認識大隊長的話……這會是宛如畫作一般的開朗笑容。

然而，在那張笑容之下，卻潛藏著純粹的戰意。

「快樂吧，帝國與仇敵的遊戲。」

所形成的是，灌注了至今未有的龐大魔力的顯現式。然後再以難以置信的濃厚魔力，形成了四層有著難以置信密度的魔力式。

這就連一般人都會驚訝吧。

而且最重要的是，維夏作為部下是知道的。提古雷查夫中校本身的保有魔力，絕對算不上是豐富。就只有比魔導師的平均值高出一點。

搞不好，自己的保有量還比較多也說不定。如果是像大隊這樣，聚集著選拔魔導師們的部隊，甚至還會是倒數的。

然而，這有多大的意義呢？眼前的景象讓人自嘲起來。

「仇敵將以鮮血染紅大地。」

高喊起歡喜之聲擊發的那個。將密度提升到極限，壓縮起來的那個遭到解放。

在這瞬間，一切都飛散開來了。

鮮紅的鮮紅的某種東西，盛大地飛散落於大地。

「快樂吧！榨乾他們的遊戲！」

滴落的鮮紅液體。飛散的粉紅色曾是人的物體。還有與他們對峙，露出開朗笑容的年幼少女。

認為自己瘋了還比較現實的光景。

不對，意外地是瘋了也說不定。

就算腦中想著這些事情，手上組成的卻是朝大隊長遺漏的目標射擊的光學狙擊術式。直到方才還在前頭大喊迴避，自稱是米克爾的敵魔導師還在動作。

既然如此，該攻擊的就是敵指揮官。我也在萊茵戰線通過洗禮了，維夏回想起這件事。養成的條件反射，針對戰鬥的最佳化。只要習慣，就不太會猶豫做出判斷。

「啊，讚美我們的主。」

滿足似的點頭，開始隆重地坦白信仰的長官身影，讓人恐懼。漂亮，清澈的眼瞳。甚至感受不到一絲狂氣的眼瞳。帶著純粹的理性，堅持著理論與效率的僕使。

這反倒讓人恐懼起，長在宛如人偶般容顏上的那雙眼瞳。

不過對維夏來說，那個是早已熟悉的長官，而在地面垂死掙扎的敵魔導師們，只是應該解決的敵兵。

就連讓我們嘗到苦頭的聯合王國海陸魔導師們，只要是由我們發起狩獵，也會是這副德性。

第二〇三的威名，依舊健在。

威震諾登、達基亞、萊茵，以及南方的名聲，再度獲得榮耀。

「開啟吧，約束之地。」

即使喪失戰意的敵魔導師試圖散開，也為時已晚。我們毫不留情發射的追擊襲向他們。

無意識間展開的是光學系狙擊式。在無聲的世界裡，敵人輕易地遭到剷除。讓人錯愕的是，包含敵指揮官在內，如今仍有數人健在吧。

不過，他們也沒有餘力抵抗了吧。

雖是打算佯攻，但這已經是蹂躪戰了。

就像是為了不讓祈禱受打擾的寂靜。

「來齊聲歌唱吧，來齊聲歌唱吧。」

儘管是戰場。明明是戰場。在鴉雀無聲的戰場上。

「讓我們齊聲讚揚主的旨意。」

我們的長官，盛大地笑起。

正因為如此，維夏忽然想到。

「格蘭茲，要是順利的話就好了。這要是把破壞敵船的事搞砸了，大概不只是會被暴怒的中校踢飛吧。」

這句不經意透過無線電傳開的低語，得到發自內心顫抖起來的男性聲音答覆。

當然，就是格蘭茲中尉本人。

「05呼叫說著恐怖的未來景象的同僚。拜託饒了我吧。我都快被嚇到渾身顫抖了。」

「哎呀，結束啦？」

「當然。」答覆的是格蘭茲中尉。

「儘管放心吧。中校他們都做了這麼誇張的佯攻了。受到如此盛大的掩護，還會把事情搞砸的蠢蛋，確實是就算槍斃也毫無怨言。好啦，差不多了呢。對時，三、二、一，砰。」

「等著瞧吧。」不需要他說下去，港口就轟隆響起……巨大的爆炸聲響。「沒錯吧。」以這句話為背景，格蘭茲中尉也有露出得意的表情吧。

好啦，維夏思考起來。

這下U－152的船員們，也肯定會開珍藏的罐頭招待我們。要是順利的話，還能期待靠打牌贏幾瓶酒來。要是順利的話，或許還會拿出甜點來吧？

很好——她就在這時鼓起幹勁。

美食、甜點，還有葡萄酒。與其煩惱困難的事，還不如好好享受現在。

統一曆一九二六年十月八日傍晚　莫斯科　內務人民委員部

在莫斯科，才剛重建好的內務人民委員部大樓，已化為不夜城許久。儘管徹底落實燈火管制沒讓光源外洩，但只要從大樓前經過，就能不分晝夜看到負責人們往來交錯的身影吧。

任誰都只能不情願地承認，內務人民委員部的職員們就「聯邦官員」來看，可說是以例外的水準，勤勉地不斷付出戰爭努力。

極端來說，他們就某種意思上，可是宣揚共產主義的鋼鐵前鋒。有效率、肯奉獻，而且不知疲憊的不屈不撓的勞動者。

當然，他們大半都是普通的人類。然而，這卻無損他們的勞動意欲。

支撐這種勤勞的根源……是純粹的恐怖。

「羅利亞同志！視察的結果，該前線並未確認到盜領、腐敗，與違反職務之行為！視察對象並未確認到有反動的言論。」

一身緊貼的制服打扮的內務人民委員官，宣讀著報告書。他想繼續說出的話語，遭到拳頭敲打桌面的沉重聲響打斷。

無視著在瞪視之下目瞪口呆的主管軍官渾身僵住的模樣，房間的主人緩緩地，不過充滿怒氣地開口說道。

「我應該是命令你去『舉發違規者』吧。給我老實說，你真的沒有確認到嗎？」

「是……是的！」

聽到顫聲答覆的羅利亞表情嚴峻。

然後，開口宣告。

「很好。各位衛兵同志，把這個蠢蛋給我帶走。在戰時狀況下的怠工可是國家反叛罪。」

「是的！」

「請……請等一下！這是有哪裡誤會了！」

對於雙手遭到挾持，即將要被帶走的人發出的抗辯，羅利亞是一口否決。

「沒有誤會。你負責的案子是『職員內部稽核』的『偽裝』。我不僅是讓監察對象做出『實際的貪汙行為』，還讓他確實留下行賄『調查官』的紀錄。」

「什……什麼！」

「你要是有呈報上來……也就算了。最重要的是，你沒有把收到的東西交出來，確實遭到收買的樣子。」

「夠了。」羅利亞狠狠說道。只要想到時間正在分秒流逝，就不容許白費任何功夫。

「看來比起千言萬語，殺雞儆猴更能讓蠢蛋們振作起來吧。給我下一份報告。」

「那個，羅利亞同志……」

朝著一名遲疑的部下，羅利亞投以毫不留情的殘酷視線。即使承受到要求說明的視線，反應依舊遲鈍。

「什麼事？快說。」

「是壞消息……『海之女王』……」

判斷會沒完沒了的羅利亞直接詢問。然後因為他戰戰兢兢說出的情報，表情頓時僵住。會吃驚地感到動搖，也是無可奈何的事吧。

光是重要的，沒錯，就某種意思上真的很重要的「肉盾」交付給我們的貴重船隻發生了什麼事，就讓羅利亞的內心怒不可遏。

這可是與不確定動向的約翰牛們談和，拚命說服那些不願意的傢伙，還將那群扯後腿的無能官僚們以打為單位的槍斃，或是威脅安撫之後，才總算是確保的共同作戰。

作為共同作戰的象徵，才剛剛開設了維持戰爭所必要的支援航路。

雖說早就預期會有犧牲，但要是連一艘命令賭上面子護衛的運輸船都守護不住的話，就讓人忍無可忍了。

我自負已經給了必要的部隊、戰力與權限。

結果依舊是守不住？

「這群無能的東西，到底是在搞什麼鬼？詳細報告書呢？」

這要是沒有正當的理由，我就要負責人們後悔活下來一輩子——羅利亞邊在心中發誓，邊要求著報告書。

被要求拿出報告書的官員有確實帶上文件，對他來說是不幸中的大幸吧。假設，他這要是犯下了文件不全的失誤……他的命運就只有神才知道了吧。

畢竟，在羅利亞的字典裡，「寬恕」這個單字已刪除許久。

「這就是了，羅利亞同志……他們不曉得是從哪裡打探到了情報，還投入了Named魔導師的樣子。」

「……嗯？」

在報告書上寫滿辯解的無能政治委員。

明明就千交代萬交代了。要說到這些傢伙，似乎還在用過去的感覺，只將魔導師他們視為監視對象。是打算轉嫁責任吧，在報告書上沒完沒了地記述著自己的立場有多麼艱困。

會以為這樣就能蒙混過去，也很讓人驚訝。

然而，羅利亞卻自覺到心中的煩躁，瞬間就被感情的歡呼蓋過了……除了這個垃圾般的政治委員外，所有人都付出了「出色的努力」。

「羅利亞同志？」

「這份報告書，確定無誤吧。」

最佳的努力，毫無浪費的配合，還有竭盡全力的現場人員。對羅利亞來說，這是闊別許久讓他驚嘆的傑出專家意識。

是在被無能之輩們搞到很煩躁之後看到的關係吧，甚至有種清爽的感覺。

「是……是的。這是第一報，正在確認大致上的損害！」

「這之後再慢慢調查就好。」

以我的妖精，襲擊莫斯科的調皮孩子為對手英勇奮戰。與聯合王國並肩作戰，而且沒有臨陣脫逃，還出現了好幾名的犧牲者……以藉口來說並不壞。

不對，倒不如說還要更好。

「問題是……來襲的敵人。判別是那個……對莫斯科出手的『第二〇三航空魔導大隊』，沒有錯吧？」

「這……這是當然！這是依照委員長同志的指示，追查襲擊莫斯科的該部隊行蹤的調查部門的結論！他們對敵人的識別，做出了百分之百的保證。」

「非常好。等資料送到後，就優先送到我這裡來。」

「是的！我立刻去辦。」

「就算將貴官目前手上的任務，全部交接給其他人去處理也無所謂。總之，我要掌握這些傢伙的所在位置。」

「我……我會緊急處理的！」

這不是很棒的好消息嗎？

既然成功找到她了，多少的損害在莫名純粹的戀情面前，就只是微不足道的瑣事。甚至想有如資本主義的，給在現場努力的將兵們安排獎金。是該給他們安排特別獎勵吧。

不過在最後的最後，一名搞錯自己角色的蠢蛋讓我很不中意。

「同志，順便處理這個命令文件。」

「咦？」

「是要將毀謗諸位奮戰同志的無能之輩槍斃的命令文件。對了，可別怪罪現場。就以我的名義，直接送慰問品給米克爾上校同志吧。給我適當準備最高級的酒與香菸送去給他們。」

「是要毒殺嗎？」

什麼——羅利亞以強忍著暈眩的心情，凝視起部下。這些傢伙到底是在說什麼啊？

「……同志，你有在聽我說話嗎？是慰問品。慰問品。你敢給我隨便對米克爾上校或他的部下出手看看，我會讓所有人充分理解到，惹惱我會有怎樣的下場。」

「是……是的！」

對羅利亞來說，這是他忍耐的極限。他有自覺到內務人民委員部的職員們，盡是一些派不上用場的虐待狂。他有去了解，並採取了許多政策改善。

然而，卻是這副德性。

還真是忍無可忍。

明明想沉浸在極為純粹的情感之中……卻不得不像這樣忍受著注視這些蠢蛋的臉？這只會是讓人難以理解的事態。

再重複一次，是難以忍受。

朝著察覺到羅利亞帶著怒氣的那些傢伙，他揮了揮手。在表示夠了，全都給我出去後，他們就動如脫兔的跑開。

這種滑稽的表現，也讓他的心情暢快了一些。

正因為如此，羅利亞從桌子裡拿出一張照片，微笑注視起來。

「啊，多麼……多麼……可愛的妖精啊。雖然有點俏皮過頭了……不過，只要能知道所在位置，就當作是件好事吧。」

妳很喜歡躲貓貓呢。

「就在我即將忘記妳時，突然探出頭來，妳還真是……還真是懂得吊人胃口啊！讓我怦然心動呢！」

俏皮過頭了呢。

「妳讓我重新燃起遺忘掉的熱情啊。哎呀、哎呀，這真是……」

真是讓人受不了呢。

將這句話吞回去，羅利亞獨自一人，恍惚地想念起那個可愛的妖精。

儘管也不是不想譴責捕捉失敗的當地部隊，不過「找到她」的安心感要來得更加強烈。

也不認為區區的當地部隊，有辦法擊墜自己的妖精。

「倒不如說，發現得好。沒錯，是米克爾上校吧，他……真的幹得很好。考慮到力量差距，只能說真虧他能活著帶情報回來。得讓他好好努力呢。」

來玩捉迷藏吧。讓我來當鬼，去試著抓住那孩子。

「啊，真期待，真的……真的很期待呢。」

讓我們來玩吧。

「也是呢，有必要讓米克爾上校同志為我努力吧……機會難得，就給他們配備最好的支援與最好的輔助人員吧。最好是連聯合王國那些人都會帶有好感的類型呢。」

就送許多好朋友過去吧。

那個喜歡惡作劇的可愛妖精。將她摘下，肯定是專屬於自己的特權。正因為如此，讓人期待著、期待著能讓她落入陷阱的那一天，期待到忍不住……

「不好，都一把年紀了還這麼興奮。」

還真是個壞孩子。讓我興奮得……興奮得完全不能自已啊。傷腦筋的孩子。將她壓倒竟會讓我如此期待。

舔！

[chapter]

V

第伍章

時間到

Timeout

「怎麼會！太快了！」

——帝國軍參謀本部的吶喊

統一曆一九二六年十月十日　聯邦領　軍港

就算是聯邦領內的醫療機構，有意識到要與西邊接觸的軍港醫院，設備可是出類拔萃的充實。至少能評為是正常的醫院吧。畢竟有按照規定人數，配屬受過專業訓練的醫療相關人員。不用說，不只是人數，就連水準也有做出相當的考量。然後特別是醫藥品，甚至還準備了西邊人員的份量，充實度是顯著不同。

至少有別於聯邦最前線慘絕人寰的壯烈醫療環境，這裡受到了天壤之別的眷顧。是有著清潔的床單，新開封的消毒酒精味道，亞麻地板有仔細打掃乾淨的真正醫院。

如果是被告知醫藥品已經用盡的最前線軍醫，就甚至是早就放棄夢想的設備，在這裡是一應俱全。

不過，就算是一應俱全——

「喂、喂，拜託！拜託，快注射強心劑！」

「放棄吧……湯瑪士！傑克遜已經長眠了！」

「德瑞克中校！這種話！請別說這種蠢話！傑克遜！喂，傑克遜！振作一點！你不是說要回國嗎！」

戰時狀況下的醫院就是醫院。就連用視線譴責面對斷氣的年輕魔導師，仍舊不肯接受死訊吶喊的部下將校……也早就習慣了。

真是討厭的習慣呢——德瑞克中校邊在心中感慨，邊感到逐漸冷酷的心靈某處，渴望著酒精的踏入病房。

「醫護兵！給我再看一次！」

「可……可是……」

正在向聯邦方的人員激烈抗議的湯瑪士的心情，我是痛切理解。

魔導部隊以形同家人的緊密牽絆自豪。能伴隨著榮耀斷言，這是比血緣還要深刻的交情。失去一名同甘共苦，一塊圍著餐桌吃飯的夥伴之後，還能保持冷靜的軍官究竟有多少呢？

「他可不是會死在這種地方的人啊！」

況且，記得傑克遜少尉還是湯瑪士中尉小一梯的學弟。他們曾是自軍官學校以來的老交情，如今則不得不用過去式來形容。這對德瑞克來說，也是極為遺憾的事。

「湯瑪士中尉！」

「中校，這一定是……這一定是有哪裡搞錯了！」

就算是這樣，也有個限度。

「還有許多其他需要治療的夥伴。給我冷靜下來，湯瑪士中尉！」

「可是！」

我不會說他任性。

也理解他已失去聽進道理的冷靜。

……要習慣，還真是相當困難。

如果能不用見證多到會讓人習慣的部下死亡，會是多麼美好的一件事啊。

討厭的工作，討厭的立場。然而，戰爭必然會有犧牲。既然是必然之事，就必須要視為必然的接受，去盡到軍官該盡的責任。

「給我醒醒！」

在一拳把人打倒後，就像是要把礙事者趕走似的丟到門外去。所幸──或許該這麼說吧。擔心湯瑪士那個笨蛋的同僚們有把他撿走。

所能開出的解決方案，就只有酒精與時間。今晚，就只能像沐浴一般的狂飲了。圍繞著故人回憶的聚會，會讓人流下男兒淚吧。

德瑞克中校注意到，自己早已習慣了在戰爭開始後突然增加的酒量，微微苦笑起來。盡是在用討厭的方法喝酒，沒在享受喝酒的樂趣，就像是在生飲酒精一樣的喝法。再這樣下去，似乎會忘記該怎樣愉快喝酒了。

只不過——德瑞克中校就在這時將意識拉回現實，低頭道歉。

「抱歉，部下給你添麻煩了。還請幫忙診斷其他傷患。」

「不會的，這次是……」

「就算再怎麼說，我們都確實給你添麻煩了。請讓我道歉吧。」

德瑞克中校徹底交代過部下的魔導將校們，要以敬意對待聯邦的醫官與醫護兵。畢竟他們將有限的醫療資源，使用在自己等人身上。

這是要低頭感謝的事，不該對竭力付出的他們口吐怨言。正因為如此，德瑞克中校毫不遲疑，向眼前被湯瑪士中尉纏上的年輕醫護兵，深深低頭。

這是負責人的義務。

「還請不要放在心上。考慮到部下的犧牲，這也是當然的反應吧。」

這是從一旁傳來的柔和女高音。

考慮到這裡是醫院，就算是軍事設施，女性職員也並不罕見。魔導部門、後方部門早就實行男女共事已久。

聲音的主人約二十多歲吧。是一名以和藹感覺的眼神看著自己，走過來的女性。不過，要是她穿著野戰陸軍的將校軍服……對德瑞克中校來說，就是首次目睹到的景象。就在想查看階級的瞬間，突兀感就一口氣爆發開來。

儘管都將聯邦軍的階級章牢牢記在腦裡了，卻對她的臂章毫無印象。

最重要的是，一看到朝自己走來的女性將校身影，醫護兵就在敬禮後連忙趕去執行職務了，不是嗎？

德瑞克中校基於經驗法則，知道這種景象所代表的意義。

就像是從船上逃走的老鼠。就跟察覺到糟糕的傢伙過來的時候，機敏地飛快逃跑的海陸魔導師一樣。

「失禮了，請問妳是？」

「我是莉莉亞·伊萬諾娃·塔涅契卡，是政治軍官這種低微的跑腿人員呢。是下級政治委員，也是聯邦軍中尉。請叫我莉莉亞就好了。」

溫和的態度，恭敬的話語。

然而，說出的內容卻很重大。真是作夢也沒想到，我們居然會有跟政治軍官與政治委員扯上關係的一天。

「……我等下再翻字典，查一下低微這個聯邦語的意思吧。我是聯合王國第一海陸魔導遠征團所屬的德瑞克海陸魔導中校。」

「今後請多多指教了，德瑞克中校。」

這或許不是面對區區中尉的態度，但也沒辦法。畢竟本國那些傢伙下令，不能將政治委員當作軍隊階級，而是要視為實質上的「非軍人」來對應。

只論流言的話，是早已聽到會膩了。

有關政治軍官的麻煩程度，方才有如脫兔般逃走的聯邦軍醫護兵，已經幫我證明了。如果可以的話，真不想惹麻煩上身。

「好，必須得執行讓人難受的職責了。」

「職責？」

「啊，這麼說會有語病。」

面對提高警覺的德瑞克中校，自稱莉莉亞的女性端正姿勢，低下頭來。

「身為黨員，我要代表黨向各位的犧牲奉獻由衷表達同情與哀悼。我個人也深感遺憾。」

「能聽妳這麼說就夠了。只要有你們的這份心意與哀悼的話語，我這個沒用的指揮官……也能稍微有點臉去見往生者的遺族吧。感謝。」

德瑞克中校就在這裡緩緩開口。

迎戰那個可怕的帝國軍魔導部隊——萊茵的惡魔與其黨羽的人，並不只有我們。聯邦軍也付出了龐大的犧牲。

「儘管晚了，但我身為聯合王國的一名軍官，要向貴國的犧牲與共同作戰表達感謝與敬意。還請接受我的心意。」

「榮幸之至。對戰死的同志們來說，這會是最好的供奉吧。」

以不同於有口無心的態度……真摯說出的真誠話語。

這是一時的迷惘。

「……外人不該過問這種事情也說不定。」

「有事就儘管說吧。內務人民委員部也要我們仔細聽取各位友邦人員的意見。」

是因為得到許可的疏忽嗎？

儘管在本國，有被仔細交代要提高警覺……德瑞克中校還是喃喃說出他的請求。

「那就一件事。還請不要太過追究同行們的責任。」

「是想對上校同志的處分求情嗎？」

「我沒有想干涉內政的意圖，但是……」

「還請說吧。」

「貴國的米克爾上校他們，也盡全力迎戰了。」

一同迎戰萊茵的惡魔的米克爾上校等人。德瑞克中校注意到自己正在極力主張他們有多麼勇敢地奮戰。

坦白說，連我自己都很提心吊膽，不知道說這種話，會不會超過聯邦的文化符碼（註：社會文化中個人具有的特定思考傾向，語言形式、價值導向及行動方式）所能容許的界線。擔心會不會因為多餘的言論，給拘禁中的他們添麻煩，甚至不由得讓表情緊繃起來。

「信賞必罰是黨的原則。不過，這可是戰爭。儘管讓人哀傷，但就算竭盡全力，也無法保證成功。」

「請儘管放心。」莉莉亞破顏微笑。

「既然諸位同志受外部的人評為已竭盡全力，儘管不清楚能不能派上用場，但我會在紀錄上增添這一筆的。」

「老實說，這還真是感激……但沒問題嗎？」

「在指什麼呢？」

就像是看到難以理解的事物，德瑞克中校懷著這種想法提問。

「莉莉亞政治軍官，我並不清楚妳在貴國的立場。但是在這種局面下，在文件上留下贊同『外人』話語的紀錄，沒問題嗎？」

「呵呵，你好像在擔心奇怪的事情呢。」

柔和的女高音，平穩的微笑。

在她身上，看不出一絲替自己擔心的意圖。

「請放心吧。」

明確斷言的語氣也毫無迷惑。

「就算把事情做好，也未必能獲得成果。這點儘管遺憾，但在我國也是一樣。」

注視著自己的碧眼，帶著清澈的意志，感受不到一絲的動搖。

「不過，以這為口實遭受處分，並不是共產主義的做法。幫忙辯解說情，可以說是我們的職務吧。」

「……咦？」

「啊，你看過帝國的政治宣傳嗎？」

「還請不要輕信呢。」她困擾地苦笑起來。

「我不得不說深感遺憾呢。我也知道他們說了很多聯邦與母親般的黨的壞話。不過，事實就如你所見。」

指著自己，然後再指向德瑞克的女性政治委員，露出微笑。

「就算是我們也是個人。作為各位的鄰居，可以別帶著隔閡，正視我們原有的姿態嗎？」

「……是我眼拙了。看來我們是遇到了位好鄰居。」

一面低頭致歉，一面根據禮儀準備伸手時，德瑞克中校這才總算想起這裡是哪裡。要是牽起她的手親吻，只會被揍飛出去吧。

自從與本國的貴族會面以來，還是第一次有這種被對方氣勢壓倒的感覺。只不過，這裡是聯邦。殘存的古老世家……說實話，很難想像。

正因為如此，德瑞克中校就像是看到意外的人物似的提出疑問。

「話說回來，方便請教一下嗎？恕我失禮，莉莉亞政治軍官，妳看起來相當年輕呢。」

「看起來很年輕？我才剛從學院畢業就是了……」

「唔，是我有欠思慮，居然向女性談起年齡的話題。這可不行，真是太丟臉了。」

一面謝罪，一面在心中苦笑，沒能成功把握到對方的背景呢。

如果是世家出身，不論是聯邦紅軍軍事學院，還是政治學院，都應該毫無疑問會以出身階級為藉口，拒絕她入學。

也不是沒有紅色貴族這種例外，但我沒聽過莉莉亞・伊萬諾娃・塔涅契卡這個名字，甚至也不曾聽過伊萬諾娃家族的名號。

「與野蠻的海陸魔導師們打交道，似乎讓我在不知不覺中變得粗暴了。居然問起女性的年齡，我說不定是腦袋出了問題呢。」

「真是丟人現眼。」一面低頭，一面打量對方的反應……是微微苦笑。

不是煩躁也非困惑？哎呀，還是放棄這種只是在丟人現眼的試探吧。好啦，接下來能靠對話引出多少情報呢？就在想著這種事抬起頭來時，德瑞克中校注意到一名朝自己走來的中尉。

是瑪麗・蘇中尉。

儘管在編制上屬於聯合王國，卻是受到合州國派遣，協約聯合裔的義勇魔導部隊。

而他們，就一如字面意思的粉碎了。以中隊規模從事RMS安茹女王號直接掩護任務的義勇魔導部隊，再度遭遇「萊茵的惡魔」的結果，損耗了過半的人員。倖存者，就只有四人。

就只是將瑪麗．蘇中尉這樣少數倖存的人員，勉強組成的小隊，讓人心酸不已。

「打擾了，中校，有關死者的埋葬……」

「不好意思，我現在有點忙。蘇中尉，等下再說吧。」

有關她要提出的案件，儘管早就爭論過好幾次了……也很猶豫要在外人面前再次提起。

德瑞克中校朝莉莉亞政治軍官投以謝罪的視線。

「那個，請不要在意我。」

「可以嗎？」

麻煩了——讓人不由得這麼想的對應。這種時候，要是蘇中尉也能懂得察言觀色，自行離開就好了……

「我並沒有這麼無情，能夠不對志同道合人們的犧牲抱持敬意。初次見面，可以請教妳的名字嗎？」

她都以和藹的態度點頭打起招呼了，就算是德瑞克中校，也想不到拒絕的理由。

「我是瑪麗．蘇中尉。所屬於合州國義勇魔導大隊。」

「哎呀……不是擔任後方業務呢。」

她也在前線戰鬥啊——政治委員感到驚訝。怎麼會想不到理由趕她走呢，正在傷腦筋的德瑞克中校完全慢了一步。

就連打斷對話的時機都抓不到。

「啊，不好。我是莉莉亞．伊萬諾娃．塔涅契卡。要是不介意，能當我的朋友嗎？」

儘管親切地伸出手，卻也熱心於職務的政治委員。沒錯，既然是政治委員，代表聯邦與我們聯合王國部隊交涉，也會是他們的職務吧。

「不過，要先談正事呢。那個，如果有我能幫上忙的事，就儘管說吧。」

請隨意與我商量吧，只要露出這種微笑……就無法拒絕了。

「德瑞克中校，那個……可以嗎？」

「沒關係。」

這時要是能拒絕蘇中尉的提案，會有多麼輕鬆啊？既然會不知所措地問這種問題，蘇中尉也打從一開始就挑場合說話不就好了。

在這微妙的時期，無法阻止微妙的人物互相接觸，就在慚愧地看著這種事態發生的德瑞克中校面前……她們聊了開來。

應該一開始就二話不說地把人趕走，如今後悔也已經太遲了。

「那個……是有關於埋葬場所的事。」

蘇中尉提出的話題，一如預期的是戰死將兵的埋葬場所。坦白說，這也是個讓德瑞克中校有點厭煩的話題。

「這件事我有跟聯邦方面商量，請他們安排了。應該已分配下來了。有什麼問題嗎？」

「……要埋葬在這裡嗎？」

邊心想又是這件事，德瑞克中校邊點頭。

「沒錯。」

「如果是暫時……如果是作為暫居之地，我也不是不能理解。可是，德瑞克中校。將夥伴的遺體埋葬在異鄉之地……」

「中尉，我不太想這麼說，但這是規定。原則上，遺骸規定要埋障在將兵戰死之地。這是聯合王國軍的標準手續，中尉也是知道的吧。戰時狀況下，也沒辦法給他國添麻煩。」

早在很久以前，就注意到價值觀不同的事了。

聯合王國的將兵，會埋葬在該名勇士所倒下的土地上。就連官方規定，也都指示要盡可能在戰死的土地上建設慰靈設施。

不允許做更進一步的行為。

「有必要的話我同意將遺物後送。不過按照慣例，勇士就是要長眠在他倒下的土地上。」

「就算你這麼說……但還請讓他們長眠在祖國，長眠在祖先的土地上吧。」

相對地——或許該這麼說吧。

蘇中尉就唯獨是對這件事，拚了命地不肯放棄。舊協約聯合出身的將兵們都是這樣，他們極為強烈地、強烈地希望能埋葬在故鄉的土地上。

既然這是協約聯合的生死觀，我也打算盡可能地尊重。只不過，德瑞克中校不得不忍著頭疼，提醒她一件事。

「各位可是具有聯合王國軍軍籍的人。我也不想說這種話……但可別忘了自己的所屬。」

「可是……永眠之地如果不是故鄉的話……」

「……我也不是不能理解呢。妳太過感傷了。」

慰靈設施是由聯邦方面準備。外加上，官方規定要埋葬在當地。在這種時候，要是拒絕聯邦準備的慰靈設施，意圖將遺體帶走的話——也很可能會導致政治上的糾紛。

平時會埋葬在戰死之地的聯合王國軍，竟要將遺骸帶回去？可沒有人知道，這會對外部帶來怎樣的影響。

考慮到聯合王國與聯邦之間危險且微妙的合作關係……身為指揮官，德瑞克中校肩負著重責大任。

所以不可能答應她。

每當她纏人地跑來請求時，都只能回絕。

「可是……！」
「不好意思，我已無話可說了。」
「……！」
就在即將瀰漫起討厭的沉默之際——
「恕我失禮，德瑞克中校。請問可以插句話嗎？」
柔和的女高音，吹散了尷尬的氣氛。
「啊，莉莉亞政治軍官。有什麼意見請儘管說。」
「思念祖國、思念故鄉，這不論是對誰來說，都是理所當然的事吧。」
「當然，妳說得沒錯吧。」
「既然如此，想長眠在母親般的祖國土地上，這種心願也是人之常情吧。」
正想插嘴回答沒錯的德瑞克中校，就在這時瞪大了眼。
「假如不介意的話，我會準備暫居的追悼慰靈碑。等到協約聯合解放之際，再移回故鄉長眠，這樣的安排可以嗎？」
「……有勞妳了。」
既然是聯邦方主動提出的話。
確實就有藉口了。

至少，沒有越過本國指示的界線。不對，囉嗦的哈伯革蘭閣下會破口大罵吧。

不過，這早在沒能成功守住RMS安茹女王號時，就有所覺悟了。

負責人說不定是個吃虧的職位……但為了部下低頭，沒有理由要感到羞恥。

「好啦，沒別的事了吧？我就先告辭了。莉莉亞政治軍官，要是部下給妳添了太多麻煩，還請來找我商量。」

「再會。」在敬禮後離去的德瑞克中校腦中，早已浮現起各種該辦的手續。只要能安排遺骸的暫時居所，之後就是等本國的許可了。

假如不用聯合王國軍的身分，應該就能以合州國義勇軍的名義強行通過吧。不對，是要讓它通過。

目送踏著粗暴腳步聲離去的德瑞克中校離開後，我反省自己是不是搞砸了。畢竟，老是因為相同的話題跟他發生衝突。

身為聯合王國的將校，那位長官在面對我的要求時，那種就像是在強忍不耐煩的氛圍，總是差點把我壓倒。

……我不認為我有說錯話。

只不過，也能理解我的要求造成了麻煩。

這時我所想到的，是連忙向伸出援手的人低頭道謝。

「那個，莉莉亞政治軍官？」

「可以叫妳瑪麗嗎？」

「當然可以。」

由德瑞克中校負責對應的聯邦軍政治軍官。

「謝謝。也請直接叫我莉莉亞吧。可以的話，我想跟妳做朋友。」

「對了。」她就在這時補上一句。

「我曾聽聞過各位的傳聞。說是有著遭到帝國占領也依舊不放棄抵抗的人們。能與妳見面，是我的榮幸。」

面對她似乎很溫柔的氛圍，我忽然向她詢問道。

「妳不責怪我們嗎？」

「責怪？……為什麼呢？」

莉莉亞一臉錯愕。其實，是不應該問這種事情吧。然而，我的嘴巴卻擅自說出疑問。

「挑起戰爭的萬惡根源、引發問題的一群人。或許，該這麼說吧。我聽破產的親戚與人們，是這樣稱呼我們的祖國。」

就像自嘲似的喃喃說出的「事實」。

所有與帝國交戰的人們都在竊竊私語，只要協約聯合沒有輕舉妄動，就能避免這種「無意義的戰爭」。

儘管很可悲，我在心中輕輕嘆了口氣……但我早已習慣遭人在背後指指點點了。

「……我無法否定事情的開端，是協約聯合發起的越境作戰這件事呢。的確，歷史會說那件事是大戰的開端也說不定。」

所以，當莉莉亞像是理解似的點頭時，瑪麗就照平時的習慣，做好心理準備。會被譴責吧。會被怪罪吧。說都是我們的錯。

「這確實是給了他們一個藉口呢。不過，也就僅此而已。」

「……僅此而已？」

想說怎麼可能會是這種反應的我……無法理解。「是呀。」莉莉亞微笑的容顏，耀眼到我無法直視。

「他們擊潰了逼近國境的敵人。啊，那個……也就是指瑪麗你們的協約聯合軍……」

「沒關係，我很清楚這是我們協約聯合的軍隊『越境』導致的結果，我不介意喔。」

「謝謝妳，瑪麗。」

微微點頭的莉莉亞開口說道。

「可是，在這之後帝國所展現的行動，明顯超出了國境防衛的範圍。豈止是停在國境的小規模衝突……甚至還發動了大規模動員。不覺得很奇怪嗎？」

「不好意思，可是就軍事上來看，動員是理所當然的事吧。畢竟是這種規模的戰爭，我認為會發布總動員也不無道理。」

「嗯，就軍事方面來看，這說不定是理所當然的決定呢。假如帝國打從一開始，就想正式挑起大規模戰爭的話。」

「……？」

還沒來得問她在說什麼，就接著聽到的話語。

「還請別生氣喔。不過呢，帝國如果只是要攻打協約聯合，這麼說或許很怪……但他們完全沒有出動全軍的必要。」

看著忍不住屏息的瑪麗，莉莉亞微微點頭。「而且——」她隨後說出的話，甚至讓我不由得感到愕然。

「大規模動員，然後北進。儘管如此，當共和國攻打帝國側面的西方工業地帶時，情況卻是如何呢？就像全世界都知道的，帝國以驚人的靈活性承受住了。在將主力軍隊全都送往北方的情況下。」

「這是……」

「軍隊是無法脫離事前計畫，自由行動的。」

她語氣堅決地喃喃說出的是，所有將兵都知道的事實。

軍隊是絕對沒辦法任意地採取行動的。就連在事前進行準備，做好周全的安排後，也依舊是不確定性的囚犯。

然而，在遭受到意外的奇襲後，卻仍然能維持住西方戰線是為什麼？

「如果沒有準備，這是非常、非常困難的……當在莫斯科聽到這件事時，我也當場就理解了。對帝國來說，協約聯合的眾人，打從一開始就是個誘餌。」

這種事我就連想都沒有想過。然而，聽她這麼一說……也讓我認同這是一種新的觀點。

可是……這種觀點有著會讓人遲疑的部分，也是事實。如果莉莉亞說的是事實……無意識間吞了口口水，我開口問道。

「妳是說，我們的政府被騙了？」

「這我不清楚。不過就我所聽到的，也懷疑他們是不是受到有意圖的挑撥。」

「……妳是說，帝國讓我們的政府相信，他們不會對越境作戰出手？」

「這全都只是推測。」

沒錯，這全都只是推測。基於這點，我稍微冷靜下來思考。畢竟我沒有辦法得知，協約聯合的政府當局到底在想什麼。

全都是臆測。

只是帶著既然沒有證據，就說不定是這樣的願望的一種假設。不過，父親還有夥伴們，就是為了這種事而不得不喪命的嗎？

「也是呢，說不定就跟莉莉亞說的一樣。或許，也說不定不是這樣……不過，用不同的觀點看待事物，說不定也很重要呢。」

「擁有許多的觀點，是很重要的事呢。」

「該說謝謝吧？先不論相不相信……莉莉亞還是第一個不把我們當成麻煩人物的人。」

不過，對瑪麗來說更重要的是……我沒有被她否定。

大家都很溫柔地接納我們。然而，他們所說的每一句話，都讓我不自覺地提心吊膽。擔心他們會不會認為我們的存在很礙事。

當還在外婆家時，未能感受到的世間的惡意。

就像是伴隨著戰爭的劇烈化與犧牲的擴大，會在聯合王國內部，等比例地不時感受到的那股惡意。

要說內心裡不會害怕，會不會也在聯邦的大地上感受到這種惡意，是騙人的。

「這不是妳的錯，所以聯邦的同志們要是說了什麼……不對，要是妳被他們說了些什麼，要來找我商量喔。我就是為此而待在這裡的。」

「謝謝妳，我說不定還是第一次遇到可以商量的人呢。」

「哎呀，瑪麗？妳的長官德瑞克中校呢？他的為人不錯，應該也會聽妳商量吧？」

「雖是這麼想……可是他到底還是聯合王國的軍人。他是會顧慮到我的感受。可是，要說他對協約聯合造成的餘波沒有意見的話，應該是騙人的吧。」

對我來說，大概對德瑞克中校來說也是吧。是由於效忠的對象不同吧，總覺得彼此之間有著某種隔閡。

為了祖國而戰的德瑞克中校，還有為了祖國而戰的我。然而，我們卻有著不同的祖國。意見會在哪裡出現分歧吧。儘管很遺憾，但這就是現實。

「……是第一次呢。」

「是指什麼呢？」

「這種事情，我說不定從未跟同鄉以外的人談過呢。」

在認識莉莉亞前，我只能跟義勇軍的眾人互訴煩惱……而大半的夥伴如今也已經喪命。父親、他們，還有她們所相信的，祖國的解放。這是生存者的義務。然而，我拭去些滑落的淚水笑起。

「總有一種，居然會有這種事呢的感覺。」

「但願瑪麗能有著幸福的人生呢。漫長人生裡，既有壞事，也會有好事喔。」

「不可思議呢。原來也有這種說法呀。」

「當然有了，我的朋友。」

綻開的嫣然微笑。

是很棒的笑容。

「啊，很棒呢，這種說法。」

真是敵不過呢——讓人忍不住想別開視線的燦爛微笑。

「那麼，就再說一次吧。請多指教，瑪麗。」

我握住了她伸出的手。

溫暖的手。

溫柔的手。

所以，我也才笑得出來吧。

「嗯，我才是要請妳多多指教，莉莉亞。我的朋友。」

初次見面，妳好。我的……好朋友。

統一曆一九二六年十月十六日　東方戰線東北方面　沙羅曼達戰鬥群基地

作為戰鬥群指揮官來到東部的譚雅．馮．提古雷查夫中校，心情恰似颶風般急速下降。

除了要繼續執行戰鬥群運用測試的調查研究任務外，戰鬥群配置的地點，還是離東方主戰線相當遙遠的前線的一部分。

在軍隊主力正為了準備大規模作戰，逐漸往東南方面集結的狀況下，還略為體貼地要人在東北累積過冬經驗。也可說是要人兼作為訓練與側面警戒任務，在前線熟悉東部的氣氛，這種無微不至的安排吧。

只是，既然都這麼替人著想了……譚雅在最後的最後，一面懊悔著，一面對貧弱的手牌傷透腦筋。

「……戰爭還真是不能拖長呢。貴重的資深人員統統都消耗一空，讓前線就只能領到這種劣等貨嗎！」

配屬到的部隊低於預期，是以新兵為主的部隊。

「不是以職業軍人，而是以徵募的新兵為主。一旦超過本來就很貴重的資深人員所能彌補的範圍……這個……我頭好痛。」

說到這裡，譚雅也覺得自己說過頭的反省起來，不過真正的心情是假不了的。實際上，譚雅就正在對手牌傷透腦筋。

說會安排資深人員擔任基幹人員的戰務的烏卡中校，並沒有說謊。也就是說，他有幫忙關照了吧。

光是有一名足以信賴的軍大學同學待在後方，處境就算是相當好了。

不過，就算是烏卡中校……也只是一名參謀將校。沒有立場指揮一切。光是他能幫忙確保資深人員，就算很好了。說是這麼說……但看來沒辦法連「新兵」的品質都關照到吧。

對新兵訓練水準的預估太天真了，這讓譚雅是懊悔不已。

儘管在以駐紮村莊為中心準備過冬的同時，每天埋首在訓練之中……狀況卻絲毫沒有好轉的跡象。

別說是需要教導戰場上的做法，要是連軍人基礎教育都有必要進行的話，就難以說是該投入最前線的水準。

這就像是把連自己經手的商品都不懂的新人，丟到經營的最前線一樣。姑且不論想彌補人手不足的意圖，這毫無疑問會產生嚴重的混亂。

附加一提，問題還不只是新兵。配屬下來的軍官們，也離理想相當遙遠。

在接收下來作為司令部，疑似聯邦共產黨設施的房屋一隅裡，讓信賴的軍官與新編部隊的軍官進行圖上對抗演習的結果，只能說是慘不忍睹。

不對，也不是沒有值得讚賞的人物，然而卻混了更多的無能在內。

就算要以最大限度的樂觀且希望性的推論，委婉地做出評價，就目前來講，也不具備著能作為指揮官予以信任的技術水準。

這種程度的將校是自己的部下。

與拜斯少校在戰鬥群的司令公室裡，兩個人一起講評起新任軍官後，所說出的話語只有一成是稱讚，其餘九成全是批評。

「阿倫斯上尉還算是最妥當的。身為裝甲部隊的指揮官，他知道自己的工作是什麼。對砲兵與魔導部隊的運用太天真，還可以認為是因為領域不同的關係呢。」

「是的，他應該沒問題吧。我聽說，他是雷魯根上校幫忙安排的……要能夠全是這種人才就好了。」

所幸，或許該這麼說吧。艾瑪．阿倫斯上尉這種熟人推薦的將校還算妥當。只要鍛鍊起來，就能充分成為一名優秀的將校吧。

只不過，最好就是這樣了。

還有一個人能派上用場這件事，倒不如該鬆一口氣的實際情況，粗陋到讓人害怕。

「砲兵的羅爾夫．梅貝特上尉，拖去槍斃會比較好吧？」

「……中校。」

「我知道，抱怨幾句而已。不過……居然會讓勤勞的蠢貨坐上砲兵的位置啊。真不知道會被他浪費掉多少彈藥。這裡可是『東部』喔。」

帝國軍的砲戰準則，是針對壕溝戰的情況加強，進行最佳化。不論何時，軍隊都會受到上一場戰爭影響。想要針對新的戰場達到最佳化，就必須付出名為經驗的可怕學費的樣子。

預測老舊戰場的情況接受訓練，不切實際的將校……如果是在西方萊茵戰線，就還能容忍也說不定。

然而，譚雅以發自內心的錯愕語調否定。

「拋棄西方萊茵戰線的經驗法則吧。作為前提條件的補給線，相差太多了。」

「是的，中校……畢竟補給很脆弱呢。」

「豈止是脆弱啊，拜斯少校。就連貴官也清楚到不行吧。要是砲彈給他浪費掉就困擾了。畢竟補給很可能明天就會中斷喔。」

東方戰線的補給線，存在於泥濘之中。運輸手段是以馬匹為主。也能勉強使用車輛輔助吧。不過，行駛的是路面未經鋪設的道路。

情況與能靠輕便鐵路供給充裕砲彈的西部戰線，相差太多了。補給不是絕對的。極端來講，就連後勤路線都無法信賴。

「拜斯少校，貴官還記得在圖上演習中，補給線『三度』中斷時，梅貝特說的蠢話嗎？」

「是指他說預置的彈藥少到不現實，所以對砲擊造成障礙的事吧。」

就像擠出來似的，拜斯少校傻眼的答覆。實際上，兼作為教育，拜斯少校有與梅貝特上尉不斷預測過狀況。

「儘管如此——」譚雅點頭狠狠說道。

「梅貝特那個笨蛋卻怎樣都學不乖。不對，拜他那個『這樣太奇怪了』所賜，很可能會對其他蠢蛋們造成不良影響喔。」

「林哈德．湯恩上尉與克勞斯．托斯潘中尉應該沒問題吧。雙方都很清楚，步兵部隊的麻煩事必須要靠自己解決。」

是想轉移注意力，或是看出可以辯護的部分吧。

是能理解拜斯少校打算迂迴地轉移話題。儘管如此，這也是有問題的見解，讓譚雅不得不發出警告。

「湯恩與托斯潘也是蠢到不行。他們就跟打算自己收拾善後，卻連尿布都不知道該怎麼包的新兵們一樣喔。」

默默地苦笑著的拜斯少校也無法反駁吧。只是，注視過來的眼神，也開始帶有一些擔心的神色了。

啊，這就是所謂會讓人反省的表現。太流於情緒了呢，譚雅就在這時自覺到這點。

「我想聽聽航空魔導大隊送來的補充中隊的情況。」

將話題帶回實務上，譚雅問起拜斯的見解。

「包括指揮官特奧巴登．維斯特曼中尉在內，滿額的十二人全員都是新兵。」

「就跟聽到的一樣呢。關於指揮官與部隊，我想聽你直率的意見。」

「能力與資質，還算不錯吧。」

「哎呀。」這是讓譚雅吃驚的一句話。拜斯少校從本國接收的補充人員們，動作的技術水準應該是慘不忍睹才對。

「也就是說意外地還不錯？給我說明。」

「是的，我想人事局在補充之際，有替我們做了某種程度的選拔吧。幹勁與學習能力都沒有問題。」

「嗯。」在譚雅催促他繼續說下去的注視下，拜斯少校帶著嘆息說道。

「另一方面，身為魔導師的經驗是致命性的不足。」

「問題果然出在這啊。」

讓人只能感慨的事實。

姑且不論資質，主要是沒有給新兵累積經驗的時間。所以必然地，所有人都經驗不足。

「誠如中校所言。這不限於指揮官，是補充人員全面性的共同問題……獨立出一個中隊會比較好吧。」

沒辦法讓訓練程度相差太多的部隊聯合作戰。得要基於實力差距過大的認知，摸索適當的運用方式吧。

沒辦法，譚雅帶著嘆息感慨起來。

「也就是說，我們第二〇三航空魔導大隊，暫時會是大隊加上預備中隊的編制吧。」

「儘管遺憾，但新人就按照預定，交給格蘭茲中尉加強訓練吧。」

「能派上用場嗎？就算說是經驗不足，但就以前確認到的情況，他們看來就連最低限度的動作都做不到。」

格蘭茲中尉的教育能力自然是不在話下。

配屬下來的新人們缺乏經驗這件事，無論如何都需要時間這個要素。

……但一天就只有二十四小時。

而且，基於體力與軍務的理由，也不可能一天二十四小時不停訓練。

最糟糕的是，配屬下來的人員，如果照飛行魔導師課程的標準來講，全都跟不及格一樣。如果是譚雅知道的技能訓練課程，首先就無法通過。配屬下來的新人們，全員都只有會在開戰前丟回去，要他們從頭進行基礎訓練課程的技術水準。

正因為如此，譚雅不得不再問一遍。

「拜斯少校，我不是懷疑你的見解。只不過，技術太差勁與經驗不足的意思不同吧？」

「中校說得很對。不過就唯獨這次，真的不是個人的問題。我向維斯特曼中尉確認過了……

要說的話，這是進行過分速成教育的後方的責任吧。真是驚訝。滯空時間連一百小時都不到，只有兩位數。」

「什麼？」譚雅忍不住條件反射的反問。滯空時間……只有兩位數？

「你說他們是飛不到一百小時的新兵？」

「包含維斯特曼中尉在內，我向新人們確認過了。只要飛滿一百小時，通常就會直接被前線配置的單位搶走。」

「我能理解這不像話的粗糙水準了……沒辦法。光是有補充來就當作是件好事吧。我聽說自大戰爆發以來，能徵兵的人已全都遭到軍方徵募了，結果卻被這種粗糙的訓練浪費掉……」

在總體戰下，能確保到的新兵，大致上分為三種來源。

第一種，是單純剛剛達到徵兵年齡的年輕人。說好聽點，就是會每年補充的人力資源吧。大致上是玉石混淆。

第二種，是免役人員的志願從軍。

儘管譚雅難以理解，但也有著雖然具備免役資格，卻還是志願從事前線勤務的人。順道一提，這種人通常大多是人才。儘管很多……不過，卻難以送到手上。

在總體戰下，人力資源已被榨取到極限。能獲得免役的人，大半都是科學家、技師或醫生等極為少數的專家。他們就算志願從軍，也會被二話不說地丟到「後方的研究機關」。

也聽說過，曾有數名的研究人員與醫生志願從軍，想在前線為祖國做出貢獻，不過卻遭到參謀本部當面拒絕的事。還真是羨慕死人了。甚至迫切希望能與他們交換位置。不過，既然得不到，也只能放棄了。

而最後的來源集團，則是「擴大範圍的徵兵對象」。也就是降低的徵兵年齡層，還有以疾病與體力為由免役的那群人，受到軍方需要了吧。

不管怎麼說，送來的就是來自這種資源來源，接受促成栽培的補充人員。不得不認為，光是還有正常的幹勁與知性就算很好了，而這也就是帝國所面臨到的人力資源的現實。

……還真是可怕啊。

「在這種狀況下，維持著良好狀態的裝甲部隊，還真是讓人感激呢。所幸裝備與訓練程度都沒有問題。就跟指揮官阿倫斯上尉一樣，是批優秀的部隊。在派遣他們過來的雷魯根上校面前，可是抬不起頭來了。」

「就是說啊。」譚雅也苦笑著回答。

「不過，拜斯少校。真正的問題，出在作為戰鬥群數量主力的步兵大隊與砲兵隊上。」

「……要談到能不能承受住運動戰，就很微妙了。」

「基於戰鬥群的任務，難以避免機動防禦。」

「只不過——」譚雅帶著嘆息站起後，就走近窗邊，看向窗外。眼前是正在構築戰壕的步兵部隊。

「在現況下，可沒辦法進行運動戰。新任的步兵指揮官們，似乎是學了最新的彈性防禦理論……步兵學校那些傢伙是笨蛋啊。」

一回想起讓兩位步兵指揮官寫構築設計圖時的事情，譚雅就嘆了口氣。那是在學校學的吧。居然提議要忠於帝國軍自豪的精緻防禦理論——彈性防禦理論來構築防衛線。

「中校，儘管妳這麼說……但彈性防禦理論本身並沒有缺陷。」

「是呀，你說得沒錯，拜斯少校。只要具備『適當的兵員、適當的裝備、適當的補給』，就無法否定彈性防禦會是最佳解答。」

這是基於帝國軍在萊茵戰線經歷的壕溝戰所擬出的戰術。彈性防禦是以靠著第一線轉移敵方攻擊，我方也同時展開行動作為前提的防禦方式。

光就理論上來講，這確實是正確的戰術。

兵力有限的部隊，想要防禦廣範圍的前線，就只能機動。

畢竟，固守在主防衛陣地裡，將會遭到「包圍」。為了避免遭到包圍，就不能將重點放在主防衛陣地的防衛戰鬥。只能在主陣地的前方，設置用來警戒並防範敵方滲透的散兵壕與簡單的火力點，在發現敵蹤後迅速反擊。

這是簡單明瞭的理論，非常好。

唯一的問題，頂多就是「既然展開機動，就無法構築堅固的防衛線」了吧。

「這可是連運動戰都不太有把握的戰鬥群喔。一個魔導大隊、兩個加強步兵大隊與砲兵大隊，再加上裝甲中隊，才勉強相當於四個大隊的連隊……居然說要構築師團規模的防衛線？」

「他們也是半開玩笑的吧？」

「那是開玩笑？提議構築防禦用前進線的湯恩與托斯潘可認真了。」

光是回想起來，就讓譚雅提不起勁的事件。甚至認真問起他們，難道是想拿出師團單位的兵力，在這座村莊附近進行防衛嗎？

然而，他們愣住的表情上毫無動搖。

「他們沒能理解啊。」

「中校是說，他們仍舊相信彈性防禦是對的？」

「不會錯的。拜這所賜，之後有必要去確認防衛線了。他們說不定會在哪裡偷工減料。」

根據譚雅的判斷，目前能採取的手段有限。具體來說就是要塞化，也就是只能將村莊徹底化為防禦據點。

只能乾脆以遭受包圍作為前提，加強四周防禦。

在這件事上，遭受包圍就是所給予的前提。我對不應該遭受包圍的理想論沒興趣。想要以少數兵力防衛廣大範圍，自然會有一個極限。

就算嚴加警戒……也會在某處出現能讓敵人奇襲的缺口。假如不接受會遭受奇襲包圍的未來預想圖，等著我們的就會是全滅的下場吧。

「就算是我……也覺得固守據點很蠢。恨透了居然沒有其他方法可行。不過正因為如此，才必須要徹底構築防衛設備。」

「是的，中校。」

「就這件事上，步兵部隊指揮官們的認知不足，讓我很不放心。拜斯少校，要是貴官能幫我去直接確認的話，我也就能安心了。」

「是的，中校。可以跟妳借謝列布里亞科夫中尉嗎？」

「無所謂，給我做好萬全的檢查。」

「遵命。」

「就拜託你了。」譚雅低下頭來。

「湯恩那個蠢蛋，看樣子還在對彈性防禦依依不捨。」

「……沒辦法。中校，據點防禦方式對於敵方的包圍與砲擊很脆弱，是無法否定的事實。即使是湯恩上尉，也難以擺脫這種可說是過去主流的觀念吧。」

拜斯少校的表情，看起來有點僵硬。儘管是打算心平氣和地說，不過看來自己的語氣……又變得相當嚴厲了。

「也有一點同情的餘地。」拜斯少校接著說下去。意圖找出部下優點的態度，絕不是不好的資質。

不過──譚雅狠狠說道。

「這麼喜歡辯護，貴官乾脆轉職當律師如何？」

「聽好。」譚雅接著說下去。

「如果是能採用彈性防禦的環境，他會是正確的吧。但問題在於他不肯接受無法準備這種環境的現實。承受不住運動戰的新兵群與不確實的砲兵，除了據點防衛方式外，還能怎麼做？」

「到頭來──」譚雅苦澀地補充說道。

「就只能將士兵留在指揮官聲音能傳達到的範圍內了。」

就像管理打工人員的店長一樣。

如果有值得信賴的打工組長，情況就不同了吧。只要授予他部分權限處理事情，就能大幅減少相當於指揮官的店長負擔。

反過來說，這要是一間只有連交給他自行判斷都很危險，只有新進打工人員的繁忙店的話？到頭來，店長就只能像是指揮官先行似的守在店面了。

「就連這也搞不懂的勤勞蠢貨，外加上頑固！真想槍斃他。真遺憾軍法裡沒有能把無能之輩抓去槍斃的規定。」

「恕我失禮，可容下官說一句嗎？如果這麼想追求嚴厲的判決，中校才應該以檢察官為目標吧。」

「好主意，拜斯少校。等退役之後，就一塊朝司法界邁進吧。應該會跟貴官在法庭上展開唇槍舌戰吧。」

意外地不錯呢，譚雅發自內心地微笑起來。

這作為退役軍人的發展算是相當富有名譽的工作吧。至少毫無疑問能確保穩定與安全。

「哈哈哈，這也太可怕了。好了，得趕在中校生氣前去做事了。我想去視察，還有處理相關事項。」

「好，放手去做吧。」

目送走敬禮後離開房間的部下，譚雅帶著苦笑重新考慮起現況。手上的牌，實在是難以說是一副好牌。

但就算是這樣，牌局也已經開始了。事到如今，也沒辦法說手牌太爛要下牌桌。只能盡力做到最好了。

就來考慮手上握有的手牌，能做到什麼事吧。

「哎呀，這樣可完全划不來啊。這該跟參謀本部申請超時津貼吧？不對，得先確認規定，看看軍官與戰鬥部隊的指揮官，能不能適用加班津貼才對。」

統一曆一九二六年十月十九日　東方戰線東北方面　沙羅曼達戰鬥群基地

訓練，構築陣地，然後繼續訓練。

在遠離東方主戰線的另一端，東北方面展開部署的沙羅曼達戰鬥群，點綴日常生活的是不間斷的訓練與演習。目的是要強化部隊合作與確保所需的最低技術的訓練演習，作為軍士官們的怒吼響徹雲霄。

至少，演習的當事人們毫無鬆懈。不論是誰，都極為認真地勤於訓練……這算是不幸中的大幸吧。不過就連這種景象，都讓譚雅看得十分著急。

新兵們有幹勁是很好，但沒有伴隨著最重要的技術。無法理所當然地期待部下做到理所當然的事，這個事實嚴重侵蝕著神經。

太過緩慢的技術改善，讓想在冬天正式到來前，重新鍛鍊兵員的拜斯少校與譚雅的意圖，早早就面臨絕望。

深夜時分，一面在作為戰鬥群司令部接收的民宅裡，閱讀著氣象觀測班的預測資料，譚雅一面嘆氣，渴望著時間。

「……也就是距離嚴冬來臨，最快還不知道剩下幾個星期吧。考慮到過冬的準備，能分給訓練的時間與資材都太有限了。」

光是現在，演習用的機材就不足了。如果是在本國，還可以使用演習場等演習設備。然而，這裡雖說與主戰線保持距離，但也依舊是前線。儘管有著能讓將兵習慣戰場氣氛的優點，卻免不了設備面上的不利。

當然，也有人說上百場的訓練不如一次實戰經驗……但我能基於經驗法則斷言。在訓練中流下愈多汗水，就能在戰場上等比例地減少愈多鮮血。

「要在一個月內把沒有素質的傢伙們，教育到能進行訓練戰的水準？現在這種情況，對企鵝進行軍紀教練，還比較能以樂觀的推論，對未來抱持著夢想吧。」

光是懂得戰壕的挖法與散兵壕的用法，就能大幅減少兵員的損耗。或是教導他們在混戰時識別敵我方的方法，還有不要亂丟手榴彈的知性，也很重要吧。

陷入混亂的新兵，往往會比起自己，犧牲掉更多身旁的友軍。比起恐懼混亂的新兵，還不如擺隻企鵝會對哨兵線比較有益吧。

「……當聽說有部分國家給予企鵝榮譽階級時，還懷疑這是什麼惡質興趣。這意外地是在象徵性地抗議，就連企鵝與熊都比陷入混亂的新兵有用吧。」

還以為單純是吉祥物呢，看來凡事都該確實理解才對。是嶄新的發現呢，帶著苦笑將熱咖啡一飲而盡後，譚雅緩緩站起。

朝手錶瞥了一眼，距離預定時刻也相當近了。差不多是在哨兵線進行警戒行動的拜斯少校，回報定時聯絡的時候。

要是沒出問題，就可以去睡了吧。順便在就寢前，去領一盆水來洗洗臉也不錯。

雖說是前線，不過只要有魔導師在，就能輕鬆取得熱水這點還真叫人感激。就算不免沒辦法二十四小時無條件地享受泡澡，不過能用來擦拭身體程度的熱水，只要用術式加熱就能確保。

「眼睛痠到不行。就敷敷熱毛巾，休息一下也不錯呢。」

就算正處於壕溝戰之中，魔導部隊也多少有辦法獲得一點通融。還真是讓人深刻體會到，維持文明的生活，對維持人性有著多麼不可限量的幫助。

規律的文化習慣。

既然要奉陪戰爭這種極不規律的連續異常現象，對自己的生活進行紀律訓練，就是確保生活節奏所不可欠缺的行為。

人性，這是受到日常生活擔保的精神堡壘。

「哎呀，不好。耽擱到與拜斯少校的定時聯絡了。」

得快點了——就在走向房門的瞬間。唐突的敲門聲，不對，倒不如說是在胡亂敲打似的某種聲響。

啊，再會了。

平穩規律的秩序之夜。

晚安，狗屎般的異常事態——譚雅懷著覺悟大喊。

「進來！」

「打擾了，中校。收到緊急報告！」

現身的是神情緊張的副官謝列布里亞科夫中尉。看來跟料想一樣，發生了糟糕事態吧。

真是會給人找麻煩。

儘管不知道是哪來的傢伙，但居然想妨礙我規律的文化習慣，真是無禮至極。就以文化與正義的秩序，進行重新教育吧。

「發信人是巡邏中的拜斯少校。」

在譚雅催促快讀的眼神下，維夏點頭繼續報告下去。

「是敵人！他發現到敵蹤了。」

「從哪裡回報的？」

「前線附近，拜斯少校判斷是從敵勢力圈出發的部隊。他表示有確認到聯邦軍的兩個步兵旅團，目前正朝第一前哨線急速接近當中。」

嘖，讓人想咂嘴的事態。

早就預測過這類的攻擊。

反正，怎樣都難以避免數量劣勢吧。

早有預期敵我的戰力差，恐怕會在敵方進攻的情況下拉大。相較於將兵力分散配置在廣大防衛線上的帝國軍，聯邦軍能自由地在喜歡的攻擊地點上集結兵力，所以這與其說是預期，更接近是確信。

不過就算這樣，敵人有兩個旅團？就小規模衝突來講，不得不說這幾乎是過度的兵力。

這如果是在白天晃來晃去，就還能靠航空攻擊擊退吧……但是夜間的對地攻擊，效率是差得嚇人。倘若是地面的混戰，而且還是夜戰的話，將會扼殺航空魔導大隊這類部隊的強處吧。

「該死的共產主義者，是打算在這種邊荒地帶追求小規模會戰嗎？戰力差太多了。讓前哨線的哨兵依序後退。照這樣下去，會被敵步兵的人潮吞沒。」

「拜斯少校根據獨自的判斷，早已下達後退的指示了。」

太優秀了——聽到謝列布里亞科夫中尉的報告，譚雅向她點了點頭。拜斯少校以該說是獨斷獨行的判斷，背負著風險做出適當的抉擇。

這是日後說不定會遭到譴責的決斷。同時，也是在分秒必爭之際的必要措施。會毅然做出適當的自主判斷的部下，價值千金。

「很好。我追認他的判斷。跟他說我讚賞這是很優秀的判斷。」

「是的，我會轉達的。」

「同時立刻去準備收容。提醒各級指揮官，別讓那群新兵誤射到友軍哨兵。」

「遵命，我立刻去安排。」

「對了，謝列布里亞科夫中尉。順便呼叫全體軍官。雖然打算速戰速決，不過想先讓全員理解狀況。」

「遵命，謝列布里亞科夫中尉立刻著手安排友軍哨兵的收容，下令徹底防止誤射友軍，同時召集戰鬥群各個部門的主管將校。」

為了表示理解之意，謝列布里亞科夫中尉以腳跟併攏的敬禮姿態，複述起譚雅的指示。就在譚雅點頭表示沒問題後，她就機敏地衝出房間。

她十分清楚自己的工作，擔任聯絡負責人的謝列布里亞科夫中尉也是名值得信賴的副官。

她會幫我做好安排吧。

「好啦，要忙起來了。必須要教導一下這些不懂禮儀的客人，拜訪他人時的程序了。」

必須得要讓他們嘗到妨礙睡眠的報應。

正因為如此，譚雅戰意高昂地衝進戰鬥群的司令部。

在她抵達之前，司令部就在進行將敵情寫在地圖上的作業，如今也仍在一分一秒地更新當中，進展得相當順利。就在確信拜斯少校等偵察人員們傳回來的情報，能讓他們確實掌握到敵情的階段，譚雅微笑起來。

雖是夜間，不過就連在萊茵戰線的無人地帶，都有過偵察經驗的拜斯少校，他的判斷大致上都很妥當。

今天的夜間值班人員，不是經驗尚淺的維斯特曼中尉，也不是還有點讓人擔心的格蘭茲中尉，真是幸運。這正是所謂的不幸中的大幸吧。

姑且來講，只要有下達適當的指示，格蘭茲中尉也是值得信賴的人才。

再來，就算是新配屬下來的軍官，也都有受過最低限度的軍官教育。就連經驗最淺的軍官，也有中尉。可期待會有著剛出軍官學校的新任少尉，所無法媲美的穩定性吧。

因此，在下令指揮官集合之際，譚雅自負程序會理所當然地進行。具體來講，就是應該不會有什麼問題吧。

正因為如此，當注意到因為緊急召集而被叫醒，集合起來的軍官們之中，看不到熟悉的臉孔時，譚雅頓時困惑起來。就這點來講，沒看到擔任偵察任務的拜斯少校身影，就某種意思上是理所當然。

尾隨敵軍，將行進方向等敵情送回來的人，是可以不用來參加簡報的。倒不如說，這是當然的事。

只不過，譚雅蹙起眉頭，問起湯恩上尉的部下。

「托斯潘中尉，湯恩上尉怎麼了？」

「在司令部裡。湯恩上尉認為不管怎麼說，都必須要有人留下來指揮管理步兵部隊。」

的確，身為指揮以新兵為主的步兵部隊的指揮官，湯恩上尉會沒辦法來集合，姑且也算是可以理解。

不過即使如此，照道理來講，應該是要把托斯潘中尉留下來管理。

會擔心新兵是情有可原吧。不過，要是太過輕視無法以指揮系統統一意見的風險，湯恩上尉就是名不合格的現場將校。

「……我應該是說立刻集合吧。等簡報結束後，就叫他立刻趕到司令部來。」

「遵命。」

一面感慨這傢伙讓人頭痛不已，一面也覺得，就算在這裡譴責托斯潘中尉也無濟於事，譚雅就將意識切換過來。

「那麼，謝列布里亞科夫中尉，開始說明吧。」

「是的，那就容下官僭越，代為說明戰局概要！」

掌握要領，說明狀況的能力。

就這點來講，副官的謝列布里亞科夫中尉，十分懂我的意思。作為能將預測的敵戰力、行進路線、判明的全部敵情，在圖上做適當說明的將校，我甚至有自信推薦她研習參謀課程。

讓人難過的是，她很可惜的，沒有循正規管道從軍官學校畢業。

也不是不覺得參謀將校的窄門，還是不要限定軍官學校畢業會比較好。如有機會，或許該跟傑圖亞中將閣下商量一下吧。

只不過，雖是讓人矛盾的事實，但要放開如此有能的副官，要說不在意是騙人的。

這正是以大局為重，傾向人力資本最佳化的高層，與不得不在意現場人力資源的管理職之間，基本的利益衝突吧。

要讓優秀的人才走上更加優秀的道路是很好。只是，因為去參加培訓，所以沒辦法累積必要的經驗，也很辛苦。

對了，譚雅就在這時想到一件事。必須得考慮現在的帝國軍，究竟還有沒有餘力，讓前線軍官在軍大學悠哉地接受教育。

「推定為敵戰力的部隊，與在正面展開部署的聯邦軍，不認為是同一批部隊。恐怕是新參戰的部隊吧。監聽到的通訊暗碼與確認到的識別記號，皆與現有的資料不一致。」

「請求提問。這也就是說，除了新參戰的敵戰力外，還要預期可能會與既存的敵部隊爆發衝突嗎？」

「是的，梅貝特上尉。就誠如你所說的。」

「……這樣一來，砲彈到底夠不夠用啊……」

眼前的梅貝特上尉，就像是後知後覺似的，回想起自己與拜斯少校打從很早以前就不斷在警告的事實。

就算是這傢伙，在配屬下來的軍官當中，也有著相對容易被當成資深人員的經歷。這也就是說，前線已相當沒有餘力，讓可能擔任參謀將校的人員離開了。

這會是永遠的兩難困境吧。

儘管渴望著優秀的上級參謀，然而培育這種人才的供給源，最優秀的下級將校，卻是前線絕對不可缺少的人員。該將重點放在哪一邊，毫無疑問是絕對無法解決的煩惱。

不過，譚雅就在這時將意識切換回來。

「我的報告到此結束。距離敵前鋒襲來，約還有兩個小時。就盡早展開行動吧。」

就在副官說明完狀況的瞬間，軍官們發出盛大的嘆息聲。在輪班就寢的時候被叫醒，睡眼惺忪地得知，有兩個旅團的敵人正在毅然發動夜襲的消息。

這肯定會醒得很徹底吧。

實際上，在一旁守候的譚雅面前，他們也開始各自發表起意見。

「在這瞬間，讓人覺得有構築哨兵線真是太好了。只不過，居然有兩個旅團？」

「沒錯。是所謂的壓倒性戰力差呢，托斯潘中尉。」

眾人一邊抱怨著勤務兵準備的咖啡是泥巴水，一邊進行的對話。

一面點頭認同托斯潘中尉的發言，譚雅一面對敵我的戰力差，滑稽地噘起嘴巴。譚雅開始接受大半的對聯邦戰，都會遭到數量優勢壓制的現實。

不對，是腦袋理解到，必須得要接受這個現實。

「該死，又是這樣。」

「聯邦軍那些傢伙，儘管總是這樣……但還真虧他們能在小規模衝突中投入大規模兵力！他們能從田裡採收士兵的謠言，該不會是真的吧？」

在這件事上，格蘭茲中尉與阿倫斯上尉這些有過東方戰線經驗的人，是不會有問題吧。他們儘管發著牢騷，不過嘴角卻殘留著狂妄的微笑。

就算是夜間的小規模衝突，難以採用航空攻擊的狀況……不過這裡有著在某種程度內也有過夜間戰鬥經驗的人們。這裡有著具備魔導、裝甲經驗的人，這件事也讓譚雅稍微鬆了口氣。

「不過也不是打不贏的對手。應該要高興，沒有面臨到要與兩個師團交戰的局面吧。」

「說得沒錯，阿倫斯上尉。不過既然沒確認到敵航空魔導戰力，就算不到打野鴨的程度，我也會想辦法解決他們的喔。」

「喂喂喂，格蘭茲中尉。給我好好期待裝甲部隊的雄姿吧。裝甲部隊的大規模反擊蹂躪戰，可是很壯觀的喔。這邊當然是要用防衛支援後的反擊攻勢，一舉殲滅他們。」

阿倫斯上尉在這件事上，很清楚自己的職務，讓譚雅感到安心。讓人非常高興的是，他真不虧是有過東部經驗的人，很懂得裝甲部隊的任務。

裝甲部隊的指揮官，往往因為會導致磨耗，而討厭防衛支援。這近乎是他們的本能。太過希望集中保留裝甲戰力，直到能作為預備兵力反擊的決定性局面。

然而，阿倫斯上尉似乎並不討厭積極進行防衛支援的樣子。譚雅心想，這算是值得感謝的提議呢。

如果是現在的局面，朝防衛線過來的，恐怕就只有敵步兵。

「來自拜斯少校的電報。他想率領大隊主力，兼作為遲滯戰鬥的對敵步兵發動攻擊。」

「……許可。要他努力減少敵戰力與遲滯戰鬥。只不過，要以抑制我方損害為最優先事項。提醒他，別讓魔導大隊做無益的磨耗。」

「我會確實轉達的。」

然後，自己的副隊長拜斯少校，也是名很清楚該怎麼欺負敵步兵的軍人。戰爭就要從敵人的弱點打起。

魔導部隊在夜間的對地攻擊，效果通常會明顯減弱……不過資深人員知道該怎麼做。就算效果不大，也依舊會從空中徹底凌虐步兵部隊的弱點吧。他的技術與實績值得信賴。

譚雅不認為，在遭到拜斯少校這樣認真的軍人襲擊後，敵步兵還有辦法突破據點化的四周防禦線。

她深信只要步兵部隊能適當地維持戰局，就不需要裝甲部隊支援防衛線。重點就在於要保存砲彈，等到關鍵時刻再發動砲擊。

關於這點，也必須徹底提醒梅貝特上尉保存砲彈的要素——正打算叮嚀他時，譚雅忽然注意到一件事。

「話說回來，托斯潘中尉，湯恩上尉到底是在幹什麼？」

距離會議開始已經過了相當久一段時間。應該就連笨蛋，都知道差不多該過來露個面了。

「是的，那個……是在指揮部隊。」

是之前就聽過的報告。

只不過，譚雅從司令部的窗口，指著不知所措的步兵問道。

「就算是這樣，步兵的動作也太遲鈍了。那是怎麼回事？就像是在困惑，不知道自己該怎麼做的動作喔。」

那不是該就配置位置，防備敵人來襲的步兵部隊動作。

是沒有給予適當指示吧，就連窗口能看到的範圍內，都有一部分的將兵抱著裝備，保持著集合狀態，呆站在那邊不動。

這對走向窗口，拿出手電筒照明的謝列布里亞科夫中尉等人來說，也是很震撼的畫面吧。

構築中的防衛線，有限的兵力，還有極度缺乏經驗的一群新兵。

這是個姑且能夠理解指揮步兵部隊的湯恩上尉，為何就連指揮官會議都無法參加的狀況……但有哪裡不太對勁。

說到底他應該要來報告一聲。首先第一點，譚雅不掩煩躁，凶惡地看向托斯潘中尉。

要是在湯恩上尉的指揮之下，部隊還是這種慘狀，那還是將他撤職算了。

「有牽電話線吧？托斯潘中尉，叫湯恩上尉到司令部來。我要聽他報告狀況。」

「那個……」

「托斯潘中尉，這不是委託，是命令。給我叫湯恩上尉到司令部，我應該有下令要鋪設電話線吧？」

「中……中校，其實……」

「怎麼了？」

用眼神表示我的忍耐已達到極限，催促他繼續報告下去的譚雅，就在這時，聽到了讓她懷疑起自己耳朵的通知。

「……湯恩上尉去執行軍官偵察了。」

「咦？」讓人忍不住驚疑的通知。步兵部隊的指揮官，居然在敵人來襲的局勢下前去做「軍官偵察」？

離開部隊？

「在這種局面下？他為什麼要離開崗位！」

「是根據獨自的判斷。那個，就跟拜斯少校一樣，認為將校應該在前線警戒……」

為了進行彈性防禦，這確實也是一種方法吧。把握敵方狀況，然後以運動戰擊退敵部隊，也是一種選擇。

但是，譚雅要補充一句。

「在這種戰力差下，這不是該檢討的方案。就連這種事也不懂嗎？」

「是……是為了確認這件事的軍官偵察！針對拜斯少校的報告，透過複數的情報源加以觀察，並不是一件壞事！可藉由獲得適當的情報，採取更加適當的對策吧！」

「夠了，閉嘴。」

順著高漲的情緒，譚雅狠狠丟下這句話。

托斯潘這個笨蛋，該不會真的相信湯恩上尉的言論是最適當的行動吧？這是難以置信的無能表現，是相當足以讓譚雅暴怒的蠢話。

這要是不送讓這傢伙通過軍官適性考核的蠢蛋幾發子彈，就難以平復心中的怒火。

不對，說到底，認同這傢伙的指揮權，本身就是個錯誤吧。要是有帶上督戰隊，好讓我把勤勞的蠢貨立刻拖去槍斃就好了。不過，事到如今後悔也來不及了。

既然如此——譚雅下定了決心。為了將損害抑制在最低限度，這是該全力進行損害管制的局面吧。

「格蘭茲中尉！」

「是的！」

幸好防衛戰經驗較為豐富的格蘭茲中尉還有空。

儘管不是預期到會有這麼一天，不過在萊茵戰線的壕溝戰當中，已經讓他充分有過防衛戰鬥的經驗了。

一點砲彈與步兵夜襲的程度，應該不會垮吧。

「就借你維斯特曼中尉的中隊。也把托斯潘中尉帶去。然後，繼承湯恩那個笨蛋擅離職守的指揮權。步兵戰用跟萊茵相同的要領就好。守住，不准退，然後打回去。」

「遵命！」

毫不遲疑地敬禮表示了解的格蘭茲中尉，具備軍人所必要的最低限度的知性。命令，了解，然後二話不說地毅然行動。

相對地，讓譚雅表情猙獰的托斯潘中尉，則是對照性地發出抗議。

「……是要停止湯恩上尉的指揮權嗎！」

「廢話！」

「請等一下，湯恩上尉是正當的指揮官！就算是中校，也沒有權力停止……」

在戰鬥前這種忙得要死的寶貴空檔，說出這種蠢話的蠢貨。為什麼就是無法理解，這是極為嚴重的利敵行為啊。

「托斯潘中尉！我可沒有許可湯恩上尉離開崗位！將校在四周防禦線尚未完成構築之前擅離職守？光是這件事，就是足以剝奪指揮權的大問題了！」

「這只是獨斷獨行！是湯恩上尉受到承認的將校權利！」

這個笨蛋。

「我下的命令是在據點做防衛戰鬥！違背發令者意圖的行動，不是獨斷獨行，單純是抗命！首先，我跟他可是待在同一個據點喔！」

「這是因為沒有時間詢問中校的判斷吧。就本質上來講，跟拜斯少校在前哨線獨斷下達指示是相同的行動！」

「托斯潘中尉，你這話是認真的嗎！」

「如果不是認真的，就不會跟中校說這種話！」

這個混帳傢伙。

「你把在敵人逼近時讓前哨線後退的急迫性，與大搖大擺地離開據點去散步的急迫性等同視之？如果你能讓軍事法庭認同這種意見，就拿出證據來啊！」

「這……這是蠻橫的意見！」

我對這個笨蛋，已經忍無可忍了。一面無意識地把手伸向腰際的手槍，譚雅一面不掩話中的殺意，向他發出一句威脅。

「目前正在指揮戰鬥，不准再鬧了。我沒有空繼續聽你廢話。假如再鬧下去……」

就給我做好覺悟──沒必要把話說下去。

托斯潘中尉臉色慘白，甚至帶著恐懼的眼神看著自己。不對，是在托斯潘這個蠢貨閉嘴的瞬間，譚雅就當這是既定事項堅決說道。

「湯恩上尉就視為在戰鬥中下落不明！無法承認ＭＩＡ的將校所具有的指揮權！等他回來，就要他到戰鬥群指揮所報告。」

在戰鬥中，哪能讓人大搖大擺地離開指揮所啊。就算離開了，也要以繁忙與聯絡不周為由，讓他直到結束之前都無法礙事。

外加上，譚雅想到簡單講解狀況的必要性，認為現在應該要做一次補充說明。

姑且不論阿倫斯上尉，還是稍微叮嚀一下其餘的新任人員，會比較好的樣子。

「看來有搞不清楚狀況的笨蛋在呢。沒辦法，為了謹慎起見，我就說明一下。」

「咦？」

「各位將校，我說明一下狀況。給我聽好，事態很單純。我們正逐漸遭到包圍，不過敵人就只能對我們展開薄弱的包圍。」

據點防衛戰的優點，就是沒必要正面承受敵方的全部戰力。而最棒的一點，是能讓各將校與士官掌握部下的行動，彼此並肩作戰。

在管理新兵時，讓擔任指揮的人待在新兵附近，會是非常重要的事吧。一旦是夜間戰鬥，這麼做的重要性就會再度提升。

就跟帝國兵的訓練程度一樣，就算是聯邦軍，也不覺得他們的訓練程度會在這種狀況下受惠多少。而最重要的是，敵方不過是兩個旅團的「步兵」。如果是沒有砲兵與航空戰力支援的夜襲，就有辦法對應。

這不是傲慢，也不是自大，譚雅能基於萊茵的經驗斷言。

「因此，敵人的第一擊不會維持太久。就看準敵方出現一些後繼無力的徵兆時，投入阿倫斯上尉的裝甲中隊。」

能在對症下藥的同時，準備完美的對應策略。

這是已獲得確立的，東部的標準防戰方式。固守在據點裡，能防衛的就只有一個點，不過既然沒辦法連續構築防衛線，就只能保護自己的安全。

「攻勢極限的缺口，就用衝擊力擊潰。事情很簡單。在這道防衛線上的重點，就是不讓我方先行崩潰。給我確實握緊守在崗位上的新兵韁繩。」

就接受遭到包圍的事實吧。

然後，只要撐過第一波攻勢，成功反擊的話，據點防衛就達成了。

「因此，阿倫斯上尉。只有貴官的部隊要完全作為預備戰力。甚至不需要進行防衛支援。直到下達其他命令之前，在防衛線內部保存衝擊力。」

擋住，擋住，然後反擊。

就只是不斷重複古今中外，在守城戰時展開的王道模式。看來在東部，戰術似乎是回歸到了相當原始的階段。

對譚雅來說，沒辦法發揮文明與知性的創造性，讓她深感遺憾。然而，在滿是泥腥味的戰場上，沒有東挑西揀的餘地。畢竟，還不用像第四次世界大戰那樣必須靠石器來戰鬥（註：愛因斯坦曾提出警告，人類文明會在第三次世界大戰時毀滅，所以第四次世界大戰會用石器當作武器），就看開地認為，光是還能靠火砲戰鬥就算是不錯了。

「有問題嗎？」

「恕我失禮，中校。在反擊戰之際，拜斯少校的第二〇三航空魔導大隊的衝擊力，會比較優秀吧？」

「所以？」

這是在托斯潘中尉的醜態之後提出的意見。應該是有著相當的確信與自信吧。擺出堂堂正正的態度，阿倫斯上尉毫不遲疑地說出自己的意見。

「也請下令讓裝甲部隊進行防戰支援吧。我們裝甲中隊，是為了與步兵並肩作戰而存在的。還請允許我們參與防衛戰鬥。」

「不行，我希望裝甲戰力能保留到決定性的局面。」

譚雅會一口回絕，是基於裝甲集中理論。

總而言之，就是不能讓衝擊力分散。正因為要造成決定性的一擊，所以應該要保留裝甲部隊，這是典型的裝甲戰理論。

「嗯？就算是裝甲集中理論，前提條件也要防衛線依舊健在。少掉裝甲部隊，就算是防戰，也會導致太大的犧牲吧。」

只不過，這該算是很諷刺的偏差吧。

本來的話，這會是裝甲部隊指揮官會主張的理由，阿倫斯上尉主張的理由，會是像譚雅這樣非裝甲部隊體系的指揮官會說出口的看法。

「東部的一般戰鬥教訓，應該是強烈要求使用裝甲部隊進行防禦支援。就算是中校，也應該很清楚這件事吧？」

就跟阿倫斯上尉主張的一樣，東部的戰鬥教訓顯示出，欠缺裝甲戰力的防衛戰有著太過高昂的代價。防衛線往往會在反擊之前瓦解。只有步兵的防衛線，可以說就是這麼脆弱。

「這是很正當的疑問，不過這次的情況不同。」

「情況不同？」

「阿倫斯上尉，我們是戰鬥群。請牢牢記住這件事。」

「聽好。」譚雅把話說下去。

「我們是由砲兵、步兵，外加上魔導師在地面構築防衛線。這可是徹底支撐住萊茵戰線的黃金組合喔。」

就某方面來講，沙羅曼達戰鬥群具備著其他部隊所沒有的優點。有過萊茵戰線經驗的魔導師，早就經歷過壕溝戰殘酷的防衛戰鬥。而駐紮的村莊，也早就構築好簡易的四周防禦。

「因此，只要不是大太的狀況，防衛線都不會崩潰。沒必要擔心吧。」

只要朝一手栽培的部下看一眼的話，就能明白了。一臉得意的模樣，格蘭茲中尉機靈地開口答話。

「請交給我吧，中校。我已準備好帝國軍萊茵戰線的特產鏟子了。款待聯邦客人的事，就交給我吧。請好好觀賞我無微不至的招待！」

用力敲起自己的胸口，攬下任務的格蘭茲中尉，臉上充滿自信。他儘管在這當中算是比較年輕的軍官，不過軍歷與戰歷比年齡更具份量。

就算是格蘭茲中尉，如今也是名傑出的沙場老將。

「就如你所見，這傢伙可得意了呢。即使是格蘭茲中尉，也是在萊茵戰線領過鐵十字勳章的精銳。阿倫斯上尉，你就儘管相信防衛線吧。」

「對了。」譚雅補上一句話。

「進一步來講，第二〇三航空魔導大隊就如你所見，幾乎是未滿編的狀態。維斯特曼中尉與格蘭茲中尉要支援步兵。其餘交給拜斯少校的人手，就只有兩個中隊。」

「……我們也是裝甲中隊。」

「忘記其他兵科的人數了嗎？魔導中隊是十二名。總計是二十四名，這實在不是能維持住前進據點的人數。」

就算能維持打擊力，航空魔導部隊的特性也與步兵相差很多。硬要找類似的例子，會比較接近航空部隊。戰鬥機與戰鬥直升機就算能轟炸敵地面部隊，也沒有辦法占領地點。

這是受到裝甲部隊支援的步兵的工作。在古今中外的戰場上，人數充足的步兵與裝甲部隊的支援，都是在進行最後的工作時，所不可欠缺的要素。

「也就是說，反擊也需要足以維持據點的人數嗎？」

「很正確的理解。魔導大隊是有效的打擊力，不過反擊與鞏固據點，還是裝甲部隊比較適當吧。所幸未確認到敵方的裝甲部隊。既然如此，陣地戰就以步兵，還有步兵與魔導師的聯合部隊，外加上砲兵的支援處理。」

「別擔心。」就像是要讓他放心似的，譚雅補上一句話。

「當然，如果感覺就快輸給壓力時，我也打算早期投入預備戰力。不過，我想將一個中隊的裝甲戰力完整保留在手上。有問題嗎？」

「不，中校。我沒問題了。現在已了解任務。耽擱到妳的時間，真是非常抱歉。」

「沒關係。只要是正當的疑問，我隨時歡迎。」

軍官提出適當的疑問，倒不如該給予獎勵吧。必要的是，身為專家懂得分寸的態度。有不懂的事情就要問。

不過在發問前，得先滿足身為專家最低限度的前提條件。

就算是譚雅，也不打算稱讚連自己的專業領域都一知半解的勤勞蠢貨。

時間是有限的。

「還有其他疑問嗎？很好。那麼各位軍官，是工作的時間了。全員立刻返回崗位，開始指揮防戰。」

混在阿倫斯上尉狂妄的敬禮，格蘭茲中尉一如往常的敬禮之中，維斯特曼與托斯潘兩位中尉也跟著連忙敬禮。

然後，配合謝列布里亞科夫中尉一如往常，如教範般地向自己做出的漂亮敬禮，譚雅也做出答禮。

好啦，戰爭的時間到了。

不對，這是要用砲彈與子彈，或是用刺刀與鏟子，教導在夜間不請自來的客人正確禮儀的文化鬥爭。

然後，該說宣告開幕的果然會是砲兵吧？

對於無神論化身的譚雅來說，在這瞬間，降下了要人否定砲兵是神明的真理，會太過困難的誘惑。

「中校，是拜斯少校傳來的。他說應該能進行彈著觀測射擊。」

經由無線電，與拜斯少校等巡邏人員維持通訊的謝列布里亞科夫中尉的這一句話，簡直就是該稱為福音的通知。

讓人差點喃喃說出一句太棒了。

譚雅一面控制著差點忍不住揚起得意竊笑的表情肌，一面拿起直通砲兵負責人梅貝特上尉的電話線路，單刀直入地問。

「……拜斯少校傳來電報，說能對砲兵提供觀測支援。梅貝特上尉，沒錯吧？」

「沒有錯。少校率領的巡邏人員，有把長距離無線電與整套觀測機器揹過去。」

這是專業笨蛋的保證。

還真是太棒了。

不對，更棒的是拜斯少校那傢伙。幹得好呀！

他真是細心。就是因為這樣，像拜斯少校這樣的沙場老將才會在危機時顯得這麼可靠。不過譚雅也沒忘記，過度期待與過度相信是兩回事。沒錯，就算拜斯少校他們是資深老兵……

「既然是夜間彈著觀測，可就無法期待精度喔。」

對地攻擊是如此，觀測也是如此。所謂的夜幕，總是會遮掩住視野。就算是砲兵與觀測員的黃金組合，也沒有例外。

「請讓我做吧。儘管跟原本的預測狀況不同，不過我有預測過萊茵戰線的夜間砲彈狀況，持續訓練砲兵隊。」

梅貝特上尉充滿自信的說法。

這是跟因為無知而大言不慚的將校，完全不同的肯定口氣。至少，對自己的工作堅持不肯退讓的工匠氣質，相信在這種局面下會是值得依靠的本事。

因此，譚雅下定決心。就讓他幹吧。

「很好，拜斯少校一有要求，就給我開砲吧。」

砲兵正是戰場的支配者。或是說，砲兵正是值得相信的唯一實際存在的神也說不定。不管怎麼說，譚雅補上一句重要的祈禱文。

「不過，就唯有一點要注意。梅貝特上尉，要確保彈藥的份量。儘管很遺憾，但我們需要節約砲彈。」

「不做全力射擊嗎？」

就連譚雅也覺得，要是能這麼做，不曉得會有多麼愉快啊。在萊茵戰線，砲兵隊以快速反應射擊，朝滲透過來的敵步兵部隊轟炸時的爽快感！

可能的話，是無論如何都想這麼做。但極為遺憾的是，帝國軍的砲彈狀況不允許這麼做。

巧婦難為無米之炊啊。

「這是夜間射擊。用全力射擊太不划算了。」

「真的不做嗎？我們……」

即使他苦苦詢問，答案也不會變。

「抱歉，我想重視戰鬥群的續戰能力。砲兵能做事的戰鬥群與砲兵用光彈藥的戰鬥群，兩者之間，我不得不選擇前者。」

「……遵命。」

隨後，梅貝特上尉也用行動證明了，他是能毫無懈怠地執行砲兵工作的人才。

一切斷通訊，隨即就為了觀測射擊發射一砲。

一發，響徹黑夜的砲聲。

就算只有一聲，也是相當愉快的聲響啊。

等到觀測射擊發射的砲彈落到地面上的瞬間，拜斯少校等人就會將詳細的觀測資料，送往砲兵隊的射擊指揮所吧。

真期待呢，譚雅雀躍期盼的瞬間隨即到來。

準備好的砲門，一齊發出咆哮的最棒的戰場音樂。這不是響起了讓人太過感動，差點發出「啊——」感慨聲的美妙爆炸聲嗎！

多麼可靠啊。

「……砲兵做得很好呢。」

「梅貝特上尉也很優秀呢。」

「謝列布里亞科夫中尉，他是專業笨蛋。一旦放開韁繩，就會把砲彈打光。而且還會滿不在乎地說『我把事情做好了，請給我新的砲彈』的那種人喔。」

「啊……哈哈哈哈。」

不過，譚雅確實也不是不承認「他做得很好」。

砲兵隊的射擊聲極為規律。是唯有以極高的水準控制火砲，才能做到的技術吧。也沒有因為維修不良或故障而導致意外的跡象。

「……我說不定是太小看他了。雖是專業笨蛋，不過在專業領域上，毫無疑問是值得掛保證的人才吧。」

不管怎麼說，譚雅心情很好地認同砲兵隊機敏的砲擊。

觀測員是拜斯少校，敵方沒有能妨礙觀測的航空魔導部隊。就連偵測存在都沒辦法的事實，述說著制空權的確保。

當然，就算是聯邦軍，也是在領悟到制空權的不利後，才會發動夜襲吧。實際上，在航空機無法活動的夜間毅然發動襲擊的決定，就理論上是毫無錯誤。

唯一的問題，譚雅暗自嘲笑起聯邦方的誤算。

就算只限於第二〇三航空魔導大隊……不過我有賦予他們全天候戰鬥能力。嚴格說起來，還要補上一句，除了維斯特曼中尉他們吧。

在航空魔導部隊當中，唯一就連夜間長距離飛行都能辦到，由我一手栽培的第二〇三航空魔導大隊……聯邦肯定也沒有料到他們的存在。

「享樂之中，恕我打擾了。中校，有收到消息，說聯邦軍的先遣部隊似乎正在靠近。看樣子，恐怕是被砲聲吸引過來了。」

「原來如此，也就是格蘭茲中尉與步兵部隊，正在與敵前鋒交戰吧。」

正因為如此，心想「也是呢」的譚雅，甚至是發自內心地同情起可憐的聯邦兵。

一般在夜間戰鬥下，想把握敵人的所在位置是極為困難。在這種情況下，我們沙羅曼達戰鬥群採取了會明確暴露己方位置的砲擊行動。

如今這個時候，聯邦方的先遣部隊大概正在暗自竊喜，認為我方的盲射讓主陣地的位置曝光了吧。

然而，這卻是幻想。是短暫空虛的樂觀推論。

這些闖進早就準備好歡迎會的防衛線中的敵兵，真是讓人備感可憐。

「要向他確認嗎？」

「我不想沒必要地打擾戰鬥中的將校。就交給現場處理。我可不認為格蘭茲中尉是個連防衛戰鬥都指揮不好的蠢貨。」

「遵命，嗯？中校，是格蘭茲中尉的電話。」

什麼？譚雅接過謝列布里亞科夫中尉遞出的聽筒。一面想著該不會吧，一面將聽筒抵在耳邊後……闖入耳中的是部下的聲音。

只不過，格蘭茲中尉的語氣不像是要報告意外狀況，而是帶著納悶的困惑語調。

「提古雷查夫中校，這裡是格蘭茲中尉。」

「什麼事？」

「有點不太對勁。敵步兵部隊的攻擊很零散，讓我懷疑這會不會是要把我們牽制在防衛線上的佯攻。」

「你感覺兩個旅團的壓力太弱了？」

就算砲兵隊做得很好，防衛戰鬥也依舊極為殘酷。沒錯，譚雅對此深信不已。

畢竟，這終究只是一個戰鬥群的防衛陣地。一旦要用連隊規模的戰力承受兩個旅團的攻勢，就只能活用陣地，以徹底抗戰支撐下去。就為了這點，我才特意把格蘭茲中尉與維斯特曼中尉調去指揮步兵部隊。

……但他居然說感受不到攻擊的壓力？

「我說的是事實。中校，敵人的攻擊太零散。敵步兵的攻擊實在很難想像有受到指揮。」

「有勞你的意見。我會納入考慮，一有變化，立刻向我回報。」

「遵命。」

一放下聽筒，譚雅就走向長距離無線電。呼叫的對象，是飛行中的拜斯少校。

譚雅基於這該不會是……的一絲擔心問道。

「……拜斯少校，敵後續部隊呢？」

「尚未確認到。」

「格蘭茲回報敵步兵部隊的攻擊很零散。如果是佯攻，應該能確認到敵後續部隊或魔導部隊。我希望你去確認一下。」

「立刻就去。」

在將立刻掛斷的無線電放下的同時，譚雅重新思考起來。敵步兵的攻擊很零散這件事，實在是讓人費解。

正因為看不出敵人意圖，所以更顯得讓人害怕。

「零散的攻擊……會是搜察攻擊嗎？不對，我方的所在地點，應該已經由砲兵隊的砲擊曝光了才對……？」

那麼，假設敵方的先遣部隊，就單純是武裝偵察人員如何？

「……也就是說，是在找尋防衛線的脆弱部分嗎？」

嗯，譚雅重新思考起來。壕溝戰的時候也是如此，胡亂突襲，將會讓犧牲明顯增大。在某種程度內，稍微試探一下防衛線來確認反應，是將一定的戰術犧牲視為必要經費的行動，只要能接受，就絕不是一個壞方法。

總歸來說，就是讓負責犧牲的部隊衝進敵陣，這種究極的搜察攻擊……如果是人力資源豐富的聯邦，就有可能採用這種方式。然而，沒有明確的證據。

「謝列布里亞科夫中尉，去幫我泡杯咖啡。要泡得濃一點。我想醒一下腦。」

「遵命，我立刻就去。」

「就麻煩妳了。」說完後，譚雅再度埋首思考。

零零落落的砲聲，是砲兵隊有遵守自己的指示，限制彈藥用量的證據。然而，譚雅忽然注意到不太對勁。

就連應該要在村莊周邊持續響起的槍聲，都感覺變得稀稀疏疏了。這樣一來，就是進行到近身戰了吧？

不對，譚雅就在這裡，立刻否定這種可能性。不論是受到突襲，還是防衛線崩潰，都沒有報告傳來。首先，沒有聽到近身戰一定會有的吶喊聲不是嗎？

「……等待絕不是件輕鬆的事啊。」

「啊，抱歉，中校，讓妳久等了。」

對喃喃說出的話語做出反應的人，是在不知不覺中回來的謝列布里亞科夫中尉。

我沒有想催促咖啡的意思就是了。

她帶著笑容遞給自己的，是一杯有著美好香氣的咖啡。

雖說香氣比起最初的時候減弱了一點，不過烏卡中校追加送來的咖啡並不壞。

畢竟，是正常的咖啡。是能在前線喝到的正常的咖啡。再適當地弄點甜點送去後方吧……就連浮現出這種雜念，也不足以回報我對他的感謝。

「沒什麼，想要喝上好咖啡，就多少需要等待吧。我就收下了。」

「請用。」

「哎呀，這就是我們還有餘力的證據吧。畢竟指揮官與副官還有辦法聊著咖啡呢。」

就像是要說給司令部內的人聽一樣，特意以輕鬆的語氣，自信滿滿地說出來。指揮官表現出沉著的態度，在遭遇危機時很重要。

只不過，想要享受咖啡的心情，說起來也占有很大的部分。一將小杯子遞到嘴邊，就嗯了一聲，然後微微點頭。

一如要求，是如惡魔般的漆黑、如地獄般的滾燙、如天使般的純粹。不對，我可不知道天使到底純不純粹，而既然存在X實際存在，天使也早就滅絕了吧。

不過，這杯咖啡就一如其名的美味，還沒什麼雜味。能清除思考中雜訊的，就只會是這種對於工作的純粹感動吧。

好啦，現在該考慮的，是對狀況碎片的檢討。

首先，是格蘭茲中尉回報的情報。

感受不到敵方的壓力？

不論是格蘭茲中尉是蠢蛋的可能性，還是他粗心感到誤會的可能性，都絲毫不存在。只不過，他說起來也算是資深人員。是自萊茵戰線以來，經歷過好幾次殘酷的戰鬥，並成功生存下來的魔導軍官。

事到如今，不覺得他會因為旅團程度的壓力而精神錯亂。如果是這樣，有可能的就會是他對恐懼麻痺了，所以感受不到壓力？

「不對，他可不是這麼粗線條的個性呢。」

就算稱不上纖細，不過格蘭茲中尉就跟我一樣不認為戰爭是件好事，就本質上來講，有著善良的人格。是如果生對時代，就能作為善良的官員或社會人士，一同進行美好工作的那種人。

這樣一來，他的觀察就會是正確的吧。

既然如此……就會是敵方沒有用兩個旅團的規模發動攻勢？只不過，觀察並回報敵方規模的可是拜斯少校。他會誤判敵戰力嗎？

果然，這才是不可能的事。

「嗯？果然很奇怪。只能認為是有什麼前提出錯了。」

有什麼碎片是錯的嗎？

譚雅不讓部下察覺地壓抑苦悶。

敵人難道不是在某處發現到我方防衛線的缺口，正在集結兵力嗎？或是意圖展開全面攻勢，如今已掌握住我方的防衛線，正在進行最後調整？

就在差點脫口說出「搞不懂」的瞬間。

響起了步兵部隊打來的電話。

在這種局面下，這通電話甚至讓譚雅有所覺悟，這將會是對她來說最壞的通知。裝作若無其事，以幾乎顫抖的手拿起聽筒後，聽到的是……

「這裡是格蘭茲中尉。敵人的攻勢開始減弱了。」

還真是讓人意外的平淡通知。

「槍聲這麼稀疏，不是因為進入近身戰嗎？」

「不是的，目前並未讓敵方闖入。」

「沒搞錯吧？」

有點難以置信的好消息。

「我有跟所有的防衛據點保持聯絡。並沒有敵人滲透。」

「電話線的缺損呢？」

「這方面也沒問題。就目前來說，所有電纜都很正常。與各單位之間也都有保持聯絡。」

格蘭茲中尉話中帶有確信與自信。不是謊報、也不是刻板印象的斷言。

嗯的點頭，回答「我知道了」的譚雅，將聽筒放下。

該相信部下的觀察吧。

「……去查個究竟吧。」

既然如此，只好打出最後的手牌了。

「謝列布里亞科夫中尉！」

「是的，是要軍官偵察嗎？」

一拍即響，正是指這種反應。

甚至覺得可以給正確看出自己意圖的副官一筆臨時獎金。

「貴官跟愚蠢的湯恩上尉不同吧？我期待妳的表現。」

「是的，我立刻出發。」

「真可靠呢。」笑起的譚雅，對副官的信賴是貨真價實。

正因為如此，甚至能一面等待後續回報，一面在司令部內，優雅享用著謝列布里亞科夫中尉幫我準備的咖啡給眾人看。

不讓周遭的人看出，自己想要知道、想把握狀況的衝動。必要的是，身為指揮官的沉著態度。從容不迫。

作為能讓部下安心的指揮官，在這裡享用咖啡，等待結果。一旦當上戰鬥群的指揮官，就意外地會像是管理職。

本來一旦當上高級軍官，要待在指揮所裡的機會，就會比待在前線指揮還要多。就譚雅個人的感想來說，她很歡迎能留在安全地帶，不對，是非常歡迎。

不過也確實體會到，無法用自己的眼睛觀察敵情，是有點讓人提心吊膽。能當場做出判斷的好處，意外地並不小。

這讓人煩惱起，不知道該怎麼做才好。這雖是相當困難的命題，不過卻沒有獲得充分的思考時間。

「中校，這個……並不是旅團。是旅團的殘渣。」

「什麼？在夜間發動滲透突襲的可是兩個旅團喔。殘渣是怎麼一回事？」

「已確認並掌握到敵兵的運用了。聯邦軍的士兵也是新兵。所以看樣子，他們是在指揮官聲音所及的範圍內，集中運用兵力。」

「……妳說他們是以密集隊形行動？」

「是的，中校。可推定敵主力已在砲兵隊的觀測射擊下，盡數殲滅了。」

等注意到時，譚雅就笑出來了。謝列布里亞科夫中尉緊急回報的偵察報告，就是如此重大且爽快的通知。

「原來如此、原來如此，真是太棒了。感謝妳，謝列布里亞科夫中尉。讓我聽到這種愉快至極的通知。」

「能將好消息帶給敬愛的中校，是我的榮幸。」

「聽到這麼愉快的通知，還是自達基亞以來呢。中尉，不好意思，不過貴官就繼續在周邊進行搜索飛行。」

「是的，我繼續執行觀察任務！」

「不，還不到這種程度。我要妳稍微變更一下任務。就命令拜斯少校等人，繼續在前哨線附近巡邏，不過由貴官擔任戰域管制。」

說出這句話的瞬間，譚雅注意到自己開始在準備追擊戰了。確信就算讓管制官升空，也不會遭到敵人攻擊。

最重要的是，確信有辦法進行蹂躪。

真是太棒了。

「由下官擔任嗎？」

「現況下，妳是最適任的。追擊戰的管制，會是個很好的經驗喔。」

「是的，請讓我擔任。」

一邊將切斷的無線電聽筒放下，譚雅一邊在這裡喃喃自語，從容接受自己的失策。

「……真是驚訝。沒想到功勳最大的竟是梅貝特上尉啊。就承認是我錯了吧。之後得向他謝罪才行。」

也就是說，砲兵隊做得很完美吧。

就算有拜斯少校等人的觀測，砲兵隊的力量也超乎想像。

作為需要指揮不同領域兵科的戰鬥群的課題，有必要對這件事進行反省。也該向參謀本部報告吧。要理解其他兵科，就是有如此困難。不過，自己看走了眼，也是無法否定的事實。所以，應該要向他低頭賠罪。

只不過——

「這全都要跟勝利的宴會一起呢。」

於是譚雅就拿起自戰鬥開始以來，一次也沒拿起過的聽筒。聯絡的對象自然不在話下。是恐怕早就迫不及待的裝甲部隊。

「阿倫斯上尉！」

「是的，該上場了嗎？」

充滿霸氣的詢問。無法否認他克制不住地散發出「讓我上吧」的想法。戰意非常高昂吧。甚至是高昂過頭了。正因為如此，在這個要讓裝甲部隊朝敵人突擊的瞬間，他是最棒的存在。

「敵人已被梅貝特上尉的砲擊，殲滅掉大半的兵力了。幾乎只剩下遵照初期命令，毅然發動攻擊的殘兵喔。」

「那麼，是要下令擊潰他們吧！」

「沒錯。給我盡情地幹。」

帝國軍這個暴力裝置精緻部分的裝甲部隊，必須要在最棒的時機加以活用。他們的突擊力，就該在這一瞬間施展開來。

「就交給我吧。」

「謝列布里亞科夫中尉升空觀測了。請接受她的引導。」

「感謝支援！阿倫斯上尉，立刻開始反擊戰。接受謝列布里亞科夫中尉的觀察支援，開始裝甲突圍！」

充滿幹勁的阿倫斯上尉，就像是待不住似的複述起命令。「沒問題。」譚雅話一說完，電話就被掛斷了。

如今坐上戰車的阿倫斯上尉，肯定正在爽快地大喊Panzer vor。（註：戰車前進）

還真是匆匆忙忙的傢伙……不過在這個局面下，也能說他很可靠。

反擊會成功吧。

不覺得已經逐漸瓦解的聯邦軍，有辦法承受住戰車的衝擊力。既然如此——邊將咖啡杯遞到嘴邊，邊在心中喃喃自語。

敵步兵的戰意，會有如氣球一樣破裂四散吧。

只要在裝甲部隊以凌厲的突擊突圍後，適當投入步兵戰力，勝利就穩固了。順便再讓派去構築偵察線的拜斯少校的班，擔任掃蕩殘留敵兵的角色吧。

儘管已在達基亞與東部各戰鬥中展現過了，不過就再次以單方面的對地攻擊，證明沒有空中支援的地面戰力有多麼脆弱，也很不錯吧。

嗯，不錯喔，就在為了喝咖啡，準備傾斜杯子時，譚雅注意到一件事。

「……糟糕，這下可疏忽了。」

「我太不小心了。」喃喃說出的這句話，足以引起司令部內的眾人注目。這不是指揮官該在戰鬥中脫口而出的話也說不定。

「中校？」

「應該要讓謝列布里亞科夫中尉，先幫我再泡一杯咖啡再出擊的。這下直到戰鬥結束前，都沒人幫我泡咖啡了。」

面對眾人一臉擔心的詢問，譚雅一副搞砸事情的態度，把喝光的咖啡杯倒過來，向眾人表明她的想法。

「哈哈哈哈哈哈哈，會用下巴使喚中尉的人，也就只有中校了吧！」

不過就在司令部的人員們忍不住大笑起來時，譚雅毅然指出一件事實。

「就算這麼說呀。我跟她可是自萊茵戰線的老交情了。咖啡可是她幫我泡的最好喝呢。有事還是拜託擅長的人去做最好吧。」

「中校要是粗獷的軍人，這種話可算是愛的告白喔。」

「嗯──就算再怎麼為了咖啡……我也不想結婚啊。我還想繼續享受名為單身貴族的自由階級呢。」

就目前來講，譚雅還不打算簽訂放棄自由的社會契約。或是說，自己該走向精神上的同性戀，還是該走向肉體上的同性戀呢？就某種意思上來講，如此讓人困擾的兩難困境也很罕見吧。還是別想太多會比較好的事，就是指在這種事吧。

於是，對於現在怎麼想都得不到結論的命題，譚雅就遵從必須保持沉默的古老格言，中斷了思考。

只不過，貼在這份沉默上的微微苦笑，在司令部內部似乎也被當作是從容的表現。

「說得好呢，中校，讓我緊張感全消了。」

「哎呀，格蘭茲中尉，你閒下來啦？」

突然現身的部下表現得一派輕鬆，是件好事。

「下官是在參加追擊戰之前回來補給。同時為了小心起見，就想說來指揮所露個面，同時接受指示。」

「目前，阿倫斯上尉的裝甲部隊已去展開反擊戰了。隨後，就會輪到步兵上場吧。只不過，砲兵說不定會在那之前，就把工作收拾掉了呢。」

「再怎麼說敵人也不會蠢到重新集結起來吧？不過，梅貝特上尉的砲擊還真是漂亮。」

「謝列布里亞科夫中尉也有稱讚喔。就唯獨這次，我必須得承認梅貝特上尉出色的本領，向他謝罪呢。」

一面毫無顧忌地俐落對話，譚雅一面將擔任步兵指揮官，發揮出穩健本領的格蘭茲中尉的評價，向上修正一個等級。

徹底落實報告、聯絡、商談，還能在適當的時機分析狀況的格蘭茲中尉，他的觀察結果值得讚賞吧。就算是某段時期認為派不上用場，幾乎要放棄他的部下，也成長到這種水準了。讓人覺得，自己果然也有教育的才能。

同時，有關被放棄的部下，譚雅忽然想到，自己沒有收到後續報告的事情。

「話說回來。提到步兵，讓我想起來了。湯恩上尉差不多該出現了吧？就算再怎麼蠢，戰鬥都打得這麼誇張了，總該會察覺到砲聲吧。」

「確實是不太對勁呢。」

「格蘭茲中尉，貴官知道他在哪吧？」

「咦？」

看格蘭茲中尉一臉錯愕的樣子，譚雅就像是受不了似的問道。

就某種意思上，要是連指揮四周防禦線的格蘭茲中尉都不知道，還會有誰知道。

「哎呀，你沒收到湯恩上尉的目擊報告嗎？」

「……這麼說來，是沒有收到報告。不過，中校。下官確實是不知道他的行蹤。」

「去向托斯潘中尉確認，我要知道他的所在位置。」

「遵命。有必要的話，要我編成搜索隊嗎？」

瞬間，差點回答「就這麼辦」的譚雅，最後還是改變主意。現在仍在戰鬥當中。這麼做就等同是在自己身上，貼上會在這種時候讓部分兵力成為游離部隊的超無能的標籤。

讓兵力分散，毫無疑問是邁向敗北的一步。恐怕，下場會跟用力邁出共產主義的第一步的共產主義者們一樣，跌落漆黑的谷底。

「不用。凡事都會有萬一。去防備敵人的反擊與抽出部隊的攻擊吧。」

「是的。也就是要我參加反擊戰嗎？」

「沒錯，正是如此。我考慮將指揮權交給托斯潘中尉，派貴官出去。湯恩上尉這傢伙，到底是上哪摸魚去啦？」

「確實是讓人在意。湯恩上尉就算有點頑固……但我不認為他是會放棄義務的人。」

「在清理戰場時，你知道吧。」

不知道是成為屍體了，還是淪為敵方的俘虜了。最壞的情況，要是他犯下敵前逃亡，就把他找出來處以槍決。

不論如何，我的戰鬥群都絕對不要那個蠢蛋。儘管托斯潘中尉也讓人難以忍受，不過湯恩上尉是讓我忍無可忍。

「……果然會是這樣嗎？」

「不，還是不要妄自判斷吧。也有梅貝特上尉的例子在。」

「遵命。那麼，下官先告辭了。」

就算是禮儀端正地敬禮離開房間的格蘭茲中尉，以前也是個派不上用場的年輕人。就譚雅所知，人類是會成長的生物。

問題是，所謂的會成長，也只不過是一種可能性吧。

就譚雅所知，就連拜斯少校也曾在達基亞戰線，犯下根據教範規定，迴避「步兵」的「對空射擊」的失態。

我不否認人類是會失敗的生物。就連譚雅自己，也不吝於承認自己曾經失敗過吧。

挺起胸膛，宣稱自己至今的所作所為中，完全沒有會遭人指責的部分？

我不想愚昧到這種地步。

不過，正因為如此。

只能夠承認錯誤，對無法改過的廢物，開出槍決的處方箋。要是容許這種廢物待在組織裡頭，最後將會害整個組織遭到侵蝕。

「阿倫斯上尉的部隊已成功突圍，開始掃蕩敵兵了。他要求步兵部隊支援。」

「好，我知道了。」

思慮、思索就在此中斷。

這是沒辦法的事。

還是老樣子，能慢慢思考的時間真是種稀少資源啊。對現場的戰鬥群指揮官來說，這是讓人渴望不已的資源，是會永遠抱怨不足的東西。

「追擊戰很順利呢。不對，遠比預期的還要早吧？」

只要稍微看一眼時鐘與地圖，就會發現阿倫斯上尉的部隊，突破包圍網的速度遠比預期的還要快出許多。

是曾聽過他很優秀。然而在這種夜間，讓裝甲部隊作為受到管制的暴力裝置，發揮出機能的指揮官本領，卓越到值得讚賞。

最重要的是，當譚雅注意到自己，毫不懷疑阿倫斯上尉應該正在陣前指揮時，就不得不忍住嘴邊的苦笑了。

會適當實行陣前指揮、指揮官先行與義務的將校。

身先士卒的將校不一定就是個好將校。不過，要是他沒有放過該身先士卒的瞬間，帶頭衝出去的話——

那名將校就價值千金。

正因為如此，身為上級指揮官的譚雅，不能失去像阿倫斯上尉這樣血氣方剛的下級將校。

「給我打封信文。說我很期待戰果，希望能與各位一同慶祝勝利，所以千萬不要逞強。給我確實傳達。」

「是的。」

通訊人員經由無線電將自己的話傳達給阿倫斯上尉。阿倫斯上尉果然也是名有前途的將校。

要犧牲他去執行強人所難的命令，太過可惜了。

不過一場戰鬥，誰是該槍斃的無能、誰是該活下來盡情使喚的有能人才，居然能以如此明確的結果展現出來，還真是有趣。

「步兵部隊也立刻動作。雖只有中隊規模，不過傳達下去，要維斯特曼中尉的魔導中隊，也在格蘭茲中尉指揮之下跟過去。」

「遵命，立刻就去！」

將步兵灌入裝甲部隊所開出的缺口。步兵是宛如流水一般的兵科。只要有缺口，就一定會從那裡滲透過去。

就這樣。

或是說，很順利地。

沙羅曼達戰鬥群就在太陽東昇之際，以完全的勝利者之姿挺立在戰場上。稱霸如無窮。

此外，只要航空艦隊司令部緊急派來的戰鬥飛行團，能逐步擔任起對地掃蕩的片翼的話，追擊戰的戰果也會增加吧。就算主戰線持續著激烈的航空殲滅戰，在東北方面，帝國軍的空中優勢依舊無法動搖。

面對擁有壓倒性制空權的帝國軍航空艦隊，挑戰方的聯邦軍航空戰力，會在絕望性的戰力差之前保持沉默。

因此，等到太陽再度西沉的傍晚時分，支配戰場的就只有帝國軍將兵。勝利了。

雖說是小規模會戰，卻是以連隊擊退兩個旅團，這種猛虎出閘的工作表現。做到這件事的，就只是以臨時編成聚集起來的新編沙羅曼達戰鬥群。對參謀本部來說，這也證實了戰鬥群靈活的編成性與運用性。嗯，不會被視為壞事吧。

就譚雅所知，「不會被視為壞事」的意思，即是「評價」不會下降，跟不會被粗暴運用的意思是同義詞。

然而，譚雅自負自己具備著善良有常識的人格。

非常清楚勝利當前，不該擺出不合群的態度。所謂的勝利，在大多數的情況下，社會上都認為要進行慶賀。

畢竟沒有付出多大的犧牲，就擊退大敵了。

將兵會想慶祝自己等人的成功，也是情有可原吧，我充分擁有著對此表示理解的靈活性。

設為戰鬥群司令部的民宅的一個房間裡。

在只是將桌椅搬進原本像是餐廳的地方弄成的集會室裡，譚雅向勝利的主要功臣們低頭。

「辛苦各位了。」

「這是一點小意思。」作為開場白拿出來的，是將校都會私藏的珍藏美酒。譚雅拿起為了慰勞部下所準備的酒，親自幫眾人斟酒，然後自己舉起咖啡杯，高喊出乾杯的口號。

「祝我們的勝利。」

「「「祝勝利！」」」

好啦，譚雅就在將校們醉倒之前，做起她該做的事情。

「首先，梅貝特上尉。我想對貴官的本領表達敬意。我對貴官的本事有點看走眼了。還希望你能接受我的謝罪。」

向部下謝罪，對長官來說，是坦誠自己判斷錯誤的瞬間。這不是件容易的事。不過，比起被當成無法承認錯誤的無能之徒，要來得好多了。

「不，是因為有適當的觀測，我們才能有這種戰果。我們的戰果，大都是多虧了拜斯少校的本領。」

「不不不，你們打從第一次射擊就是至近彈了吧。梅貝特上尉的部隊做得很好。是讓人懷疑起需不需要我們的出色本領。」

「沒這回事、沒這回事。這全是因為有拜斯少校在。不僅是夜間飛行，還麻煩你擔任觀測員了。這樣不論是怎樣的砲兵將校，都有辦法取得戰果。畢竟，光是空中有眼睛在，情況就完全不同了。」

隨著拜斯少校與梅貝特上尉兩人的對話，可以極為清楚地知道，雙方都是懂得自己本分的專業將校。

真是的——譚雅破顏微笑。

自己還有得學呢。

不論是好是壞，居然用常人的基準，評估工匠氣質的人。

他們應該要依照他們的專業技能進行評價才對。砲兵笨蛋？不對，是砲兵專家。他懂得該如何運用砲兵。熟知一切。這就是梅貝特這名上尉。既然如此，該如何運用他的能力，就是譚雅身為參謀將校的職責。

以刻板印象評價將校，是重大的過失。

今後，必須要跨越對專業笨蛋的憤怒與過去的心理創傷，再稍微適當一點地評價工匠氣質的人吧。

「好啦。你就老實一點接受梅貝特上尉的讚賞吧，拜斯少校。貴官也幹得很好。巡邏，辛苦你了。」

然後，譚雅讚賞起同樣優秀的裝甲負責人。

「阿倫斯上尉，貴官也是。最後的突擊，明明是黎明時分，卻還能維持秩序的反擊戰，只能說是漂亮。」

「多謝中校的讚賞。不知是幸還是不幸，我早就習慣東部名產夜間襲擊。感覺回到了讓人懷念的地方。」

「我也是。習慣讓人妨礙睡眠，到底是怎麼一回事啊？真希望他們能讓我像個孩子似的，至少能在晚上好好睡覺。」

喃喃說著自己想睡得不行，強忍著哈欠給眾人看後，部下們就微微苦笑起來。會被笑也是沒辦法的事吧。

不過，這是生理上的欲求。既然肉體渴望睡眠，這就是怎樣也沒辦法的事。就算是譚雅，也只能舉雙手投降。睡眠在小孩與成人身上，有著不同的效用。因此，不得不重視睡眠，也是自己無法控制的狀況。

不過，在屈服於睡意之前，想到有句該說的話還沒說。

「好啦，我就老實說吧。托斯潘中尉，我對你很失望。就算是湯恩上尉的指示，但要是不回報無視我命令的行動，可就困擾了。」

「……是的。」

雖說不得不感慨有太多人誤會這件事了，不過面對無法靠手冊對應的事態，能允許做出手冊上沒有記載的行動的人，就只有熟知手冊的人。

不太清楚該怎麼做的人，要是自己擅作主張，只會讓事態演變成問題吧。

將校所被容許的獨斷獨行權限，也是相同的道理。具體來講，就是給予擁有「知性」的將校的一種裁量權。絕對不是讓蠢貨把自己犯下的蠢事正當化的權限。

「考慮到貴官的軍歷，我判斷不服從是不恰當的判決。沒有下次了。」

不論是更改手冊內容的接客方式，還是工作程序，總之不懂標準的人犯下的脫序行為，是讓人一點辦法也沒有。

只不過，儘管沒有告知托斯潘本人，但這個只懂得忠實重複湯恩上尉指示的鸚鵡傢伙，譚雅也有發現到一樣用處。

這個托斯潘中尉，就只有重複他人命令的功能。

換句話說，就連受到像自己這種層級的長官命令，也依舊頑固地重複直屬長官命令的功能，可是貨真價實的……考慮到作為不會追究多餘事情的機械運用的話，也能勉強找到用途吧。

就跟將棋的棋子一樣。就算不是強力的棋子，步兵也有步兵的用途。

「托斯潘中尉就單純只是經驗不足。相信他會在這次的事件中學到教訓，以往後的奮戰，努力洗刷汙名吧。」

「拜斯少校，貴官果然還是太寵他們了吧？不管怎麼說，就跟你聽到的一樣。今後，希望你別再辜負我的期待了。」

「是的，下官願盡微薄之力。」

「非常好。就祈禱貴官能確實學到教訓了。」

只要他能學到這裡的老大是誰就謝天謝地了。這樣一來，也能找出某種用途吧。帝國的人力資源已經枯竭。就算直屬參謀本部，也無法擺脫人力資源質量劣化的情況。既然如此，就只能學會與狀況妥協，以現有的替代品維持下去了。

「對了，在經驗不足這件事上，維斯特曼中尉。我很期待貴官與貴官的魔導中隊在今後的成長。不過，今天就先高興你們打得很好吧。」

就這層意思上，作為失去的十名隊員的補充人員，送來的維斯特曼中尉等人，作為替代品也還算過得去。

另一方面，譚雅・馮・提古雷查夫不得不作為一名善良的和平主義者，感慨起來。名為人類的人力資本，在戰爭中盛大地遭到浪費。

「話說回來，只以消耗為目的的戰鬥，實在是太浪費了。真想趕快解決掉。」

「就是說呀。」將校們笑著配合我說的話。畢竟對任何人來說，戰爭都是一種不受歡迎的風險，這也是當然的反應吧。

世間上，為什麼總是會誤會軍人是好戰主義者。真相是完全相反。

作為根本的真理，只要是正常的軍人都會厭惡戰爭。而且愈是在最前線值勤的戰鬥部隊的將校、專家中的專家，就愈是希望和平。

正因為如此，譚雅回想起自己的立場斷言。像自己這樣熱烈的和平主義者也很罕見吧。發自內心反對戰爭這種野蠻的行為。

會握起槍、握起寶珠，全是因為這是與萊希簽下的契約。

「那麼，各位辛苦了。既然還沒解除警戒，就想避免慶祝得太過招搖……不過我允許各部隊自行舉杯慶祝。」

我能發自內心、發自靈魂地斷言。

這是希望。就算該祈求的神已不在，放任存在X這種邪惡蔓延的現實極為殘酷。

懷有夢想與希望，也依舊很重要。

「那麼，就再祝一次勝利。然後『希望戰爭能早期結束』，乾杯。」

「「「乾杯！」」」

統一曆一九二六年十月二十日　東方戰線東北方面　沙羅曼達戰鬥群基地

舉杯慶祝勝利，這話說來很容易。

不過，在作為自己房間使用的民宅床鋪上醒來的譚雅，帶著苦笑起床。

未成年禁止飲酒還有抽菸。就算是軍方雇員，在這件事上也沒有例外。充其量就是能舔舔糖果的程度吧。

更重要的是，要用這個肉體熬夜，睡意會是個有點太過強大的強敵。因此，譚雅昨晚也很規律地就寢了。

只不過，我會提前離場是有理由的。長官要是留下來，部下們也不好喧鬧開來吧。沒道理就連私人場合，都還要讓長官與部下一起保持著緊張關係。

我也有著至少在戰鬥後，必須要讓他們悠哉喝酒的貼心。正因為如此，今天起得有點早，但起床時的精神很好。

不過，其他人是喝到深夜吧。考慮到勤務兵與副官等人的情況，緩緩從床鋪中鑽出來的譚雅，自己伸手拿起水壺。

不對，手就伸到一半。

就在手碰到陶器的瞬間……忽然注意到異常的寒冷。

「嗯？」

是感冒了嗎？譚雅一面納悶，一面立刻穿上掛在旁邊的高空飛行用防寒外套後，寒冷就緩和下來了。

單純是氣溫下降了吧。就算是早上，這氣溫下降得也很嚴重呢。以秋天來說，相當寒冷。甚至接近飛行時的體感溫度。

果然是感冒了吧？

為了小心起見，還是讓司令部廚房準備熱飲吧。就在為了去找值班人員，以這種感覺走出民宅的瞬間，注意到了。

有哪裡不太對勁。在毫無辦法克制的異常感侵襲之下，譚雅茫然站著。有什麼扭曲了。有什麼不應該出現的東西出現了。

是……顏色。

世界的……世界的顏色變了。

跟昨天之前相比，一切都變了。啊，伴隨嘆息仰望的天空，是徹徹底底的陰天，然後是該死的「白色」。

白色，這殘酷的顏色，讓譚雅忍不住全身僵住。

靠意志力止住差點畏縮地退後一步的腳，視線凝視的前方，有著淡淡閃爍的模糊光芒。幻想般的美麗。或是受到詩歌詠唱的對象吧。

不過，現在只會是恐怖至極的存在。

就像要用灌注在自己視線中的熱度，融化這片雪景似的瞪著，然後不得不領悟到這無法實現的無情。緊握的拳頭，是勝過各種雄辯的代言人。

如果能大叫，就會叫出來吧。

順著差點脫口喊出「別開玩笑了」的情緒大叫。

我仔細看過氣象預報了。

就算本職的傢伙掛保證說還有兩星期也絲毫不敢大意，持續派人去拿每日天氣圖來看。

儘管如此……儘管如此……卻下雪了？

還真是帶有惡意的美好禮物吧。也就是最棒最惡劣的東方戰線的冬天來臨了。在雪花的覆蓋下，不久後化為泥濘的泥沼。

放棄自由行動這個詞彙，只是一味掙扎的最惡劣的季節。

不過，譚雅瞪著天空喃喃自語。

「倘若天要阻擋，那就戰勝天吧。我必須要贏。」

還有幾個夜晚，帝國軍將兵能不用顫抖著入睡呢？

要欺騙自己很容易。認為這是稍微偏離季節的過早降雪。

也不是無法寄託天氣晴朗的預報，認為明天就會放晴了。

然而，這毫無意義。

倘若不接受現實，看清這該死的混帳現況，就只會落得空虛的末路。作為一具凍死的屍體，倒在這片糟糕的大地上吧。

不愉快至極的結論。

就唯有這種事、就唯有這種慘狀，我是敬謝不敏。

「……要活下去，必須要活著回去。不論是我、將兵，還是部下。要給冬將軍這個混帳東西帶走的多餘人員，是一個人也沒有。」

正因為如此，譚雅改朝司令部走去。焦急得加快腳步，在衝進司令部後，立刻就把值班人員們找來詢問。

一如往常，或許該這麼說吧。

「過冬的準備呢？」

衝進來的開口第一句話，是語帶焦躁的詢問。

「關於防寒用具，有魔導大隊用的高空作戰衣物可以使用……不過中校，恕我失禮，但要提供給戰鬥群全員的量是……」

「非常難以認為……有辦法提供給戰鬥群的全部人員。」

儘管昨晚是在歡慶，如今也仍在值班的拜斯少校與謝列布里亞科夫中尉的答覆很清楚。

情況直截了當，非常好。

「嗯。副官！」

「是的！」

「去審問俘虜，找出服裝相關部門的人員。可能的話，連這周邊地區出身的人也一起。我要知道冬季的情報與他們的看法。」

「可以嗎？」

謝列布里亞科夫中尉會擔心似的詢問，也不無道理吧。這確實是很可能會讓我們要正式過冬的事，洩漏給俘虜知道的詢問項目。

不過，譚雅可以斷言。

「過冬比讓俘虜得知不必要的情報來得重要。」

有無防寒對策，對野戰軍來說是攸關生死的問題。

「航空艦隊他們有欠我們人情，就讓他們從本國稍微運點衣物過來吧。」

「准許。拜斯少校，有必要的話，就拿戰鬥群的公庫資金去用。參謀本部機密費你就儘管拿去用吧。」

「……可以嗎？」

「當然。」譚雅做出保證。

「不然你當參謀本部機密費是用來幹什麼的，購買班會的派對入場卷嗎？」

「哈哈哈，就像是派對的治裝費呢。」

「不會錯的，這就像是要在雪白的舞台上，翩翩起舞的舞會吧。」

就跟冬將軍邀請參加要在雪白的雪原上翩翩飛行，同時還不時會降下砲彈、血漿淋漓的舞會一樣。

要是能喊著「去吃屎吧」謝絕參加的話，會有多麼美好啊。

「恕我失禮，中校。妳有過社交舞的經驗嗎？」

對於一旁謝列布里亞科夫中尉地詢問，譚雅揚起微笑答覆。

「我可是不靠衣裝打扮，就掩飾不過去的外行人。既然是這樣，我也不介意只讓比我有經驗的人跳舞喔。」

「只不過——」譚雅憤恨地把話說下去。「沒有人有過這種經驗吧。」

不論是好是壞，帝國軍是以國土防衛為前提，專注在內線戰略的追求上。

主要是在自國領地內展開的軍隊所預想的冬季，如果將諾登方面視為例外，是不會預想到遭遇極寒氣候的情況。

「總之，去把軍官們叫醒。管他有沒有宴會後的宿醉。」

「冰冷的雪花，肯定會是帖讓他們從勝利美夢中清醒過來的良藥吧。」

「我想說不定會有效過頭了呢。」

「然後讓各將校在原隊商議防寒對策吧。傳達下去，要他們維持最低限度的野戰能力。」

於是，在聚集起來的軍官們面前，譚雅忍住嘆息，就一如往常地直接切入主題。

「好啦，我第二〇三航空魔導大隊的各位軍官。有關冬季戰，就來聽聽各位的意見吧。不過，也要有經驗啊。」

「確實是如此呢……對我們來說，冬季戰的經驗確實是個問題。」

聽到拜斯少校這麼說，譚雅點了點頭。儘管很可悲，不過就連在場的資深將兵之中，也沒有擅長冬季的人員。

「就跟你說的一樣吧。姑且不論我們的資深人員，就連東部方面軍有沒有過正式的冬季戰經驗，都很可疑啊。」

「恕我失禮，既然東部方面軍的假想敵，長久以來都是聯邦……」

「拜斯少校就應該懂吧。」接話的格蘭茲中尉，似乎不懂實際的情況。

不過所謂的年少不經事，就是指這一回事吧。還真是可怕，就連他這樣子，在戰鬥群中都還算是比較經驗豐富的將校。

嘆了口氣的譚雅與拜斯，感受到了相同的煩惱吧。這是指揮官無法擺脫的痛苦。要說的話，就是管理職的煩惱。

「很遺憾，中尉。我所知道的是萊希的冬季。」

對於拜斯少校的這句話，譚雅十分贊同的點頭。

「也就是說，東部軍的防衛計畫是以國境防衛為前提，並未預期過正式的降雪情況。即使有，也是當成局部性的現象吧。」
「是這樣嗎？」
「喂，格蘭茲。你在軍官學校是學到了多少過冬的方法啊？」
拜斯少校教訓起格蘭茲中尉。不過，他就算不懂也情有可原吧，譚雅苦笑起來。
帝國軍的軍官學校，已將速成教育常態化很久了。
只要不是預期會立刻用上的領域，就只限於鼓勵自學的程度。冬季戰的訣竅正是最受到輕視的領域之一吧。不論好壞，帝國軍的目標都是本土防衛戰……所以從未考慮過遠征的情況。
「倘若不是有待過冬季的諾登，我們也不算是沒有經驗吧。」
「是說諾登嗎？」
聽到一臉錯愕的格蘭茲中尉這麼說，譚雅想起來一件事。就算已漸漸散發出完全是資深人員的派頭，格蘭茲本人可是中途參加組的一人。
就算他相當於是軍官學校的學弟，不過記得他那一屆，應該是經歷了戰時的提前畢業。
「啊，是這樣啊。記得貴官是在萊茵的合流組。這樣一來，就沒有在諾登受過培訓吧。」
「是的。」對點頭答話的格蘭茲中尉來說，他最初的培訓地點就是萊茵戰線吧。如此一來，就算姑且在北洋飛過，也無法否認他的經驗太偏頗了。
「這樣一來，讓在開戰前後經歷過諾登的人員對應，似乎會比較好呢。」

「沒錯，讓有經驗的人對應是最好的吧。」

畢竟是這種時候，譚雅決定把事情交給拜斯少校負責。

「拜斯少校，不好意思，就算要把機密費花光，也要想辦法弄來防寒用具。我派格蘭茲與維斯特曼兩中尉輔佐你。」

還能順便教育部下軍官們的一石二鳥方案。

「是的！我就用航空魔導部隊用品的名目，試著調度看看。」

「就交給你了。啊，對了。讓各將校去確認，部下當中有沒有冬季戰經驗或是極寒地帶經驗的兵員。如果有專職人員，我想讓他們派上用場。這件事就連戰鬥群的其他部隊，也要讓他們徹底去詢問清楚。」

「姑且來講——」譚雅補充說道。

「現在有命令謝列布里亞科夫中尉去做俘虜的聽取調查……不過會很困難吧。雙方在資源與經驗上，有著根本性的差異。因此，得期待靠手邊的資源發揮創意了。」

「遵命。我立刻去做聽取調查。」

chapter V

統一曆一九二六年十月二十日　帝都柏盧　參謀本部作戰室

只要朝窗外看一眼，就會看到平穩的秋季景色。

雖說是晚秋，卻是色彩繽紛的光景。是對一面抽著雪茄，一面吞雲吐霧來說，還算是不錯的秋季景色。

「……真想把柏盧的天氣帶到前線去呢。」

傑圖亞毫無自覺地喃喃說出這句話。

秋季晴朗的天空，萬里無雲的天空。

然而，只要將視線移為室內，就會看到臉色大變的作戰參謀們，臉色蒼白地粗暴怒吼著。

原因可以用一句話來說明吧。

那就是「雪」。

雪是如此潔白，而且殘酷。

那一天在參謀本部裡，參謀將校們就連白吐司的白都會感到惱火，塞進手邊的咖啡裡頭。

潔白的平原。

啊，還真是幻想般的美麗景色啊。只要這不是自軍展開部署的「戰地」的話！

正因為如此，才會這樣吧。

讓傑圖亞與身旁的友人，面臨到得聽著中堅參謀們怒吼的下場。

「降雪？你說降雪了！」

「去找氣象班過來！」

臉色大變的參謀將校們，抱著公事包，以眼泛血絲的表情大吼大叫的是，時程表與行軍計畫的修正。

有關氣象條件的預估出錯，對地面部隊帶來了極大的影響。

這對保留安全幅度，甚至假設會比「往年慣例」還要再早一點降雪的參謀本部來說，這場「史無前例的早冬」，意味著應該立足的基礎崩潰了。

「雖說早有預期會難以避免冬季戰。不過盧提魯德夫，這實在是超乎預期吧。」

「是晴天霹靂啊。」

身旁的友人、壞朋友，或是這個作戰室的主人，盧提魯德夫中將憤恨的一句話。

這毫無疑問地述說了，因為「雪」這個單字，就像捅到蜂窩般喧騰起來的帝國軍參謀本部的心境。

「畢竟就連裝備都還沒有備齊。傑圖亞，能提前送冬季戰裝備過來嗎？」

「我會緊急做出安排。在這幾天內，就會開始送去給前線部隊吧……不過得補上一句，只限鐵路線能送到的範圍。」

將雪茄塞進菸灰缸裡，一臉疲憊地仰望天花板的傑圖亞中將自己，也理解準備過冬的必要性。正因如此，為了防備最壞的情況，也有預期冬季戰裝備的「生產」，並且也做好準備。就算是生產線，也有緊急開始運作。不過，並沒有預期到要在「現在這個瞬間」把東西送到前線。

在現在這個決定性的瞬間。能送到前線的，就只有支撐攻勢所不可欠缺的燃料與砲彈。還有包括傑圖亞中將在內，所有戰務都眼泛血絲準備的馬匹與馬匹用的糧秣。

挑戰有限的運輸能力的極限，能勉強維持大型攻勢所必要的一切物資的國內鐵路網的時刻表，早就以週為單位做好細密的調整。

要為了提供前線冬季戰裝備，立刻變更時刻表，另一方面還要維持住後勤路線，不讓砲彈、糧食與其他消耗品中斷？

具體來講，早在鐵路課的將校們在傑圖亞的戰務局裡，仰天飆出所知道的一切髒話，臉色慘白死盯著時刻表時，嚴重性就顯而易見了。

不對，就算是這樣，鐵路課相對來講還算好吧。

作戰負責人們可是毫無預警地面臨到，直到昨天都應該還有「數週」的緩衝時間，突然消失的事實。

作戰參謀們的爭論，火爆度是有增無減。

「中央氣象台不是一直表示，平穩的秋季氣候會持續下去……」

「不是誤報還是暫時的異常氣候嗎！」

對於樂觀推論的答覆，是讓人無法否認地承認，不論是在什麼時候，現實都是冷酷無情的證據吧。

「氣象台那些傢伙已經放棄了。不得不認為冬天的來臨，已成為難以避免的既定事實。」

抱怨與嘆息，還有將香菸壓在菸灰缸上的短暫沉默。不論是誰，都難掩遺憾與焦躁的咬牙切齒起來，讓人喘不過氣來的沉痛寂靜。

「……該死。時間到了。得撤兵了。」

這一句話，就作為火種讓整個空間炸裂開來。

「前線已達到攻勢極限了！必須盡快整理戰線才行！」

「說什麼蠢話！你是要在這種時候撤退嗎！」

「應該要確保住縱深。如果能靠局部攻勢整理戰線，作折衷方案……」

說出這些話的人，全是參謀將校。他們是帝國的脊椎。

是受過徹底的教育訓練，針對遂行軍務達到最佳化，擁有知性的軍事專家。而一旦是萊希的參謀將校，毫無疑問就連在同行之中，也是出類拔萃的優秀。如此優秀的他們，如今不得不為了追求一個明確的結論，分成兩派。

當然，一旦談到作戰、戰略論，就該以多樣性立場作為討論前提，這是無須多言的事實。

「別開玩笑了！你是認真的嗎？要去跟前線部隊講，你們不久後就到泥坑去玩泥巴嗎？」

「那你是要去跟他們說，你們就在降雪之前，在那邊發抖待命嗎？為什麼不想辦法活用僅剩不多的緩衝時間啊！」

而不論是要求進攻的理論，還是要求退守的理論，就邏輯上來講，都具備著一定的論據，所以爭論才會變得極為激昂，語氣變得愈來愈火爆。

「你是要進行在脆弱的補給線中，追加上天候這種不確定要素的賭博嗎！」

「這是合理的計算！」

「哪合理了！」

在廣大的東部正面，展開部署的帝國軍所仰賴的後勤，是驚人的脆弱。這個事實，就算不是戰務，只要是作戰領域的人，都是再清楚也不過了。

針對後勤路線不斷發起的零星襲擊。

兵員的損耗與搬運砲彈、物資的負擔，就像是個止不住血的傷口。更進一步的擴大戰線，對如今早已經超出負荷的帝國軍補給網來說，會是極大的負擔吧。

這個問題要是沒處理好，明明光是這點就足以致命了……既然沒辦法預知天候，除了中止作戰外別無他法的意見，非常有道理。

「現在的話，就還有辦法進軍！只要在交通情況加速惡化之前終結戰爭，就算要提前過冬，也不會有任何阻礙！」

只不過，同時……「現在的話，也還有辦法進軍」。

「你說進軍？你說要在欠缺冬季戰裝備，就連補給網的確保都讓人懷疑的情勢之下進軍！你這傢伙，是把全軍的命運當成什麼了！」

「現在要是不攻下來，時間可不會是我們的夥伴啊！想想聯合王國與合州國的特殊歷史關係吧！除了速戰速決外！你倒是說還能怎麼辦啊！」

要求行動的一派所指出的問題，也是真理。對帝國，對他們的萊希來說，時間絕不可能會是夥伴。

逐漸衰弱的國力，蒙受重大損害的勞動人口。連作為窮極之策，讓女性勞動者到工廠工作的決定，如今也已常態化。物資不足的情況也很嚴重。即使制定了配給制度，帝國的資源不足也嚴重呈現著危機狀態。

「就算是這樣，你是打算把全軍消耗在看不見勝算的賭博上嗎！要是不退的話，我軍可是會溶解的！」

「事到如今，哪還能退啊！你是當還剩下幾公里啊！」

「現在的話，現在的話就還能進軍啊！你有確切的證據證明，我們明年不會被增強的敵軍擊破嗎！不能錯放這個戰機！」

就宛如頸子遭到絲棉勒住一般，逐漸衰弱的國力。目前的情勢，就算是如今仍自許精悍的帝國軍，也難以斷言沒有受到戰爭長期化的影響。

特別是──一部分的將校，不得不提醒眾人一個嚴重的現實。

「帝國軍早就在東部逐漸溶解了！」

「此舉很可能會讓全軍磨耗殆盡！我們不該輕視猶豫行動的成本！」

「你們是要用深陷恐懼的膽小鬼才會幹出的自殺性突擊讓全軍瓦解嗎？這絕無可能！」

就在愈演愈烈的爭論主角，中堅參謀們唇槍舌戰的會議桌附近，站在相當於上座位置的辦公桌旁，默默抽著雪茄的兩名將官，伴隨著嘆息吐出煙霧。

就連將雪茄默默塞進菸灰缸裡的動作都很相似的傑圖亞與盧提魯德夫兩位中將。不過，一個就像是感到很傻眼似的，對部下的醜態嗤之以鼻；另一個就像是毫無興趣似的，打從一開始就充耳不聞。

這要說是當然，也確實是如此。早在聽到「降雪」的瞬間，傑圖亞中將與盧提魯德夫中將就打定主意了。

作為副戰務參謀長，傑圖亞中將早就有定論了。所以在這裡，即使已有結論，也仍然要求部下討論……單純只是為了讓他們全員動腦的知性訓練。

盧提魯德夫中將也一樣。身為作戰負責人，他早已領悟到，現在不得不基於現實，更改對應策略。

正因為知道時間這個要素，所以雙方當機立斷。

在打定主意後，死馬當活馬醫的把問題丟給中堅參謀們的結果，讓傑圖亞中將看得是不得不感慨起來。

「……百家爭鳴大概就是這麼一回事吧。」

討論熱烈是不錯，但不論是誰，現在都已沒在討論，變質成在主張意見。讓人頭痛的是，參謀們看來似乎是沒注意到這件事。

「就算我們的答案不一定是正確答案，但他們究竟要到什麼時候，才會注意到浪費時間爭論有多麼愚蠢啊。」

「哼，全是人事的錯吧，讓這種有半吊子小聰明的傢伙們當上參謀將校。現在確實是無計可施。只能撤兵了。會在這種關鍵決定上遲疑，就算身為將校，也只能算是二流啊。」

「這儘管讓人生氣，卻是不得已的事實吧。」

這就是會讓人想長嘆一聲「真是夠了」的情況吧。即使是精挑細選的選拔菁英，真沒想到帝國軍的參謀本部裡，會有這麼多只懂得紙上談兵的傢伙，兩人會一起感慨起來也不無道理。

只不過——或許該補充一點吧。

基於公平起見，必須得說傑圖亞與盧提魯德夫這兩位中將，可是以對部下要求的最低水準，乃是全參謀本部之冠這件事惡名昭彰。

以擁有最高知性自豪的帝國軍雙傑。

恐怕毫不在意一般將校意見的他們，早就理解到這冬季帶有的意思，甚至感慨起來了。

「冬天來得太早了。既然無法預測，我們就只能甘受無能的批判，進行對應了。」

「對了。」傑圖亞中將就在這時，稍微壓低音量地向站在身旁的友人問出他的擔憂。

「只不過，重新編制戰線後的體制，仍舊是要以重新發動攻勢為前提嗎？」

問題，就只有一點。

在如今該討論的「冬季過後」這個主題上，就連傑圖亞與盧提魯德夫兩人，都有著微妙的意見差異。

「……除此之外，帝國沒有生路。必須要有讓戰爭結束的方法。想靠漫長的交涉解決，特別是在戰線僵持不下的狀況下，希望很渺茫。」

「如有必要，我們應該也有辦法建立長期持久的對策。」

「總體戰理論就是為此而存在的。」傑圖亞中將說出他的意見。這是因為自己與部下所推行的，以大量損耗為前提的抑制損耗理論體制，就是如此地牢不可破。
讓帝國建立起強韌的軍需生產網與自給自足的經濟。
因此，傑圖亞中將可以斷言。
「行動的自主權依舊掌握在我們手中，也沒有必要畫地自限。不用打從一開始就摒除長期持久戰吧。」
「這就理論上來講是很妥當。所以傑圖亞，我不會否定這種看法。」
盧提魯德夫中將抽著雪茄，隱約露出沉痛的表情。我懂的——他接著把話說下去。
「不過，就算是你也應該明白。帝國本土不論是好是壞，都只是能勉強自足。而且，這還是靠著以總體戰為前提的控管，才勉強做到的。」
「我就訂正一下盧提魯德夫中將你的誤解吧。是對維持所必要的最低限度來說沒有問題。至少，就目前為止呢。」
「應該要加上一句，只限於軍需品吧？」
「這我無法否定。光是要支撐住食品生產的下滑，就瀕臨極限了。就算砲彈生產量有飛躍性的提升……不過品質的低迷甚至是讓人頭痛。」
就將事實視為事實承認吧，傑圖亞中將點頭承認了這件事。
帝國的農業產量，不僅嚴重缺乏作為主要勞動力的勞動人口，更致命的是，用來農耕的馬匹也盡數遭到軍隊徵收。

而將補給所需要的馬匹搜刮起來的單位，不是別人，正是戰務自己。關於這對國內農業造成的打擊，傑圖亞自己是再清楚也不過了。

坦白說，比想像得還要嚴重。會落得要一直吃蕪菁的下場，就某種意思上，算是自己等人的失策吧。

「預期進行長期戰，跟希望進行長期戰是不同的概念吧。就我們的立場來講，是認為應該要以能活用我們強項的作戰層級來打破局面。」

「盧提魯德夫，我也不否定這種看法。但就算是你也應該明白吧？這太過孤注一擲了。」

「只能恨不得不拿國家大事來賭的自己，怎麼會這麼無能了。」

喃喃說出的一句話。

是與他總是充滿霸氣的語調，相差非常多的示弱話語。既然會顫抖著聲音回話，那打從一開始就來找我商量不就好了。

「……嗯，如有必要，就跟我說一聲吧。不過必須先從準備應付這位冬將軍開始呢。」

「是呀，該死的冬將軍。」

時程表完全錯亂了。

無法期待依照原定的軍事計畫展開攻勢。因此，東方戰線說好聽點，會暫時處於穩定狀態一段時間吧。說難聽點……就是會給予聯邦軍重新編制的緩衝時間。儘管非常遺憾，但也沒辦法干涉自然現象。

因此，沒辦法對過冬後的作戰提出有效推論的現況，實在是讓人心急不已。更進一步來講，也還不清楚會被迫在冬季承受到多少損耗。

要在這種不明朗的狀況下構想戰略……簡直是前所未聞。儘管就連手頭上的資源會變得怎樣都不清楚了，卻還不得不去預測未來的發展。

只不過——傑圖亞中將就在這裡，對自己的一項見解做出修正。

是存在著無數不確定的變數吧。不過，如果能讓其中一項變數獲得確定，那就專注在這項變數上也不壞。

「既然如此，就無論如何都要把那項提案送進最高統帥會議了。」

在提古雷查夫中校提醒之下，所想到的「自治計畫」。

狠狠使喚著同行的雷魯根上校，循著累得半死的他幫忙安排的門路，甘願承受著巨額資金與重大風險所進行的政治工作，正逐漸獲得成果。

也有感受到明確的觸感與反應。

「是你之前提的自治計畫嗎？我是贊同計畫的有效性啦……」

「是層遞法喔，盧提魯德夫。」

「聽好。」就像是在解說公理似的，傑圖亞中將指出一個單純的事實。
「比起跟敵國相鄰，還不如與跟敵國不友好的國家相鄰。」
「這是當然。」
「如果是中立的鄰國，就更好了。」
「有道理吧。」
「既然如此——」傑圖亞中將就像是在打著壞主意似的，說出最後一句話。
「對萊希來說最好的國家，就是與我國有著共同利害關係的友好鄰國。」
「你是打算當產婆吧？」
居然做這麼奇特的事……朝著如此笑起的友人，傑圖亞中將也回以笑容。
他肯定沒照過鏡子吧。
他自己，不，是我們都擺出一副相當邪惡的表情吧。忽然間，腦海中閃過這種想法。不過，這又怎樣呢？
「如有必要，就必須得做。熱水已準備好了。也找得到取名人吧。洗禮式也安排妥當。之後，只要本國肯認這個孩子，我們的負擔也會減輕一些。」
「你覺得剛出生的幼兒，能在我們的陣營裡獨當一面地活躍？」
盧提魯德夫就像是覺得這很蠢似的打算一笑置之，不過傑圖亞很就快制止了他的氣焰。

「聽好，我的朋友。就連幼女都能在戰爭中派上用場。就算是嬰兒、幼兒，也會有用途的吧。『至少，毫無疑問能用來擋子彈』。」

「『這是最差勁的理由呢』。」

「你說得沒錯。我是有自覺到，這真是應當唾棄的想法。」

「不過呢……」傑圖亞接著說下去。

「我得善盡身為善良個人與邪惡組織人的義務。我能獲得容許的行為，不對，我們參謀將校能獲得容許的行為，就只有對義務的犧牲奉獻。」

打從那一天，我任官的那一天起，我就發誓要向祖國、向萊希獻上我的劍。要從危害祖國與帝室的一切敵人手中，防衛住祖國。

既然如此，如有必要，祖國也如此要求的話——

身為參謀將校，要我變得有多邪惡都行吧。

傑圖亞中將甚至開始散發起悲壯的決心，不過在看到豪邁地付之一笑的朋友身影後，瞬間愣住了。

「哈哈哈哈哈哈哈。」

「我有說錯嗎？」

「不，就理論上來講確實沒錯。不過呀，有一件事，你似乎是有了非常有趣的誤解呢。」

「誤解？」

「我親愛的參謀本部的參謀將校，到底是為何而出名的呢？」

咧嘴笑起的友人，揚起的也是毫無笑意的笑容。而如此讓人認同的話語，也很罕見吧。

「肯定不會是善良的人格。」

「就坦白說吧。我們應該是要以乖僻、強橫與狡猾聞名吧？」

「哈……哈哈哈哈，確實就跟你說的一樣。」

什麼嘛，早就是這樣了啊。

「不論是哪個傢伙，毫無疑問都是擺出常識人表情的非常識人。既然如此，就將該做的事情貫徹到底吧。」

蓋子，打從一開始就沒有蓋上了。

經由我們參謀將校的手，地獄喚來了地獄。

混帳東西。

還真是能坦率認同的未來預想圖。

[chapter]

VI

第陸章

「解放者」

“Liberator”

作為善良的個人厭惡，
作為邪惡的組織人推動吧。

——漢斯·馮·傑圖亞中將

統一曆一九二六年十一月十五日　聯合王國駐莫斯科大使館　軍事交流歡迎會場

有別於帝國軍與聯邦軍雙方預期過冬，在前線維持穩定狀態對峙的情況，在後方，預期冬季之後的策動，已活性化很久了。

有別於前線的小規模衝突，敵我雙方的境界線非常曖昧的策動。

只不過，或許該這麼說吧。

有別於在首戰慘敗給帝國軍的正規戰，共產黨就本質來講，就唯有在陰謀與策動這方面上，有著壓倒性的訣竅與實際的累積經驗。

原來如此，黨幹部們儘管很不甘願，卻也不吝於承認帝國軍就一如字面意思，是極為細緻的暴力裝置，勝過聯邦軍的軍隊。但同時，他們也暗自竊笑。

帝國是知道製作暴力裝置的方法吧。也十分懂得使用方法，黨幹部們即使慚愧，也不得不接受這個事實。

不過，也就只有這種程度，任誰都能異口同聲地如此斷言。

戰爭終究是政治的延伸。在這點上，對共產黨幹部來說，帝國顯然犯下了致命性的錯誤。

「進行戰爭指導的居然是『帝國軍』耶。帝國那些傢伙似乎開始用軍事支配政治了。」

恰好在黨會議上喃喃說出的嘲笑。這是黨幹部們的共同意見。軍事終究是為了達成政治目的的手段。

就算目睹到敗退的前線，黨幹部們也仍有誇下豪語的餘力。畢竟，他們確信帝國軍是個總是以純軍事觀點去遂行事情的「笨蛋」。

武力，不過是一項要素。畢竟所謂的權力、支配與統治，就只是暴力與政治的融合。

「政治家們保持沉默，資產階級們為了戰爭而戰爭。這樣確實是能建立起強大的軍隊吧。不過，他們即使知道該怎樣打倒敵人，卻不懂得該怎麼結交夥伴的樣子。」

軍隊認為戰爭是軍事的延伸，完全欠缺政治觀點的敵人，共產黨有必要害怕嗎？

歷史會將必然的勝利，帶給黨與祖國，還有共產主義吧。

這只會是他們毫無虛假的確信。

這是因為——

「為與新朋友的美好相遇乾杯。」

「為兩國光榮的戰爭合作乾杯！」

聯合王國駐莫斯科大使館內響起的，是得意的乾杯口號。

服務生們向訪客們推薦著魚子醬與伏特加的搭配，專門為了這場宴會招聘的管弦樂團，輕快演奏著兩國的國歌，是個與盛裝打扮的列席者們各自聊起的戰前繁華不分軒輊的優雅社交空間。在這個空間裡，唯一與平時不同的地方，頂多就是穿著整齊制服的儀隊人員，還有身穿軍裝昂首闊步的軍人們的存在吧。

只不過，就會場的性質，這算是很妥當的情況。在這裡召開的是，慶祝兩國更進一步擴大的軍事合作，與禁止雙方單獨向帝國議和的戰時協定成立的慶祝宴會。

殘酷的雪白世界在前線蔓延當中，將共同的利害關係，注入名為欺瞞與偽善的鮮豔玻璃杯中後，外交官們就帶著沉著的微笑把酒言歡。

「……那國家沒有夥伴。帝國軍那些傢伙，是打算與全世界為敵，戰爭到最後一刻嗎？」

「儘管很蠢，但他們大半是認真的吧。那些傢伙就連攻擊計畫，都考慮得相當周全呢。」

接下來的事，你懂吧——男人們默默揚起這種微笑。

「不會錯的呢。那些傢伙，直到現在都還沒擺脫，靠軍事力解決一切的想法吧。」

「哈哈哈，既然聯邦的各位也這麼覺得，我可就安心了。就算是強大的帝國，也沒有能力與全世界戰鬥，就讓他們看清楚這個事實吧。」

在看似空洞的話語之中，拐彎抹角地夾帶著雙方要求的對話。不過，就直截了當這點上，聯邦的人也是有辦法說出毫無修飾的話語。

「這是當然。就算是為了這件事，也希望務必能形成第二戰線呢。」

「我們可是需要夥伴之間的互助合作呢。」接著說出的這句話，真正的意思儘管是在委婉地挖苦「你們的地面部隊上哪裡去了」，但同時也是聯邦方毫無掩飾地，要求他們「分擔壓力」的真心話。

不過，要是對這種程度的挖苦退縮，可稱不上是外交官。

「這件事我當然會傳達給倫迪尼姆的樞要知道。」

如果是要擔任使者，就連小孩子也能勝任。所謂的外交官，也是花費國家經費，要求他們進行使者以上的言語遊戲的存在。

「可是呀，就算是我們本國，也正處於大規模空戰之中。儘管想對面臨祖國防衛，一同並肩作戰的戰友伸出援手，卻也面臨到許多相當困難的問題。」

聯合王國的外交官，就像是發自內心同情似的點了點頭，另一方面誇張地喃喃說著「還真是困擾呢」。

「有什麼問題嗎？」

「是呀。」向聯邦外交官若無其事說出的，是一句挖苦的話。

「畢竟也沒辦法疏忽對聯邦支援船團的空中掩護。只要想到前些日子，失去我方空中支援的船隻就在『貴國的軍港』遭到帝國軍的航空攻擊，蒙受到極大損害的事情，就實在是……」

要彌補聯邦方的過失也相當辛苦呢——被這言外之意戳到的當事人，就擺出一副聽不懂似的態度，為了要求飲料，很特意地愉快叫住了服務生。

就算表示沒有記恨這件事……但由於欠了一個人情，所以擺出親近的相處態度。

不過，他可不是會感到為難，不知道該說什麼的小孩子。在笑容的面具底下，聯邦方的人員就為了還以顏色，故意似的不斷嘆氣。

「不管怎麼說，畢竟是代表所有同盟國，以一國之力支撐著地面的戰線呢。會缺乏人手，還真是非常遺憾。」

「也就是彼此彼此呢。我們的處境也很相似。」

不過對於挖苦自國的話語，聯合王國方的外交官卻是一本正經地點頭認同。抓住話柄，為了讓意思變質而說出的切入要害的一句話。

「將原本就很強大的帝國軍西方航空艦隊拖住的本土防空戰。外加上要向友好國派出支援船團。而且，還得一面與巡航中的帝國軍潛艇隊不斷展開死鬥。我們也受到相當大的負擔呢。」

「我可以理解這種痛苦的處境，不過還請別忘了，我們幾乎是單獨承受著帝國軍地面部隊這件事。」

「當然，就是因為考慮到友邦的活躍，才會開設支援航路。甚至不惜讓本土防空暴露在危機之下，對航路提供了空中支援喔。勉強將兵去執行這種任務，儘管於心不忍，不過這也是為了拯救友邦啊。」

「我也有相同的想法。會拖住前往友邦的敵軍主力，也是基於相同的想法吧。」

「哈哈哈。」彼此相視而笑，邊在心裡痛罵，邊握著手說著妥當的外交辭令。

就算能用華麗詞藻掩飾，「你的國家才應該要更積極地站在第一線上」這句話，可是兩國當事人毫無虛假的真心話。

誰會信你的善意啊——是雙方對彼此的坦率評價。儘管如此，他們還是能在對抗帝國這件事上，找出共同的利害關係。

正因為如此，作為政治外交的專家，他們能確信一件事情。

帝國這個國家不懂政治的程度，甚至足以製造出讓如此異質，彼此充滿著根深柢固的不信任的聯邦與聯合王國，在對抗帝國這件事上建立起合作關係的狀況。

如果是一位稍微有那麼一點點在意外交情勢與政治情勢的指導者在領導帝國的話，帝國就不可能會面臨到這種四面楚歌的局面了。

只要針對聯邦與聯合王國傳統的不合關係下手，兩國就連能否建立起薄弱的聯合作戰關係都很微妙吧。不對，肯定是根本不會支持導致共和國連鎖參戰的北進論，甚至不會引發戰爭。

換句話說，帝國是敗在自己的失策與失誤之下。

作為在觀察、假定、驗證之後得到的合理結論，聯邦的黨幹部們身為政治與陰謀的專家，能發自內心地相信一件事。帝國軍只會從軍事觀點來理解戰爭吧。

當然，勝利會需要付出龐大的代價吧。

儘管如此，依舊能在冬將軍的支援之下，靠著母親般的聯邦大地擋住帝國軍的攻勢。之後，時間會就幫我們解決一切吧。

相信會在帝國的失策之下，確實贏得勝利，並且深信不疑。

直到臉色大變的內務人民委員部的羅利亞委員長，要求召開緊急幹部會議，立即處理事態為止——

「同志，你說有緊急事件？」

「是的，總書記同志。發生了必須要立刻處理的問題。」

「是什麼事？」

「……帝國軍……」

羅利亞很難得的，甚至能說很不像他的欲言又止。眼神在會議室內游移不定的模樣，幾乎是前所未聞。

「帝國軍和人聯手了。」

在詢問「是和誰聯手了」的視線注視之下，他再次猶豫不決地開口。

「是這樣的，他們和……聯手了。」

「內務人民委員長同志，帝國軍是和誰聯手了？」

總書記親口發出的責問。面對應該會讓人心驚膽顫的頂點詢問，然而就連羅利亞這種水準的官員，都顫抖著舌頭，錯過回答的時機。

光看他這樣子，就是噩耗的前兆了。

如果是眼睛夠利的人，應該會注意到吧。羅利亞內務人民委員長這名披著人皮的惡魔，正在恐懼著。

「他們出現與分離主義者聯手的動向……在帝國軍的占領地區樹立臨時政府，並開始還政於民的手續。」

就像是下定決心後說出的話語。聽到這句話的瞬間，在場所有人都頓時無法理解，眼前這個小矮子到底在說什麼。

「聽好，各位同志。帝國軍那些傢伙……正在與分離主義者建立同盟。沒錯，民族主義者與帝國軍握手言和了。」

以羅利亞來說，很罕見地欠缺銳氣的報告語調。完全不掩他由衷感到頭痛的心情，顫抖著聲音，接連說出的話語。

在逐漸陷入沉默帷幕之中的室內，一部分的人儘管慢了一步，不過也開始理解到他報告的內容了。

提倡脫離聯邦的垃圾們。攻打過來的帝國軍。這兩者對黨來說，都只會是障礙。所幸，原本預定是要他們雙方「互相廝殺」。

畢竟，帝國軍這個不知妥協餘地的暴力裝置，與不打算屈服於任何人的民族主義者，彼此的關係性是差到極點。以羅利亞為首的共產黨幹部們，還曾期待這會成為「最棒的宣傳材料」。

……以作為虐殺者的帝國軍與作為解放者的聯邦軍為主題的宣傳戰。

正因為看出人民對黨的信賴出現動搖，才會打起這種主意。

這是必須要讓人民確信，我們是屬於道德正確一方的局面。明明就預定好要販賣夢想了，該死的帝國軍，還真是意外地不上道。

「必須得承認帝國軍、帝國的方針，已有了一百八十度的轉變吧。我再重複一次，這相當可靠的消息。分離主義者與帝國軍，似乎正在建立極為緊密的關係。」

帝國軍愈是為了處理游擊活動，進行愈加激烈的「鎮壓戰」，就應該愈是會製造出讓分離主義者憎恨起帝國軍，並不得不依賴聯邦的局面。

然而……「卻聯手了」？

豈止如此，還「還政於民」？

「身為內務人民委員的委員長，我必須提出警告。帝國軍正在破壞我們的民族政策。」

這意味著他們要推翻我們的根基。

不對，豈止如此。

就像是忍不住似的，一部分的人站了起來。他們睜大眼睛凝視起羅利亞，並在他點頭承認這是事實的瞬間，一齊慘叫起來。

「……他們將政權交給了分離主義者？」

會議室內響起驚愕的叫喊。

「怎麼會！」

「這不可能！」

「沒搞錯嗎！」

儘管不知所措，也仍然一齊發出否定叫喊的，是一群資深幹部。就連戰勝艱苦時代的他們，都是這副德行。

不過，羅利亞在心中苦笑，還真是缺乏個性與知性的叫喊呢。看來人類的語言能力，會在極限狀態下遭到限制吧。

不過，另一方面，羅利亞自己也能理解。這也是沒辦法的事。羅利亞一臉沉重地向總書記遞出剛剛拿到的情勢報告書。

「總書記同志，請過目。」

是歸整成數張文件的報告書。是甚至無法製作副本的特級危險物品。因為對聯邦來說，帝國軍「如果不是殘酷的侵略者就麻煩了」。

承認帝國軍寬容的報告書光是存在本身，都可能會對聯邦的正統性帶來嚴重不良影響。

不對。豈止是可能性的程度。

這倘若是事實，聯邦這個多民族國家，就正以現在進行式遭到嚴重的侵蝕吧。

唯一能確保共產黨支持度的方法，就只有用寬容對抗寬容。

只要我方能對民族主義給予高於過往的認同，就能作為對抗手段，發起號召也說不定。

然而，只要是想到這一點的共產黨幹部，不論是誰都不得不做出痛罵「這不可能」的選擇。

這只能說是一場惡夢。

「事態極為嚴重。」

「內務人民委員長同志，這消息沒錯吧？」

「當然，總書記同志。報告書的內容有經過嚴格挑選。」

對多民族國家來說，所能夠容許的最大限度是平權法案。與無條件讚揚民族主義的帝國同等的寬容，與聯邦解體是同義吧。這將會進而導致共產黨瓦解，就連大義的共產主義都會輕易遭到侵蝕。

「……唔，情報源能毫無疑問地信任嗎？」

「是以潛伏的間諜傳回的報告，與當地政治軍官們傳回的報告為基礎寫下的。我有致力進行徹底的驗證，以確保情報的正確性。」

就算只有表面上也要讓語氣保持平靜吧？對羅利亞來說，就連想這麼做都非常困難。

「雙方的情報完全一致。一切的報告都強烈指出，帝國軍與分離主義者已經建立起政治上的同盟。」

因此，羅利亞做出斷言。

「如今，這件事已不容置疑了。」

內務人民委員部所取得的所有徵兆，都浮現出應當敵對的雙方開始攜手合作的事實。

在這瞬間感到的震撼，來自於就連羅利亞也有點難以置信的結論。然而，就算要無視，也出現太多現實的徵兆了。最大的證據，就是游擊部隊有如哀號一般傳回來的救援請求吧。

應該優游在人民之海裡的他們，偏偏遭到「當地安全部隊」掃蕩的驚人消息。

追蹤調查的結果，則是更加震撼。

在游擊活動掃蕩任務的現場戰鬥的部隊，不是帝國軍，而是「安全部隊」。而且經調查發現，還是受到帝國軍支援的當地安全部隊啊！

這樣一來，他們實際上的同盟關係就浮上檯面了。不得不承認這件事。

「帝國軍出現了劇烈變化。」

純粹的暴力裝置，萌生出理解政治脈絡的嫩芽。而且恐怕還是正在急速成長中的嫩芽。

就算要摘除，也已經太遲，長出太深的根了吧。

帝國正在逐步學習政治的觀點。完全偏向軍事的帝國軍開始學習了。這會是比帝國這個暴力裝置獲得五十個師團的新援軍，還要更重大的威脅吧。

沒能掌握到他們改變性質的徵兆，是個嚴重的失態。正因為如此，就算受到在會議上得知消息的出席者們，有如譴責一般的視線瞪視，也只能甘願承受吧。

「……儘管如此，變化也來得太過急遽。儘管我們自以為很熟悉帝國軍這個組織，不過戰爭這種極限狀態，有可能讓他們急遽產生變化嗎？」

坐在行駛在莫斯科街道上的車內，羅利亞思考著。

目前根基所面臨到的，是照這樣下去的話，會讓聯邦這個國家體制無法保持正統性的迫切危機感。

不論我們再怎麼稱呼帝國軍是邪惡的侵略者……要是當地的民族主義者陸陸續續地自願投奔為帝國的朋友，這就只會被當成是空虛的叫囂，付之一笑。就連最壞的瞬間，也能輕易想像到。第三國的記者會成為開端吧。

他們會抓住民族主義者自願協助帝國的事實寫成報導。光是要否定這一篇報導，就毫無疑問需要耗費莫大的勞力。

「最主要的是……『我們的對外印象太差了』。」

西邊各國政府看待聯邦這個共產主義國家的視線極為冷淡。表面上是在讚揚我們是並肩作戰的夥伴。不過內心底，肯定就連一絲的友情都沒有吧。

他們與我們，就只是為了與帝國這個強大的敵人戰鬥，才勉為其難地握手言和。

就算是共產黨，就唯獨在這件事上跟他們一樣。是忍住厭惡感，假裝與無法信賴的西邊資本主義各國攜手合作。

說得極端一點，雙方勢力就只是靠著一致的利害關係結盟。雙方就只是帶著表面上的笑容，與渴望毀滅的惡魔握手言和。

「他們的目的，是要讓聯邦與帝國同歸於盡吧。要是我站在他們的立場上，也會很樂意這麼做。該死，受那該死惡夢擺布的結果，就是這個嗎？」

怎麼會——羅利亞在腦中聽到自己反駁的聲音。

不論早晚，與帝國這個太過強大的鄰國對峙，都會對聯邦帶來破滅的危機吧。

為了預防這種事態，決意開戰的總書記同志的判斷很妥當。

與靠著武力將周邊各國打得落花流水，稱霸大陸中央區塊的帝國對峙，毫無疑問是國防上無論如何都該避免的惡夢。

「早就做好會站在第一線上的覺悟。」

問題是，那個西方的戰爭販子，就唯有在戰爭上是真的很拿手。

應該能靠規模壓倒對方的我軍，瞬間就遭到帝國軍的反擊瓦解。甚至愈是調查，就愈是重新認知到，帝國是個太過危險的鄰居。

「……然後，我們沒有夥伴。『就目前為止』。」

遭遇危機時，就希望有許多朋友。傷腦筋的是，我們是在國際社會這個班級上遭到排擠的可憐孤兒。

儘管如此，但可不能看錯情勢。

根據所付出的努力，也不是不可能贏得友情吧。換言之，就是能交到朋友。就算要追求美好的新朋友，也不是不可能的事。

「就讓輿論這個優秀的朋友去幹活吧。民主主義還真是美好的制度對吧。」

就算向基於理性主義信奉國家理性的國家當局訴之以情，訴求效果頂多就是幾句口說無憑的答覆吧。

然而，羅利亞就像是發現到敵人弱點似的，發自內心地微笑起來。

「投入理想主義者的反應很好……就算騙不過外交官他們，也能騙過那些軍人與外行人呢。還真是讓人受不了。」

儘管對聯邦懷有壞印象的人多的是，但他們會因為實際接觸到的聯邦軍人與黨員，跟壞印象的差距而感到困惑吧。

這種心理上的缺口，正是聯邦在政治宣傳戰略上的關鍵。

愈是具備知性且誠實的人，就往往愈是會有「自己是受到偏見影響」這種擅自幫忙做出解釋的傾向。

「嗯，讓理想主義者擔任政治軍官，也具有這種意義。」

理想主義者不是因為能力，而是因為人格贏得尊敬。如果還兼具著實力就堪稱完美了。

然而，平凡的理想主義者光是盡到自己的職責，就能編出一篇好故事。或是說，光是展現出善盡義務的姿態，就能產生效果。

「感動的、英雄的、獻身的聯邦的人們。就讓理想主義者，以打為單位殉教吧。就讓他們成為共產主義神話裡的聖人吧。」

大家都最愛的英雄。

大家都愛的誠實的人們。

大家都敬愛的真誠的戰士。

善良、高潔，然後信奉理想的，聯邦的移動宣傳機器們。在這一段期間內，羅利亞會深愛著這些理想主義者。

他們正是要與美好的西方輿論結交朋友時，最大的祕密武器。

既然帝國那些傢伙與我們的分離主義者攜手合作，我們就與西方的輿論緊密聯手吧。

「試看看是誰的朋友比較強，也是一種樂趣。哎呀，還真是有趣呢。」

這是一場鬥爭。是讓詐欺師較量掩飾骯髒的心聲，用空泛的華麗詞藻擺弄人心的能力的一場競賽。

就去述說理想吧。也會去讚揚場面話。然後，競爭吧。看誰能獲得更多的眾望。就讓無聊的虛榮與場面話互相衝突吧。

畢竟大家都愛死了美好的事物。既然人人都愛，就盡可能提供他們想看的幻想吧。

這是要散布夢想。

「哈哈哈，我簡直就像是長腿叔叔吧？」

也就是心地善良的羅利亞叔叔吧。還真是了不起的小丑不是嗎？

「是聖誕老人也說不定。哈哈哈，這還真是愉快。不對，不管怎麼說都很有趣喔。也就是要向世界傳遞希望與夢想，還有美麗的幻想吧！」

名為理想主義者的，傳遞幻想與幻影的郵差們。

就部署他們的意思上，還是郵局局長的位置比較妥當吧？不不不，這種時候就該風趣地自稱為希望的聖誕老人也說不定。

啊，羅利亞就在這時改變主意。

「不對，照慣例是要俊男美女呢。這樣會比較容易運用吧。」

散布美麗夢想的，要是人人都愛的美人，還是俊男美女會比較容易宣傳是當然的事。

客觀審視自己的外觀，重新擬定構想。

自己實在是不能拋頭露面吧。羅利亞自嘲起來。不打算受到愚蠢的表演欲望驅使，就連這種程度的判斷都辦不到。

「居然會有這麼一天，要以理想主義者與重視外貌的選拔基準，挑選政治委員……人生還真是難以捉摸呢。」

就因為這樣才有趣。每天都充滿著嶄新的發現……這就是所謂的返老還童吧？

只不過，羅利亞也不吝於承認，自己是長得有點不怎麼好看。

情緒激動到不能自已。

若是就這個觀點來講，世上有著太多對個人來說非常遺憾的事，就算要叫我別沮喪也相當困難吧。

比方說，作為與聯合王國軍之間的聯絡官採用的莉莉亞．伊萬諾娃．塔涅契卡。

她真的是太可惜了。要是再早十年，就會讓人想玷汙她無垢的眼瞳，讓她在胯下嬌喘。

「為什麼大家都偏離我的嗜好——最美味的時候呢……」

可嘆的是，等遇見她時，早已經太遲了。

「似乎有人說過戀愛是一期一會的事，看來也不能太小看遠東的俗語呢。必須要珍惜相遇的機會吧。」

這件事告訴了我，後悔是無濟於事的。

正因為如此，羅利亞鼓起幹勁地揚起新的微笑。

「等著吧，我的妖精。我一定會捉到妳的。」

這次……這次絕對不會再讓妳溜走了。怎麼能犯下眼睜睜看著最棒的花朵在眼前枯萎這種歷史性的愚蠢行為。

美麗的東西，就該保持著美麗的姿態疼愛。

這無庸置疑是賦予我的最高義務。

統一曆一九二六年十一月二十四日　東方戰線

當收到這則通知時，譚雅·馮·提古雷查夫中校極為感動地笑了起來。

參謀本部那些傢伙，居然想到這麼狠毒（優秀）的一招。

老實說，方法本身甚至可說是相當古典。是老招了吧。然而，能這麼確實地打擊對手弱點，活用我方強項的方法也很罕見。

對聯邦來說，這肯定會是比百萬發的砲彈還要可怕的一擊。

「各位，是參謀本部傳來的通知。就記清楚吧，我們似乎成為遭聯邦打壓的各民族的解放者了喔。」

譚雅說出這個美好的好消息，不過將校們的反應，卻是一齊擺出困惑似的無言表情。真是不可思議。各民族的解放者，似乎不是一個會讓他們深受感動的詞彙。

「我們是『解放者』嗎？」

謝列布里亞科夫中尉帶著難以置信的言外之意喃喃說道。

「是權宜之計吧？」

至於格蘭茲中尉，還完全不掩懷疑的神色。實戰經驗豐富的將校，擺出面對辦不到的場面話時，會有的典型態度。

該說是一種敬而遠之的語調吧？

仔細一看，會發現儘管賢明的拜斯少校保持沉默……不過其他將校們卻像是肯定他的說法似的點頭。

唉，譚雅真想感慨。

就算知道戰鬥的方法，卻不懂得政治要素的一群傢伙。只能說，就是因為這樣才麻煩。

就算打贏再多場戰鬥，要是無法將勝利活用在政治上，就毫無意義。他們大多數的人，往往會徹底忘掉這個確實的真理。

不對，就公平起見，應該說正是因為置身在東方戰線嚴苛的狀況之下，所以才會喪失慢慢想起這件事的充裕時間吧？

這在戰爭之中，應該不是什麼罕見的事。

「就如格蘭茲中尉說的，就只是本國的政治宣傳吧？反正，大家都不會理會吧。不對，說不定會假裝有在理會呢。」

「阿倫斯上尉，這雖是很有趣的意見，但根據是？」

「畢竟是這地區的那些傢伙。反正只要我們一輸，就會改舉起『敵人』的旗子了。」

阿倫斯上尉就像咒罵般喃喃說出的見解。

這正是前線的一般意見吧。只要是有過東部從軍經驗的將兵，肯定都會立刻同意。就客觀角度來講，這也是難以否定的經驗法則。

就因為大家都不得不目睹到他們陽奉陰違的現實，所以才知道這種情況。

要舉一個例子來說明的話，兩種不同的國旗是最適當的吧。

「是指所有的民宅裡，都準備好了帝國與聯邦的國旗吧。」

「是呀，中校也是知道的吧？」

「遭到戰火波及的人們，就算只有表面上，也要展現出自己是勝利者的朋友，可說是一種保命的智慧。就算譴責這種事，也只是白費功夫吧。」

也能理解阿倫斯上尉的氣憤。不過就譚雅來看，這就跟搞錯經營方式一樣。就像是在沙漠抱怨滑雪板賣不掉吧。

「參謀本部的提案，就理論上也很有道理吧。只要能靠話語減少敵人的數量，就不算是筆壞交易。」

「確實是這樣呢。不過，既然被稱為解放者，就要稍微有點樣子喔。」

「我也同意這點。不過中校，恕我失禮……」

在最初的階段似乎也是會有帝國兵在被稱為解放者後，真心這麼認為……不過所謂的朋友，要是無法確定連在雨天時都依舊還是朋友的話，就難以稱為「真正的朋友」。

應該可以想見，他們會在我方陷入劣勢的瞬間，將帝國國旗拋棄掉的光景吧。

不論是阿倫斯上尉，還是拜斯少校，只要目睹到這種光景，肯定都會瞬間理解到，我們這個解放者並不受到歡迎。

「這我也不是不清楚呢，拜斯少校。不過，上頭可是將我們定義為解放者。而且，還伴隨著一個出類拔萃的優秀點子呢。」

「……但願這次會是一個正常的點子。」

「安心吧，少校。我向你保證。」

就算將自己定義為解放者跑來，要是無法獲得對方民眾信賴，遲早會難以避免地出現破綻。

不過，要是上頭用與這種樂觀推論不同次元的戰略方式活用政治，事情可就不同了。

這是以傑圖亞中將的名義發出的指示。在這篇參謀本部宣告要成為解放者的文章上，寫在字裡行間裡的文意相當明確。

看得出他們要將敵人分割統治的意思。對相當於齒輪的現場人員來說，這是必須立刻以行動邁出第一步的事吧。

因此，譚雅以嚴厲的語氣宣告。

「各位能不能接受，就暫時不管。我在此正式通知。向各級將校嚴格下令。今後，在我們戰鬥群的管轄範圍內，會需要更加適當地處理與民人之間的『事故』吧。」

大多數的市民就只是希望能守護自己平凡生活的人們。他們會向我們展示敵意……大半是起於部隊在占領地區做出的不當行為。這種應當恐懼的失態，等同是在培育游擊隊的利敵行為。

「考慮到這裡有聽不懂人話的混帳蠢蛋在，就來考個試吧。拜斯少校，貴官懂吧？」

「是的，這是當然的！可以認為中校是希望我們採取，就跟『在本國駐紮時』相同的對應方式吧。」

也是呢──譚雅在內心底竊笑起來。對拜斯少校來說，這是沒必要擔的心。

「咦！不是指示我們要包庇將兵的不當行為嗎？」

然而，似乎聽不懂的蠢蛋，做出了誇張的反應……太過於符合預期，反倒讓人不安。

托斯潘中尉錯愕地說出讓自己難以置信的蠢話。

說不定該把讓這傢伙從軍官學校畢業的教育負責人掐死吧。真想問問他，到底是這樣讓這傢伙畢業的？

「托斯潘中尉，拜斯少校的答覆，就是我的本意。兵的不當行為，我會當作是軍官的不當行為處理。這是占領。給我去學一下占領行政吧……就算是裝出來的，上頭也期待我們擺出解放者的樣子。」

「可是，那防諜該怎麼辦！」

無能的東西又在吠了。不僅是無能，還無法理解自己很無能的傢伙，果然是讓人束手無策。或許就跟古老格言說的一樣，勤勞的蠢貨就該找個地方確實槍斃掉也說不定。

「給我想辦法解決。」

「咦！」

「假情報、偽裝、情報戰。你們將校就是為此而存在的吧。還是說你不龜縮在無人地帶，就沒辦法工作了？」

忍著頭痛，譚雅直接否決托斯潘中尉的異議。不過，內心也惴惴不安。理由很簡單。就只會是重新認識到，統轄步兵這個人數主力的步兵指揮官，是個無可救藥的無能這個事實。

既然曾是指揮官的湯恩這個愚蠢上尉ＭＩＡ了，就只能夠交給托斯潘中尉指揮……但交給他指揮真的好嗎？

不論是好是壞，都能理解他有著會去遂行指示的個性。因此，曾經認為只要有下達明確的指示，就不會有問題了吧。

就宛如當然似的，相信他會依照吩咐去實行指示。然而……譚雅想到一個重要的事實。

當他知性不足，無法理解指示時，該下達怎樣的指示才好？連想都沒有想過，居然會有這麼無能的將校存在。所謂值得恐懼的事，就是在指這麼一回事吧。

腦海中瞬間浮現的想法，是「處決」這兩個字。

另一方面，就算是他，也是寶貴的人力資源。還是思考有效活用的方法，會比較具有生產性吧？不過，要是考慮到機會成本的損失呢。果然還是只能槍斃了吧？

「……中校，我能理解妳想說什麼。不過……」

「你是指面對無法確定動向的民眾，再怎麼紳士也會有極限吧？」

「請考慮到將兵的心理壓力。要他們一面抱持隨時會遭到攻擊的警戒心，一面帶著笑容，做出像在本國時的表現，是非常困難的事。」

差點兜起圈子的思考，立刻回歸現實。對於他一臉不甘願的提問，譚雅也點頭表示認同。

「梅貝特上尉的話也很有道理呢。」

「不過——」譚雅笑了起來。

「這個問題，『要不了多久』就會解決了吧。」

「恕我失禮，中校。」

「什麼事？」

「我想請教妳，要不了多久這句話的定義。」

這種要求具體數字的態度，是出自於砲兵將校的本能吧？

不過，這種對於長官的發言，只要有疑問就會去徹底詢問清楚的態度……讓我非常有好感就是了。

「這是個好問題，梅貝特上尉。」

是眼前那個會自己胡亂解釋的傢伙，完全無法比較的正常表現。

能抱持著他不會做出蠢事的信賴，正是因為看過托斯潘這個蠢貨，所以更顯得讓人感激。所以，譚雅就給予他明確的答覆。

「具體來講，就是等一下。」

「咦？」

「百聞不如一見。不對，這種時候，該說是百聞不如一聽呢。討論就到此為止。有空的將校，就跟我來吧。」

錯愕的軍官們，一齊發出感受不到絲毫創造性與獨特性的單純疑問。

「「「去哪？」」」

「這還用說嗎？」譚雅笑道。手指的方向，是一旁作為餐廳使用的民宅客廳。

「來聽聽廣播吧。傑圖亞閣下預定要在正午時，進行一場非常愉快的演說。」

「對了。」譚雅就在這時補上一句。

「方便的話，就順道一起用餐吧。不知各位軍官的預定如何？」

同日　東部帝國軍占領地區

「帝國軍代表，漢斯・馮・傑圖亞中將在此向各位問候。」

懷疑、猜疑、好奇，還有漠不關心。

大半的聽眾，都是只被告知這是「重大公告」的群眾。只不過，他們也有著足以停下腳步聆聽的興趣。

這也不無道理吧。畢竟是帝國軍的中將，身穿著第一種軍裝的華麗禮服，在「民族主義團體」的指導者們簇擁之下，走上階梯式的講台。

「各位親愛的聽眾，下官有件事情，必須得向各位說明清楚。我們是一同與『共同的敵人』，也就是『共匪』對峙，並肩作戰的戰友。」

因此，傑圖亞開門見山地說明主題。我們帝國，不是民族主義者的敵人。

這是用來表明立場，明確指出自己演講目的的開場白。

不過這種程度的話，帝國早就作為安撫工作的一環，在占領地區宣傳過無數次了吧。

這樣一來，就沒辦法用半吊子的言論贏得他們的信賴。正因為如此，傑圖亞就用漂亮空泛的話語，精心包裝著這次的毒藥。

「我們帝國想要的東西很明確。那就是和平，我們就只是深深渴望著，祖國能夠獲得和平與安寧。」

人比起話語的內容……更加重視「是誰說的」這項要素。正因為如此，傑圖亞中將這名帝國軍軍人，才會與民族主義團體的指導者們站在一起。

在群眾面前站在一起。

會像是在調整呼吸似的深吸一口氣，是為了要掌握時機。就在所有人聽進自己話語的瞬間，傑圖亞接著補充說道。

「帝國、我們、我，並不希望戰爭。可是，作為可悲的現實，戰爭不斷地持續下去。因此，我、我們、帝國，渴望著和平。」

「因此——」傑圖亞望向身後的男人們，就像是在與友人說話似的，把話說下去。

「『就跟你們一樣』，我也是一個渴望著和平、渴望著穩定的人。」

男人們微微地，不過確實地點了點頭。

作為契機，這樣就夠了。

現在，與聽眾之間的距離感，確實拉近了。

「和平、和平、和平！要是沒有惡魔般的『共匪』的話，我們，還有各位，會有需要拿起武器嗎？」

就像是在跟朋友述說真理似的，向眾人發出呼喚。

「這正是至今以來，逼得我們不得不武裝的根源。自古以來，祖國都需要國境線上的守衛。為了從逼近而來的惡意之人手中，守護住自己的夥伴。」

就帶著發自內心的誠意，連自己也騙過去的，說出美好的話語吧。

「我們也只能繼續追隨著，那些引以為傲的前人們的崇高背影。如有必要，就要堅決地持續對抗『共匪』的威脅吧。」

正因為如此，知道這是惡魔行徑的自己，點燃了人們希望脫離「聯邦」獨立的心願。

因為在東方，我們需要縱深。事到如今已無法奢侈地選擇手段了。如果想讓雙手保持乾淨，就只能向主祈禱。為了再次發起反攻，我們需要時間，所以為了萊希，自己不得不這麼做。

「不過，我們會拿起劍來，就只是為了守護。」

緩緩地，看準自己的聲音傳達到聽眾心裡後，短暫地沉默起來。見時機成熟後，傑圖亞中將就開口說起經由計算設計好的台詞。

「回應面臨危機的祖國要求趕來，是我們的希望。不過一旦恢復和平，我們就希望能放下手邊的武器，返回各自的故鄉。我自己也是一名，希望能像辛辛納圖斯（註：古羅馬共和國時期的英雄）那樣返回故鄉的農地，耕種所愛的故鄉大地的萊希居民。」

人所看到的夢想，也就是儚(虛幻)。

漢斯・馮・傑圖亞這名軍人，具備著能理解自己可能不會有那麼一天，會被允許過著這種平穩知足的安寧生活的知性。

就去理解煽動無法實現的夢想有多麼愚昧，成為一個卑鄙小人吧。

「因此，下官可以賭上萊希的名譽向各位斷言。我們不會做出『領土上的要求』，就只是發自內心地渴望與『獨立後擁有領土與主權的人們』和平共存。」

聯邦是在「共產主義」之下，統治著複數民族的多民族國家。究竟有多少民族，會希望加入聯邦？

或是說，究竟有多少民族，希望能留在聯邦裡頭？

對於壯麗的政治宣傳背後的實際情況，早已在殘酷的統治機構下盡情享受過的各個民族，是清楚到不能再清楚了。

當所主張的理想只是個美麗的幻想時，從夢中驚醒過來的反動可是極為強烈。想逃離已經褪色的共產主義束縛，是大多數被捲入共產主義這個龐大的社會實驗之中的人們，所抱持著的坦率夙願。

正因為如此，傑圖亞伴隨著某種確信，開口說道。

「我們沒有併吞占領地區的意圖。畢竟下官也是深知熱愛故鄉之情的一個人。」

這是毫無虛假的信條。

「……有誰不愛祖國啊。」

只要面臨危機，就要趕到現場。這是打從任官時，就已經做好的覺悟。

「有誰不為故鄉著想啊。」

傑圖亞知道，即使恢復和平，也不該期待自己會有安穩的未來。堆起年輕人的屍體，發動戰爭的可是大人。

不論勝敗，我都只能服從該盡到的義務。

「該守護的祖國、土地，故鄉。」

然而，唯獨不會後悔。因為我發過誓了。要守護帝國、守護萊希、守護我深愛的祖國。因此就算要將祖國的年輕人們，不斷投入消耗戰這種愚蠢的人命浪費之中，也要打贏這場戰爭。

這是胡鬧的行徑。

為了該守護的祖國，讓該守護的孩子們淪為絞肉。

還真是愚蠢不合理的行為吧。大人毫無作為的代價居然要小孩子來償還！這是不被容許的。

倘若這世上真有煉獄，也肯定與我們無緣。因為在地獄裡頭毫無疑問準備了我們的特等席。

「我們背負著背後的人們、該守護的孩童的未來，還有祖國的安寧。」

因此，傑圖亞喊出宏亮的聲音，對聽眾們訴之以情地發出呼喚。所有人都希望著。

希望故鄉能穩定。希望民族能穩定。最重要的是，希望孩子們能有一個穩定的未來。

「我們就如同橋上的賀拉提斯，知道我們必須要堅持到底。我們的未來，沒有廉價到能送給共匪。」（註：出自於羅馬傳說「橋上的賀拉提斯」）

正因為如此，才會祈求。

「今日，下官在此代表帝國軍，宣告將軍政管轄區還政於民。但願，萊希與其友好的鄰居們，能有一個光輝燦爛的未來。」

就算是賀拉提斯，也沒辦法獨自守住橋梁。在他的身旁，有著值得信賴的朋友。守護橋梁的他們，知道自己的命運吧。

「正因為如此，各位鄰居們。我要向各位請求。這是我們所面臨到的共同困境。就算是為了孩子們的未來，還請與我們一起在橋上並肩作戰。」

就呼喚他們為夥伴吧。

在他們的指導者面前，擺出就宛如是他們一分子的嘴臉。

「還請為了守護未來奮戰吧。」

克制不住情緒，哽住話語，在眾人面前流下男兒淚。眼睛泛著淚光，端正姿勢站好的傑圖亞，環顧起會場。

在自己身上，聚集起整個會場的視線熱量。從鴉雀無聲的聽眾身上，散發出無法化作語言的感情浪潮。

情緒的波動，適當地營造出來了。

在宛如要盡可能注視大多數人的眼睛似的移動視線，深深調整呼吸之後，以自己的邏各斯，買下通往地獄的車票。

我鄙視你，漢斯・馮・傑圖亞，你竟為了自國的國家利益，成為了一個誠實的騙子。

「這不是命令。同時既不是請求，也不誠實吧。既然如此，我就以一個鄰居的身分向各位低頭，不斷地祈求吧。」

然而，正因為如此才要懇求吧。

為了祖國的未來。

「希望各位會是個友好的鄰居。但願各位會是在橋上並肩作戰的戰友，以及能在理想的日子裡，彼此分享著和平麵包的兄弟。希望能允許我們，與你們一起向前邁進。」

遭到自己煽動的人們，知道在這前方會遇到什麼嗎？

或許，他們自以為理解也說不定。然而，沒有面對堆積如山的年輕人遺體，還有怎樣也聽不慣的遺族悲嘆，就難以確定他們究竟有沒有真的理解到。

就作為善良的個人深深嘆息吧。懷疑有必要這麼做嗎？

就作為邪惡的組織人坦然接受吧。認為這是必須去做的事。

想在道路情況穩定下來之前，維持住防衛線。這是參謀本部所做出的決定。不論自己有怎樣的見解，命令都已經下達。

在做出決定之前，不論是要反駁還是提出異議都行……不過一旦決定了大方針，就毫無商量的餘地。只能盡全力實行。

是不得不實行吧——傑圖亞中將自嘲起來。

因為這個無能的傢伙，想不到其他的方法。漢斯·馮·傑圖亞中將就只能在內心深處，獨自孤獨地發出咒罵。

難怪說地獄會喚來地獄。該死的混帳東西。

（《幼女戰記⑤ Abyssus abyssum invocat》結束）

Appendixe

附錄

【歷史概略圖】

歷史概略圖

❶

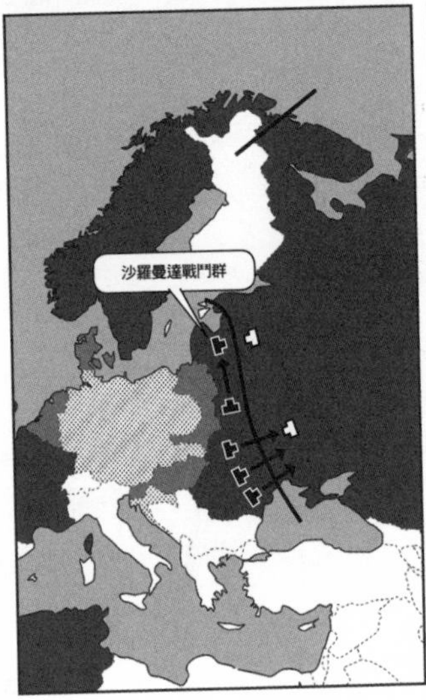

東方戰線的兩軍，在考慮到過冬的情況下，繼續作戰行動。

帝國軍參謀本部預計發動大規模作戰，開始重新編制行動。

該期間中，沙羅曼達戰鬥群以研究開發為目的，在東部嘗試實戰實驗。

❷

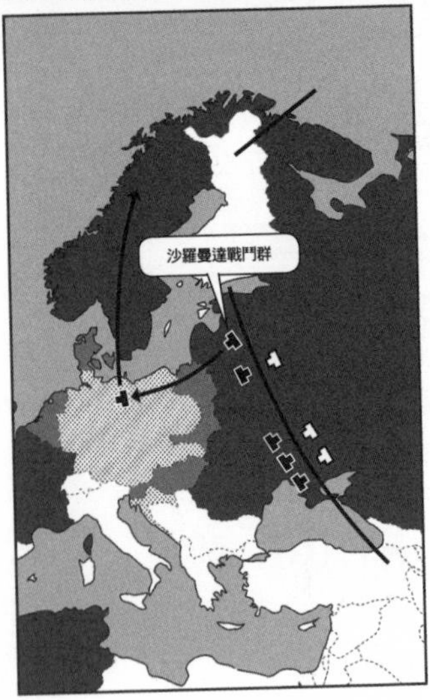

沙羅曼達戰鬥群被視為已達成編成目的，由參謀本部發出歸還命令。

身為基幹的第二〇三航空魔導大隊，在帝都度過短暫的休假後，決定投入北洋作戰。

❸

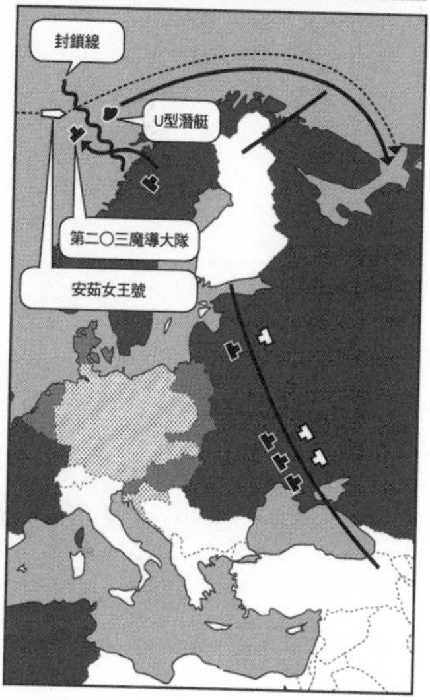

在諾登外海，第二〇三航空魔導大隊從事一連串的通商破壞作戰。
雖達成一定的戰果，也受到劇烈損耗，磨損了25%的戰力。

❹

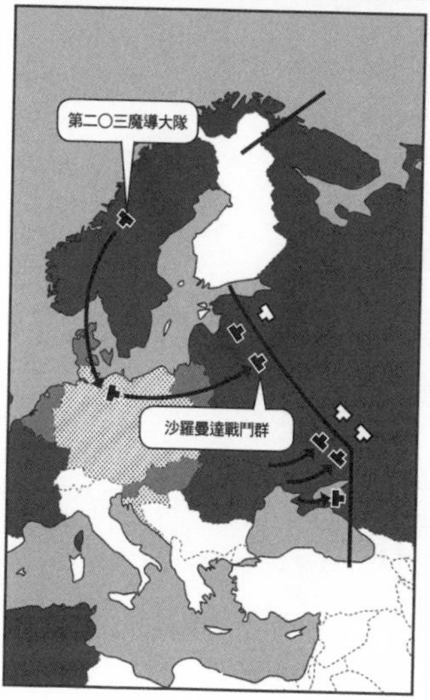

以第二〇三航空魔導大隊為基幹，進行重新編成的沙羅曼達戰鬥群，再次投入東方戰線，從事以區域防禦為目的的防衛線構築與實證實驗。
帝國徹底改變在占領地區的軍政系統。
發動將軍政管轄區還政於民的「睦鄰政策」。

歷史概略圖

總評

帝國軍在全戰線保持著優勢或均衡狀態。
另一方面，由於長期戰造成的疲弊，已逐漸在各方面上顯露出來，所以是個要追求早期解決策略的狀態。

Appendixe
附錄

演算寶珠的草稿公開

演算寶珠

將傳說中經由「寶珠與權杖」施展的「奇蹟=魔法」現象，以科學的觀點進行觀察，並在加以分類後，達到實用化的顯現現象的演算裝置。將使用者魔力對世界的干涉進行最佳化，以達到顯現的輔助道具。

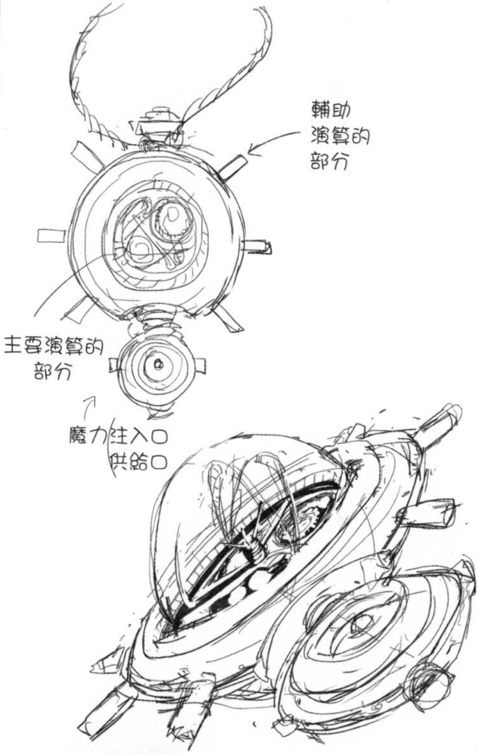

持有範例

Appendixe

附錄

譚雅．提古雷查夫的草稿公開

插畫家篠月的評語

幼女、金髮、碧眼、白皙肌膚。然而裡頭是三十多歲的上班族，所以頭髮沒有特別造型，而是綁在後面。或許是頭髮保養得也很隨便的關係，髮尾捲曲翹起，不過只要好好保養，就會是輕柔飛揚的秀髮。最初構想的王道金色長直髮，感覺與滿是泥腥味的戰爭不搭調，於是就作廢了。還有關於眼睛的畫法，カルロ老師的要求是「死魚般的眼睛」。有注意不要一不小心就畫得生氣勃勃。

カルロ評語　第一次看到時，瞬間大叫起：「這是什麼，太棒了！」唯一且最大的問題就只有一點。將校的服裝是要「自費」。也就是說，是靠提古的私房錢去量身訂製。儘管曾煩惱過，要不要乾脆適當地編個藉口讓她穿著鬆垮的公發品，不過想說各位紳士般的讀者們大概會生氣吧，就在痛苦呻吟之餘化為幻影了。很高興能在此公開給大家觀賞。

後記

購買第五集的各位讀者，讓你們久等了。一口氣買到第五集的各位勇者，初次見面，請多指教。我是カルロ・ゼン。

雖說沒有趕上預定日期，不過還是希望各位能相信「我很努力在工作，沒有偷懶喔！」這句話並不是空口說白話……是漫畫化還有電視動畫化喔！

在獲得許多人的協助之下，現在居然正在進行漫畫化（是由東條チカ老師擔任作畫！）與動畫化的企畫。就連在稱呼 ENTERBRAIN 為勇者的二〇一三年時，作夢也沒有想過這種事。

ENTERBRAIN，你是勇者中的勇者啊……

不對，應該要在某種程度內有所預期。畢竟每次討論時，都能隱約感受到那種勇者般的氣焰。

沒錯，那是發生在……一個平穩假日的午後的事情。為了參加名為討論的事件，慢吞吞抵達現場的我，目睹到的是優雅的眾人聚在一塊喝茶的風俗咖啡廳。

伴隨著「再稍微××，還有××一點（經審查刪除）」的對話，與責編開心地討論著《幼女戰記》的漫畫化呀、動畫企畫呀、新刊之類的話題。

這要是不叫作勇者，還有誰能叫作勇者啊。

於是，儘管至今仍舊是半信半疑，不過漫畫與動畫要開始了……也說不定？總之是處於這種狀態。想說這也是受到了許多人的幫助吧——我本人細細體會著這份幸福。

必須得再次向提供協助的眾人致上謝意。

要在此深深感謝這次也擔任設計的椿屋事務所、校正的東京出版服務中心、責編藤田大人，還有總是畫出優秀插畫的插畫家篠月大人。

然後還有感謝替我加油打氣的讀者們。今後還請繼續多多指教。

二〇一六年一月　カルロ・ゼン

計畫開始!?
電視動畫化
漫畫化
幼女戰記外傳
魔法少女Magical☆Tanja
要……要是不買戰時國債
賀!!
幼女戰記的
動畫化與漫畫化
企畫開始了！
能在電視上，能在雜誌上，
看到提古動起來的日子來了。
要是能看到這個政治宣傳場面就好了呢！
得意
你覺得這種
政治宣傳
如何？
喔……
喔……
胃痛

Kadokawa Light Novels

忍者殺手 火燒新埼玉 1~4（完）

Kadokawa Fantastic Novels

作者：布拉德雷・龐德／菲利浦・N・摩西　插畫：わらいなく

忍者殺手VS.總會集團的戰爭，在此劃下句點！
在twitter上掀起熱潮的翻譯連載小說，第一部完結！

妻兒慘遭殺害的忍者殺手，全心全意投入了復仇之戰。跨越了無數的困境，現在那可憎的仇人——老元・寬就在眼前！這場有你沒我、壯烈至極的戰鬥，究竟鹿死誰手!?奔跑吧！忍者殺手！動手吧！忍者殺手！咕哇——！爆裂四散！再會啦！

各 NT$260~350/HK$75~105

台灣角川

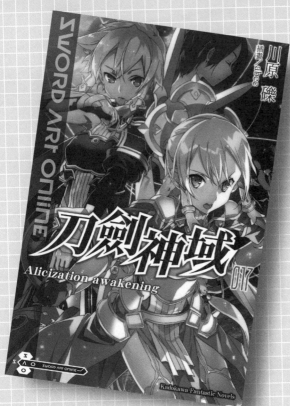

Kadokawa Light Novels

魔劍的愛莉絲貝兒 1~6 完

作者：赤松中學　插畫：閏月戈

Kadokawa Fantastic Novels

戀愛與戰鬥永不止息——
這次啟程並非完結，而是邁向全新的戰鬥！

靜刃一行人被拋到時間大幅偏離2013年的日本近海孤島上，並再次遇見仇敵卷六雄。這次勢必要贏得勝利，奪回龘的碎片……「超必殺時刻」、公安警察刺客，以及手握「龘」碎片的殲。在戀愛與鬥爭的盡頭，靜刃所追尋到的答案是——？

台灣角川

各 **NT$180~240/HK$55~75**

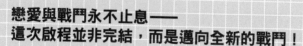

Kadokawa Light Novels

夢沉抹大拉 1~8 待續

Kadokawa Fantastic Novels

作者：支倉凍砂　插畫：鍋島テツヒロ

為了獲得庫斯勒等人擁有的新技術，
騎士團的艾魯森現身了——

在克勞修斯騎士團的追兵步步逼近中，庫斯勒等人啟程前往因翡涅希絲的族人「白者」所引發的大爆炸以至於一夕間滅亡的舊阿巴斯。傳說中，白者從天而降。為了查明真相，庫斯勒試著解開所有謎團，探究比真理更深入的道理，朝著「抹大拉之地」前進。

各 **NT$200~250/HK$60~75**

台灣角川

Kadokawa Light Novels

問題兒童的最終考驗 1 待續

Kadokawa Fantas Novels

作者：竜ノ湖太郎　插畫：ももこ

箱庭神魔遊戲再臨☆
問題兒童的繼承者登場!!

少年西鄉焰收到一封郵件。打開那封郵件的瞬間，他被召喚到了異世界！那是個受到神魔之遊戲──「恩賜遊戲」支配的世界。他將和同時被召喚到異世界的彩里鈴華、久藤彩鳥，以及闊別五年的逆迴十六夜一起挑戰這場甚至波及現實世界的修羅神佛之遊戲！

灣角川

NT$180/HK$55

國家圖書館出版品預行編目資料

幼女戰記. 5, Abyssus abyssum invocat / カルロ.ゼン
作 ; 薛智恆譯. -- 初版. -- 臺北市 : 臺灣角川,
2017.03

面； 公分

譯自 : 幼女戦記. 5, Abyssus abyssum invocat

ISBN 978-986-473-593-8(平裝)

861.57 106001114

Kadokawa
Fantastic
Novels

幼女戰記 5
Abyssus abyssum invocat

（原著名：幼女戦記 5 Abyssus abyssum invocat）

2017年3月6日 初版第1刷發行
2021年12月15日 初版第4刷發行

作者：カルロ・ゼン
插畫：篠月しのぶ
譯者：薛智恆

發行人：岩崎剛人
總編輯：蔡佩芬
編輯：邱瓈萱
美術設計：黃永漢
印務：李明修（主任）、張加恩（主任）、張凱棋

發行所：台灣角川股份有限公司
地址：104台北市中山區松江路223號3樓
電話：（02）2515-3000
傳真：（02）2515-0033
網址：www.kadokawa.com.tw
劃撥帳戶：台灣角川股份有限公司
劃撥帳號：19487412
法律顧問：有澤法律事務所
製版：巨茂科技印刷有限公司
ISBN：978-986-473-593-8